GLEICHEN
FEIER

CHRISTIAN KLINGER

GLEICHEN FEIER

Kriminalroman

Marco Martins zweiter Fall

STEINVERLAG

1. Auflage
Gestaltung: Fichtinger Werbeagentur GmbH
Druck: Buchdruckerei Ernst Becvar GmbH

3632 Bad Traunstein, Oberer Markt 7

www.steinverlag.at

ISBN 978-3-901392-35-1

Neufried am Bach ist ein beschaulicher Weinort im Nordwesten Wiens, eingeklemmt zwischen die Neustifter Weinberge, den Wienerwald und Sieverings Hänge. Er ist in keinem Reiseführer oder Stadtplan verzeichnet und nur in diesem Buch zu finden.

Die Handlung und die Personen dieses Romans sind frei erfunden. Jede Ähnlichkeit mit realen Gegebenheiten, lebenden oder verstorbenen Personen ist nicht beabsichtigt und wäre rein zufällig.

1990

Er kniff die Augen zusammen, die Scheinwerfer blendeten ihn. Der Platz war voll von Menschen, die ihn alle auf einmal erwartungsvoll zu fixieren schienen. Stille schwebte über den Köpfen. Die Sonne war untergegangen, doch der Platz glühte noch. Spannung wohnte in ihm – und er, er stand mit beiden Beinen fest auf der Bühne, während es in seinem Magen kribbelte und eine Brise seine Locken zauste. Er atmete durch und umfasste den Hals der Gitarre. Er begann die Saiten mit dem Plektron zu zupfen. Der Sound kam hundertfach aus unzähligen Lautsprechern, die zu beiden Seiten der Bühne aufgetürmt waren. Kaum hatte er die ersten Noten gespielt, brach der Jubel im Auditorium los. Er spürte, wie ihm eine Hand zärtlich über den Rücken fuhr, ein Lächeln lag auf seinen Lippen. Die Sängerin hatte die Bühne betreten. Sie sang ihren Text und die Menge sang jedes Wort mit. Transparente wurden geschwenkt und Arme im Takt in die Höhe gerissen.

Er fühlte sich leicht, er fühlte sich unsterblich, er fühlte sich glücklich. So musste es Cäsar ergangen sein, bei seinen Triumphzügen, wenn er ein berauschendes Bad in der Menge genoss.

Doch von fern brachte der Wind einen anderen Klang mit. Eine Dissonanz schien sich anzukündigen, kaum hörbar wie das dumpfe Grollen einer Bestie aus den finsteren Tiefen einer Höhle. Ganz leise und doch lag ein bedrohlicher Misston in der Luft.

Warum konnte es nicht immer so sein?

Warum konnte es nicht immer so bleiben?

Weil nichts blieb.

Nichts war immer – außer vielleicht das Nichts, aber selbst das konnte man nicht wissen.

2012

Montag, 20. August

In der diesigen Stimmung des Spätsommertags verließ ein PKW die befestigte Straße und bog in eine geschotterte Einfahrt ein. Eine Mischung aus Dunst und Staub lag in der Luft. Sie ließ die halbfertigen Bauten, die sich im Hintergrund in den blassen Himmel streckten, schemenhaft aussehen.

„Wie viele Worte kennst du für das männliche Glied?"

Der Wagen rollte durch das Tor im Bauzaun. Langsam schaukelte das Gefährt über den unebenen Boden seinem Ziel entgegen, einem Baucontainer am Fuße des künstlichen Gebirges aus Stahl und Beton gelegen.

„Ich versteh nicht, was meinst du?"

Felder schaltete einen Gang zurück und bugsierte den Wagen durch eine tiefe Rinne auf dem holprigen Weg.

„Na, welche Umschreibungen du noch dafür kennst."

Zunächst ein irritierter Blick vom Fahrersitz aus, dann aber sprudelte es amüsiert aus Felder heraus: „Na gut. Also Schwanz, Nudel, Pimmel, Schniedel, Zumpf, Bimpfi, Zipfel, Spatzi, Gurkerl, Lustspeer, Samenschleuder und last but not least, Penis. Da gibt's sicher noch viele andere, aber worauf willst du hinaus?"

„Wunderbar, den Phallus hast zum Beispiel vergessen. Jetzt nenn mir verschiedene Umschreibungen für das Hirn."

„Ich hab's noch immer nicht, was das soll, aber gut. Also Hirn ...", er dachte nach. „Denkzentrum vielleicht."

„Ist mir nicht als gebräuchlich geläufig."

„Moment, ich hab's: Hirnkastl."

„Gilt nicht, weil da steckt das Wort ‚Hirn' drinnen, das ist also eine Umschreibung für den Schädel, weil der ist das Kastl, in dem das Hirn steckt. Worauf ich hinauswollte, ist, und das ist mir mit dir gut gelungen, zu belegen, dass wir uns in einer Gesellschaft befinden, die unzählige Synonyme für den Schwanz hat, aber keine für das Hirn. Wir verrohen zusehends, keiner hält sich an Vorschriften, niemand denkt mehr. Wir kämpfen auch auf verlorenem Posten, weil die Politiker lieber auf Spesen ins Puff gehen, als sich vernünftige Gesetze auszudenken."

Felder runzelte die Stirn. „Ist das dein Wort zum Montag oder bist du im Moment sexuell unausgelastet?"

Rosicky richtete den Blick kopfschüttelnd wieder nach vorne und strafte das Armaturenbrett mit seinem Blick. „Wurscht, vergiss es."

Plötzlich starrte Rosicky ins Leere. Er ließ die Schultern hängen und es schien, als fixiere er einen Punkt im Nirwana. „Du willst mich auch nicht verstehen", sagte er nachdenklich zu sich, „ich hab nur gemeint, dass man da was machen sollte ..."

Felder stoppte das Auto vor dem im Container untergebrachten Baubüro, ehe sein Kollege den Gedanken zu Ende führen konnte, drehte sich abermals zu seinem Begleiter und sagte: „Also, gehen wir's an."

Rosicky nickte kurz vom Beifahrersitz.

„Willst von mir noch die anderen Wörter für die Eier wissen?" Felder grinste, doch Rosicky schien die stichelige Frage überhört zu haben.

Die beiden Männer stiegen aus, schlüpften in die Signalwesten ihres Arbeitgebers, die sie als Amtspersonen auswiesen, anschließend kam der vorgeschriebene Schutzhelm. Ein Routineeinsatz für Niklas Felder und seinen Kollegen. Felder war der Chef der Einsatzgruppe gegen Sozialbetrug. Er trug trotz des auf Baustellen vorherrschenden Schmutzes meist einen dunklen Anzug. So auch heute. Sein Kollege, Paul Rosicky, ein Enddreißiger von kleiner, aber kräftiger Statur, sah die vom Arbeitgeber ausgegebene Bekleidungsempfehlung pragmatischer: Er steckte in Jeans und Poloshirt. Unter der Jacke war es ohnehin mehr oder weniger egal, was man anhatte.

Felder zeichnete sich durch eine ihm eigene Freundlichkeit aus, die ihn letztlich seinem Ziel näherbrachte. Bestimmt und unbeirrbar, wenn auch über Umwege. Rosicky war da viel direkter, fordernder, doch seine schroffe Art baute oft Widerstände auf. Daher war Felder der Vorgesetzte und Rosicky der Befehlsempfänger, auch wenn Felder ihn niemals von oben herab behandelte.

So trafen die beiden unterschiedlichen Männer ein. Ihre stärkste Gemeinsamkeit bestand in der ihnen übertragenen Aufgabe. Eine Übereinstimmung nach Arbeitsvertrag.

Auf der Baustelle schenkte keiner den beiden Ankömmlingen besondere Beachtung. Der Kran drehte in luftiger Höhe seine Runden, hinterließ auf dem Autodach nur einen flüchtigen Schatten. An seinem Arm baumelte der Materialnachschub für die oberen Etagen. Ein Arbeiter flitzte mit einem Schubkarren knapp an Felder vorbei. Dabei spritzte Schlamm auf dessen Lederschuhe und das Hosenbein. Er blickte dem Mann nach und fragte sich, ob dieser das mit Absicht gemacht hatte. Oder war er einfach nur im Weg gestanden?

„Wollen Sie zu mir?"

Die Frage des Mannes, der auf sie zukam, scheuchte Felder aus seinen Gedanken auf. Er hatte wie sie einen Helm auf, unter seinem wattierten Gilet blitzte das Karomuster eines Flanellhemds durch.

„Ja", antwortete Felder, „wir kommen von der Bauarbeiter-Urlaubs- und Abfertigungskasse. Sind Sie hier der Verantwortliche?"

„Ja, ich bin der Bauleiter. Aber gehen wir ins Büro." Er klemmte eine Planrolle unter seine Achsel. Dem Mann war anzusehen, dass er über den ungebetenen Besuch nicht erfreut war. Er machte auch keinen Hehl daraus, was er von der Kontrolle hielt. Kopfschüttelnd bat er die beiden in die Unterkunft, wo um einen Arbeitstisch einige Sessel standen. „Von der Sozialbetrugsbekämpfung seid's? Na bei mir werdet's ihr nix finden."

„Das wird sich ja gleich zeigen", antwortete Felder knapp, während Rosicky seinen Laptop aufklappte.

„Wollen Sie vielleicht einen Kaffee?", fragte der Bauleiter mit gezwungenem Lächeln. Schwer abzuschätzen, ob ihm diese Geste wegen eines schlechten Gewissens oder wegen geheuchelter Gastfreundlichkeit nur mühsam vom Gesicht ging. Felder winkte ab. „Nein danke, geben Sie mir nur die Arbeitspapiere." Felder wusste, warum er zu seinen Einsätzen mit Anzug kam. Er trug ihn wie ein Tier seinen Panzer. Das Kleidungsstück gab ihm Selbstbewusstsein und vermittelte ein Gefühl von Unverwundbarkeit. Einer verbalen zumindest. Sogar die Sache mit dem Dreckspritzer von vorhin war daran abgeprallt und längst vergessen. So blieb er förmlich und distanziert. Der Bauleiter hatte Schweißperlen auf der Stirn. Ein Krächzen drang aus seinem Walkie-Talkie. „Jetzt nicht, ich hab die Herren von der Urlaubskasse da!"

Rosicky warf seinem Chef über den Rand des Bildschirms einen Blick zu. Felder nickte. „So", sagte er mit scharfem Ton, „jetzt, da Sie alle von unserem Erscheinen informiert haben, schlage ich vor, wir gehen gleich zum Lokalaugenschein über. Die Lohnunterlagen können wir im Anschluss kontrollieren."
„Wie Sie möchten", sagte der Bauleiter zähneknirschend.

Die drei fuhren mit dem Bauaufzug in den siebzehnten Stock. Dort waren einige Arbeiter damit beschäftigt, Leitungen zu verlegen, andere montierten Deckenplatten. Der Bauleiter forderte sie auf, ihre Arbeit zu unterbrechen und nach vorn zu kommen, wo Felder und Rosicky warteten, um deren Daten aufzunehmen. Bald waren die Kontrollore von einigen Männern in staubiger Arbeitskleidung umringt. Sie tauschten untereinander taxierende Blicke aus, was für sich allein nichts bedeutete. Felder hatte selten ein anderes Verhalten erlebt. Eine normale Reaktion derer, die sich darüber empörten, für einen potenziellen Schwarzarbeiter gehalten zu werden. Oder derer, die verunsichert waren, weil man sie doch erwischt hatte.

Das Rattern des Motors im Hintergrund verriet, dass der Aufzug sich zwischenzeitlich wieder in Gang gesetzt hatte. Wenig später langte ein Mann um die Fünfzig, das Haar gewellt, die Augen von einer Sonnenbrille verdeckt sowie das Gesicht mit Bartstoppeln überzogen, bei ihnen ein. Er verließ die Plattform und schritt auf Felder zu. Die Falten seines teuren Anzugs folgten seinen Schritten. Durch das Gebäudeskelett klang der Widerhall von genagelten Schuhabsätzen.

„Und wer sind Sie?", wollte Felder von dem Neuankömmling wissen.

„Ratko Vukic", antwortete der Südländer. „Ich besitze eine der hier am Bau beteiligten Firmen und wollte mir ein Bild vom Arbeitsfortschritt machen. Wie mir scheint, komme ich gerade recht."

„Wenn Sie nicht stören, können Sie von mir aus hierbleiben. Wo ist eigentlich Ihr Helm?" Felder erntete auf diese Frage nur ein herablassendes Grinsen. Kotzbrocken, dachte er, ohne weiter darauf einzugehen.

Felder begann die Personalien der ersten Arbeiter aufzunehmen, da entdeckte er weiter hinten, von einigen Metallstehern verdeckt, einen Monteur, der auf einer Leiter stehend Fugen zwischen Gipskartonplatten ausspachtelte.

„Kommen Sie bitte auch zu uns herüber?"

Keine Reaktion. „Sie bleiben alle hier!", wies Felder die Umstehenden an. Er setzte sich in Richtung des spachtelnden Arbeiters in Gang. Sobald er ihn erreicht hatte, erkannte er den Grund, warum der Mann sich bisher von seinem Zurufen unbeeindruckt gezeigt hatte: Kopfhörer. Aus den Ohrstöpseln drangen leise orientalisch anmutende Laute bis zu Felder. Er rüttelte den Mann am Bein.

Der Arbeiter drehte sich erschrocken zu Felder um. Er musterte diesen kurz, dann kniff er die Augen zusammen und blickte hektisch um sich. Er wechselte kurz verstörte Blicke zwischen dem Kontrollor und der weiter weg stehenden Gruppe um den Bauleiter. Plötzlich riss er die Augen auf. Er warf die Kopfhörer von sich und hastete die Stufen der Leiter hinunter. Die letzten übersprang er, was die Leiter zum Kippen brachte. Mit einem Satz war er am Boden gelandet und mit einem Scheppern die Leiter ebenso. Er gab Felder einen Rempler, der ihn wanken ließ, und war auch schon auf und davon. Es muss ein Instinkt gewesen sein – und auch bei seiner späteren Vernehmung wird er keinen Grund angeben können, warum er das gemacht hat –, der Felder dazu bewog, sich an die Fersen des vermeintlichen Schwarzarbeiters zu heften. Er sah ihn über eine halberrichtete Ziegelmauer springen und tat es ihm gleich. Der Verfolgte balancierte über ein Brett, das eine Spalte im Boden überbrückte, Felder tat einige Sekunden später dasselbe. Der Mann warf einige Rollen Dämmstoff um, Felder wich geschickt aus und hatte es sogar geschafft, den Abstand auf wenige Meter zu verringern. Er sah die dunklen Locken am Hinterkopf des Flüchtenden. Irgendwie wurde er das Gefühl nicht los, diesen Schädel schon einmal gesehen zu haben. Der Flüchtende trat einen Kübel um. Eine zähfließende Masse verteilte sich am Boden. Felder setzte zum Sprung an, hob ab und landete mit dem Absatz genau in der Lacke. Der Schuh rutschte vorwärts und er musste sich verrenken, um einen kapitalen Sturz zu vermeiden. Es gab ihm einen Stich im Kreuz. Er atmete durch. Ein-, zweimal, bis sich der Schmerz beruhigt hatte. Der Mann hatte nun seinen Vorsprung wieder ausbauen können und war hinter einer Betonmauer verschwunden. Felder erreichte kurz danach ebenfalls die Mauer. Doch dort hatte er sein Ziel aus den Augen verloren. Er horchte in das Brummen der Baustelle. Es waren die Schritte, die ihm den Weg wiesen. Er hörte flinke Füße, die Stufen stiegen. Von Tempo und Rhythmus her wahrscheinlich nach oben. Felder hetzte in das Stiegenhaus, vorbei an den offenen Aufzugsschächten. Ein unachtsamer Tritt ins Leere und es ging abwärts – ohne Halt. Felder erreichte das nächste Stockwerk. Hier hatte der Innenausbau noch nicht begonnen. Bis auf wenige Betonsäulen gab es nichts, hinter dem man sich verstecken konnte. Doch von dem Arbeiter war nichts zu sehen. Dafür hörte er – und dabei wird er trotz aller Widersprüche in seiner Aussage später bleiben – zwei Stimmen.

„Halt, bleiben Sie jetzt endlich stehen!" Felder musste selbst stehen bleiben und tief Luft holen. Er hatte Seitenstechen. Sein Fuß schmerzte und seine Lungen brannten. Dabei hatte er schon vor Jahren mit dem Rauchen aufgehört. Die Spätfolgen eines Lotterlebens, würde ihn sein neunmalkluger Sohn jetzt wahrscheinlich necken. Ein Geräusch hinter der Wand holte ihn zurück. Er war auf der Jagd, er durfte keine Pause machen.

Zuerst ein Schrei, kurz nur, dann Schritte. Felder setzte sich in Gang, lief wieder los, steckte seinen Kopf durch einen Türstock in einer Trennwand. Hier fand sich ein weiterer Stiegenabgang. Felder wollte mit letzter Energie hinabrauschen, als ihn ein Röcheln im letzten Moment zurückhielt. Er lauschte angestrengt, versuchte die Quelle zu lokalisieren. Er bewegte sich vorsichtig bis zum offenen Rand des Stockwerks, da erkannte er, dass daneben, etwas abgesetzt, noch eine Fläche errichtet war, mit einem kleinen Sprung locker zu erreichen. Rostige Metallstäbe ragten aus dem Estrich in die Luft. Sofort erkannte er den schwarzen Lockenkopf des Arbeiters. Er war auf den Bewehrungsstahl gestürzt, lag da wie ein Käfer, der versuchte, wieder auf die Beine zu kommen. Doch es ging nicht. Er hing fest, war richtiggehend fixiert. Einige Spieße hatten seinen Rücken durchbohrt und ragten aus der Brust hinaus. Die Bauchdecke war offen. „Um Gottes Willen", entfuhr es Felder, der zu dem Verletzten hinabsprang. Er suchte nach seinem Handy. Ein Notarzt musste her, sofort!

Während er auf das Freizeichen des Notrufs wartete, beugte er sich zu dem Mann vor. „Halten Sie durch, es wird bald Hilfe da sein." Er betrachtete das schmerzverzerrte Gesicht des Mannes, der noch keine vierzig war, als er erschrak. Der Sterbende hatte ihm etwas Kaltes in seine Hand gedrückt.

„Passen Sie gut darauf auf", murmelte er, während ihm das Blut aus Mund und Brust quoll. Felder öffnete seine Hand und betrachtete das Stück Metall in seiner Hand. Ein Schlüssel. Er sah dem Mann in die gen Himmel gerichteten Augen. „Moment ... ich kenne Sie", stammelte er, da meldete sich endlich die Einsatzzentrale. Doch in diesem Moment war das Leben bereits aus dem Körper entschwunden. Wie eine Strohpuppe schien er an das Bauwerk geheftet. Felder ließ sein Telefon sinken, er selbst ging in die Knie. Ihm wurde schwarz vor Augen, die Welt um ihn herum war plötzlich so fern und so leise ...

„Warum haben Sie das getan?" Felder drehte sich zu den zwei Polizisten um. Verwundert betrachtete er das Display seines Telefons, verwundert darüber, dass die Polizei so schnell gekommen war. Wer die wohl gerufen hatte? Im Hintergrund sah er, wie ihm die anderen Bauarbeiter von drüben neugierige Blicke zuwarfen.

Drei Tage später, am Abend (23. August)

Die in der Luft hängenden Rauchschwaden, die im gedämpften Licht bläulich schimmerten, das den Raum erfüllende Stimmengewirr, von dem nur einzelne Wortfetzen sich gegen die spielende Musikkassette behaupten konnten, gaben dem Lokal die nötige Intimität, um ein vertrauliches Gespräch zu führen. Ein Gespräch, das für keine Zuhörer bestimmt war und auch keinen Eingang in irgendein Protokoll finden wird. So macht man das: Heikle Dinge in einer Öffentlichkeit bereden, die respektiert, dass man Personen, die sich in der hintersten und dunkelsten Ecke unterhielten, besser gar nicht als anwesend wahrnahm. „Dodji i uzmime ...", tönte es aus den Lautsprechern, die es ob ihrer Klangqualität sicher nie in ein Hochglanzmagazin über High Fidelity schaffen würden.
Die beiden unterhielten sich auf Serbisch.

„Hat dich jemand beobachtet?", fragte der Ältere, der sein vor wenigen Minuten hereingekommenes Gegenüber aus engliegenden Augen betrachtete. Er trug einen in olivbraun gehaltenen Anzug, dessen Zwirn im gedämpften Licht edel schimmerte und der seiner Figur sichtlich schmeichelte. Die Bartstoppel und die wuchtigen von Arbeit geformten Hände sprachen dafür, dass er nicht immer in so einem Maßteil gesteckt hatte.

„Nein, ich war doch schon lange weg, als die Polizei gekommen ist. Aber das weißt du ja", gab ihm der andere zur Antwort. Er hatte einen geschorenen Kopf mit einem schmalen langen Gesicht, aus dem die Wangenknochen markant hervortraten. Eine Narbe über der linken Augenbraue war für eine schiefe Augenachse verantwortlich. Sie war auch in dessen Polizeiakte unter den besonderen Merkmalen verzeichnet.

„Klar weiß ich das! Deshalb wollte ich wissen, ob dir jetzt jemand gefolgt ist. Hierher."

„Ich glaube nicht. Warum auch, mich hat dort niemand gesehen, darauf habe ich schon geachtet."

Der andere beugte sich über den Tisch, schob seinen Kopf nah an das Gesicht des andern.

„Du hättest ihn doch nur abfangen und einschüchtern sollen", zischte er ihn an, „warum hast du ihn umgebracht? Hab ich dir das angeschafft?"

„Was hätte ich machen sollen? Er hat sich gewehrt, wie ein Wilder um sich geschlagen, da hab ich ihm einen Tritt gegeben und er hat den Halt verloren. Es war ein Unfall."

Die Kellnerin trat an den Tisch. Sie lächelte den athletischen Kahlkopf an. „Du auch wieder einmal da", stellte sie fest. Sie schürzte ihre vollen Lippen und wollte ihn auf die Wange küssen, doch er deutete ins Eck, wo ihr der Anzugträger einen unmissverständlichen Blick zuwarf. „Wollt ihr noch etwas trinken?", fragte sie, ehe sie sich auf den Deut des anderen entfernte.

„Was für eine Picka", sagte der Jüngere, der zuvor bei Tisch ihren Busen angestarrt hatte und jetzt ihren Hintern taxierte.

„Lenk nicht ab. Du brauchst das Blut jetzt in deinem Hirn und nicht im Schwanz, du Idiot. Es gibt Wichtigeres. Hast du was bei ihm gefunden!"

„Nein, es ging alles so schnell. Auf einmal war dieser Mann da, und ich konnte ..."

Der Anzugträger griff den anderen am Nacken und drückte seinen Kopf zu sich. „Ich will es aber haben, ich brauche es, wenn ich nicht alles verlieren will. Hörst du, du musst es finden!"

„Was soll ich tun? Vielleicht sollten wir warten, bis Gras über die Sache gewachsen ist."

Der Ältere ließ ihn los, lehnte sich zurück und überlegte.

Dann sagte er: „Nein, wir haben keine Zeit, wir müssen das anders angehen. Vielleicht ein wenig riskant, aber wir haben keine Wahl. Hör zu, gleich morgen wirst du ..."

Er hatte seine Anweisungen gegeben. Der Empfänger dieser Direktiven nickte, erhob sich und steuerte dem Ausgang zu.

Sein Boss blickte ihm nach, verfolgte jeden seiner Schritte, die er ihn geschnürten Militarystiefeln zur Tür hin machte. Boris „der Stiefel" Tadic hatte seinen Auftrag, den er wie die anderen ausführen würde, ohne zu viel nachzufragen. Es war besser, wenn dann eine Zeit lang Funkstille zwischen ihnen beiden herrschte. Das hatte in der Vergangenheit wiederholt geklappt. Den Beinamen trug Tadic, weil er seinen Stiefel ganz gern über das Gesicht seiner Widersacher wandern ließ – zwecks Überredung, wenn einer nicht spuren wollte. Und auch das fand sich in der Polizeiakte. Er war das Gegenteil dessen, was man als unbeschriebenes Blatt bezeichnete.

Nacht auf Sonntag, 26. August

Martin betrat das Lokal. Ein unangenehmer Geruch lag in der Luft. Scharf, nach Desinfektionsmittel. Er kam zu zwei Tischen. Sie waren länglich, eine weiße Tischdecke war darüber geworfen, Stühle gab es keine. Der Kellner kam auf ihn zu. „Haben S' reserviert?" Er schritt auf einen der Tische zu. Erst jetzt entdeckte Martin, dass sich unter dem weißen Tuch etwas abzeichnete. Die Wölbungen entsprachen den Konturen eines Körpers. Der Kellner trat an den Tisch heran. Mit einem Ruck zog er das Tuch weg. „Heut hätten wir ein ganz ein frisches Hirn. Des denkt noch fast."

Martin erschrak. Auf einem der Seziertische aus Edelstahl, wie er sie von der Pathologie kannte, lag sein Onkel Alfred mit geöffneter Schädeldecke. Der Kellner steckte in einem speckigen Anzug, in der sehnigen Hand trug er einen Block, die fahle Haut im Gesicht war großporig und von einzelnen Pockennarben entstellt. Er trat an den nächsten Tisch. Wie in einem Varieté hob er nun das andere Tuch. Der nackte Körper einer Frau kam zum Vorschein. Anja! „Auch für die Sinne hätten wir was zu bieten“, pries der Ober nun seine Schwester wie einen Gruß aus der Küche an. „Ein zartes Brüsterl.“ Er quetschte mit den wulstigen Fingern ihren Busen, ehe er seine Hand auf ihre Scham legte. „Oder vielleicht zum Nachtisch eine Feige?“

Martin fiel das Atmen schwer. Mit jedem Luftzug musste er gegen einen Widerstand ankämpfen. Der Kellner grinste Martin an. „Aber das Beste kommt noch.“ Er machte einen Satz nach hinten. Martin erkannte eine riesige Feuerstelle, über die ein überdimensionaler Rost gelegt war. Wie auf einem Servierwagen schob der Kellner einen weiteren Körper heran. Er ließ ihn vom Tisch auf den Griller gleiten. Das Fleisch zischte auf dem heißen Metall. Weißer Rauch stieg auf.Martin sackten die Knie ein. Das was da eben über dem Feuer brutzelte, war sein Körper. Er stützte sich am Tisch ab. Sein Onkel richtete den Oberkörper auf. „Ich nehm das Zungerl“, sagte er mit ins Leere starrenden Augen.

„Und ich ein Wangerl.“ Anja hatte sich gleichfalls wie in einem Horrorfilm aufgesetzt. Martin reckte es. Er hustete und war knapp davor sich zu übergeben. Der Kellner rieb sich zufrieden die Hände und lachte lauthals vor sich hin. Mit einem Tranchiermesser kam er bedrohlich auf Martin zu.

„Die Wade!“

„Ein Hüfterl!“

„Vom Lungenbraten für mich!“

„Das Magerl!“

Martin riss die Augen auf und schnappte nach Luft. Sein

Herz raste, er spürte das Pulsieren des Blutes im Hals und auf seiner schweißnassen Stirn klebten einzelne Haarsträhnen. Was für ein blöder Traum, dachte er sich, nachdem ihn die Konturen der Möbel in seinem Schlafzimmer wieder in die Realität zurückgeholt hatten. Was für ein beschissen blöder Traum!

Er hatte einen Knödel in seinem Hals, die Zunge klebte am Gaumen fest. Er rappelte sich auf, lehnte den Oberkörper gegen den Kopfteil des Betts. Er versuchte kontrolliert zu atmen. Ein und aus. Langsam, entspannt. Doch das Herz hüpfte immer noch in seiner Brust. Außerdem, ja natürlich, da war es wieder, dieses Stechen!

Er sprang aus dem Bett, ging im Zimmer auf und ab. Das half manchmal. Keine Panik, sagte er zu sich. Er hatte nur zu spät und zu viel gegessen. Sein Magen drückte ihn, daher auch diese Beklemmung. Kein Rotwein mehr vor dem Zubettgehen, schwor er sich. Nach ein paar Minuten setzte er sich auf den Bettrand. Ihn fröstelte. Sein Puls hatte sich wieder beruhigt. Die Digitalzahlen auf dem Wecker zeigten drei Uhr und siebenunddreißig Minuten. Die Anzeige beleuchtete spärlich die weiße Glasplatte seines Nachtkästchens. Wenigstens war es nicht ganz dunkel im Raum. Er kletterte zurück unter die Decke. Warum hatte er nur von Anja geträumt?

Der Abend zuvor (25. August)

Boris Tadic kehrte mit einer ziemlichen Wut im Bauch heim. Sein Boss hielt ihn wohl für einen Vollidioten. Aber das war er nicht, das wusste er. Dennoch ließ er ihn nur die Drecksarbeit machen. Wenn etwas schiefging, würde dieser sich abputzen, das wusste er. Also trachtete er danach, seine Aufträge möglichst unauffällig zu erledigen. So auch heute.

Was konnte er dafür, dass der Typ sich so gewehrt hatte. Außerdem hatten sie nicht eingerechnet, dass der Kontrollor ihn verfolgen würde. Der musste auch weg. In diesem Punkt hatte Vukic wahrscheinlich recht.

Irgendwann begann er wieder seinen üblichen Traum zu träumen, würde er seine eigene Firma aufmachen. Wie das funktionierte, hatte er gelernt. Zu diesem Zweck war Vukic ein guter Lehrherr gewesen. Aber jetzt kam er nicht weiter, das wusste er. Jetzt konnte er ihm nichts mehr beibringen.

Tadic betrat mit einer ziemlichen Wut im Bauch das Zinshaus in der Treustraße. Er war vor zwei Jahren mit seiner Familie in die Brigittenau gezogen. Besser als die alte Bruchbude in Favoriten, die zuletzt nur von Muslimen, vor allem Türken, aber auch Afghanen oder Tschetschenen bewohnt gewesen war, war diese Bleibe allemal. Die jetzigen Nachbarn bestanden fast nur aus Serben, man blieb also unter seinesgleichen, aber es war nicht das Heim, in das Mann am Abend gern heimkehrte. Ein Österreicher würde hier nicht einziehen wollen. Dieses Bauwerk war wie ein alter Mensch, den die Ärzte aufgegeben hatten.

Die Worte von Vukic klangen nach, nicht nur in seinem Kopf, sondern vor allem in seinem Herzen. Er war nicht die rechte Hand von ihm, keine Nummer zwei, so wie er sich das früher vorgestellt und gewünscht hatte. Vukic war eine Nummer eins, nach der lange nichts kam, weil lange nichts kommen durfte. Er selbst war nur ein Handlanger, ein Rädchen in der Maschinerie, die er mit viel Schweiß und Blut am Laufen zu halten hatte.

Zudem hatte er auch zehnmal um den Block kurven müssen, bis er endlich einen Parkplatz bekommen hatte. Auch das hob seine Laune nicht. Er sehnte sich nach einem Häuschen im Grünen, wo er nicht von dem penetranten Knoblauchgeruch eingehüllt wurde, wenn er von draußen hereinkam.

Er sperrte die Wohnungstür auf. Sofort setzte ein Sperrfeuer an trampelnden Schritten ein. Die drei Buben begrüßten ihn. Milan, Srdjan und der kleine Slobo, der erst seit wenigen Wochen laufen konnte. Er trug eine Windel und sah damit aus wie ein Schneemann, der sich selbständig gemacht hatte. „Papa, Papa ist da!", riefen sie wie aus einem Mund. Die weißen Augen blitzten aus den dunklen Gesichtern, die vom Tollen am Spielplatz beim Donaukanal ganz schmutzig waren. Tadic hörte das aus der Küche dringende Scheppern der Töpfe. Er schlüpfte aus den Schuhen, strich seinen Söhnen über die Köpfe und fragte: „Mama ist in der Küche?" Zu Hause lief die Unterhaltung in der Muttersprache ab, auch wenn die Kinder untereinander eher Deutsch sprachen. Er fand es gut, wenn sie es lernten und damit vielleicht etwas bessere Chancen haben, als er sie vorgefunden hatte. Ohne Geld und ohne Worte. Immer nur nicken und immer nur das tun, was die anderen von ihm verlangt hatten.

„Ja", antwortete Milan, der mit seinen zwölf Jahren der Älteste war. „Heute gibt es Kotelett mit Djuvec und Reis."

Tadic verzog die Mundwinkel. Nicht gerade seine Leibspeise. Er betrat die Küche und begrüßte Snezana mit einem Kuss auf ihre Wange. Sie trug Dana auf ihrem rechten Arm, mit dem anderen rührte sie in den Töpfen auf dem Herd. Er zwickte Gordana, sein jüngstes Kind und beinah noch ein Säugling, in ihren knubbeligen Oberarm. Sie schenkte ihm dafür einen verzückten Blick und deutete mit ihren Armen, dass sie zu ihm wollte. Seine Frau drehte sich zu Tadic, der das Kind übernahm.

„Na, schlechter Tag heute?", sagte sie mehr als Feststellung, denn sie kannte diesen unzufriedenen Blick.

„Ja, da ist etwas schiefgelaufen und jetzt gibt der Chef mir die Schuld."

„Wir können gleich essen. Hilfst du mir mit den Tellern?"

Nach dem Essen holte Tadic sich eine Flasche Bier und wollte sich vor dem Fernseher niederlassen, da ertönte die Melodie von einem Mobiltelefon. Snezana brachte die Kleinen zu Bett. Es klingelte weiter. Tadic ließ einen hilfesuchenden Blick los, doch Milan ließ sich nicht stören, er spielte weiter mit der Taschenkonsole. Genervt knallte der Vater die Bierflasche auf den Tisch und deutete Srdjan, ihm das Telefon aus seiner Jacke, die er im Vorzimmer aufgehängt hatte, zu holen. Auftragsgemäß kehrte der Knabe mit dem Ding zurück. Tadic las den Anrufer vom Display ab. Schnell trank er einen Schluck, dann nahm er das Gespräch entgegen.

Als seine Frau wenig später ins Wohnzimmer zurückkam, hatte Tadic schon wieder Schuhe und Jacke angezogen.

„Ich muss nochmals weg, es gibt Probleme", beantwortete er das Fragen in ihren Augen.

„Aber es ist Samstag, du warst eh den ganzen Tag weg."

„Ist doch Vukic egal, du kennst das Arschloch."

„Wird es wieder spät?"

„Weiß nicht", brummte er und zog die Tür hinter sich zu.

Tadic erreichte den kleinen Imbissstand am Yppenplatz. Der Ausdruck auf dem Gesicht des dunkelhäutigen Mannes hinter dem Verkaufstresen ließ erkennen, dass er über Tadics Besuch wenig erfreut war. Er baute sich breitbeinig mit hochgezogenen Schulterblättern vor diesem auf.

Tadic drückte seinen Brustkorb gegen das Brett, auf dem die Speisen hinübergereicht wurden und fixierte sein gut einen Kopf kleineres Gegenüber mit ernster Miene. Der eröffnete das Gespräch:

„Jetzt schickt er also Sie, aber ich lasse mich nicht einschüchtern."

„Du weißt also, warum ich da bin", sagte Tadic nach einer Pause. „Lass mi eine, ich will dir was erklären." Der lange

Tadic hatte kein Problem, seinen Kopf weit in den in einem Anhänger untergebrachten Imbiss zu stecken.

Der Widerstand des schmerbäuchigen, dunkelhäutigen Mannes begann äußerlich zu bröckeln. Er ließ die Schultern sinken, atmete schwer aus, und sein „Nein" klang zögerlich und wenig überzeugend.

Tadic griff die Wand des Waggons, er nahm das dünne Blech in seine Hände und stemmte sein Gewicht gegen den Waggon, der zu wanken begann. „Also, entweder ich komm rein oder du fliegst raus." Er gab dem Stand einen Schubs und der kippte bedrohlich nach hinten. Einige Ketchuptuben, Gurkengläser und Getränkeflaschen krachten auf den Boden. Der Besitzer drinnen klammerte sich an das Pult, um nicht selbst zu stürzen.

„Warten Sie, warten Sie bitte", bat er und deutete zur Tür. „Man kann über alles reden." Er öffnete diese und Tadic kletterte mit eingezogenem Kopf in das Innere.

„Man über alles reden kann", sagte er und tätschelte dem weit älteren Mann die Wange. „Man soll sogar darüber reden." Tadic gab dem Mann nun eine Ohrfeige. Der wich geduckt, sich die Wange reibend, einen Schritt zurück. „Man muss vor allem vorher reden, bevor man nicht mehr bestellt!", fuhr Tadic den eingeschüchterten Standler an.

„Aber", hob der Mann zu seiner Verteidigung an, „das Fleisch ist nicht rein."

„Was?" Tadic packte den Kopf seines Kontrahenten und drückte ihn gegen den sich vor einem Ofen drehenden Fleischspieß. Der Budenbesitzer versuchte sein Gesicht wegzudrehen. Hilflos fuchtelte er mit seinen Armen durch die Luft, ohne Tadic auch nur ansatzweise zu treffen. Stattdessen fegte er einige Dosen zu Boden.

Tadic riss den Mann zurück. „Und das hier ist rein? Hat dir geschmeckt?" Er ließ von ihm ab und stieß ihn von sich.

Der Mann hielt sich nun die andere von der Hitze gerötete Wange. Sein weidwunder Blick starrte Tadic entgegen. Er holte mehrmals Luft, bevor er etwas sagte: „Die Kunden ..., also bei mir kaufen viele Muslime ein. Das Fleisch von euch stinkt nach Schwein."

Tadic grinste. Er dachte an die Fabrik, wo die Reste, die eigentlich zur Entsorgung und Verwertung vorgesehen waren, aufgearbeitet wurden. Sie wurden ja auch wirklich verwertet, nur eben anders als gedacht. „Dann musst es eben besser würzen." Er griff nach dem Behältnis mit dem scharfen Pul Biber und schleuderte es in Richtung des Mannes. Der hielt sich die Hände zum Schutz vor die Augen, die Dose flog gegen seine Knöchel, die vom Pulver rot gefärbt wurden.

„Mein Problem ist aber, dass die Kunden lieber unten kaufen." Er deutete zu einem anderen Imbissstand, der unweit von seinem stand. Tadic riss die Augen auf. Er fragte sich, wie das hatte passieren können. Der hatte tatsächlich hier nichts zu suchen. Das war sein Revier, also das von Vukic.

Erstmalig lächelte er ein wenig bedauernd seinem Opfer zu. „Ja, warum sagst du das denn nicht gleich? Dafür sind doch wir da. Keine Sorge, ich kümmer mich drum. Und du bestellst morgen wieder bei uns, klar?"

Der Standler richtete sich seinen von Fettflecken übersäten Arbeitsmantel ein wenig zurecht. Wie ein gemaßregelter Schüler nickte er ergeben. Tadic hinterließ mit den Worten „Solltest du unsere Nummer vergessen haben, nur zur Sicherheit" ein Kärtchen.

Wie ein Gepard auf der Jagd war er in wenigen Sätzen bei dem anderen Stand angelangt, wo einige Jugendliche offenbar auf ihr Kebap warteten. Ein bärtiger Mann mit Kappe auf dem Kopf war dabei, einige Fleischstücke vom Spieß zu säbeln. Tadic umkreiste den Wagen zum Eingang hin, die Tür stand zum Glück offen. Er hechtete hinein. Mit den Armen stützte er sich auf die Arbeitsplatten zu beiden Seiten des Wageninneren und holte Schwung. Er stieß sich ab. Die Füße voran flog er auf den arabischstämmigen Mann zu, der so überrascht war, dass er ohne zu reagieren voll von Tadics Stiefel im Gesicht getroffen wurde. Die Wucht des Tritts riss ihn nach hinten. Er knallte mit dem Hinterkopf an die Wand am Wagenende, aus Nase und Mund blutend. Die Jugendlichen vor dem Stand suchten schnell das Weite.

Der Mann rappelte sich benommen auf, sich ein Tuch vor das verletzte Gesicht haltend.

„Wo kommst du her?", fauchte ihn Tadic an.

„Äh, Ähh, Ägypten ...", stammelte der andere.

„Es ist mir scheißegal, aus welchem Scheißland du kommst. Ich will wissen, was du hier machst, warum du hier bist. Du hast hier nichts verloren!" Was wie die Eckpunkte eines rechtsnationalen Parteiprogramms klang, verfolgte in diesem Fall nur wirtschaftliche Interessen, was der Angegriffene aber im Moment nicht verstehen konnte.

„Ich Konzession, amtlich, alles korrekt!", sagte der Ägypter in gebrochenem Deutsch. Er tupfte sich das Gesicht vorsichtig ab und schielte nach dem Messer, mit dem er die Tomaten in dünne Scheiben schnitt. Tadic erkannte das Vorhaben hinter seinem Blick und machte einen Satz vor. Er fasste das Messer und mit einem Knick brach er die Klinge vom Schaft. „Vergiss es, Kameltreiber." Er steckte den Finger in den Mund und saugte das Blut heraus, das aus einem feinen Schnitt kam. „Deine Konzession nützt dir nix, wenn die Hütte do brennt, also jetzt sag ich, was du machst."

Wenig später rief er Vukic an. Der war wie immer unfreundlich. Tadic telefonierte im Gehen. „Problem gelöst. In unserem Sinn. Beide kaufen jetzt bei uns. Und damit hat auch unser erster Partner kein Problem, weil dann beide dieselbe Ware anbieten müssen und wir haben sogar doppelten Profit."

„In Ordnung. Warst du bei der Polizei?" Wie gewohnt kam von Vukic keine Belobigung oder zumindest ein Anflug von Zufriedenheit mit Tadics Handeln.

„Natürlich, gleich am nächsten Tag in der Früh, so wie du gesagt hast. Sonst noch was?"

„Schlaf dich aus, ich brauch dich morgen auf der Baustelle, nur für den Fall, dass jemand von der Polizei nach dir sucht."

„Aber morgen ist Sonntag?" Tadic stoppte seine Schritte.

„Na und? Du bist Geschäftsführer, da darfst du auch am Sonntag arbeiten. Ich werde das selbst prüfen. Es gibt immer was zum Verbauen, nicht?"

„Aber sicher." Du alter Leuteschinder, natürlich, aber warte nur, bald werde ich es dir heimzahlen, dachte Tadic, während er zu seinem Wagen ging, den er auf der Ottakringer Straße abgestellt hatte. Er blickte auf die Uhr, es war kurz nach acht, die Kinder wahrscheinlich noch nicht im Bett. Er war müde und hatte keine Lust auf Familie. Er ließ den Motor an und steuerte die Alxingergasse an. Ein paar Stunden bei Milena versprachen Entspannung und Ablenkung.

Sonntag, 26. August

Marco Martin war schon den ganzen Tag über schlecht gelaunt. Kein Wunder nach so einer Nacht mit wirren Träumen. Und das Aufwachen war auch nicht besser gewesen. Mit Magenschmerzen. Zu spät und zu viel gegessen lautete seine Conclusio. Aber sein Herz klopfte immer noch, auch wenn er sich nur mäßig bewegte. Ob er zum Arzt gehen sollte? Er verneinte. Die Wartezimmer waren voll von Hypochondern, da brauchte er sich nicht in die Legion der auf Krankenschein ihre Mimosen Pflegenden oder ihre Einsamkeit durch kollektives Warten Mildernden einzureihen.

Das Frühstück war dementsprechend karg ausgefallen. Kamillentee anstelle von Espresso. Kein Wunder, dass er nicht richtig wach wurde. Und trotzdem pochte sein Herz nervös vor sich hin. Er schaffte es nicht wegzuhören, er horchte ständig in sich hinein, fühlte alle Augenblicke mit Daumen und Zeigefinger die Halsschlagader.

Widerwillig löffelte er ein fettreduziertes Joghurt und dachte dabei wehmütig an den im Kühlschrank seiner harrenden Blauschimmelkäse, die würzige Pastete und den milden Burgunderschinken, der so herrlich zu dem duftenden Weißbrot gemundet hätte.

Sein Telefon läutete. Unten, da lag es. Er schnellte von seinem Stuhl empor, hielt aber in der Bewegung inne, griff sich an die Brust und mahnte sich zur Langsamkeit. Gelassenheit und Bedächtigkeit war die für heute ausgegebene Maxime. Vielleicht alles ein wenig übertrieben, aber sicher nicht unvernünftig. Da war zwar noch irgendetwas, grübelte er, ohne dass es ihm einfallen wollte, aber das war sicher nicht so wichtig.

Er erhob sich wie ein alter Mann, stützte seine Arme an der Tischplatte ab und schlurfte hinab, wo er das mittlerweile erstummte Telefon imSchlafzimmer fand. Er erkannte die Nummer am Display. Das war die letzte Person, mit der er heute reden wollte. Auch sonst nicht und heute schon gar nicht! Wie ein trotziges Kind schob er seine Unterlippe vor und wischte über das Display. Die Nummer verschwand.

Wenn er schon unten war, konnte er sich gleich anziehen. Aber bequeme Sachen. Die neue Hose, marineblau und von Hilfiger konservativ geschnitten, spannte ihn ohnehin im Bund. Er erinnerte sich an das Grinsen des Verkäufers, der ihm den Rat erteilt hatte, die schlanken Größen in seinem Alter zu vergessen. Was hatte der schon für eine Ahnung? Er fischte aus dem Kasten seine Jogginghose hervor. Die trug er nie zum eigentlichen Zweck, denn er hasste Joggen, sondern nur zu Hause, und nur, wenn er krank war, und da er sich heute angeschlagen fühlte, da passte das Stück.

Das Telefon klingelte wieder los.

Nein!

Er wollte nicht mit seiner Schwester telefonieren. Sicher nicht.

Es war der Onkel. Martin nahm das Gespräch an. Aber nur weil er um die Hartnäckigkeit seines Onkels wusste. Er würde solange anrufen, bis er mit ihm sprach oder – noch schlimmer – nach einigen ergebnislosen Versuchen einfach vor der Tür stehen.

„Was ist?", eröffnete er das Gespräch.

„No? Simma heut' schlecht gelaunt?"

Martin erzählte ihm von seiner katastrophal verlaufenen Nacht, wobei er jedoch die persönlichen Details des Traums aussparte.

„Afoch z'vü gessn und z'vü trunken", konstatierte der Onkel in seiner punktgenauen Art.

„Wahrscheinlich", entgegnete Martin knapp. „Aber ich fühl mich nach wie vor beschissen, ich weiß nicht, aber heute ist mein Kreislauf irgendwie im Eck." Er fühlte abermals seinen Puls, der jetzt kaum spürbar war.

„Najo, du muasst aufpassen, du bist in an Alter, wo man sich nicht spielen derf, wenn die Pumpe amal beleidigt ist."

Martin erstarrte in seiner Position. Er atmete stoßartig ein und aus. „Wieso? Was soll mit meinem Herz sein?", fragte er verhalten.

„Du bist ned sehr sportlich, haberst ganz gern und des Tschechern hat schon andere umg'haut."

„Was heißt nicht sportlich?", gab sich Martin entrüstet. „Was glaubst du, was ich so bei meinen Observierungen an Metern mache?"

„Ja, des schon, aber meist mit dem Auto."

Da hatte der Onkel nicht ganz unrecht. Er hatte zwar einen manchmal stressigen Beruf und war auch viel auf Achse, aber das wirklich fast nur mehr in sitzender Position.

„Und Ausgleich hast auch keinen."

Das sah Martin natürlich anders: „Aber wieso, ich entspann mich bei meiner Sammlung, und ..."

Der Onkel prustete los, die Phase des Mitgefühls war beendet: „Ja, bei deine Eierfiguren, des glaubst du, aber des is ka Ausgleich. Du muasst an die frische Luft, du muasst was tuan."

Schon seit einigen Jahren sammelte Martin alle erdenklichen Figuren, die es in den Überraschungseiern zu finden gab, und er besuchte auch Börsen, um begehrte Stücke vergangener Serien zu ergattern. Martin befühlte den Stoff seiner Sporthose, die bei ihm nur die Rolle des Siechengewands einnahm. Aber immerhin, der Onkel hatte ihn so fuchsig gemacht, dass sich sein Puls normal anfühlte. Normal beschleunigt, also normal verärgert.

„Entschuldige, lieber Onkel", säuselte er jetzt, „aber warum hast du eigentlich angerufen?"

„Ah jo, richtig! I wollt di fragen, ob du schon mit der Anja gesprochen hast?"

„Nein!"

„Sie wollt di anrufen."

„Das hat sie, aber das Handy war aus meiner Reichweite."
Es klingelte nun an der Tür. Das wäre ihm schon unter normalen Umständen ein wenig viel Hektik an einem Tag gewesen, aber heute war es eine richtige Prüfung. „Du, es ist wer an der Tür, ich muss nachsehen."

„Sicher, aber red bitte mit deiner Schwester, es is wichtig, sie braucht dich wirklich ..."

„Ich sie aber nicht."

„Red kan Bledsinn, bitte geh ran, wenn's no amal anruft, und no was: Geh zum Arzt, Bua."

Martin wusste nicht, worüber er sich mehr aufregen sollte: über die blöde Anrede seines Onkels, der ihn oft noch wie einen Schuljungen behandelte, über seinen angeschlagenen Zustand, über die Aussicht, dass ihn seine Schwester nochmals anrufen würde oder über das penetrante Klingeln an der Tür, zu dem sich jetzt auch noch ein Klopfen gesellte.

Er stürmte zur Eingangstür – der Wunsch nach kontemplativer Einkehr und Besinnung an diesem Tag war ihm sichtlich nicht vergönnt – und riss sie auf.

„Was wollen Sie?", fuhr er den Mann, der davor wartete, unfreundlich an.

„Verzeihen Sie, wenn ich ungelegen komme", sagte dieser ein wenig eingeschüchtert, wobei seine Augen auf Martins nackten Oberkörper starrten, „aber wir haben doch für heute eine Probefahrt ausgemacht. Ich komme wegen des Wagens."

„Richtig", fiel Martin der Termin wieder ein, „auf Sie hätte ich jetzt fast vergessen", kam die ehrliche Antwort. „Warten Sie bitte kurz, ich will mir etwas überziehen. Sie können schon vorgehen. Das Auto steht unten, bei den Carports, gehen Sie ruhig vor, ich bin gleich da."

Martin saß ein wenig verloren auf dem Bett. Sein Blick blieb an seinem Bild, das ihm die verspiegelte Tür seines Kastens hinüberwarf, hängen. Er sah gar nicht gut aus. So machte man keine Geschäfte, keine guten zumindest. Der Wunsch, sein Cabrio zu verkaufen, war mit der Pleite von Saab schnell in ihm gereift und er hatte seinen Wagen vor kurzem annonciert. Von den wenigen Anrufern war der junge Mann, der eben an seiner Tür erschienen war, noch der interessierteste gewesen. Er hatte auch wegen des Preises nicht schon am Telefon Mätzchen gemacht. Fixpreis ist eben Fixpreis, dachte Martin. Er fischte die hellen Dockers aus dem Schrank, schlüpfte in das schwarze Marittima Polo und warf das neue Boglioli Sakko über. Das dunkle, im Licht ein wenig schimmernde Stück war zwar nicht gerade billig, aber topmodisch, wie ihm der Verkäufer versichert hatte. Und schlank geschnitten, sehr schlank sogar, wie er nun feststellen musste. Eigentlich zu schlank. Er konnte den Knopf nicht einmal mit eingezogenem Bauch schließen. Er gab dieses Unterfangen auf, indem er die Anspannung aus seinem Körper entweichen ließ, blies die Luft erleichtert aus und tastete den Wulst, der sich sofort über den Hosenbund gelegt hatte, kritisch ab. Vielleicht hatte der Modeberater, der ihm die nächste Größe empfohlen hatte, nicht ganz unrecht gehabt? Egal, dann würde er das Teil eben offen tragen. Schnell die Zähne geputzt und die Haare mit ein wenig Wasser wieder in Form gebracht. Für eine Rasur fehlte die Zeit, Käufer darf man nicht warten lassen, außerdem war sein Dreitagesbart im Moment das Einzige, das an ihm sexy war. Fand er zumindest nach einem letzten Blick in den Spiegel, ehe er sein Haus verließ.

Sein potenzieller Kunde stand beim Wagen und strich mit der Hand über den glänzenden Lack, wobei er einige Stellen prüfend in Augenschein nahm. Martin beobachtete ihn für eine Weile. Er trug einen etwas zerknitterten Leinenanzug in einem hellen Blauton, darunter ein modisches T-Shirt mit einem schreienden Motiv. D&G, befand Martin. Zumindest modemäßig war man auf einer Welle, warum daher nicht auch beim Wagen? Er öffnete ihn per Funk.

„Sie können sich gern hineinsetzen, um ein Gefühl vom Innenraum zu bekommen. Oder wollen Sie den Motor sehen? Es wurden alle Services gemacht."

„Bei einem Auto in diesem Zustand gehe ich davon aus, nein, das wird nicht nötig sein. Können wir eine Probefahrt machen?“ Der Mann, den Martin nicht einmal auf dreißig schätzte, lächelte ihn an. Ein sympathischer Bursche, wie Martin fand.

„Natürlich, steigen Sie ein.“

Das Wetter ließ eine Fahrt mit geöffnetem Verdeck zu. Martin steuerte die Höhenstraße an, die Reifen polterten bald über das Kopfsteinpflaster. Von den nahen Wiesen duftete das gemähte Gras herüber. Bei einem der Parkplätze, die durch die darunter liegenden Schneisen im Wald einen herrlichen Blick auf die Stadt eröffneten, hielt er an und die Männer wechselten die Plätze.

„Wie heißen Sie eigentlich? Ich glaube, Sie haben sich nicht vorgestellt, als wir telefoniert haben.“ Er betrachtete den jungen Mann hinter dem Lenkrad, der es sichtlich genoss, wie ihm der Fahrtwind durch die dunklen Haare fuhr und einzelne Strähnen durcheinander wirbelte.

„Peter, Peter Lehner, aber meine Freunde nennen mich Pete.“

„Und was machen Sie, wenn ich fragen darf?“

„Natürlich dürfen Sie. Ich habe eine Firma, so für alles Mögliche, aber meist verkaufe ich Sachen übers Internet.“

„Ach, Sie wollen den Wagen gar nicht für sich?“ In Martins Stimme klang ein wenig Enttäuschung mit.

„Doch, der ist für mich.“ Er grinste zufrieden wie ein Bub vor dem Weihnachtsbaum.

Wenig später kehrten sie zurück. Die Sache war perfekt. Pete wollte das Gefährt.

„Wunderbar“, sagte Martin, der sich freute, dass sie so schnell einig geworden waren, „dann machen wir den Kaufvertrag und morgen holen Sie das Auto.“

Pete wollte das Gefährt und er wollte es sofort: „Hören Sie, ich dachte eigentlich, ich kann das Auto gleich mitnehmen?“ Er blickte Martin bettelnd aus großen Augen an.

„Wie stellen Sie sich das vor? Ich hab den Typenschein im Schließfach auf der Bank, außerdem muss das Auto noch umgemeldet werden. Und ich brauche den Wagen noch. Mein Neuer wird frühestens in zwei Wochen ausgeliefert."

„Vielleicht können wir das drinnen besprechen? Ich hätte da einen Vorschlag."

Martin kam ins Wanken. Er bat Pete zu sich auf die Terrasse und servierte ihm einen Kaffee. Es war ein angenehm milder herbstlich anmutender Tag, klar und freundlich, ohne dass die Sonne vom Himmel brannte. Pete bedankte sich für den Kaffee und sagte, nachdem er einen Schluck davon getrunken hatte: „Sehen Sie, ich brauche den Wagen noch heute, unbedingt. Ich habe meiner Tante versprochen, dass ich sie besuchen komme. Die alte Dame wohnt in der Nähe von Deutschlandsberg und leidet unter Gelenksschmerzen. Ich habe ihr eine Spezialunterlage für das Bett besorgt, was ein wenig Linderung bringen sollte. Ich will sie nicht enttäuschen. Das ist, ehrlich gesagt, auch der Grund, warum ich mich so schnell entschlossen habe und auch nicht weiter um den Preis feilschen will." Er zückte sein Portemonnaie und reichte Martin seine Karte. Martin fielen die vielen Kreditkarten auf, die darin steckten. Visa, American Express, Diners Club, alle auf Gold, Platin oder Masterniveau. Er las den Text der Visitkarte. „Services" stand wenig sagend unter Petes Namen. Doch die Adresse in bester Innenstadtlage, unweit von Rudolfsplatz, Tuchlauben und der Kirche Maria am Gestade, zerstreute seinen Zweifel ein wenig. Außerdem war Pete kein Ausländer. Martin wunderte sich zunächst über sich und diesen fragwürdigen Gedanken. Doch dann hatte sich dieser schon in seinem Hirn festgebrannt und gab letztlich den Ausschlag. Einem Landsmann konnte man trauen. Pete zog ein dünnes Bündel Fünfhundert-Euro-Banknoten hervor. „Hier habe ich fünftausend Euro. Wenn es für Sie in Ordnung geht, dann", er machte Gänsefüßchen in der Luft, „borge ich mir heute nur den Wagen. Den Rest des Geldes gebe ich Ihnen aber trotzdem sofort mit Scheck. Damit sind Sie auf der sicheren Seite. Ich bringe Ihnen den Wagen morgen zurück. Den Scheck lösen Sie auf Ihrer Bank ein, wann immer Sie wollen. Wenn Ihr neues Auto da ist, hole ich mir dann die Papiere. Was sagen Sie?"

Die Augen des jungen Mannes waren erwartungsvoll auf Martin gerichtet. Der Vorschlag schien fair. Und Martin war es gewohnt, von seinen Klienten Schecks entgegenzunehmen. Es war ihm auch klar, dass man selten mit fünfundzwanzigtausend Euro in der Tasche spazieren fuhr, aber die Abwicklung hatte er sich trotzdem anders vorgestellt. Er hatte noch immer ein wenig ein mulmiges Gefühl. Weniger wegen der Bezahlung. Was ihn störte, war, dass der Bursche mit dem auf ihn zugelassenen Wagen durch die Lande brausen wollte. Was, wenn er als notorischer Schnellfahrer wirklich brauste? Wer würde für die Strafen aufkommen? Umgekehrt, er lieh sich nur den Wagen, bezahlte ihn aber sofort, was wollte man mehr? Dennoch zögerte Martin. „Ich weiß nicht ..."

Der Blick von Pete verlor seine Unschuld und wurde geschäftlich. Pete strich über die Geldscheine und faltete diese, um sie wieder einzustecken. „In Ordnung", sagte er, „wenn wir so nicht zusammenkommen, dann muss ich weiter. Ich habe noch ein anderes Auto im Angebot."

Martins Telefon klingelte. Das war heute wie ein Fluch. „Ja", meldete er sich gehetzt. „Anja?" Martin gab es einen Stich. Er ließ den Arm mit dem Telefon sinken und starrte Pete mit wirrem Blick an. Dann bekam er sich schnell wieder unter Kontrolle und wurde unwirsch. „Du, ich kann jetzt wirklich überhaupt nicht. Ich ruf dich gleich zurück. Ja, ganz sicher. Okay, es ist wichtig. Bis gleich." Er schüttelte den Kopf, dann wandte er sich Pete zu. „Perfekt."

Pete grinste und griff in sein Sakko. „Ich habe hier den Kaufvertrag vorbereitet."

Martin begleitete den Käufer, sobald die Formalitäten erledigt waren, zu dessen neuem Auto. Dieser startete den Motor, ließ ihn ein paarmal aufheulen.

Frau Pribil, Martins zänkische Nachbarin, tauchte auf wie eine unerwartete Rachefurie in einer antiken Tragödie. Sie taxierte den jungen Mann am Volant, dann schickte sie Martin einen argwöhnischen Blick. „Sie haben Besuch?“, fragte sie mit Betonung auf dem letzten Wort.

Martin versuchte, sie zu ignorieren.

Pete öffnete das Verdeck und stieg nochmals auf das Gaspedal. Eine bläuliche Abgaswolke schoss aus dem Auspuff. Frau Pribil baute sich neben Martin auf. Der rief Pete zu:

„Warten Sie, ich muss Sie noch beim Schranken rauslassen.“ Pete nahm den Zulassungsschein in Empfang, da läutete dessen Handy. Er hob ab, drehte sich aber von Martin weg, so dass der nur einzelne Fetzen verstehen konnte. „Ja, heute würde es passen … etwas später kann ich vorbeikommen … wir werden uns schon einig …“ Pete legte auf. An Martins Adresse gerichtet sagte er: „Ein Kunde.“

„Ich dachte, Sie wollten zu Ihrer Oma?“

„Tante, ja, das will ich, der Kunde liegt am Weg.“

Sagte es, lächelte Martin an und fuhr davon.

Martin öffnete den Schranken bei der Einfahrt und strebte in Richtung seiner Wohnung.

„Hören Sie“, empfing ihn, als er über die Stufen kam, Frau Pribil mit in die Hüften gestemmten Armen, „es geht mich ja nichts an, wenn Sie junge Herren mit Ihrem Auto beeindrucken, aber das geht nicht, dass die uns aus lauter Freude dann den Hof anstinken.“

Martin schaute die alte Frau verdutzt an, bevor er endlich begriff. „Aber nein“, beeilte er sich, zu erwidern, „ich will den Wagen verkaufen und der Herr hat ihn eben erworben. Was Sie schon wieder denken.“

„Hern S', ich misch mich nicht in die Angelegenheiten anderer, aber da muass a Ruh sein, klar?"

„Natürlich, ganz klar, Sie mich auch."

„Wie meinen?"

„Nix", grantelte Martin, „einen schönen Tag noch."

Martin blickte dem schwarzen Wagen nach, wie er um die Kurve verschwand. Mit gemischten Gefühlen. Einerseits war er froh, dass er schnell einen Käufer gefunden hatte, noch dazu einen, der ganz nett wirkte und nicht an den kleinen Beulen oder sonstigen Alterserscheinungen herummäkelte, andererseits war ihm doch mulmig, weil der Bursche schon vor der endgültigen Vertragsabwicklung unbedingt das Auto in Besitz hatte nehmen wollen. Gut, beruhigte er sich, er hatte das Geld, und was sollte schon groß passieren. Pete hatte einen vernünftigen Eindruck gemacht, also warum sollte er sich mit dem Fuß am Gaspedal als Hasardeur und Autobahnterrorist entpuppen? Martin drehte sich um. Das Wetter war lau – kein Wunder, dass die Leute mit ihren schreienden Bälgern heute wieder zum Heurigen pilgerten. Das Kindergeplärr wurde lauter, Martin wollte Schutz in den eigenen vier Wänden suchen. Er sperrte den Hauseingang, als er jemanden von hinten seinen Namen rufen hörte. „Markus!" Der Vorname laut Taufschein. Eine vertraute Stimme, durchzuckte es ihn. Eine warme, angenehm dunkel gefärbte Stimme, wie er sie leider noch bei keiner anderen Frau gehört hatte. Was er lange verdrängt hatte, versucht, in den Tiefen seiner Seele zu vergraben, brach mit einem Mal wieder hervor.

„Anja, was machst du hier?" Er fuhr herum. Da stand sie, direkt vor ihm, nur getrennt vom Tor, das die Anlage zur Straße hin abtrennte.

„Komm, lass mich rein", forderte sie.

Martin griff nach dem Schlüssel, seine Bewegung fror im Moment ein, als zwei Kinder um die Ecke bogen. Die zwei, die eben noch die Straße mit ihrem ohrenbetäubenden Lärm überflutet hatten, kamen nun auf ihn zu. Mit voller Wucht ließ sich der größere der beiden Buben gegen die Absperrung fallen, sodass das Krachen des Metalls durch die Einfahrt hallte. Anja ermahnte ihre Kinder, was ebenso viel Wirkung zeitigte wie eine rote Ampel mitten in der Fußgängerzone um vier Uhr morgens. Der eine hielt seine Arme durch die Gitterstäbe und schnitt dazu Grimassen, der andere wollte über das Tor klettern. Martin öffnete es schnell. „Du hättest vorher anrufen sollen", sagte er. Er betrachtete seine Schwester. Zum ersten Mal seit über zehn Jahren. Sie war vier Jahre älter als er, aber für über vierzig fand er sie immer noch hinreißend. Ein lange verdrängtes Begehren keimte in ihm auf.

„Das hab ich doch, aber du hast nicht zurückgerufen. Es ist wirklich dringend, bitte lass uns reden." Sie fing ihre Kinder ein wie eine Affenmutter ihre Jungen und erklärte: „Das ist übrigens der Raffael und das der Laurenz, und das", dabei deutete sie mit dem Finger auf Martin, „ist euer Onkel, von dem ich euch erzählt habe."

Martin nickte. Er führte seine Schwester mit ihrem Nachwuchs in sein Haus. Er ahnte, wer die Szenerie wie gewohnt verfolgt haben würde. Aus dem Augenwinkel betrachtete er die Kinder. Der Ältere musste an die zehn oder wenig drüber sein und der andere vielleicht sechs oder sieben.

Er führte sie in sein Wohnzimmer, wo die Kinder sofort auf dem Sofa zu tollen begannen, Martin blickte hilfesuchend zu Anja.

„Ruhe Kinder, bitte beruhigt euch endlich." Sie fasste den größeren an der Schulter und drückte ihn sanft in das Sitzmöbel. Er quittierte das mit einem lang gedehnten „Brrrrr", indem er die Lippen auf der Zunge vibrieren ließ. Wie ein Kleinkind. Der andere hüpfte auf den Fauteuil. Die Federung desselben warf ihn aber wieder ab und er landete mit dem

Kopf auf der Kante des Couchtisches, sofort setzte er zu einem Wehgekreisch ein.

„Schau, das hast du jetzt davon“, sagte Anja, die ihr Kind zum Trost in den Arm nahm.

Ja, das hab ich jetzt davon, dachte Martin, der sich von der Situation überfordert fühlte. Gänzlich überfordert.

„Warum hast du die Kinder nicht bei deinem ...“, das Wort wollte ihm nicht über die Lippen kommen, „also warum hast du sie nicht bei Niklas gelassen?“ Er hatte Anjas Mann nie kennen gelernt. Seinen Namen kannte er nur von der Hochzeitsanzeige – die Hochzeitsanzeige, die das Ende bedeutet hatte, das endgültige Aus. Er hatte sich diesen Namen eingeprägt, er hatte sich in seiner Seele festgebrannt, so wie der Name des Feindes, der einem alles geraubt hat. Niklas war dieser Feind.

„Das ist es ja, sie haben Niklas verhaftet. Daher brauche ich deine Hilfe.“

Tadic war froh, der Diskussion mit seiner Frau Snezana entkommen zu sein. Der Auftrag war ein guter Vorwand. Die war nämlich nicht sonderlich begeistert gewesen, als er mitten in der Nacht heimgekommen war. Mit einem ziemlichen Rausch, und der war zum Glück das Einzige, das sie ihm vorhielt. Vorhalten konnte. Sie wusste nichts von den gut achthundert Euro, die ihr Mann beim Kartenspiel verloren hatte. Und sie wusste nichts (sie ahnte nicht einmal etwas) von Milena.

Ebenso wenig war sie im Bild darüber, welche Aufträge Tadic zu vorgerückter Stunde von seinem Chef erhielt. Kurzum, sie hatte keine Ahnung, und Tadic trachtete danach, dass es auch so blieb. In jeglicher Hinsicht. Die letzten zwei kürzeren Gefängnisaufenthalte hatte er als Ergebnis normaler Wirtshausschlägereien, wie es sie unter temperamentvollen Männern immer wieder gibt, abtun können. Diese Strategie hatte auch bei den Richtern gefruchtet. Die hatten ihm das wohl abgekauft. Sind eben Heißsporne, diese Ausländer, mögen sie sich gedacht haben und gewährten bei Zuerkennung des Strafausmaßes einen gewissen Emotionsbonus für den Migranten, für den, der es wie so viele in diesem Land nicht leicht gehabt hatte, der die Chance auf Integration mangels entsprechender Ausbildung und Sprachkenntnisse eben nicht geschafft hatte. Die Opfer waren ja keine Inländer, keine „Staatsbürger erster Klasse", die man vor Asylanten oder Ausländern schützen musste. Die regeln sowas eben unter sich. Mit Fäusten. Das erspart, wenn nicht die Polizei einschreitet, sogar unnötige Arbeit – bringt also eine Gerichtsentlastung sui generis –, weil der Konflikt auf archaische Weise unter seinesgleichen gelöst wird, bevor er zu einem Akt wird, einem anschwellenden wohlgemerkt.

Seine Frau kannte, und das war gut so, nur die Spitze des Eisbergs, der als ein Teil von Boris Tadic an der Oberfläche trieb. Der Rest lag unter Wasser und dorthin hinabtauchen wollte sie nicht, war er doch nicht nur ihr Mann, sondern der Vater ihrer Kinder. Und Tadic bemühte sich, dass dieses Zerrbild seiner selbst, das an der Oberfläche trieb, ein oberflächliches Bild also, nicht in Gefahr geriet, daher begegnete er seiner Frau auch durchaus liebevoll. Ihr persönlich trat er mit Respekt gegenüber, war sie doch nicht nur seine Frau, sondern auch die Mutter seiner Kinder. Gewalt gehörte zu seiner Arbeit, aber nicht in die Familie.

Tadic war mit dem blauen Lieferwagen unterwegs, das Gefährt ohne Firmenlogo. Er stand vor dem versperrten Bauzaun und rüttelte daran. An den Schlüssel hatten weder er noch Vukic gedacht, wenn er denn einen Schlüssel hatte. Er ging die Absperrung entlang. Wie so oft gab es eine Stelle, wo diese nicht fix verbunden war. Er schob das Gitter ein wenig zur Seite. Der Spalt war für das Auto zu schmal, er musste eine Scheibtruhe holen, ehe er die Kanister und die kleinen Fässer einlud. Es war heiß und der Wind war ebenso warm wie der Südwind. Tadic legte sein Hemd ab. Die Muskeln spannten sich, als er die Griffe der Truhe anhob und die erste Fuhre zur Mischmaschine führte. Zum Glück gab es noch genug Hohlräume, die aufzufüllen waren.

Niklas Felder war also verhaftet worden. Für Martin eigentlich ein Grund zur Freude und jetzt bat ihn seine Schwester, ihm zu helfen. „Und wie stellst du dir das vor?" Martin riss fragend seine Augen auf. Insgeheim betrachtete er Anja. Sie trug ihr schwarzes Haar, aus dem vereinzelt ergraute Strähnen hervorblitzten, immer noch schulterlang. Die zwei Bälger waren inzwischen im Nebenzimmer verschwunden.

Anja zog die Schultern hoch. „Wie ich mir das vorstelle? Keine Ahnung!" Sie steigerte Tempo und Lautstärke. „Ich stelle mir überhaupt nichts vor. Bis heute Morgen hätte ich mir auch nicht vorgestellt, dass mein Mann verhaftet wird."

Ihre letzten Worte zuckten durch Martin wie ein Stromstoß. Kein tötender Stromstoß, aber quälend wie zur Folter eingesetzt. Er richtete sich kerzengerade auf, atmete tief ein. „Schau, ich bin nur ein kleiner Privatdetektiv, suche verschwundene Ehemänner oder verlegte Sparbücher. Kapitalverbrechen sind Sache der Polizei."

„Aber du musst doch auch etwas unternehmen können, wenn die Polizei jemand zu Unrecht verdächtigt!"

„Und wenn er es war? Hast du an diese Möglichkeit gedacht? Er braucht eher einen guten Anwalt."

Aus dem Nebenraum war ein leises Poltern zu vernehmen. Martin wollte aufstehen und nach dem Rechten sehen, da ergriff seine Schwester sein Handgelenk.

„Bitte, ich tue alles für dich, alles was du willst, aber hilf mir."

Bei diesem Gedanken lief Martin ein wohliger Schauer über den Rücken.

Seltsame Geräusche drangen aus dem Nebenraum, begleitet von verstohlenem Kichern.

„Ich würde alles für dich tun, das weißt du, aber für ihn? Da verlangst du zu viel."

Sie drückte Martins Arm fester. „Bitte, hilf mir, ich weiß nicht, wohin ich sonst soll." Sie schloss die Augen, ihre Lippen zitterten. In diesem Moment stürmte Raffael, der Größere, in den Raum, eine Hand nach oben gestreckt und damit wohl ein Flugzeug imitierend, während Laurenz ihm unter infernalischem Geschrei hinterdrein stürmte. Martins Herz blieb beinah stehen, als er erkannte, was Raffael da in der Hand hielt.

„Ferdi Fallobst mit roten Äpfeln" flog durch sein Zimmer, eine der seltensten Figuren, die wiewohl ein hässlicher Miniaturzwerg, jedem wahren Sammler das Herz höher schlagen ließ. Martins dagegen rutschte jetzt vor Schreck in die Hose, vor allem, wenn er an die Internetauktion dachte, bei welcher der Preis für dieses Sammlerstück in astronomische Höhe geschnellt war, wie ein Space-Shuttle in die Stratosphäre.

„Bitte, leg das sofort weg!", herrschte er Raffi unfreundlich an. „Das ist kein Kinderspielzeug!"

Raffael erstarrte in der Sekunde, er schleuderte das Teil in eine Ecke und stürzte zu seiner Mutter, bei der er schutzsuchend zu heulen begann wie ein Schlosshund.

„Es sieht aber aus wie eines. Für die Kinder auf jeden Fall", sagte Anja ihrem Sohn beistehend schroff. „Musst du ihn so anfahren? Das arme Kind."

Das arme Kind, das arme Kind, hallte es in Martins Gedanken nach, während er in die Ecke kroch, um sein Prunkstück in Sicherheit zu bringen. Wie ein aus dem Nest gestürztes Vogeljunges trug er es behutsam in der hohlen Hand zurück in den Setzkasten, wo ihn die nächste Katastrophe erwartete. Die Holzfächer waren leer, die Figuren lagen im Zimmer verstreut. Martin versuchte auf die Schnelle die Lage zu erfassen, suchte nach den wertvollen Stücken und geriet beinah in Panik, als er feststellen musste, dass ihm nicht nur der Überblick über, sondern in diesem Moment auch seine Sammlung abhandengekommen war. Ein Schwindel befiel ihn, ein Rasseln entkam seinen Lungen. Der Boden unter seinen Füßen schwankte. Das hatte aber, wie er bei der Rückkehr ins Wohnzimmer feststellen musste, eine ganz einfache Erklärung: Laurenz fand größten Gefallen daran, vom Sofa auf den Boden zu springen. Martin drehte sich alles im Kopf, kein Wunder, dass seine Nerven versagten und er vor Stress ein ständiges Klingeln im Kopf hatte.

„Es läutet an deiner Tür", stellte Anja lapidar fest.

Martin hetzte die Stufen hinunter. Ob es Pete war, der seine Landpartie so schnell beendet hatte?

„Hern S', so geht des ned! Da stürzt ja des Haus z'samm." Natürlich, die Pribil. Die machte sein Unglück perfekt. Aber in diesem Fall musste er ihr sogar recht geben. Der Plafond schwankte bedenklich, wie er bemerken musste. Gegen seine Neffen war ein Hunneneinfall ein kontemplativer Schweigemarsch.

Er nickte ihr nur zu, erstmalig, dass er ihr so etwas wie Zustimmung signalisierte, ließ sie aber an der offenen Wohnungstür stehen und flitzte die Stufen hinauf.

„So geht das nicht, wir gehen woanders hin. Hier kann ich keinen klaren Gedanken fassen."

Jetzt war es die Schwester, die verständig den Kopf auf und ab bewegte. „Raffael, Laurenz, kommt her, wir gehen."

Tadic schwitzte. Dreimal war er mit der Scheibtruhe zwischen Wagen und Baustelle hin und her gefahren. Der Wagen war leer und er gönnte sich eine kurze Ruhepause im Schatten. Zum Glück hatte er in einem unversperrten Container einige Pet-Flaschen gefunden, von denen zwei ungeöffnet waren. Er stillte seinen Durst mit einem billigen Almdudler-

Verschnitt vom Diskonter. Er betrachtete die Scheibtruhe und berechnete sein restliches Arbeitspensum. In gut einer Stunde oder etwas mehr würde er fertig sein. Von wegen Polizei, dachte er, Vukic hatte nur einen Vorwand gebraucht, ihn heute, am Sonntag, wieder die Drecksarbeit erledigen zu lassen. Er fuhr sich über den rasierten Kopf, als könnte er damit die von der Anstrengung rührende Hitze fortwischen, dann fuhr er mit den Fingerspitzen die schmalen Augenbrauen entlang, die in einem Sumpf aus Schweiß lagen, von dort führte sein Weg die Spitze des Zeigefingers die Narbe entlang. Es war kein Nachteil, dachte er weiter, wenn nur er das Geheimnis hinter Vukic kannte, wenn nur er wusste, warum man manchmal nachts oder an arbeitsfreien Tagen auf die Baustellen zu fahren hatte. Vukic hatte ihn damit ins Vertrauen gezogen, aber es war gefährlich, wenn ein Geheimnis nur einen Mitwisser hatte. Denn dann konnte der Mitwisser gefährlich werden. Und er wusste, was man allgemein mit unliebsamen Geheimnisträgern macht, seit jeher. Vukic sah das sicher auch so. Dumm war er nicht, sein Chef. Wenn auch manchmal schwer durchschaubar. Das war der Grund, warum Tadic noch zögerte, zu handeln, sich von ihm abzunabeln. Er hatte keine Ahnung, warum sie wie besessen nach „Zorro“ gesucht hatten. Monatelang hatte er versucht, sich auf dessen Spur zu begeben, und dann eines Tages hatten sie festgestellt, dass er bei ihnen angeheuert hatte, genau in der Baufirma, der er offiziell als Geschäftsführer vorstand. Natürlich unter falschem Namen. Aber dank der Paranoia der Österreicher vor illegalen Schwarzarbeitern und der damit einhergehenden Verpflichtung, auch auf Baustellen Ausweise mit Fotos aufzulegen, war er ihnen in die Falle gegangen. Jetzt war er tot. So wie es ihm vorkam, war sein Chef darüber nicht sonderlich erschüttert gewesen. Er war zwar nicht begeistert, als er ihm von dem Unfall berichtet hatte, doch das durfte damit zusammenhängen, dass er ihn gern ein wenig mehr hätte leiden sehen wollen. Er würde schon einiges dafür geben, um zu erfahren, welche Rechnung Vukic mit „Zorro“ offen gehabt hatte. Ein weiteres Geheimnis, das für ihn wertvolles Startkapital gewesen wäre.

„Was machen Sie da?“

Tadic schreckte aus seinen Gedanken auf, als er unvermutet angesprochen wurde.

„Das könnte ich auch fragen.“ Es war der Bauleiter, den er vor wenigen Tagen hier bereits gesehen hatte. Ohne Helm wirkte er weniger amtlich, das Gilet war geblieben. Offenbar trug er es bei jeder Witterung. Dieser sagte:

„Ich muss nach dem Rechten sehen, und danach, wie es mit dem Fortschreiten der Arbeit aussieht, schließlich muss ich euch allen morgen wieder sagen, wo es langgeht.“ Er grinste, sein roter Flaum an den feisten Wangen leuchtete im Abendlicht wie die in der Adria versinkende Sonne.

„Mit meiner Firma gibt es kane Problem.“

„Das wird sich zeigen, noch hamma grad erst Halbzeit g'habt.“ Er machte einen Schritt auf den im Halbschatten sitzenden Tadic zu. Er klopfte die Gipskartonwand ab, dabei drehte er verwundert den Kopf Richtung Schulter und führte so sein Ohr näher an die von ihm produzierte Schallquelle. Das Klopfen hallte kaum nach.

„Gute Arbeit, das wirkt fast wie fest gemauert, gar nicht nach Pappkarton. Sind die Platten verstärkt?“

„No sicha Scheff, schau amal her“, antwortete Tadic umgänglich, während er einen Plan hervorzog. „Das ist der Vorraum für Stiegenhaus. Do und do“, er fuhr mit der Hand die einander gegenüberliegenden Wände ab, „kummtane Handlauf, daher ist Wand verstärkt, damit auch Scheff wie du“, mit den Augen zeichnete er die Wölbung unter der ärmellosen Weste nach, „kann sich anhalten.“

Dieser Witz wurde vom Bauleiter weniger lustig gefunden. „Brauchst du noch lang?"

„Nimma long."

„Wenn's finster wird, haust ab, ist das klar? Da ist die Baustelle zu, du dann nix mehr arbeiten, verstehst?"

Tadic antwortete, indem er in Westernmanie gestreckten Zeige- und Mittelfinger von der Schläfe wegführte. In solchen Momenten spielte er den „Jugo", weil er wusste, dass die Österreicher das von ihm erwarteten: den etwas hopertatschigen und unbedarften Kerl. Manchmal war es von Vorteil, so zu tun, als ob man nur die Hälfte verstand.

Tatsächlich verließ Tadic wenig später mit seinem Fahrzeug das Gelände in der Nähe von Aspern, wo die Bauten fast schneller wuchsen, als die Architekten sie zeichnen konnten. Er hatte die leeren Container wieder auf der Ladefläche verstaut und rutschte auf den Fahrersitz. Er holte das auf dem Beifahrersitz vergessene Handy und prüfte, ob jemand ihn angerufen hatte. Drei versäumte Anrufe und eine SMS. Milena hatte ihm geschrieben, dass er doch heute wieder vorbeikommen solle. Er schüttelte den Kopf und löschte die Nachricht. Die Anrufe waren von seiner Frau. Der würde er ohnehin gleich begegnen. Er warf das Handy zurück auf den Nebensitz und startete den Motor. Mit der Rechten spannte er den Gurt über seinen Oberkörper. Der schwarze Stoff war von der Sonne aufgeheizt und brannte auf seine Brust. Sein Hemd, er hatte sein Hemd vergessen! Er brachte den Motor wieder zum Absterben, indem er den Zündschlüssel abzog. Durch die Lücke im Zaun huschte er zurück auf die Baustelle.

Martin steuerte auf einen der leeren Tische im Garten des Frostbachl-Fadinger zu. Er und Anja ließen sich dort nieder, während die beiden Buben sofort zu den Spielgeräten liefen.

Martins Blick wanderte durch den Garten, in dem die vielen Heurigenbänke nur spärlich besetzt waren, was ihn bei diesem durchaus freundlichen Spätsommertag wunderte. Gut, der Kirtag war nur wenige Tage her, vielleicht waren die Leute übersättigt und hatten Lust auf Freibad oder Biergarten. Oder sie wollten die letzten Ferientage für einen Kurzurlaub nutzen.

„Wenig los hier", sprach Anja seine Gedanken aus.

„Ja, das wundert mich auch."

Ein Kellner trottete herbei, der lustlos über die Tischplatte wischte und dann die Bestellung aufnahm. „Liter, Liter und zweimal Kracherl", wiederholte er diese.

Am Nebentisch saßen zwei Pärchen, die den Kellner zu sich winkten. Martin schnappte zwar nur einige Fetzen auf, es entging ihm jedoch nicht, dass sie sich über die Qualität von Wein und Essen nicht gerade positiv äußerten.

Martin reckte seinen Hals und hielt nach Michi Bogensberger, der neuen Inhaberin und Chefin, Ausschau. Er hatte sie jetzt schon einige Wochen nicht mehr gesehen.

Der Kellner servierte die Getränke und Martin mischte aus Wein und Soda für Anja und sich zwei G'spritzte.

An den Nebentisch kamen drei Kinder, zwei Mädchen und ein Junge, die sich bei ihren Eltern lauthals darüber beschwerten, dass die zwei Buben sie geärgert hätten. „Setzt euch halt zu uns und trinkt einmal was", sagte die eine Mutter. Die Kinder folgten der Aufforderung, wobei die Ruhe nur solange dauerte, wie die Kinder ihren Mund an die Gläser hängten. Bald darauf ging ein Kichern, Ruckeln und Klirren los. Der Nachwuchs hatte sein Kampffeld gefunden: den Heurigentisch. Als Munition dienten Soletti, die durch die Luft geschleudert wurden, oder Gurkenstückchen.

„Auch nicht viel ruhiger als bei dir", stellte Anja süffisant fest.

Martin zuckte nur mit den Schultern. Er trank einen Schluck aus seinem Glas und verzog sein Gesicht. Schal und sauer schmeckte der Wein, er hatte nichts gemein mit dem bislang vorzüglichen Tröpfchen, das er noch von Fadingers Zeit her kannte. Mit gerümpfter Nase stellte er das Glas ab und versuchte das Gespräch aufzunehmen.

„Warum ist Niklas verhaftet worden?" Er stellte fest, dass ihm der Vorname leichter über die Lippen ging. Anja wollte zur Antwort ansetzen, als sie und Martin plötzlich von der Kinderschar vom Nebentisch umringt waren. Die hatten das Schlachtfeld offenbar zu ihrem Tisch verlagert und pfefferten nun Kieselsteine oder Aststückchen durch die Luft.

Wie aus dem Nichts tauchte plötzlich der Schopf der Michi Bogensberger auf und sie packte einen der Buben am Schlawittel. „Wirst du wohl sofort aufhören damit?", fuhr sie ihn an. Der Knabe riss angstvoll die Augen auf, wahrscheinlich weil er fürchtete in die Fänge eines Rachegeists aus der Schattenwelt geraten zu sein, heulte im Moment los, dass die Tränen nur so über seine Wangen kullerten und rannte, kaum dass die Chefin den Griff gelockert hatte, zu seinen Eltern, die diese Szene wie gelähmt stumm verfolgt hatten. „Lass uns zahlen", schlug eine der Frauen vor. „Ja, ich will nur austrinken", kam es von ihrem Gegenüber.

Anja war in der Zwischenzeit aufgestanden und hatte ihre Kinder geholt, damit sie etwas trinken. Michi Bogensberger hatte Martin entdeckt und mit einem Strahlen bewegte sie sich nun auf ihn zu. Martin erhob sich und sie küssten sich auf die Wange.

„Schön, dass du wieder einmal da bist, du hast dich lang nicht blicken lassen, nicht einmal zum Kirtag. Ich hab schon gefürchtet, du bist eingeschnappt oder so."

„Aber woher denn, ich hatte nur einiges zu tun", flunkerte Martin, der vor seiner Schwester nicht ansprechen wollte, dass er sich schon seit einiger Zeit gesundheitlich nicht auf der Höhe fühlte. Er bemerkte den fragenden Blick, der auf seiner Begleiterin ruhte. „Michi, das ist meine Schwester Anja."

„Sehr erfreut, Michi Bogensberger. Ich bin Ihrem Bruder zu großem Dank verpflichtet, er hat mir sehr geholfen." Michis Hand hielt immer noch die von Martin, eigentlich zu lange, um als Geste reiner Verbundenheit durchzugehen. Es störte sie auch nicht, dass Anjas Söhne von ihren Plätzen aufgesprungen waren und nun ihrerseits um den Tisch jagten.

„Und jetzt stört Sie der Lärm nicht?", sagte einer der Männer vom Nebentisch, der auf Michaela zuging. „Wir wollen zahlen, aber subito!"

Martin sah, wie Michi ihre Brauen verzog und mit grimmiger Miene den Gast anherrschte: „Es geht Sie wohl kaum etwas an, was mich stört und was nicht. Außerdem ist das hier was anderes, Herr Martin gehört ja sozusagen zur Familie." Bei diesen Worten verzauberte ein Lächeln ihr Gesicht, doch der Sanftmut verließ dieses sofort wieder, als sie sich dem Gast erneut zuwandte: „Sie brauchen nichts bezahlen, aber ich will Sie hier nie wieder sehen."

Anja beugte sich zu Martin hinüber und flüsterte ihm ins Ohr: „Sag, gibt es etwas, das ich wissen sollte?"

Martin verneinte, indem er seinen ausgestreckten Zeigefinger vor Anja schüttelte. Er flüsterte zurück: „Und wenn es so wäre, müsstest du es auch nicht wissen. Ich bin jetzt groß."

Michi Bogensberger beendete das Geplänkel zwischen den Geschwistern, als sie diese ansprach: „Ich muss jetzt weiter, entschuldigt mich." Sie drehte sich im Gehen nochmals zu Martin um, dem sie ihre Hand auf die Schulter legte. „Wenn du nachher kurz Zeit hast, würde ich dich gerne sprechen. Es wird nicht lange dauern." Der Detektiv nickte. „Und jetzt lass ich euch allein, ihr wollt euch unterhalten."

„Na“, fragte nun Anja, „hast du da leicht was am Köcheln?“

Schön wär's, dachte Martin, aber das war leider nicht so. Die Michi, die war so was wie eine Schwester, dafür war seine Schwester die Frau, die er begehrte. Er war pervers, ja, das war sein Problem. Ein Problem, bei dem ihm auch kein Therapeut würde helfen können. Er schüttelte den Kopf. „Nein, sie ist nur eine ehemalige Kundin. Zurück zu deiner Geschichte. Wie soll ich dir helfen?“

„Niklas ist heute von zwei Polizisten geholt worden, sie sagen, er hätte jemanden umgebracht, und dass Fluchtgefahr bestünde.“

Dann erzählte sie die Geschichte, wie sie sie von Niklas, ihrem Mann, erfahren hatte. Eine Routinekontrolle, bei der jemand von einem Rohbau gestürzt wäre. Auf der Flucht vor den Baustellenprüfern. So etwas komme öfter vor, also das mit der Flucht, das mit dem Sterben natürlich nicht, das wäre ein Unfall gewesen, für den Niklas nichts könne. Er habe sogar dem Sterbenden noch beigestanden und auf die Rettung gewartet und dann sei plötzlich die Polizei da gewesen.

„Interessant“, stellte Martin trocken fest. Er beobachtete seine Schwester beim Reden, betrachtete ihr Gesicht, das vom Licht der Dämmerung umschmeichelt wurde. Sie war schlank, hatte aber eine rundliche Gesichtsform. Als Teenager, das wusste er noch, hatte sie darunter gelitten, dass sie trotz ihres sportlichen Körpers öfter als Pummelchen gehänselt wurde. Jetzt, da sie zur Frau herangereift war, war sie dadurch noch schöner. Ihre sanften Wangenknochen waren dadurch von Falten verschont geblieben. Martins Blick wanderte ihren Körper hinab. Über die breiten und doch weiblichen Schultern, zu ihrem Busen, der sich beim Reden hob und senkte. Hob und senkte. Wie gern hätte er mit seiner Hand darüber gestrichen, hier und jetzt, auch wenn das nicht der passende

Ort war, aber er konnte sicher sein, dass Anja das nicht zulassen würde. Sie gehörte einem anderen. Martin ballte die Faust, die Hand, die eben noch zärtlich hatte hinfassen wollen, musste nun kontrolliert werden. Martins Seelenqual blieb von Anja unbemerkt, als sie weiter erzählte. Am Montag wäre es passiert, die Kontrolle. Niklas sei selbst ganz durcheinander gewesen, als er ihr davon berichtet habe. Doch er war nach einer kurzen Einvernahme nach Hause geschickt worden. Und jetzt plötzlich habe man ihn verhaftet, an einem Sonntag, weil es auf einmal einen Belastungszeugen gebe, einen Mann, der gesehen haben will, wie Niklas das Opfer gestoßen hat.

„Und du meinst, dass das eine Falle ist? Ist er sicher unschuldig? Ich meine, was, wenn es so stimmt?

Anja vergrub ihr Gesicht in ihre Hände. Wie ein kleines Mädchen zog sie ihren Rotz auf. Dann platzte es aus ihr heraus:„Ich weiß gar nichts mehr, ich verstehe das alles nicht! Da ist nämlich noch etwas ..."

Der Wind pfiff durch die kahlen Betonplatten. Mit dem Untergehen der Sonne war es merklich kühler geworden, ein Rauschen ging durch die Baumreihe auf der Straße. Der Bauleiter zog den Zipp von seinem Gilet zu. Die Luft roch nach Herbst. Feuchte Erde und eine von der Sonne müde gewordene Vegetation kündigten den Wechsel der Jahreszeit an. Er hatte den Baufortschritt festgehalten. Sie waren gut in der Zeit, eine Verzögerung war nicht zu befürchten. Trotz der Polizei, die letzte Woche hier immer wieder den Betrieb aufgehalten hatte.

Er ging ins Baubüro. Dort schenkte er sich eine Tasse Kaffee ein, aus seiner Innentasche holte er einen Flachmann hervor, aus dem er ein wenig Hochprozentiges in das Häferl kippte. Das wärmte und machte munter, obwohl er bald fertig war. Er setzte sich, das wärmende Getränk in Händen, an den

Tisch und schaltete den Laptop an. Dabei musste er an Vukic denken. Der war ein sonderbarer Typ. Wieso hatte er ihn gebeten, die Polizei zu holen, noch bevor der Unfall oder was immer das war, passiert ist? Aber die Leute, die er schickte, waren gut. Die arbeiteten zuverlässig und schnell. Sogar heute, an einem Sonntag war einer seiner Leute da gewesen. Er öffnete das Excel-Sheet, während er in dem Ordner die Zahlen der letzten Teilrechnungen eintippte. Wie er es immer wieder schaffte, so günstige Subunternehmer zu finden, die auch tatsächlich für das bisschen Geld arbeiteten. Natürlich war ihm klar, dass solche Unternehmen irgendwo sparten. Sie zahlten keine Abgaben, der Finanzminister und die Kassen gingen meist leer aus, aber das war ja nicht sein Problem. Wichtig war, dass er Profit einfuhr, dann waren seine Chefs zufrieden. So gesehen war das eine runde Sache.

Er schreckte auf, als plötzlich die Tür aufflog. Gegen das Licht von draußen konnte er nur die Umrisse einer Person in der Tür erkennen.

„Was machen Sie da?"

Die Person kam langsam näher, die Arme hinter dem Rücken verschränkt. Jetzt erst erkannte der Bauleiter, wer ihn aufsuchte. Er entspannte sich. Er sagte: „Ach, Sie sind es. Was wollen Sie denn schon wieder? Heute ist doch Sonntag, da bauen wir nicht."

Der Besucher kam langsam näher, umrundete den Tisch und kam hinter dem Bauleiter zu stehen. Dieser klappte schnell den Bildschirm zu.

„Gehen Sie jetzt", sagte er, bevor seine Stimme langsam zusammengequetscht wurde. „Was machen Sie da?", keuchte er. „Lassen Sie mich los ..."

Nochimmer-Gruppeninspektor Krasberger hatte einen der von ihm nicht sonderlich geliebten Wochenendbereitschaftsdienste ausgefasst. Dementsprechend verhalten war seine Stimmung, als er die Polizeiinspektion betrat.

„Grüß euch, Kollegen", murmelte er, den Blick zu Boden gesenkt, beim Betreten das Wachzimmers zu den Uniformierten, die dort ihren Dienst versahen. Er durchquerte den Raum in Richtung Stiegenaufgang. Sein Blick blieb an dem Plakat an der Wand neben dem Türstock hängen, das eine lächelnde Polizistin am Zebrastreifen zeigte, deren blonde Haare im Wind wehten, und die den Verkehr für eine Gruppe Schulkinder aufhielt. Er stoppte und drehte sich nochmals um.

„Das muss natürlich Kolleg...Innen heißen." Er betonte das Binnen-I besonders. Die eine Polizistin im Raum hob ihren Kopf, wandte sich dann aber wieder ihrer Arbeit am Computer zu. Die zwei Männer warfen sich einen kurzen Blick zu, da war Krasberger aber schon am Gang.

Gendern war wichtig, von oben verordnet. Und warum zum Teufel, fluchte Krasberger innerlich, affichierte man dann solche Sujets? Keiner zeigte die Polizistinnen, wenn sie einen Junkie, der sie mit der womöglich verseuchten Spritze bedrohte, verhafteten, oder einen verunglückten Motorradfahrer vom Asphalt kratzen mussten. Die Frauen hier leisteten gute Arbeit, standen in Einsatz und Mut um nichts ihren männlichen Kollegen nach, und dann bestand die einzige Sorge darin, ob man sie auch entsprechend in der weiblichen Form ansprach. Und dabei war das ein Widerspruch in sich, weil doch genau das den geschlechtlichen Unterschied betonte.

Krasberger schlurfte die Stufen zu seinem Büro hinauf. Eilig hatte er es nicht, denn zu tun gab es für die Beamten des kriminalpolizeilichen Dienstes am Sonntag nicht so wahnsinnig viel. Häusliche Gewalt oder Wirtshausraufereien fanden meist schon zu Beginn des Wochenendes am Freitag statt, wenn die Arbeiter ihren Lohn versoffen, und die paar Autodiebstähle oder Wohnungseinbrüche nahmen die Uniformierten auf, die Erhebungsarbeit begann dann im normalen Turnus.

Er ließ sich in seinen Sessel plumpsen. Die Gasfeder des Bürostuhls gab unter seinem Gewicht nach und schnellte dann ein wenig zurück. Er blickte auf die Anzeigen, die auf seinem Schreibtisch lagen, blätterte die sonstigen Papiere halbherzig durch. Ein neuer Frauenförderplan war vom Ministerium herausgegeben worden.

Manchmal war er ganz froh, dass er nicht zum Dienststellenleiter befördert worden war. Da musste er sich mit solchen Sachen nicht herumschlagen, er brauchte nur seine Arbeit erledigen, der Rest war Sache der Vorgesetzten. Dabei hatte er sich tatsächlich Hoffnungen auf eine Beförderung nach dem letzten Fall gemacht. Doch man hatte ihm seinen Alleingang in den Mordfällen des Besichtigungsmörders vorgehalten, hatte sogar Konsequenzen in Aussicht gestellt, weil er das BKA viel zu spät eingeschaltet hatte und der Verdächtige entkommen hatte können. Die Überführung des wahren Täters war dazu nur ein kleiner Ausgleich für sein Minuskonto.

Jetzt war er wieder in den Niederungen der Kleinkriminalität angelangt. Er beugte sich vor und zog das Kaffeehäferl näher. Ein Blick hinein verriet, dass der Genuss des wenig ansehnlichen Rests ihm einen längeren Krankenstand bescheren würde. Auch keine Option, da war er auf Gedeih und Verderb seiner Frau ausgeliefert, die er zwar liebte, die aber, nachdem er ihr sogar den Hund gestattet hätte, jetzt schon wieder von einem Häuschen im Grünen schwärmte. Er als Kleingärtner, das war ausgeschlossen. Sollte er mit seiner Glock die Läuse von den Rosen ballern? Oder mit Elektroschocker auf Maulwurfsjagd gehen? Davon abgesehen waren diese Objekte unerschwinglich, zumindest für ihn als kleinen Beamten, der so unwichtig war, dass Korruption schon von der Möglichkeit her ein Fremdwort war für ihn. Dafür hätte er eher in die Politik gehen müssen.

Ein zögerliches Klopfen unterbrach seine Gedanken. Die brünette Kollegin aus dem Wachzimmer, die als Aspirantin seiner Dienststelle seit drei Monaten zugeteilt war, schob ihren Kopf durch die offene Tür. „Entschuldigung, wenn ich störe, aber ich soll Sie fragen, ob Sie den Verdächtigen verhören wollen."

Krasberger lehnte sich zurück und tat so, als hätte er nicht verstanden. „Was bitte? Was für einen Verdächtigen?"

„Wir haben den Verdächtigen von der Baustelle am Hauptbahnhof heute Morgen verhaftet."

„Aha, habt ihr das? Und wer hat das angeordnet?"

„Der Grasmugg, Verzeihung, Herr Revierinspektor Grasmugg."

Krasberger faltete die Hände vor seinem Gesicht. „Gut, dann ist das der Gefangene vom Grasmugg. Soll der ihn verhören."

Die junge Polizistin lächelte verlegen. „Der hat sich aber krankgemeldet, hat was mit dem Magen."

Krasberger betrachtete den abgestandenen Kaffee vor sich. Ob er davon gekostet hatte? Nein, dachte er sich, der blade Steirer hat sich sicher wieder eine Extraportion Backhendl mit Kernöl reingezogen und sitzt jetzt mit der Scheißerei am Abort. Wenigstens wusste Krasberger jetzt, wem er diese Extraschicht heute zu verdanken hatte. Er stützte die Arme auf die Tischplatte und erhob sich von seinem Sitz.

„Gut", bringen Sie ihn ins Verhörzimmer, ich komme gleich nach", wies er die Kollegin an, „der Akt ist unten bei euch?"

Die Aspirantin nickte und drehte sich um. „Moment!" Krasberger drückte ihr die gebrauchte Tasse in die Hand. „Einen frischen Kaffee mag ich noch. Bitte." Dann folgte er ihr nach.

Unten nahm er den Akt in Empfang und überflog den Inhalt. „Und deswegen habt's ihr ihn verhaftet? Der ist doch eh schon einvernommen worden. Sieht doch eher nach einem Unfall aus."

Jetzt mischte sich Inspektor Tschernitz ein: „Aber wir haben da die Aussage von dem Jugo, die müssen S' lesen."

Krasberger blätterte weiter, bis zu der Niederschrift von einem gewissen Tadic, der behauptete, gesehen zu haben, wie das Opfer vom Verdächtigen hinabgestoßen wurde. Krasberger hatte aber noch ein weiteres Detail entdeckt. Gut, da konnte was dran sein an der Geschichte.

„Also schaun wir uns des Vogerl amal an. Mal sehen, ob's uns was vorsingt."

Krasberger betrat den nüchternen Raum, der von zwei Neonröhren an der Decke erhellt war. Ihm gegenüber saß ein Mann mittleren Alters. Er saß in seinem dunklen Hemd, die Schultern herabhängend, da wie ein Häufchen Elend. Er schickte Krasberger einen müden Blick. Die Haare akkurat geschnitten, vermittelte er einen gepflegten Eindruck, nur gestört von dieser phlegmatischen Körperhaltung.

„Wann kann ich nach Hause?", kam leise über seine Lippen.

„Sie reden erst, wenn ich Sie was frag." Krasberger ließ den Bad Cop raushängen. Und da er die Vernehmung alleine durchführte, würde es auch keinen Good Cop geben. „Warum haben Sie den Mann gestoßen?"

„Ich hab den Mann nicht gestoßen", antwortete der Verdächtige gebetsmühlenartig ohne jegliche Sprachmelodie in der Stimme. „Das hab ich doch schon alles gesagt. Wann kann ich zu meiner Familie?"

Krasberger drückte seinen Rücken gegen die Lehne. Das würde dauern, der Bursch war nicht so einfach zu knacken. „Sie wurden aber gesehen, als Sie das Opfer g'stoßen haben. Vielleicht wollten S' den Mann nicht töten, es sind Ihnen nur die Sicherungen durchgebrannt. Dann wär's eine Körperverletzung mit Todesfolge. Wenn Sie geständig sind, dann wird Ihnen des ang'rechnet."

„Warum sollte ich das tun?"

Krasberger knallte den Akt auf den Tisch. Er herrschte sein Gegenüber an: „Weil Sie es schon einmal getan haben!"

„Was? Dein Mann wurde schon einmal wegen Körperverletzung verurteilt?" Martin nahm nun doch einen weiteren Schluck von seinem Wein.

Anja zog den Kragen ihrer Bluse über dem Hals zusammen. Sie gab einen lauten Schnaufer von sich.

„Ja, ich hab das nicht gewusst, die Polizei hat das behauptet, bei der Verhaftung, angeblich begründet das einen Tatverdacht."

Martin legte einen Arm um seine Schwester. Diese sträubte sich anfänglich dagegen, schmiegte sich letztlich dann an seinen Oberkörper. Da war sie wieder, diese Vertrautheit und da war dieses Zusammengehörigkeitsgefühl, stärker als alle Gesetze dieser Welt, sogar stärker als Moral. Martin empfand einen leichten Schauer, der ihm den Rücken hinab rann wie zerfließendes Eis.

„Und was sagt dein ..., was sagt Niklas dazu?"

„Er hat es als unbedeutend abgetan, hat behauptet, dass dies eine längst vergessene Jugendsünde war. Wir haben nicht viel reden können, er durfte mich vom Kommissariat nur kurz anrufen."

„Worum es damals ging, weißt du nicht?"

„Nein."

„Nochmals: Traust du ihm ein Gewaltverbrechen zu?" Anja drückte sich an Martins Brust und begann zu schluchzen. Martin spürte das Beben ihres Körpers an seinem, was ihn weiter durcheinanderbrachte. Sie sprach leise: „Ich weiß gar nichts. Ich weiß nicht, wie ich diesem Menschen weiter vertrauen soll. Ich will nur, dass du die Wahrheit herausfindest."

Martin drückte ihr einen Kuss auf die Stirn. Vergessen war der Groll der letzten Jahre. Seine Schwester, seine große Schwester, die immer Erfahrenere und Klügere, sie wirkte im Moment so zerbrechlich, dass Martin nicht anders konnte und versprach: „In Ordnung, ich werde sehen, was ich tun kann." Martin zuckte zusammen und gab ein lautes „Au!" von sich. Raffael stand neben ihm und genoss es mit kindlicher Naivität und Freude, ihm ein Holzstöckchen in den Gehörgang zu bohren. „Hast du die Mama lieb?", fragte er.

Anja rückte sofort von Martin ab, und dieser versuchte eine gröbere Verletzung zu verhindern, indem er seinen Kopf aus der Gefahrenzone wand. Raffael hüpfte wie ein Ziegenbock um den Tisch und verstieß dabei gutturale Laute, die sich entfernt wie „Heiraten! Heiraten!" anhörten.

Martin schüttelte den Kopf. Aus Verwunderung. Beleidigt befühlte er mit seinem Zeigefinger sein Ohrinneres. „Sag, der Raffael ist aber auch ein wenig bekloppt."

Anjas Blick gefror, ihre Augen wurden kalt. „Zurückgeblieben, ja, in seiner Entwicklung zurückgeblieben. Die Nabelschnur hat sich bei der Geburt um seinen Hals gewickelt. Es war damals knapp. Aber der Sauerstoffmangel hat das Gehirn geschädigt." Sie stand auf. „Kinder! Wir müssen gehen." Martin stand der Mund offen. Er suchte nach den passenden Worten. Anja kam ihm zuvor. „Du musst dich nicht entschuldigen, mittlerweile habe ich mich daran gewöhnt. Nur von dir hätte ich mir ein wenig mehr Einfühlungsvermögen erwartet." Sie packte ihre Kinder an den Armen, richtete den Sitz von Raffaels Weste und strebte dem Ausgang zu.

„Anja!", rief Martin ihr nach. „Ich werde euch helfen, versprochen."

Martin atmete tief durch. Er schaute zunächst ins Leere und reflektierte die eben über ihn wie eine Sturzflut gekommenen Informationen. Anjas Mann verhaftet, Anjas Mann ein

Gewalttäter, Anjas Kind behindert, seine Gefühle für Anja unverändert. Die Gefühle, ja, die Gefühle ... mit einem Mal hatte er ein beengtes Gefühl in der Brust. Das war vielleicht doch ein wenig viel auf einmal. Gierig sog er Luft ein und blies sie lange aus. Die frische Luft war angenehm. Nochmals einatmen, ganz gleichmäßig und langanhaltend.

Der Kellner hatte begonnen, Kerzen auf den Tischen zu verteilen. Die Dämmerung hatte eingesetzt, die Weinberge im Hintergrund versanken in der Geborgenheit der Nacht, die sich wie eine Decke über die Landschaft legte. Dafür wurde es heller an seinem Tisch. Der Kellner hatte eine brennende Kerze vor Martins Augen geschoben. „Sie können dann abräumen und wenn Sie mir noch ..."

„Gleich." Da war der Mann in Lederhose und Karohemd auch schon im beinah unbesetzten Gastgarten weitergezogen. Eine Wut über diese Ignoranz keimte in Martin auf. Er wollte dem unfreundlichen Kerl etwas nachrufen, als sich die Gestalt von Michi aus dem Dunkel herauslöste.

Tadic parkte den Lieferwagen. Es war Sonntag und er hatte keine Lust gehabt, sein bei der Firma abgestelltes Auto zu holen. Morgen ging es ohnehin in der Früh wieder weiter mit dem Roboti. Zum Glück hatte er direkt in der Treustraße einen Parkplatz gefunden. Der Gastgarten des Cafés im Nebenhaus war fast bis zum letzten Platz besetzt. Er kannte die meisten der Gäste, die ebenso wie er aus der Vojvodina kamen. Männer allen Alters entspannten sich bei Bier oder Wein, zwei junge Frauen standen etwas abseits an einem Stehtisch. Sie hatten Dosen mit Energydrinks vor sich stehen. Er kannte sie. Nada und Dragica, zwei echte Schönheiten, noch keine dreißig Jahre alt, langes schwarzes Haar bis zu den Schultern und Beine, die in den Himmel reichten. Nada hatte auch noch einen prachtvollen Busen, der bei Dragica für seinen Geschmack leider etwas zu klein geraten war. Dafür hatte sie den knackigeren Hintern, an den so mancher Gast gern im Vorbeigehen anstreifte, was sie aber selten störte. Sie trafen sich meist im Café Topola, bevor sie sich dann in Richtung Innenstadt aufmachten. Irgendwohin, Disco oder Bar, auf der Suche nach Anschluss oder sogar Begleitung für den Rest der Nacht. Geld nahmen sie nicht, aber sie erwarteten Geschenke. Einmal war er auch eine halbe Nacht mit ihnen um die Häuser gezogen und dann bei Dragica gelandet, vielleicht nur deswegen, weil er Nada mit ihrem ausladenden Dekolletee den Hof gemacht hatte. Auch kein Malheur, denn auch die zweite Wahl war erste Sahne.

Er passierte den zwischen Schanigarten und Straße errichteten Holzzaun und nickte einigen Männern zu. Die beiden Mädchen hatten ihm den Rücken zugekehrt. Flotten Schrittes wollte er die wenigen Meter zu seinem Haustor passieren, als Dragica ihn doch entdeckt hatte.

„Boris!“, rief sie laut hinüber. Mit den Armen bedeutete sie ihm, sich zu ihnen zu gesellen. Tadic schüttelte den Kopf, doch sie kam hinübergelaufen.

„Wie geht’s dir?“, fragte sie ihn.

„Gut, danke, aber ich muss heim, es ist spät und ich muss morgen früh raus.“

„Das müssen wir alle“, mischte sich einer vom Nebentisch ein. Schadenfrohes Gelächter aus der Runde um ihn.

„Setz dich doch zu uns, nur kurz. Nada wird sich auch freuen.“ Tadic blickte zur Vollbusigen hinüber, die ihm zuwinkte. Soweit er das erkennen konnte, trug sie ein enganliegendes Top mit Spaghettiträgern und offenbar keinen BH darunter. Einen Blick war’s auf jeden Fall wert.

„Na gut, aber nur kurz“, sagte er und fuhr sich mit der Hand über den Kopf.

Der erhoffte Anblick der durch den dünnen Stoff hervortretenden Brustwarzen war Tadic dann auch die Runde Getränke, auf die er die Damen einlud, wert. Er verabschiedete sich wenig später. Dragica drückte ihm einen Kuss auf die Wange. „Wann seh ich dich wieder?“, fragte sie.

Tadic parkte seine Hand auf ihrer Popobacke, als er ihr zuflüsterte: „Ich weiß nicht, vielleicht morgen?“

„Gern, ich warte hier auf dich. Ab neun?“

Tadic nickte. Er bezahlte und verließ das Café. Dragica hatte sich wieder ihrer Freundin zugewandt, ihre Kehrseite strahlte Richtung Gehsteig. Tadic ging langsam an den Frauen vorbei. Dabei starrte er auf Dragicas in der engen Jeans steckendes Gesäß. Auch die Vorfreude hat was, dachte er sich.

Müde, stinkend und geil kam er nach Hause. Er suchte nach Snezana, die er im Bad beim Wanneputzen fand. Sie hatte ihren Oberkörper hineingebeugt und reckte dabei ihr Gesäß in die Höh. Tadic erfreute sich auch an dessen Üppigkeit, die mit jeder Schwangerschaft gewachsen und auch nach der Geburt der Kinder geblieben war. Die Kleinen waren um diese Zeit sicher schon im Bett. Er schlich sich an und drückte sich von hinten gegen ihren Körper. Mit der rechten Hand fuhr er ihr in das Shirt und begrapschte ihren Busen. Auch die fülligen Formen hatten etwas Gutes. Sie waren so weich, er fühlte sich bei seiner molligen Frau durchaus geborgen.

„Geh, was machst du?“, sagte Snezana und versuchte sich aus seinem Griff zu winden. „Du stinkst, geh unter die Dusche.“

Doch Tadic hatte keine Lust von ihr abzulassen, im Gegenteil, er hatte Lust.

„Hör auf, wenn Milan kommt“, bremste seine Frau ihn ein.

„Was, der schlaft noch nicht?“

Tadic ließ seine Frau stehen und eilte ins Wohnzimmer, wo er den Größten hinter seinem Computer fand. „Geh ins Bett, aber sofort, es ist spät!“

Milan verzog seine Mundwinkel, drosch auf die Tastatur

und verschwand in den Raum, den er mit seinen jüngeren Brüdern teilte.

Snezana war inzwischen ebenfalls erschienen. Sie baute sich im Türrahmen auf und fragte: „Kriegt er keinen Gutenachtkuss?"

Tadic machte eine abwehrende Geste, brummte ein wenig und ging dann ins Kinderzimmer, wo er seinem Sohn eine gute Nacht wünschte, ehe er sich unter die Dusche begab. Frisch geduscht betrat er das Wohnzimmer, wo seine Frau die Couch ausgezogen hatte und im gemachten Bett auf ihn wartete. Der Fernseher lief. Tadic schlüpfte aus seinen Boxershorts und zu seiner Frau unter die Decke. Sofort begaben sich seine Hände auf die Reise und erfreut stellte er fest, dass sie keinen Slip trug. Er versuchte sich auf sie zu legen, doch sie stemmte seinen Körper weg:

„Warte", sagte sie, „da waren zwei Männer da, von der Polizei. Du sollst morgen zu einer Gegenüberstellung kommen. Sie haben ihre Karte da gelassen."

Tadic nickte. Snezana löschte das Licht und ließ ihn nun auf ihren Körper klettern, während der Sprecher im Fernsehen einen Altweibersommer ankündigte.

Michi Bogensberger hatte sich zu Martin auf die Bank gesetzt. „Die Nächte werden kühl, nicht?" Sie legte sich ein Tuch über die Schulter.

„Es ist Ende August. Das ist normal", stellte Martin fest. „Möchtest du hineingehen?"

„Nein, es geht schon, außerdem ist es mir recht, wenn wir ein bisschen weg vom Schuss sind, also ..."

Sie blickte Martin im zitternden Kerzenlicht aus ihren dunklen Augen an. Die Ringe darunter entgingen ihm nicht. Sie zitterte unmerklich. Es kam ihm so vor, als wollte sie sich ihm um den Hals werfen, um sich bei ihm auszuheulen.

„Was ist? Du hast doch was am Herzen?“ Martin betrachtete ihre weißen Wangen und strich ihr sanft durch das kräftige Haar, das sie neben dem Heurigenbetrieb von ihrem Vater geerbt hatte.

Sie holte tief Luft, dann sagte sie: „Mir wird das alles zu viel. Ich hab die Belastung, die so ein Betrieb mit sich bringt, völlig unterschätzt.“

„Aber woher“, widersprach Martin, „du machst das doch alles hervorragend“, log er. Er wusste, dass es mit dem Geschäft nicht zum Besten stand. Allein der Schankwein war eine Zumutung. Kein Wunder, dass die Gäste ausblieben.

„Nein, das stimmt nicht und du weißt das.“ Sie zeigte auf Martins Weinglas, das wie die Karaffe am Tisch fast voll war. „Die letzte Ernte war eine Katastrophe und ich weiß nicht, was mein Kellermeister da getrieben hat. Für mich als Neueinsteigerin war es fast unmöglich, überhaupt Personal zu bekommen, geschweige denn gutes.“

„Aber was ist mit den Leuten, die für deinen Vater gearbeitet haben, die werden doch eine Ahnung von so einem Buschenschank haben?“

„Die meisten sind weg. Ich glaub mittlerweile, dass die mein Geschäftsführer vergrault hat. Weißt du, am Anfang war ich ganz froh, wie er so ein strenges Regiment geführt hat. Wie beim alten Fadinger, hat er immer gesagt, da hätt's einen Schluderjan auch nicht gegeben, also hab ich ihn walten lassen, wie er wollte. Und jetzt hab ich nur mehr unfähige Kellner, unwillige Köche und so weiter.“

Martin dachte an die unfreundliche Bedienung von vorhin und nickte nur stumm.

„Ich glaub ja mittlerweile, der macht das nur, um mich in den Ruin zu treiben, damit er den Laden billig kaufen kann. Wahrscheinlich hat er sich ursprünglich sogar ausgerechnet, wie der Fadinger, also mein Papa – an dieses Wort muss ich mich erst gewöhnen –, also wie der alte Chef gestorben ist, und es war ja zunächst kein Erbe in Sicht, dass er das Geschäft übernehmen wird."

„Und warum schmeißt du ihn nicht raus?"

„Weil ich dann überhaupt niemanden habe, der ein wenig Überblick über den Laden besitzt. Ich hab gar keine andere Wahl, als ihn mich weiter zerstören zu lassen."

Jetzt drückte sie sich doch gegen Martin und begann zu weinen. Martins Schulter lud an diesem Abend die Frauen offenbar dazu ein, derart ihren Gefühlen freien Lauf zu lassen.

„Na komm", versuchte er sie zu trösten, „so schlimm wird's wohl nicht sein. Das braucht nur seine Zeit, bis das alles wieder anläuft."

„Das sagt Ferdinand auch immer."

„Ferdinand? Wer ist Ferdinand?", fragte Martin erstaunt.

„Mein Geschäftsführer. Er steigt mir ständig nach. Unlängst, wir hatten beide nach Geschäftsschluss noch ein Glas Wein zusammen getrunken, hat er mir indirekt sogar einen Heiratsantrag gemacht."

„Wie soll ich das jetzt verstehen? Indirekt? Wie geht das?"

„Na das Übliche halt. Er hat gemeint, in einen Heurigen gehört eben ein Mann. Und er wäre der Richtige, wenn ich an so einen Schritt denken sollte."

„Na so ein Halunke", empörte sich Martin. „Du hast ihn hoffentlich in die Schranken gewiesen."

„Ja und nein", antwortete Michi kleinlaut. „Vielleicht hat er ja recht."

„Na jetzt hör aber auf. Das ist doch unter deiner Würde."
Michi fasste nach Martins rechter Hand und legte sie in ihre Hände. „Ich mag noch nicht aufgeben. Du hast recht, aber ich will den Betrieb retten. Was Generationen aufgebaut haben, soll nicht so den Bach runtergehen. Da muss ich auch mein Opfer bringen."

„Ja, indem du dafür kämpfst. Gib nicht so schnell auf. Aber wenn du möchtest, kann ich mir den Kerl gern einmal ein wenig genauer ansehen, ihn ein bisschen durchleuchten."

Zum ersten Mal machte sich so etwas wie Erleichterung in ihrem Gesicht breit. Sie sagte: „Genau darum wollte ich dich bitten."

„Wie heißt denn dieser Mensch noch?"

„Muth, Ferdinand Muth. Ich hab dich übrigens beim Kirtag vermisst."

Martin zog seine Hand zurück. „Ich war zu müde und außerdem hatte ich nach den Ereignissen vom Vorjahr wenig Lust auf dieses Treiben, ich brauchte ein wenig Ruhe."

„Ja, ich hab mir vorhin gedacht, dass du ein wenig abgekämpft wirkst."

Martin zuckte zusammen. „Das sieht man mir an?"

„Nein, aber ich kenne dich, mir fällt sowas halt auf."

„Lassen wir das." Martin hatte entschieden, sich Michi nicht anzuvertrauen. Sie hatte im Moment ohnehin genug Sorgen. Außerdem fehlte ihm nur ein wenig Schlaf. Ausgeruht würde die Welt morgen wieder freundlicher aussehen.

Er legte ihr die Hand auf die Schulter. Vielleicht wollte er mit dieser Geste zum Ausdruck bringen: Es wird alles wieder gut. Es war eine Form des Optimismus, die er sich manchmal gönnte, auch in der Hoffnung, dass sich die meisten Probleme von selbst lösten, wenn man sie nur lange genug vor sich herschob. Sie schauten eine Zeit lang in Richtung Weinberge, die nur mehr als graue Reihen in der Dunkelheit auszumachen waren. Ein aufgestelltes Heer im Kampf um die Weinkultur, deren weit bedeutungsvollere Aufgabe nun der Landschaftspflege zukam. Als Garant für stets kultivierte Anbauflächen, die Anwohnern wie Ausflüglern ein wenig Grün und Natur schenkten. Die Weingärten in und um Wien waren der Bypass für den ständig verstopften Lebensfluss der Großstadt.

„Was hast du eigentlich nächstes Wochenende vor?“, unterbrach Michi das kontemplative Schweigen.

„Wieso?“, kam Martins Gegenfrage.

„Ich hab da so einen Charity-Event von dieser umtriebigen Gräfin und wollte dich fragen ...“

„Ob ich Zeit hab, weil du einen Objektschutz brauchst. Oder geht es gar um eine bestimmte Person?“

„Nein, ob du Lust hast, auch zu kommen.“

„Aber sicher. Gern! Ich hab zwar einen neuen Fall, der mir ein bisschen Kopfzerbrechen bereitet, aber das wird sicher interessant. Schon von den Leuten her. Und man weiß ja nie, wen man bei so einer Veranstaltung trifft. Sicher eine interessante Klientel.“

Michi Bogensberger zählte einige Namen auf, die zum sogenannten Who-is-Who von Wirtschaft, Gesellschaft und Kultur gehörten.

„Na wunderbar, da bin ich dabei“, ereiferte sich Martin.

Mit einem Mal sprang Michi auf. „Sag, hast du schon was gegessen? Ich hab jetzt einen Riesenhunger. Komm, lass uns schauen, ob die Küche heut wenigstens an guten Schweinsbraten hin'bracht hat.“

„Naja“, begann Martin, der ursprünglich vorgehabt hatte, an diesem Abend etwas kürzer zu treten, aber nun doch vom Appetit geleitet wurde, „wenn auch im Keller noch was Brauchbares liegt, sollten wir uns über das Buffet hermachen.“

Nacht auf Montag, 27. August

Wieder halb vier. Oder drei Uhr dreißig.

Einmal alle vierundzwanzig Stunden war es so spät, also

jede Nacht. Und es konnte schon sein, dass man einmal um diese Uhrzeit aufwachte, es konnte auch sein, dass man zwei Mal hintereinander um diese Zeit aufwachte. Aber wenn dieses Aufwachen von vorherigen Alpträumen, rasendem Puls, Schweißausbrüchen, Atemnot und einem Druck auf der Brust begleitet war, sollte man es sich nicht zur Gewohnheit machen.

Martin riss die Decke weg. Es war unerträglich heiß im Zimmer. Er war nass geschwitzt. Er tastete nach seiner Stirn. Der Schweiß war kalt. Kalter Schweiß, das war kein gutes Zeichen, er hatte darüber etwas gelesen. Aber dieser Mann mit dem plötzlichen Herzstillstand hatte überlebt, sonst hätte er seine Leidensstory nicht der Illustrierten verkaufen können. Rasch zog er sich den Ausschnitt seines Pyjamas vom Hals weg, fühlte mit Zeigefinger und Daumen den Puls an seiner Halsschlagader. Ein Trommelwirbel. Dagegen war der Hummelflug ein Adagio.

Luft! Es war so stickig hier! Heiß und stickig.

Und da war diese Unruhe, eine Rast- und Ruhelosigkeit, die ihn zum Aufstehen zwang. Er musste gehen, ein paar Schritte nur, dann würde er sich beruhigt haben. Alles in ihm schien platzen zu wollen, der Brustkorb war zu eng, zu eng zum Luftholen, und das Herz war so beengt wie in einer Druckkammer.

Er sprang aus dem Bett, suchte nach seinem Handy. Der Notruf.

Das Display blieb trotz seiner hektischen Wischer darüber schwarz. Natürlich, er hatte es gestern Abend abgedreht, um Akku zu sparen. Wieder einer zu Tode gespart, dachte er in einem Anflug von Galgenhumor. Wie lautete jetzt dieser verdammte Pin-Code? Er wollte ihm nicht einfallen.

Er pfefferte das Mobiltelefon aufs Bett, ehe er ins Bad eilte, wo er sich das Gesicht und den Nacken mit kühlem Wasser wusch. Dann atmete er tief durch. Und nochmals.

Besser. Viel besser.

Er fühlte nochmals seinen Puls. Viel ruhiger und gleichmäßiger schlug sein irritiertes Herz nun. Der Spuk schien vorbei. Falscher Alarm, beruhigte er sich. Wahrscheinlich hatte ihm das Schweinerne schwer im Magen gelegen. Er rülpste. Eine Alkoholfahne beleidigte seine Nase. Dabei war es die eigene. Er besah sein Spiegelbild im Badezimmerschrank. Du bist so ein Idiot, sagte er zu sich. Anstatt ins Bett zu gehen, hatte er bis nach Mitternacht wieder einmal gevöllert und gezecht. Jetzt hatte er die Rechnung dafür bekommen. Trotz Michis Einladung.

Er kehrte zurück ins Bett. Im Liegen drückte ihn der Magen. Martin musste sich zur Seite drehen. Irgendwann im Morgengrauen verfiel er dann endlich in einen festen und traumlosen Schlaf, aus dem ihn der Wecker um sieben Uhr riss.

Montag, 27. August

Krasberger tupfte sich den Schweiß von der Stirne. Der versprochene Spätsommer ließ sich nicht lumpen. Für die Sonnenanbeter, die bis zum letzten Tag im Freibad ausharrten, eine Wonne, für jeden arbeitenden, leicht übergewichtigen Beamten, der noch dazu Dienst in Uniform machen musste, eine Zumutung. Und dann noch heute morgen wieder das Gesudere seiner Frau wegen einem Garten und der guten Luft dort.

Er war mit einer Funkstreife unterwegs. Ein Einsatz war hereingekommen, eine Leiche auf einer Baustelle ganz in der Nähe, am Gelände, wo der neue Hauptbahnhof entstehen sollte und man rundherum die Gegend zusätzlich mit neuen

Bürotürmen und Wohnsilos zupflasterte. Er hatte die junge Aspirantin, Daniela Berg, mitgenommen. Sollte die einmal etwas anderes sehen als nur den Papierkram im Wachzimmer, und auch etwas lernen, und wenn es nur war, wie man mit dem Auto die wenigen Straßen zu einem Einsatzort trotz der vielen Umleitungen, die im Sommer wegen der unzähligen Baustellen wie eine Epidemie grassierten, gelangen konnte, ohne dabei über Bratislava oder Schwechat auszuweichen. Sie schien ganz aufgeregt, wie er nun aus dem Augenwinkel heraus erkennen konnte. Sie fuhr mit den Daumen ständig das Lenkrad auf und ab.

„Haben Sie so etwas schon gemacht?", fragte er sie.

Sie konzentrierte sich mit geradeaus gerichteten Augen auf die Fahrbahn und reihte sich in der Kolonne vor der Ampel bei der Laxenburger Straße ein. „Was meinen Sie?"

„Ich meine einen Einsatz mit einem Toten."

„Nein, das ist mein erster. Also mein erster Einsatz und mein erster Toter."

Krasberger streckte seinen Rücken auf dem unbequemen Sitz durch. „Gut", meinte er, „dann müssen wir aufpassen, dass Sie sich nicht gleich übernehmen. Es kann sein, dass der Anblick nicht grad besonders schön ist. Wenn es Ihnen zu viel wird, gehen Sie einfach ins Auto zurück."

Sie schüttelte den Kopf. „Wird schon gehen." Sie hatten die Landgutgasse erreicht und Berg parkte den Wagen in einer Halteverbotszone beim Bauzaun. Sie schloss die Augen für einen Moment, atmete tief durch und versuchte optimistisch zu klingen, als sie sagte: „Na dann los." Doch Krasberger hatte die Skepsis in ihrem Blick ausgemacht und fragte sich, ob er nicht doch besser jemanden mit etwas mehr Erfahrung hätte mitnehmen sollen. Er blätterte nochmals in seinem Block und verglich die Adressen. „Komisch", stellte er fest. „Das ist dieselbe Adresse wie bei dem ..."

Sie stiegen über die von den Bulldozerreifen in den Boden gedrückten Furchen und Rillen auf der Zufahrtsstraße, ihr Weg führte sie direkt zum verwaisten Baubüro.

„Hallo, wer ist da zuständig?", brüllte Krasberger.

Jemand rief laut „Achtung!", da mussten die beiden schon die Köpfe einziehen, um der vom Kran geschwenkten Last zu entkommen. Krasberger richtete sich auf. „Des is jetzt oba ned wahr, dass die da voll weiterarbeiten, wenn wir an Mord ham?"

Berg zuckte mit den Schultern. Krasberger brüllte jetzt so lange in der Gegend herum, bis endlich einer der Poliere zu ihnen kam und entschuldigend erklärte, dass man sehr unter Zeitdruck stehe und die Zeit bis zum Eintreffen der Polizei nutzen wollte, um den Bau voranzutreiben. Krasbergers Kopf lief rot an, ehe er den Mann maßregelte, dass man damit wohl schon ein Gros der Spuren vernichtet hätte. „Aber jetzt ist Pause, jetzt muss eine Ruh sein!", forderte er. „Wenn wir hier arbeiten sollen, können wir keine weitere Störung gebrauchen."

„Also kann ich die Leute gleich heimschicken?", wollte der Polier wissen. Er steckte in Arbeitsstiefeln, hatte das eine Ohr ständig an ein Funkgerät gepresst, sodass der gelbe Hartschalenhelm etwas schief auf dem dunkelhaarigen Haupt saß.

„Aber sicher nicht, die brauchen wir später für eine Aussage." Er richtete seine Augen auf Berg, die nickend ihren Block aus der Uniformjacke holte. Etwas versöhnlicher schob er nach: „Die sollen halt weiter vorne ein wenig warten. Die können wahrscheinlich eh wieder ans Werk gehen, zumindest in dem Teil, den wir nicht absperren müssen, aber das werden wir erst herausfinden müssen, wo Spuren sind und wo nicht. Die Kollegen sind schon am Weg."

Der Polier wischte sich über den Nacken. „Hören Sie, Sie müssen das verstehen, wir haben echt einen argen Druck, jeder Tag Verzögerung kostet uns ein kleines Vermögen."

„Mach'ma scho", gab sich Krasberger jovial und klopfte dem etwas gedrungenen Mann auf seine breite Schulter. „Also, wo is er?"

Der Mann bestieg einen aus Brettern gelegten Weg und die zwei Polizisten folgten ihm durch die enge Schneise zwischen den Mauern hindurch, bis er auf der Rückseite des Neubaus vor einem frisch betonierten Plateau stehenblieb. Er deutete auf die Stelle vor sich. Zwei Schuhe, feste Arbeitsstiefel, knöchelhoch, so wie die seinen, waren hier einbetoniert. Krasberger beugte sich vor, während Berg, die mit ihren jungen Augen besser als ihr Vorgesetzter sehen konnte, den Kopf wegdrehte und hektisch zu atmen begann. Jetzt erkannte es auch Krasberger. Das waren nicht nur Schuhe, in diesen steckten auch noch zwei blutige unregelmäßige Stümpfe, sogar ein wenig vom weißen Knochen blitzte aus dem zerrissenen Fleisch und den gesprengten Gefäßen hervor.

„Also die Füße hätten wir einmal, und wo ist der Rest?", fragte er abgebrüht, während er Berg sanft zur Seite schob.

Der Polier deutete gen Himmel, Krasbergers Kopf blickte hinauf. Oben, an einem Kran, baumelte ein menschlicher Körper, über dem karierten Hemd ein Gilet. Krasbergers Interesse galt aber zunächst der Aspirantin, die bei diesem Anblick erstarrt war. „Vielleicht gehen Sie einmal hinüber zu den Arbeitern und beginnen, die Personalien festzustellen. Ich helf Ihnen dann nachher bei der Vernehmung."

Berg nickte, sie taumelte den Weg zurück, wo ihr Doktor Schinagl, der Arzt, mit einigen Kriminaltechnikern im Gefolge entgegenkam. Die Männer machten der Frau Platz. Krasberger wandte sich wieder an den Polier.

„Und wie krieg ma den wieder runter? Unser Herr Doktor Schiwago kann nämlich ned fliagn." Er grinste Schinagl an.

„Jemand muss halt die Seilwinde am Kran betätigen", gab ihm der Polier zur Antwort.

„Also meine Herren, ihr habt's es g'hört. Einer soll ihn runterlassen."

Die Polizisten schüttelten den Kopf. „Wir sind von der Spurensicherung und nicht vom Bautrupp", vermeldete Vavra und die anderen lachten. „Aber du solltest dich woanders hinbewegen, Herr Gruppeninspektor, du stehst nämlich mitten in den Spuren."

Erst jetzt erkannte Krasberger die rostrote Verfärbung am Boden. Er war die ganze Zeit in einer eingetrockneten Blutlache gestanden. Er machte einen Schritt zur Seite. Er fuhr den Polier an: „Also, was is jetzt, holen S' den Mann endlich runter!"

„Da brauchen wir einen Kranführer."

„Sagen S', woin Se mich pflanzen? Des is da a Baustelle, also wird's ja wohl auch an Kranführer geben, oder?"

„Aber Sie haben doch vorhin angeordnet, dass die Leute von hier verschwinden sollen. Der Kranführer ist bei den anderen, Ihre Kollegin ..."

„Dann holen S' ihn halt wieder her!"

Der Mann zog ab und Vavra den etwas echauffierten Krasberger zu sich. „Nicht aufregen, das ist ungesund. Da schau", er zeigte auf den Boden, „da sind ein paar Abdrücke. Wennst mich fragst, hat den da oben einer zerst hergeschleift, des kannst da hinten erkennen. Nur ein Paar Abdrücke. Und da, hier hat sich noch was eingedrückt. Vielleicht ein Brett, das er auf den Beton gelegt hat, um nicht weiter einzusinken."

„Oder um weniger Spuren zu hinterlassen", resümierte Krasberger.

Martin spürte die Dioden auf seiner Haut. Das Metall war kalt und das Kontaktgel klebte auf der Brust. Er hatte tatsächlich einen Arzt angerufen. Auf Anraten seines Onkels. Statt tröstlicher Worte hatte er Martin in der Früh gewarnt.

Die Worte klangen nach wie vor bedrohlich nach: „Naja, du bist a scho in an Alter, wo an der Umschlag treffen kann, da derfst di ned spüln." Dabei hatte der Onkel zunächst nur wissen wollen, ob er seine Schwester gesprochen hatte. Gesprochen und getroffen, hatte er ihm geantwortet, was den Onkel dann doch ein wenig erstaunt hatte. Auch über den flotten Autoverkauf hatte er berichtet, wobei er selbst seit dem gestrigen Abend mit all seinem Trubel nicht mehr an Pete gedacht hatte.

Der Arzt forderte ihn nun auf, in die Pedale zu treten. Martin saß am Ergometer und die Maschine neben ihm zeichnete ein Belastungs-EKG auf.

So lange der Widerstand des Rads gering war, konnte Martin nochmals die gestrigen Ereignisse überdenken und auch versuchen zu ordnen. Er hatte in der Früh noch versucht, Pete anzurufen, doch niemals eine Verbindung erhalten. Der Onkel hatte nur gemeint, dass er wohl einem Betrüger mit Wertkartentelefon aufgesessen war. Worauf er ihm entgegnete, dass er immerhin einen Teil des Geldes in bar erhalten hätte. Der Onkel hatte nur gelacht und gesagt: „Ach, du Oarmer, wärst nur bei deine Toten blieben. Tote betrügen di nämlich ned." Martin ärgerte sich über seinen Onkel, wenn er seinen früheren Beruf als Bestatter ins Spiel brachte, so als ob er nur Toten, die sich nicht mehr wehren konnten, gewachsen war. Martin sah das nicht so. Was aber doch blöd war, war der Umstand, dass er heute kein Auto hatte und seine Wege mit dem Taxi zu erledigen hatte. Er sammelte halt Belege für die Finanz. Wenn er schon keine Jahreskarte absetzen konnte, dann wurde es eben auf diesem Weg teurer für den Staat.

Die Sache mit der Verhaftung seines Schwagers lag ihm auch im Magen. Ein sonderbarer Fall zeichnete sich ab. Ein verurteilter Gewalttäter wird verhaftet, weil er jemanden aus einem Rohbau gestürzt haben soll. Naja, immerhin nicht undenkbar. Wäre dieser Niklas aus dem Verkehr gezogen, wäre das gar nicht das Schlechteste für ihn, dachte er ein wenig eigennützig.

„Ich mache jetzt den Widerstand stärker." Der Arzt holte Martin in die Gegenwart zurück. Wie er es angekündigt hatte, mussten Martins Beine jetzt gegen eine größere Last ankämpfen. Er kam ins Schwitzen, seine Gedanken ließen sich schwerer fassen. Also noch der Weg zur Bank, den Scheck einlösen und das Geld einzahlen, dann auf das Wachzimmer. Oder zuerst das Wachzimmer, dann die Bank. Je nachdem, wie lange die heute offen hatte.

Er schnaufte und suchte verzweifelt nach einer Gangschaltung, die das Treten leichter gemacht hätte. Aber nichts. Seine Beine kreisten immer langsamer, wie zwei Mühlsteine, die sich schwerfällig drehten. Der Schweiß rann ihm von der Stirn ins rechte Auge. Er kämpfte tapfer, aber chancenlos, seine Kraft reichte nicht mehr aus, die Pedale rund zu treten.

„So, danke", sagte der Arzt, der sich das mit verschiedenen Linien versehene Papier aus dem Drucker holte und einen Blick darauf warf. Er befreite Martin von den Kabeln, die von seinem Oberkörper zu dem Gerät geführt hatten. „Sie können sich wieder anziehen."

Mittlerweile war es gelungen, den Kranführer aufzutreiben. Jetzt lag die Leiche vor Krasberger und seinen Kollegen.

„Aber das ist der Ingenieur Kramsl", vermeldete der Polier erschrocken, als der Kopf des Toten zur Seite fiel. Es wirkte, als starrte er die Runde aus aufgerissenen Augen an. Krasberger deutete dem Polier, dass er zur Seite gehen solle. Schinagl beugte sich über die Leiche. Er suchte den Hals ab. Dann nahm er den Rest des Körpers unter Beschau.

„Und?", fragte Krasberger.

„Jetzt sein S' nicht immer so ungeduldig. Sie wissen, bevor

der nicht auf meinem Tisch gelegen ist, sind das alles nur Mutmaßungen."

Krasberger blickte wie ein beim Schummeln ertappter Pennäler zu seinen Schuhspitzen hinab. „Ja, aber wichtige Mutmaßungen, die uns eine erste Richtung vorgeben. Glauben S', er ist verblutet?"

„Nein", ließ sich der Mediziner zu einer Aussage hinreißen. „Dazu ist das hier zu wenig Blut. Wahrscheinlich war er schon tot, als er da aufgehängt wurde." Die Spurensicherung machte Fotos von dem Haken, an den der massige Körper gebunden war.

„Dann ist er nicht dran gestorben, dass's ihn zerrissen hat?"

„Nein", antwortete Schinagl genervt, „wahrscheinlich nicht. Ich hab Würgemale am Hals gefunden, aber die waren höchstwahrscheinlich auch nicht letal. Bringt's ihn zu mir, dann gibt's mehr." Der Arzt erhob sich, packte seine Utensilien in die Tasche und zog die Latexhandschuhe aus. „Ein Kaffee wär mir jetzt recht."

Vielleicht war Schinagl nur müde, dachte sich Krasberger, der beim Doktor die übliche Euphorie, die sich immer bei einem Kapitalverbrechen breitmachte, vermisste. Wie gerufen erschien Berg. Sie schien all ihren Mut zusammengenommen zu haben und war zum Fundort zurückgekehrt. Nicht mit leeren Händen. Sie brachte eine Thermoskanne und einige Plastikbecher mit. „In einer der Aufenthaltshütten, wo die Männer jetzt warten, war man so nett und hat uns Kaffee gemacht."

Es dauerte nicht lange, da waren sie, der Arzt, Krasberger und zwei weitere Kollegen, mit dem Getränk versorgt.

Vavra zog Krasberger wieder zum Toten hin. „Schau", begann er zu erläutern, „die Schuhbänder sind ganz fest zugezogen, so, als ob er auf Nummer sicher gehen wollte."

„Was?", fragte Krasberger ungläubig.

„Na dass der Körper auseinandergerissen wird", mischte

sich Schinagl ein. Er wirkte nun nach den ersten Schlucken Kaffee tatsächlich lebendiger. Er kam zu Krasberger. „Meine Vermutung ist, dass der Täter den Ingenieur Pemsl ..."

„Kramsl", unterbrach ihn der Polier.

„... also dass das Opfer bereits tot war und diese halbe Vierteilung irgendeine symbolische Bedeutung hat. Der Täter muss doch einigen Aufwand betrieben haben, um diese Szenerie für uns zu arrangieren."

Vavra pflichtete dem Arzt kopfnickend bei. Er sagte: „Der muss ihn ja zuerst in den Beton gesteckt haben, dann musste er warten, bis das Zeug trocken ist, und erst dann konnte er ihn hochziehen."

„Ich glaub nach wie vor ned, dass die Schuh des g'halten haben, so an Zug hoit ka Maschen aus", gab sich Krasberger ungläubig.

Der Polier hob seinen rechten Fuß und deutete auf vergleichbares Schuhwerk daran. „Entschuldigung, dass ich widersprech, aber das sind Sicherheitsschuhe, die sitzen am Fuß wie eine zweite Haut. Einmal zu, gehen die nimmer auf."

Krasberger schenkte dem Polier einen verärgerten Blick, weil ihm diese ständigen Einmischungen schön langsam gegen den Strich gingen. Er sagte: „Was machen eigentlich Sie no da? Sie san a Zivilist und des is a Tatort. Oiso schleichen S' Ihna, aber g'schwind!"

Der Mann maulte, dass er doch nur helfen wollte, trottete aber dann doch weisungsgemäß davon. Berg tat dazwischen immer wieder einen verstohlenen Blick auf die Leiche, was Krasberger nicht entging. Da war also doch eine kriminalistische Neugier, die stärker war als die Abneigung gegen den entstellten Leichnam. „Kollegin, du kümmerst dich um ihn. Ich will wissen, wer ihn g'funden hat, wann des woar und des ollas. Vor allem aber, wieso der Zumsl oder wia immer der Tote haßt, in der Nacht auf der Baustell'n woar."

Berg salutierte und eilte dem Polier nach.

„A schener Schaden“, resümierte Krasberger, der sich auf einem Betonbalken niederließ und sich über die Stirn wischte. „Jetzt hamma an Ritualmörder a no.“ Er blickte zu Schinagl und Vavra. Er ließ seine Handflächen auf die Oberschenkel niederklatschen, stieß laut Luft durch die Nase aus wie ein altes Kutschross und erhob sich schwerfällig. „Oiso, gemma's an!“

„Rauchen Sie?“ Der Arzt hob die Augenbrauen. Er hatte Martin zu seinem Schreibtisch hinübergebeten, wo er ihm jetzt gegenübersaß und das Anamnesegespräch führte.

„Nein, noch nie.“ Die schlechte Luft in den Lokalen, in denen er sich manchmal aufhielt, sparte er bei der Beantwortung aus.

„Das ist jetzt schlecht.“

Jetzt war es Martin, der seine Augenbrauen zucken ließ. Er runzelte die Stirn und fragte: „Wie meinen Sie das?“

„Weil ich Ihnen jetzt nicht einfach nur raten kann, damit aufzuhören.“ Er überblätterte nochmals den Untersuchungsbogen mit dem EKG. „Bei Leuten in Ihrem Alter, bei denen kein klinischer Befund feststellbar ist, die sind ganz froh, wenn ich Ihnen dazu rate, sich bei einem Laster einzuschränken, weil dann kasteien sie sich und sind zu abgelenkt, um sich ihren meist psychosomatischen Symptomen zu widmen.“ Martin sank ein wenig in sich zusammen, nur ja nichts von durchzechten Nächten mit schwerem Essen erzählen, sagte er sich. „Aber“, der Internist deutete auf die Stelle, die sich über Martins Gürtel wölbte, „ein wenig abspecken würde nicht schaden. Sie betreiben doch Sport, oder?“

Martin schrumpfte auf seinem Platz fast auf Pygmäen-Größe zusammen. „Natürlich, also ich hatte es mir für heute ganz fest vorgenommen.“

„Gut, ausreichend Bewegung ist immer noch das Beste. Sind Sie in einem Fitness-Studio eingeschrieben?“

Martin schüttelte den Kopf und erkundigte sich nach den Vorzügen einer solchen Einrichtung. „Na, weil man Ihnen dort einen auf Sie angepassten Trainingsplan ausarbeiten wird. So ins Blaue hinein mit dem Sport beginnen kann auch kontraproduktiv sein. Glauben Sie, ich als Arzt weiß, wovon ich spreche. Sport ist Mord." Der Mediziner lachte laut auf. Er sah dabei aus wie eine Robbe bei der Fütterung, und sein Mund gab zwei verwitterte Zahnreihen preis. Viel Kaffee und dazu Nikotin, mutmaßte Martin, als er sich erhob, um dem Mann die Hand zu geben. „Na Sie machen mir wirklich Mut, Herr Doktor."

„Keine Sorge, wird schon nicht so schlimm werden."

Natürlich, da hatte der Mann recht, denn es würde viel schlimmer werden, aber das konnte Martin in diesem Moment zum Glück noch nicht wissen.

Martin verließ wohlgemut die Ordination und umarmte den Tag. Keine Todesdiagnose, keine drohende Operation am offenen Herzen. Kaum war die Angst gewichen, fühlte sich auch das Atmen viel freier an, der Brustkorb war nicht mehr beengt, und sogar der Puls war nun gleichmäßig und ruhig. Jetzt konnte er sich wieder mit Elan an sein Tageswerk machen. Den Onkel wollte er schnell verständigen, er machte sich sicher Sorgen, doch nun drängte sich auch die Frage seiner im Moment eingeschränkten Mobilität in den Vordergrund. Er versuchte es wieder einmal bei Pete, doch der Anschluss blieb unerreichbar, daher vielleicht besser doch nicht gleich den Onkel anrufen, zuerst also auf die Bank.

Den Weg nach Glanzing konnte er auch mit dem Bus antreten, an sich ein Beförderungsmittel, das Martin weniger schätzte, weil es wie der sperrige Name „Massenbeförderungsmittel" dazu diente, die Masse zu befördern, die breite nämlich, mit der er sich wenig verbunden fühlte. Zwar war die Klientel hier, in Döbling, exklusiver als etwa in so mancher U-Bahnlinie, doch auch in seinem nunmehrigen Heimatbezirk gab es unterprivilegierte, körperlich arbeitende Menschen, die offenbar schon in Vorausahnung des schweißtreibenden Tagwerks, dem sie zustrebten, das taten, was er nicht leiden konnte: Sie schwitzten. Mit einem Mal tat ihm sein Herz weh, kein physischer, von Ärzten zu kurierender Schmerz. Es war eine Reflexion der Wehmut über seine Entscheidung, sein noch lange nicht ausgedientes Cabrio gegen ein umweltverträglicheres Auto mit Alternativantrieb auszutauschen. Doch das Autohaus hatte erst letzte Woche per Mail mitgeteilt, dass sich die Auslieferung verzögern werde.

Er saß im Bus und betätigte wie ein trotziges Kind ständig die Wahlwiederholung, doch Pete, wenn er denn wirklich so hieß, hatte sein Telefon nicht aufgedreht.

Auf der Bank beruhigte ihn sein Betreuer. Der Scheck war echt und würde nach Vorlage bei der anderen Bank wie das nun eingezahlte Bargeld seinem Konto gutgeschrieben. Martins Einstellung wankte wie ein Weidenzweig im Wind. Er machte sich nun Sorgen um den jungen Mann, der sich auf seine jugendliche Art über den Wagen gefreut hatte. Hoffentlich hatte er keinen Unfall gebaut, sich um irgendeinen Laternenmast gewickelt. Dann wäre es nicht verwunderlich, wenn er nicht erreichbar war, weil das Handy dabei zerstört wurde. Ob was an ihm hängen bleiben konnte? Er hatte sich nicht einmal den Führerschein zeigen lassen.

Beim Verlassen der Bank stellte Martin seinen Mantelkragen auf. Der Wind hatte aufgefrischt und erste Tropfen klatschten auf den Asphalt. Das war es dann mit dem Sommer, dachte er. Zeit, in ein Taxi umzusteigen. Nicht nur wegen des Wetters. Der Weg in den zehnten Bezirk war ihm öffentlich zu beschwerlich. Mit den Öffis durch Wien zu gondeln konnte zwar zu einem Survival-Trip ausarten, hatte aber nichts mit dem ihm verordneten Sport gemein. Auf der anderen Straßenseite stand einer der typischen Mercedes älteren Baujahrs, am dösenden Fahrer und dem beleuchteten Schild am Dach war zu erkennen, dass der Wagen frei war. Martin strebte ihm zu und winkte in Richtung des Fahrers, der sich darauf in seinem Sitz aufrichtete und Martin zunickte. Martin blickte kurz auf die rote Fußgeherampel, dann schnell links und rechts und nutzte eine Lücke im Verkehrsfluss, um im Laufschritt die Straße zu queren. Er griff nach der Türschnalle und öffnete die straßenseitige Tür, um in den Fond zu rutschen, als sein Telefon in der Tasche vibrierte und die Kennmelodie der Miss Marple aus den Agatha-Christie-Verfilmungen der 1960er ertönte. Wahrscheinlich der Onkel, dachte Martin, der in der Bewegung erstarrte, als die gegenüber liegende Türe von der Gehsteigseite aus aufgerissen wurde. Eine Frau in hellblauem Kostüm um die dreißig, so schätzte er, die blonden, glatten Haare schulterlang geschnitten, starrte ihn überrascht an, dann sagte sie resolut: „Das ist mein Taxi. Ich hab's eilig, ich habe einen dringenden Termin."

Martin hatte keine Lust auf Galanterie, obwohl er die Person durchaus attraktiv fand. „Ich hab es aber zuerst gesehen, und ich komm vom Arzt und hab's auch eilig." Das Geklimpere in Martins Sakkotasche wurde lauter. Der Fahrer beobachtete die Szene im Rückspiegel mit dem sorgevollen Blick eines Taifunforschers, der bemerkt, dass ihn die Windhose bereits umschlossen hat. „Bitte, meine Herrschaften, das ist doch so keine Art", er drehte sich zu Martin, „schon gar nicht einer Dame gegenüber."

„Sehen Sie?", reagierte die Blondine schnippisch und erklomm die Rückbank. Dabei rutschte ihr Rock ein wenig hinauf und gab ihre entblößten Schenkel Martins Blick frei. Sie könnte ihm schon gefallen, dachte er sich. Doch darauf konnte er keine Rücksicht nehmen. Er war in Eile und wollte nicht nachgeben. Humphrey Bogart ohrfeigte sogar die hübschesten Blondinen, wenn sie ihm in die Quere kamen. Das

Handy hatte nunmehr die Lautstärke eines Open-Air-Konzerts im Ernst-Happel-Stadion erreicht, die Frau keifte Martin an und der Fahrer wiederholte gebetsmühlenartig sein „Bitte, bitte". Martin hyperventilierte, das war alles zu viel auf einmal. Er zog seinen Kopf aus dem Taxi und taumelte einen Schritt zurück, fuhr vom wütenden Gehupe des Linienbusses, der knapp an seinem Körper vorbeidonnerte, herum und sah mit wankendem Blick dem davonbrausenden Taxi nach.

Auf einmal Stille. Das Handy war verstummt, der Verkehr verebbt, die Straße menschenleer.

Krasberger saß in seinem Büro. Er hörte das Tippen von Berg aus dem Nebenraum. Die undankbare Aufgabe, die Aussagen der Bauarbeiter, von denen die wenigsten Deutsch gesprochen hatten, niederzuschreiben, hatte er ihr übertragen. Herausgekommen war dabei nichts. Und er war sich auch sicher, dass die spurentechnische Untersuchung sie in diesem Fall nicht viel weiterbringen würde. Ständig wechselnde Arbeitspartien, überall Staub, Öl und sonstige Verunreinigungen ließen sicher keinen brauchbaren Rückschluss auf die Ereignisse zu. Und dazu noch der Typ, der unten in der Zelle saß. Der eigentlich dem Grasmugg gehörte, aber der feine Herr Kollege kurierte lieber seine Magenverstimmung aus. Der Gruppeninspektor las sich noch einmal das Vernehmungsprotokoll durch. Felder war bei seiner Aussage geblieben, wonach er den Mann zwar verfolgt, sich mit ihm aber keinen Kampf geliefert hätte. Kampf- oder Kratzspuren hatte er am Körper tatsächlich nicht aufgewiesen. Das widersprach wiederum der Aussage des Belastungszeugen, den die Kollegen vom Wachzimmer am Vortag einvernommen hatten. Dieser Zeuge war Geschäftsführer einer der Firmen, die einen Teil des Bauauftrags ausführten, auf genau der Baustelle, wo er heute mit Berg die Untersuchung an dem Mord des Bauleiters begonnen hatte.

Er besah sich das Mail, das von der Staatsanwaltschaft gekommen war.

Zwei Tote, kein erkennbares Motiv und sicher auch kein Serienmord, denn Felder hatte wohl für den zweiten Toten das beste Alibi, das man sich nur denken konnte. Dennoch spürte Krasberger, wie der Kalk langsam zu tropfen begann, um seinen Gedankenstalagmit zu bilden. Etwas, das bei seinen Fällen immer am Beginn seiner Ermittlungen stand. Er versuchte sich ein Bild zu machen, wie jemand den sicher nicht ganz leichten Bauleiter in den Schuhen fixierte, ihn in ein Fundament aus Beton eingoss und dann mit dem Kran auseinanderriss. Kein schöner Gedanke. Aber, nachdem es bereits nach zwei Uhr nachmittags war, quälte ihn nun ein anderer Gedanke: Was seine Frau wohl heute kochte? Er griff zum Telefonhörer, als Tschernitz, der im Wachzimmer seinen Dienst versah, hereinplatzte.

„Entschuldigung, aber da will wer mit dem Gefangenen sprechen."

Krasberger sah von seinem Schreibtisch auf, mit einem Blick, als hätte ein Zeuge Jehovas eben den Weltuntergang postuliert. „Wos haßt des? Is es sei Anwalt?"

„Nein, ein Privatdetektiv, aber er sagt, er ist so was wie verwandt und daher als Vertrauensperson beizuziehen." Tschernitz zuckte mit den Schultern.

Krasberger schob langsam, ganz langsam, die Papiere auf seinem Schreibtisch zur Seite. Sein Schnaufen verhieß nichts Gutes, Tschernitz machte einen Schritt zurück, in Richtung Tür. Bevor Krasberger losdonnern konnte, hielt er ihm eine Karte hin und sagte: „Er hat gemeint, er kennt Sie eh, wie er nach dem Chef vom Dienst gefragt hat."

Krasberger atmete laut aus, bevor er sich die Karte besah. Der Name sagte ihm tatsächlich etwas, nur konnte er ihn im Moment nicht zuordnen. „Na gut, dann bringen S' mir den

Komiker halt herein."

Als Martin in der Tür stand, fiel der Groschen. „Ah, Sie san des."

Ja, das war der Mann, den er vor gut einem Jahr aus dem Keller befreit hatte. Krasberger begrüßte Martin wie einen alten Bekannten. Immerhin hatte er ihm eine Verhaftung, die sich ganz gut im Personalakt machte, zu verdanken. „Was kann ich für Sie tun?"

Martin erklärte sein Anliegen, breitete die familiären Verflechtungen, die ihn nun hierher brachten, aus – was auch das dann doch endlich ergatterte Taxi gemacht hatte – und wiederholte seinen Wunsch, den Gefangenen zu sprechen.

„Tuat ma echt lad, aber des geht ned. Sie san ka Anwalt. Für eine Besprechung ham Se ka Befugnis."

Martin erhob sich vom zuvor gewiesenen Stuhl und wollte eben eine Diskussion beginnen, da grinste Krasberger und sagte: „Aber Se können eam mitnehmen."

„Das verstehe ich jetzt nicht", erwiderte Martin.

„Na wenn S' wollen, müssen tuan S' ned."

„Wieso, ist er frei?", fragte Martin.

Krasberger nickte. „Ich hab vorhin a Nachricht aus'm Landl kriegt. Dem Untersuchungsrichter ist die Suppe zu dünn und er hat die sofortige Enthaftung verfügt, und Sie wissen ja, länger als achtundvierzig Stunden in Polizeigewahrsam geht ned. Dabei würd i Ihna scho helfen wollen."

Krasberger legte den Ermittlungsakt demonstrativ auf seinen Schreibtisch. Er blätterte darin und ließ ihn aufgeschlagen liegen. „I geh mir schnell an Kaffee holen. Woin S' auch einen?", sagte er beim Verlassen des Raums.

Kurz danach nahm Martin seinen Schwager in Empfang und bestieg mit ihm ein Taxi. Denn Krasberger hatte sich für Martins Vorschlag, beide mit der Funkstreife nach Hause zu fahren, nicht erwärmen können – aller Verbundenheit für das gemeinsame Abenteuer zum Trotz. Zu wenig Personal, hatte er kopfschüttelnd gemeint.

„Du bist also Anjas Bruder", stellte Felder fest, ohne sich zu Martin hinzudrehen. Er hatte dem Taxifahrer seine Adresse im achten Bezirk genannt.

„Ich glaube nicht, dass wir uns duzen sollten", entgegnete Martin, „wir kennen uns noch nicht."

„Ganz wie Sie wollen, also dann förmlich."

Martin beäugte Felder von der Seite. Er war gut einen Kopf kleiner als er selbst, aber sonst ganz wohlproportioniert. Die dunklen, glatten Haare waren dicht. Er trug sie kurz geschnitten, die Ohren frei. Er wirkte nach der Nacht in Polizeigewahrsam ein wenig mitgenommen, aber sonst ganz proper in seinem Anzug. Sicher Markenware. Martin erkannte das an der fein gewobenen Stoffstruktur. Sogar der bläuliche Schimmer der Bartstoppeln auf den Wangen stand ihm gut. Er konnte sich vorstellen, dass Frau ihn attraktiv fand. Aber seine Schwester?

„Danke, dass Sie Ihre Beziehungen haben spielen lassen, um mich frei zu bekommen."

„Danken Sie nicht mir, sondern dem Gesetz. Die mussten Sie gehen lassen."

Felder drehte seinen Kopf zu Martin, er hob eine Augenbraue, dann ließ er sich wieder zurückfallen. Die Nase! Wenigstens war die Nase eine Spur zu knubbelig, dachte Martin, erfreut über die Entdeckung dieses kleinen Makels.

Der Taxifahrer las den Fahrpreis vom Taxameter ab und entschuldigte sich für die vielen Baustellen. Martin rundete die Summe auf zwanzig Euro auf. „Hier für Sie, kaufen Sie sich um den Rest eine Eigentumswohnung." Der Fahrer blickte Martin unverständig an und stellte den gewünschten Beleg aus. Martin sammelte immer noch Belege für seine Finanzreferentin. Beim Aussteigen besah er sich die Gegend, bevor sie in den Hausflur des nobel wirkenden Bürgerhauses traten. Um den Park waren nur solche Häuser, und dennoch hatte Martin hier, mitten in der Stadt ein Déjà-Vu.

Anja fiel zuerst ihrem Mann, dann Martin um den Hals. Sie drückte ihn ganz fest an sich. Er spürte ihren Busen an seiner Brust.

„Danke, du bist echt spitze." Ja, die Spitze stand ihm fast in der Hose, doch das hatte seine Schwester wohl kaum gemeint. Sofort stürzten auch die beiden Kinder herbei, um ihren Vater wie einen lange verschollenen Kriegsheimkehrer zu begrüßen. Laurenz hängte sich an Felders Bein, während Raffael sich bald Martin zuwandte und ihn in die Seite boxte. Einen Deut zu fest, um es als Ausdruck der Zuneigung durchgehen zu lassen. Und immer wieder. Martin versuchte sich wegzudrehen, doch der kleine Boxchamp wollte nicht lockerlassen, bis Anja ihn endlich aus seiner Pein erlöste, indem sie sagte. „Jetzt kommt doch rein, ich hab Kaffee aufgesetzt, der wird uns allen gut tun."

Sie saßen beim Tisch, wo es nach Kaffee und frischen Kipferln duftete. Die Kinder hatten einen kalten Kakao vor sich stehen. Laurenz saß auf dem Schoß von Felder und Raffi zerbröselte sein Gebäck mit echter Hingabe.

„Wie hast du das so schnell geschafft?", wollte Anja wissen. Martin machte auf bescheiden und erklärte, warum man Felder so bald enthaftet hatte.

Niklas mischte sich ein, indem er meinte: „Aber eine Nacht hätten die mich trotzdem noch behalten können, da hat der Herr Martin sicher seine Beziehungen spielen lassen, er kannte ja den leitenden Beamten."

„Herr Martin?", wiederholte Anja ungläubig.

„Er wollte es so", antwortete Felder und zog die Schultern hoch.

„Markus!", zischte sie ihren Bruder mit verengten Augen an.

Martin hoch beschwichtigend seine Arme. „Ist schon gut." Er reichte eine Hand zu Felder. „Also ich bin der Markus, aber bitte nenn mich Marco!"

„Ciao Marco, ciao", sagte Felder und ergriff Martins Hand, um sie zu schütteln, während sich in dessen Hirn die dazugehörige Melodie einer Zeichentrickserie aus Kindheitstagen breit machte.

„Darauf stoßen wir an", sagte Anja stolz, doch das Schreckgespenst der letzten Nächte ließ Martin abwinken. „Nein, danke, dafür ist es noch zu früh, außerdem beginnt jetzt erst die richtige Ermittlungsarbeit."

„Gut, was willst du wissen?", fragte Felder und Martin ließ sich von ihm nochmals die Ereignisse bei der Kontrolle vom letzten Montag schildern.

„Er ist auf freien Fuß gesetzt worden."

„Was? Warum?", brüllte Vukic ins Telefon.

„Vielleicht war Ihr Zeuge nicht glaubwürdig genug."

„Was heißt nicht glaubwürdig, was wollen die denn noch?"

„Moment, bitte." Doktor Lichtenfels legte den Hörer weg und goss sich einen Cognac ein. Der alte Parkettboden knarrte unter seinen blank polierten Maßschuhen. Er überlegte eine Antwort. „Das hat mit dem Leumund zu tun."

„Wie bitte, ich nicht verstehe ..."

„Na Ihr Strohmann ist ja auch nicht unbedingt ein unbeschriebenes Blatt. Und der Typ von dieser Kasse hat ja bis auf den einen schwarzen Fleck aus Jugendtagen eine eher biedere Existenz. Da werden Sie schon mehr brauchen, um den festzunageln."

„Aber um den geht es ja gar nicht. Ich will nur, dass die keine Verbindung zu mir herstellen können."

„Aber die ist schon hergestellt. Immerhin hat der Tote für Sie gearbeitet."

Lichtenfels konnte ein Schaben durch den Hörer vernehmen. Vukic kratzte sich über das unrasierte Kinn. „Das hab ich auch erst knapp vor seinem, äh ... Dahinscheiden erfahren."

Lichtenfels nippte an seinem Glas. Er blickte auf die Uhr. In zwanzig Minuten hatte er einen Tisch reserviert. Für das Abendessen mit dem Stadtrat. Er drängte daher. „Gibt es sonst noch etwas?"

„Ja, sicher. Haben Sie seine Sachen bekommen?"

Lichtenfels lachte auf. „Ich glaube, Sie überschätzen meine Befugnisse als Anwalt. Aber ich hab meinen Kontakt ins Innenministerium spielen lassen. Das Vögelchen, das Sie suchten, hatte zuletzt eine andere Identität. Ich hab eine Aktenkopie per Mail erhalten. Inoffiziell natürlich, da können wir im Moment gar nichts verwenden. Ich weiß nur, dass man bei dem Toten nichts Außergewöhnliches gefunden hat. Eine E-Card auf seinen falschen Namen, Wohnungsschlüssel und ein wenig Bargeld, nichts von Bedeutung, nichts, das Ihnen gefährlich werden könnte. Wonach suchen Sie?"

„Das weiß ich nicht. Haben Sie seine Adresse?"

„Natürlich." Lichtenfels lachte abermals, aber jetzt war es dieses selbstgefällige Lachen, das Menschen gerne zur Schau stellen, um ihre Überheblichkeit zu tarnen. „Jetzt unterschätzen Sie mich."

Martin hatte für sich behalten, dass Krasberger ihm auf unorthodoxe Weise Akteneinsicht gewährt hatte. Dennoch war bei der Erörterung der weiteren Vorgehensweise bald klar gewesen, dass man das Umfeld des Opfers –Unfall oder kaltblütiger Mord, egal – durchforsten würde müssen und dass der Zeuge, der Geschäftsführer einer der Baufirmen war, einer näheren Durchleuchtung, wie auch seine Firma, bedurfte. Felder bot an, dass er und sein Kollege sich diese Firmen näher ansehen und ihn am nächsten Tag mit entsprechenden

Informationen versorgen wollten. Martin wusste, dass das Opfer zuletzt unter falscher Identität gelebt und gearbeitet hatte. Bei der Sozialversicherung war er als Alija Bijelic, gebürtig in der Vojvodina, gemeldet, ebenso in seiner Wohnung in der Hasnerstraße in Ottakring. Tatsächlich hieß er Zoran Nadar und stammte aus einem kleinen Dorf in der Nähe von Pula, im heutigen Kroatien. Was Martin zu diesem Zeitpunkt nicht wusste, denn diese Information hatte Krasberger als Talon für sich behalten, war, dass es einen zweiten Mord gegeben hatte.

Martin verließ die Wohnung des Schwagers. Auf der Straße wartete er auf das bestellte Taxi. Die Luft war feucht, sie verlieh dem Licht der Straßenlaternen einen milchigen Schleier. Auch in dem Dunst konnten sie sich nicht vor ihm verbergen, reckten ihren metallischen Arm in den Himmel und lehnten sich mit ihrem Eisenskelett an die Hauswände. Kräne!

Hatte Martin gedacht, dass sich der Wahnsinn der baulichen Verschandelung auf seine Wohngegend an der Peripherie beschränkt hatte, so wurde er hier eines Besseren belehrt. Alle paar hundert Meter war man daran, Dachböden zu heben, aufzustocken oder umzubauen. Die Tafeln sprachen auch keine andere Sprache. Luxus und gehoben waren die bekannten Schlagworte.

Sein Telefon läutete. Der Onkel.

„Ja, ich hab mit Anja gesprochen, ich komm grad von ihr, und nein, keine Sorge, es ist nichts“, verkürzte er die wesentlichen Fragen um seine Beziehung zu seiner Schwester und seinen Gesundheitszustand.

„Na dann is'es ja fein, Bua. Du, i hab jetzt ka Zeit. I tat sog'n, wir treffen uns morgen beim Heirichn und du erzählst mir alles.“

„Ist gut“, sagte Martin, als er endlich den Wagen ausmachte, der ihn nach Hause bringen sollte. Doch der Tag war für ihn noch lange nicht zu Ende, denn er hatte noch einiges zu erledigen.

Krasberger kam in seine Wohnung. Aus der Küche roch es nach Kohl. Kein Wunder, dass Arthur, der kleine Scotchterrier und jüngster Familienzuwachs, sich dermaßen gebärdete. In diesem Punkt waren Herrl und Hund eins: Fleisch musste auf den Tisch, das Grünzeug durfte bestenfalls zur Garnierung herhalten. Er begrüßte seine Frau, die ihm eröffnete, dass sie heute einen wunderbaren Kohl am Markt erstanden hätte, den sie gleich frisch zubereitet habe.

„Was gibt's dazu?", wollte Krasberger wissen.

„Na Erdäpfel, schaust eh gut aus", trieb ihm seine Frau sogleich jegliche Illusion aus.

Krasberger ergab sich in sein Schicksal, wenigstens eine Flasche Bier wollte er sich genehmigen. Nach dem Essen räumte seine Frau ab und er dachte über den Fall nach. Wenn es nur einer war. Dieser Detektiv war plötzlich auf den Plan getreten, das hatte sicher was zu bedeuten. Er hatte sich über ihn informiert. Normalerweise verdiente er sein Geld als Privatinvestigator der Upper-Class. Hatte dadurch auch einige Beziehungen in höchste Kreise. Das bedeutete umgekehrt, dass er teilweise gegen die Polizei arbeitete, er war also sicher kein Freund, dem man zu viel an Information preisgeben sollte. Er konnte selbst nicht sagen, warum er sich am Nachmittag plötzlich bemüßigt gefühlt hatte, ihm den Akt zu zeigen.

„Du", seine Frau war ins Wohnzimmer gekommen. „Du kannst dich doch sicher erinnern, wie wir letzten Herbst in Mörbisch waren. Da war doch diese Wohnung."

„Ja, und?" Natürlich war dieser Martin kein Blöder. Er hatte sicher auch sofort den Braten gerochen, nämlich dass dieser Tadic keiner von den Guten war. Dagegen sprach schon dessen Vorstrafenregister.

„Ich hab die Wohnung die ganze Zeit im Internet beobachtet."

Es gab kein erkennbares Motiv bei Felder, warum er diesen Jugo hätte umbringen sollen. Er verzog die Mundwinkel. Eigentlich musste er sich darüber auch nicht den Kopf zerbrechen, das war der Fall von Grasmugg. Er selbst hatte eine eigene Leiche am Hals. Er war gespannt, was die Auswertung der Spurensicherung und die Obduktion …

„Was machst denn du für ein G'sicht? Sag, hörst du mir überhaupt zu?", forderte seine Frau wieder seine ungeteilte Aufmerksamkeit.

„Aber sicher", verteidigte sich Krasberger, „du hast die Wohnung im Internet beobachtet, und … du hast was?"

„In Maklerkreisen würde man sagen, ich habe die preisliche Entwicklung verfolgt."

„Und die wäre?"

„Jetzt sehr günstig, sagt nicht nur meine Intuition, sondern das sagen auch meine Freundinnen in der Yogagruppe."

„Ah, mit denen hast a scho g'sprochen, vor mir?"

„Na die hören mir wenigstens zu." Sie bleckte die Zähne.

„Also, wie ist das mit der preislichen Entwicklung?" Mit dieser Frage richtete Krasberger den Fokus wieder auf das eigentliche Thema. Seine Frau verstand das sofort als Einladung und setzte sich neben ihn. Mit einem lodernden Feuer in ihrem Blick erklärte sie: „Die Wohnung war den ganzen Sommer über zu haben. Ende Juli ist der Preis dann um fast zehn Prozent runtergangen und jetzt Ende August ist sie noch einmal billiger worden."

Krasberger zuckte kurz mit den Augenbrauen. „Ausverkauf, da wird der ganze Ramsch unters Volk bracht", meinte er lapidar.

Irene Krasberger erhob sich und baute sich wie der Staatsanwalt beim Kreuzverhör vor ihrem Mann auf. „Du redst aber auch viel Blödsinn. Das ist wegen der Nachfrage. Ende des Sommers mietet doch kaum wer eine Ferienwohnung."

„Eben, da hast du's, wer braucht jetzt noch eine Ferienwohnung." Krasberger wurde ungehalten. Er ärgerte sich. Jetzt hatte er ihr die Marotte mit diesem Schoßhündchen durchgehen lassen, in der Hoffnung, dass sie dann Ruhe geben würde, und jetzt lag sie ihm schon wieder mit ihrem Traum von einem Häuschen im Grünen in den Ohren. Er schenkte sich Bier nach.

„Dafür lass ich meinen Plan mit einem Häuschen im Grünen fallen. Aber uns allen, Arthur und dir vor allem, würde ein Refugium außerhalb der Stadt guttun. Du könntest am See spazieren gehen, über deine Fälle nachdenken. Aber du fauler Sack sitzt lieber in deiner Freizeit vor der Glotze und lässt dich mit Bier volllaufen."

„Jetzt mach aber einen Punkt, das stimmt doch so goar ned", reagierte Krasberger beleidigt.

„Na und wo kommt dann deine Wampe her? Von meinem Essen bestimmt nicht. Das ist gesund und leicht." Jetzt war es seine Frau, die schmollte. Sie verschränkte ihre Arme und blickte auf den Boden. Krasberger dachte an den Bauernschmaus beim Wirten ums Eck, den er sich manchmal, aber wirklich nur manchmal gönnte, wenn er einen stressigen Tag gehabt hatte und sein Körper nach Stärkung verlangte. Er lenkte ein: „Was kost' denn diese preislich günstig entwickelte Immobilie?"

Seine Frau drehte sich mit leuchtenden Augen zu ihm um. Wie ein Schulmädchen wippte sie ungeduldig mit den Knien. „Das ist das Beste an dem Ganzen. Nicht einmal vierhundertfünfzig Euro im Monat. Inklusive Betriebskosten", setzte sie nach.

Krasberger überflog seine finanziellen Verhältnisse im Kopf, bevor er diesen schüttelte. Mit den Überstunden in letzter Zeit kam zwar ganz schön was zusammen, aber er dachte an ein neues Auto oder wenigstens einen dieser neuen Flatscreen-Fernseher mit 3D-Effekt. Da konnte man wahrscheinlich sogar „Stirb langsam" in dem Gefühl erleben, mitten drinnen zu sein. Natürlich nur, wenn die Gemahlin in der Yogastunde war. Sie liebte diese Art der Unterhaltung nicht. Er versuchte sein Grinsen zu verbergen. Doch seine Frau vermutete dahinter ein kleines Zugeständnis. „Aber geh, das geht sich doch sicher irgendwie aus, wir haben keine hohen Aufwendungen, keinen Kredit laufen und du machst ja in letzter Zeit so viele Überstunden."

Krasberger suchte nach einem Ausweg aus dieser Bredouille. „Aber anschauen muss man sich das doch vorher."

Seine Frau fuhr freudenstrahlend zu ihm hin und drückte ihm einen Kuss auf die Wange. „Oh ja, lass sie uns bitte ansehen. Gleich am Wochenende, ich ruf morgen an."

Krasberger wollte sich am liebsten auf die Lippen beißen. Wo war er nun, der Ausweg? Oder wenigstens eine Ausrede. Da kam ihm in letzter Sekunde der rettende Gedanke. Er stand auf und nahm seine Frau in den Arm. „Irene, ich weiß ja, wie viel dir daran gelegen ist, und wenn es nach mir ginge, würde ich sofort mit dir nach Mörbisch fahren, aber ich kann das Wochenende nicht von der Dienststelle weg."

Seine Frau blickte zu ihm auf. „Warum? Musst du schon wieder Überstunden machen?"

„Ja, bedank dich beim Grasmugg, du kennst ihn eh, den ausgefressenen Steirer. Der macht einen auf krank und ich kann mich um seine Täter auch noch kümmern."

„Aber vielleicht nächstes Wochenende?"

„Vielleicht."

Frau Krasberger zog mit hängendem Haupt ab. Krasberger trank sein Bier aus. Und wenn die Fälle doch irgendwie zusammenhängen, fragte er sich. Wenn es mit der Baustelle an sich zu tun hat? Oder es war etwas Persönliches – oder doch nur Zufall? So wie der, dass ihm nun dieser Detektiv in die Quere kam. Er merkte, wie es in seiner Kalksteinhöhle wieder langsam zu tropfen begann.

Martin schaute in die Schankstube. Der Frostbachl-Fadinger war einigermaßen gut besucht. Er fand Michi hinter der Schank. Sie begrüßte ihn mit einem Lächeln. Ihre Frage nach einem Schluck zu trinken verneinte Martin mit einem Kopfschütteln. Er trat zu ihr nach hinten und fragte, ob ihr Geschäftsführer heute anwesend sei.

„Der Ferdinand?"

„Ja natürlich, oder hast einen Neuen?"

Michi verzog ihre Lippen. „Nein, woher denn?"

„Wann sperrst du heute zu?"

„Du hältst dich auch nicht mit Höflichkeiten auf, oder?", stichelte sie.

Martin blickte auf die Uhr, es war kurz vor neun.

„Heute schaut's ganz gut aus, also mit den Gästen, ich würde sagen, bis zur normalen Sperrstunde um zwölf wird's vielleicht gehen. Eher eine halbe Stunde vorher, das kann ich jetzt noch nicht sagen."

„Passt, ich komm gegen elf wieder, weil ich hab vorher noch was vor. Sag, hast du ein Auto, das du mir borgen kannst?"

Michi Bogensberger schien irritiert von der Frage. „Ja sicher, du kannst den kleinen Lieferwagen nehmen, den braucht nur ab und zu der Matthias, wenn er mir was ausliefert oder einkaufen geht. Aber warum?"

„Das zu erklären würde etwas länger dauern, der Wagen ist bei mir in guten Händen."

Sie reichte ihm die Wagenschlüssel. „Du wirkst heute so verändert, magst nicht doch was trinken, das bringt dich vielleicht auf andere Gedanken."

Martin winkte ab. Er nahm die Schlüssel entgegen und verabschiedete sich. Michi rief ihm noch nach: „Die Papiere sind unter der Sonnenblende, wenn du sie brauchst." Sie schüttelte den Kopf.

Martin fuhr die wenigen hundert Meter nach Hause. Dem Wagen haftete ein sonderbarer Geruch an, Martin versuchte ihn einzuordnen, allerdings vergeblich. Zu Hause suchte er den Folder, der unlängst bei den Werbesendungen dabei war. Er fand, wonach er suchte, und nickte zufrieden mit dem Kopf. Die Adresse war ganz in der Nähe, in Sievering. Wenig später packte er seine Sporttasche in den Kofferraum, wunderte sich abermals über den Geruch, der sich nicht festmachen ließ, und steuerte das Fitness-Studio an. Freudig bot man ihm dort ein Probetraining an und wies ihm den Weg in die Garderobe, wo er seinen schwabbeligen Körper unter den mitleidigen Blicken eines wohltrainierten, aber unsympathischen Gastes, Marke Vin Diesel für Arme, entblößte. Martin ließ sich davon nicht irritieren. Im Gegenteil, dachte er sich, der andere würde bald Mitleid brauchen, wenn Martin gestählt von seinem Training zurückkehrte.

Martin stapfte die Stufen hinauf in den ersten Stock des Studios, wo es trotz der vorgerückten Stunde zuging wie in einem Bienenstock. Eifrig waren Damen und Herren auf Crosstrainern, Rudergeräten, Laufbändern oder Ergometern zu Gange. Das mechanische Geräusch magnetisch gebremster Schwungscheiben, elektronisch angetriebener Laufmaschinen, das menschliche Keuchen und Schnaufen, wenn Widerstände überwunden wurden, vermengten sich mit der im Raum verteilten Musik zu einer Symphonie der Anstrengung. Martins Blick blieb an dem an der Wand montierten Flachbildschirm hängen. Der Mund stand ihm offen. Ganz leise keimte das Verlangen nach seinem eigenen Fernseher in ihm auf – denn davor stand seine bequeme Couch.

„Ah, Sie sind schon da. Gut, dann können wir beginnen. Ich bin Alberto, Ihr Trainer. Wir beginnen mit einem Leistungstest, damit ich ein optimales Programm für Sie zusammenstellen kann."

Martin ergriff die von Alberto ausgestreckte Hand und schüttelte sie kurz. Autsch! Der Bursche hatte einen festen Händedruck. Er betrachtete den etwas kleineren, aber stämmigen Mann, der Oberarme hatte, wie er sich Schenkel gewünscht hätte. Er trug das schwarze glatte Haar nach hinten frisiert. Mit seinem spitzen Gesicht und den kantigen Wangenknochen hatte er etwas Südländisches. Martin betrachtete sein an die trainierte Brust geheftetes Namensschildchen: Alberto Scalvini, stand darauf zu lesen.

„Italiener?", fragte er direkt.

„So wie Sie, oder?", gab der Trainer schmunzelnd zurück, nachdem er einen Blick auf Martins Kundenstammblatt geworfen hatte. „Wahrscheinlich haben wir beide Vorfahren, die irgendwann aus dem Süden gekommen sind." Martin behielt besser für sich, dass die seinen wohl eher aus den Gebieten Böhmens stammten und sein Name nur ein italisierter Künstlername war. Der Trainer wirkte dafür mit seinen dunklen wachen Augen wie jemand, der sowohl für das organisierte Verbrechen Siziliens als auch dessen Bekämpfung als unerschrockener Carabinieri prädestiniert war. In der Realität war er in der Bekämpfung der werbeorganisierten Fettleibigkeit im Einsatz. In dieser Funktion erklärte er ihm: „Vergessen Sie bitte sofort alle diese Light-Produkte. Egal ob Chips, Cola oder Joghurt. Das ist nur ein Schmäh, die haben vielleicht weniger Fett, dafür aber wieder mehr Zucker. Und schmecken tun sie auch grauslich. Sie müssen auf nichts verzichten."

Das hörte Martin gern. Der Mann war nach seinem Geschmack.

„Essen Sie das, worauf Sie Gusto haben und was Ihnen schmeckt. Davon aber immer nur die Hälfte. Sie werden sehen, wenn Sie Ihr Trainingsprogramm einhalten und sich bei der Menge einschränken, werden die überzähligen Kilos langfristig verschwinden."

Langfristig? Training? Einschränken? Das hörte Martin schon weniger gern. Er hatte gedacht, ein paar Besuche in dem Studio und in drei bis vier Wochen wäre das ausgestanden und er wieder in Form.

„Gehen wir für den Fit-Check nach hinten zum Laufband", schlug Alberto vor. Martin folgte dem Coach, der die Blicke der trainierenden Damen anzog wie Sirup die Wespen. Eine blies sich Haarsträhnen aus dem erhitzten Gesicht, eine rückte ihren Busen zurecht, die nächste strich ihr Höschen glatt, alle lächelten ihn schwärmerisch an. Alberto schien diese schmachtenden Blicke zu ignorieren und ging voran zu einem freien Laufband.

„Bitte schön", forderte er Martin mit einer einladenden Geste auf, das Fitnessgerät zu besteigen und schaltete es dann ein. „Ich werde das Tempo langsam steigern. Ihr Pulsmesser funkt Ihre Herzfrequenz an das Gerät, das mit einem Computer verbunden ist. Ihre gespeicherten Daten werden wir im Anschluss auswerten."

Martin nickte, um kostbaren Atem zu sparen. Obwohl er sich erst in flottem Gehtempo bewegte, wurde ihm die Luft knapp und er schnaufte wie ein Exhibitionist vor einem Mädchenpensionat.

„Wir sind jetzt bei neun km/h." Alberto hatte wieder schneller gemacht. Martin wechselte in schwerfälligen Trab. Der Schweiß trat aus seinen Poren.

„Noch ein wenig flotter, sonst verlassen wir den aeroben Bereich gar nicht richtig."

Alberto lächelte Martin an. Dieser vermutete dahinter die

versteckte Maske eines Sadisten. Merkte der Pseudo-Don denn nicht, dass es bald mit ihm zu Ende ging? Sein Herz hüpfte bis zum Hals, seine Lungen brannten und bald würde er sich übergeben müssen. Martins Füße stampften auf das rollende Band wie die schwerfälligen Hufe eines Haflingers. Mittlerweile floss der Schweiß in Strömen. Alberto drehte das Tempo genüsslich nochmals hinauf. Martin tat sich bereits mit der Schrittfolge schwer. Er lief Gefahr, dass sich seine Beine bei dem wahnsinnigen Tempo verhaspelten. Das war tatsächlich ein feiger Mordanschlag.

„Wir haben schon etwas über zehn km/h. Ich muss aber sagen, der Puls ist bald im Grenzbereich angelangt." Alberto kratzte sich am Hals.

Natürlich, der Trainer würde ihn so lange schinden, bis er tot von dieser Foltermaschine kippte, das schien klar. Er musste also etwas unternehmen, sich zur Wehr setzen, sofort ...

Und Martin folgte einem Reflex, den die moderne Hirnforschung dem Jahrhundertmillionen Jahre alten Stammhirn zuschreibt: Er stellte sich tot, was in seinem Fall bedeutete, dass er unvermittelt stehen blieb. Mit einem Mal wurde er nach hinten gerissen und mit Wucht gegen die hinter dem Laufband lauernde Wand geschleudert.

„Um Gottes Willen", eilte der Trainer herbei, der Martin aufhalf. „Warum sind S' denn stehen geblieben? Des dürfen S' nicht tun."

Martin brummte der Schädel, der aber zum Glück nicht direkt irgendwo dagegengeknallt war. Die Schulter schmerzte umso heftiger. Alberto schwang sich auf das Laufband, lief mit Leichtigkeit ein paar flotte Schritte und erklärte: „Hier ist der Notknopf, wenn Sie einmal sofort stoppen wollen. Der hält das Band augenblicklich an. Oder ...", er stützte sich auf die Stangen an den Seiten auf und hatte nun die Beine in der Luft baumeln, „oder Sie stellen einfach die Füße auf den Rand. Beim nächsten Mal halt“, sagte er mit mitleidiger Miene.

„Es gibt kein nächstes Mal, ich habe genug.“

Martin war bereit, das Handtuch zu werfen. Dann lieber zu Tode fressen, als sich hier den Hals zu brechen. Das Sprichwort „Sport ist Mord“ musste man also wörtlich nehmen. Alberto beugte sich zu dem nassgeschwitzten Körper Martins hinab. „Sie wollen also schon aufgeben?“

„Nein, das nicht“, antwortete Martin genervt, um wenigstens noch eine Weile seinem inneren Schweinehund ein wenig Paroli zu bieten, „aber das hier ist nichts für mich. Gibt es denn auch einen anderen Sport, der für mich in Frage käme?“ Der Trainer beäugte Martin kurz, dann sagte er: „Bei Ihrem Körperbau würde ich es zunächst mit Radfahren probieren. Können Sie Rad fahren?“

„Natürlich“, kam es wie aus der Pistole geschossen, auch wenn Martin seit gut zwanzig Jahren auf keinem muskelbetriebenen Zweirad gesessen war. Aber, so sein Kalkül, das verlernte man bekanntlich nie, also schien ihm der Rat des Trainers sinnvoll. Alberto beugte sich zu ihm vor und flüsterte: „Also eigentlich dürfte ich das nicht, aber mein Bruder hat ein Fahrradgeschäft im sechsten Bezirk. Wenn Sie wollen, kann ich Ihnen bei der Auswahl helfen und Sie bekommen auch einen guten Preis. Aber nur, wenn Sie mich nicht verpfeifen.“

Sie vereinbarten für den nächsten Tag um zehn ein Treffen vor dem besagten Geschäft namens „Cycle-Gang“.

Martin verschwand unter der Dusche und erschien wenig später bei der Rezeptionistin, die ihn erwartungsvoll anblickte und fragte: „Na, sind Sie überzeugt von unserem Angebot? Ich habe hier bereits das Formular für Ihre Mitgliedschaft vorbereitet.“

Martin setzte einen besorgten Blick auf und antwortete: „Junge Frau, alles andere als das. Bei Ihnen muss ich mir Sorgen um meine körperliche Integrität machen. Gemeingefährlich ist das, was Sie da so anbieten."

Er erntete ein verdutztes Geschau, als er ihr den Schlüssel hinlegte und aus dem Studio unter schnellen Schritten verschwand.

Wenig später saß er im Wagen und wartete vor dem Frostbachl-Fadinger auf Ferdinand Muth. Es ging erst auf halb elf zu, doch die Laterne über dem Eingang war erloschen, was auf den bereits begonnenen Kehraus hinwies. Tatsächlich traten immer wieder einzelne Grüppchen hinaus, die vom Wein angeregt ihre Unterhaltungen lautstark auf der Straße fortsetzten. Martin musste nicht lange warten, da erschien die Gestalt eines Mannes, auf den die Beschreibung von Muth passte. Er ging zu einem geparkten Auto, ein Hyundai, wie Martin im Laternenlicht zu erkennen glaubte, und fuhr los, die Neufrieder Hauptstraße stadteinwärts. Martin folgte mit etwas Abstand. Muth bog in die Krottenbachstraße ein und folgte dann den Straßenbahnschienen der Linie 38, einer um die Zeit im Umgangston als „Tranklerexpress" bezeichneten Linie, Richtung Innenstadt. Wenig später parkte Muth seinen Wagen nahe des Döblinger Gürtels und verschwand in einer in den Gürtelbögen situierten Bar.

Martin folgte ihm nach. Vor dem Lokal hatte sich eine Menschentraube gebildet, Martin kämpfte sich unter Protest der dort wartenden, überwiegend jugendlichen Anstcher durch, bis er von einem Bulldozer gestoppt wurde. Der Türsteher, nicht nur einen Kopf größer als Martin, der beileibe kein Zwerg war, sondern auch mit Schultern breit wie ein halbes Fußballtor, hatte sich vor dem Eingang aufgebaut und sagte: „Sorry, aber Oldie-Night ist erst wieder nächsten Freitag, machen Sie bitte Platz, da wollen auch andere rein." Bevor Martin irgendetwas erwidern konnte, war er schon zur Seite geschoben worden und befand sich neben der Schlange.

Er erntete einige hämische Blicke, als er mehr verdutzt als gekränkt abzog. Erst im Auto reflektierte er diese Aussage. Ein lautstarkes „Frechheit“ kam über seine Lippen. Noch dazu, wenn er bedachte, dass Muth kaum jünger war als er, und der war ohne Probleme hinein marschiert. Da musste also mehr dahinterstecken. Schlimmstenfalls würde er am Freitag wiederkommen.

Wenigstens war er jetzt wieder mit einem fahrbaren Untersatz ausgestattet. Wenn es in diesem Auto nur nicht so seltsam riechen würde, dachte er, als er müde gegen Mitternacht heimkehrte.

Nacht auf Dienstag, 28. August

Wieder halb vier in Neufried, abermals mitten in der Nacht, als Martin erwachte. Mit einem mulmigen Gefühl griff Martin nach seiner Uhr und fand sich in der Uhrzeit bestätigt. Doch es war falscher Alarm, er musste aufs Klo. Kein Wunder, hatte er doch literweise noch einen im Reformhaus erstandenen Kräutertee, der die Nerven beruhigen sollte, in sich hineingeschüttet. Benommen suchte er die Toilette auf, da dachte er nochmals an das Telefonat mit seinem Onkel. Der hatte sich zunächst nur nach seiner Gesundheit erkundigt, war aber ohnehin schon zuvor von Anja ins Bild gesetzt worden. Der Onkel hatte die Vermutung geäußert, dass der erste Todesfall auf der Baustelle ein Versehen gewesen sein konnte, der Anschlag vielleicht jemand anderem hätte gelten sollen, und jetzt daher Anjas Mann als Sündenbock herhalten musste. Möglicherweise, hatte der Onkel weiter sinniert, habe Niklas etwas herausgefunden, das jemanden in die Enge treiben könnte. Doch in dem Moment, kaum, dass der Strahl verebbt war, dachte Martin, wie es wäre, wenn das Opfer etwas herausgefunden hatte und daher sehr wohl bewusst aus dem Weg geräumt wurde. Ein sanftes Vibrieren in seinem Bauch, begleitet von einem Knurren, lenkte Martin ab. Er hatte Hunger. Und was für einen. Den gestrigen Tag hatte er gefastet, fast gänzlich auf Essen verzichtet. Er hatte Michis Anbot einer Stärkung ebenfalls ausgeschlagen und sogar sportlich war er aktiv gewesen – könnte man sagen.

Martin wollte nicht denken, er wollte schlafen. Doch eine vom Onkel gestellte Frage arbeitete weiter: Ob man bei Nadar etwas von Belang gefunden habe. Wieso er selbst nicht daran gedacht hatte, als er den Bericht in Händen hielt. Wie ein elektrisches Surren hinderte ihn dieser Gedanke am Schlafen. Das Grollen in seinem Bauch hielt ihn ebenfalls von einer fortgesetzten Nachtruhe ab. Erst als das Grau des sich ankündigenden Tages über den Dächern lag, schlummerte er für wenige Stunden ein.

Dienstag, 28. August

Felder war mit einem mulmigen Gefühl im Bauch im Büro erschienen. Dort hatte man ihn zwar freundlich aufgenommen, denn an die Verwicklung des Kollegen in ein Verbrechen wollte keiner so recht glauben, das wollte dem allseits beliebten Mitarbeiter mit den guten Umgangsformen keiner unterstellen, doch er selbst glaubte allerorts Ressentiments gegen seine Person zu erkennen. Verhaltene Fragen, verstohlene Blicke von der Seite, Gespräche, die unterbrochen wurden, sobald er einen Raum betrat, das schien ihm mehr als andeutungsweise zu belegen, dass man ihm, wenn schon nicht misstraute, so doch reserviert gegenüber war. Dazu passte auch das Angebot der Geschäftsleitung, „ihn aus der Schusslinie“, wie sie sagten, zu nehmen und ihm den Innendient für die nächste Zeit nahezulegen. Einzig sein Kollege Rosicky war euphorisch. Er begrüßte ihn mit einem Schulterklopfen und meinte: „Komm, lass uns die beteiligten Baufirmen durchleuchten oder am besten gleich auseinandernehmen. Jetzt können wir endlich was unternehmen.“

Felder quittierte diese Ansage mit einem gezwungenen Lächeln, unschlüssig, ob er sich nicht wirklich zurückhalten sollte, doch er hatte seinem Schwager versprochen, ihm Daten und Fakten zu dem Bauvorhaben zu liefern. Doch das ließ sich auch vom Schreibtisch aus erledigen. „Okay, fangen wir an, aber wir müssen nochmals die Baustelle kontrollieren, und da sollte ich mich besser nicht blicken lassen. Glaubst du, dass du das alleine schaffst?“

„Aber sicher“, tönte Rosicky überzeugt. „Das ist doch schon längst erledigt.“

Tadic fuhr zu der Adresse im zwölften Bezirk, die ihm Vukic per Telefon durchgegeben hatte. Am Haus blätterte der Putz, einzelne Fenster waren mit Kartons verklebt, weil keiner die Scheiben ausgetauscht hatte. Die Mieter dort hatten kein Geld und der neue Hausherr wollte nichts mehr investieren. Tadic kannte die Gegend um die Längenfeldgasse, weil ein paar seiner Landsleute dort ihre Geschäfte hatten und auch in der Nähe wohnten. Er betrat das Haus. Der Lack am Eingangstor war abgeschlagen, das Licht im Stiegenhaus brannte aus einzelnen Glühbirnen, die von aus der Wand kommenden Drähten hingen. Durch die Gangfenster des ehemaligen Arbeiterquartiers, wie sie um die Wende zum zwanzigsten Jahrhundert hundertfach in dieser Gegend errichtet worden waren, tönte Musik, man hörte Kinder und man hörte Frauen, die mit ihnen schimpften. Vor den Wohnungstüren lehnten alte Kinderräder an der Wand oder waren ramponierte Kinderwägen abgestellt. Es roch nach Essen und der Feuchtigkeit, die sich in die Mauern gesogen hatte. Rohre lagen offen in den Wänden. Tadic ging in den Keller. Spinnweben hingen von der Decke und das Licht brannte nicht. Er hatte eine Taschenlampe mitgenommen. Die war ohnehin notwendig.

Mit dem Lichtkegel leuchtete er die Stiege notdürftig aus. Vorsichtig schob er einen Fuß vor den anderen, damit er auf den ausgetretenen Stufen nicht strauchelte. Unten angekommen stellte sich ihm etwas in den Weg. Er ballte die freie Hand zu einer Faust und richtete die Taschenlampe auf den vermeintlichen Widersacher. Jemand hatte einen alten Kasten auf dem Kellergang abgestellt. Seine Augen gewöhnten sich an die Dunkelheit. Er bog den Gang um die Ecke. Durch einen auf die Straße führenden Lichtschacht fiel ein wenig graues Licht in das unter der Erde liegende Kellergeschoß. Die Luft war abgestanden und roch muffig. Er atmete in kurzen Zügen. Endlich hatte er die graue Metalltür ausgemacht, die in der Wand eingelassen war. Daneben stand ein Abteil offen. Auf dem Lehmboden lehnten gefüllte Plastiksäcke gegen einen Kühlschrank, der schon an einigen Stellen im Inneren von einer grünen Schimmelschicht überzogen war. Tadic ließ den Lichtkegel der Taschenlampe im Zick-Zack-Kurs durch den Gang gehen und rümpfte die Nase. Dann trat er die Tür zu und wandte sich dem endlich ausfindig gemachten Sicherungskasten zu. Einige Leitungen waren zusätzlich die Wand entlanggeführt. Offenbar holten sich ein paar Mieter ihren Strom von der Hausleitung, aber damit war es nun endgültig vorbei. Er holte Werkzeug aus seiner Tasche. Mit wenigen Handgriffen hatte er die Leitungen gekappt und den Sicherungskasten lahmgelegt.

Er holte noch einmal tief Luft, ehe er eilig die Treppe hinaufstieg. Über den Gang war nun Stimmengwirr zu vernehmen, lauter, je weiter er nach oben kam. Bei der Kellertür legte er den nächsten Halt ein. Er tauschte das Schloss und sperrte die Tür ab. Jetzt war eindeutig Gezeter zu vernehmen. Er verstand kein Wort, denn das Haus war hauptsächlich von Türken bewohnt. Heute würde es kein warmes Mittagessen geben, dachte er. Und am Abend kein Turk-Sat im Fernsehen.

Martins Puls kletterte unaufhörlich hinauf, ebenso wie er den Berg erklomm. Auf zwei Rädern. Er hatte im Fahrradgeschäft zugeschlagen. Zunächst hatte ihm der Verkäufer in dem Laden einen Renner schmackhaft machen wollen, doch Martin misstraute den dünnen Asphaltschneidern, die auf dieses Gefährt montiert waren. Bei der Kategorie Mountainbike hatte er sich schon heimischer gefühlt. Dicke Rohre und dicke Walzen, das passte perfekt zu seinem ebenfalls nicht allzu dürren Körper. Er war eine Proberunde gefahren. Beim Anstieg zum Haus des Meeres war er nicht nur beinah einem Hitzschlag erlegen, auch sein Kreislauf hatte sich gegen die heftige Anstrengung zur Wehr gesetzt. Er musste eine Zwangspause einlegen, damit die lila Kreise, die ihn plötzlich heimgesucht hatten, wieder verschwanden. Er gestand sich ein, dass es in seinem Fall wohl Jahre des Trainings bedurft hätte, um einigermaßen gute Figur auf diesem Gerät zu machen. Was seine Muskelkraft nicht hergab, musste menschlicher Erfindungsgeist wettmachen. Pedelec hieß das Zauberwort. Ein Fahrrad mit Akku, das die Tritte des Fahrers kraftvoll unterstützte, so dass ein sportliches Lulu wie er halbwegs von der Stelle kam und nicht Gefahr lief, bei der hypersuperleichten Bergübersetzung einfach umzufallen, weil es am nötigen Vortrieb mangelte. Es war die Empfehlung des Verkäufers gewesen, die der Trainer aus dem Fitness-Studio ebenso geteilt hatte. Jetzt saß er auf seinem KTM und der einzige Grund zum Jammern war der schmale Sattel, der seinen molligen Hintern wahrlich auf eine harte Probe stellte. Zusätzlich hatte er sich mit Fahrradschuhen, die in den Pedalen einrasteten, einem Helm, Hose, Trikot und Trinkrucksack ausgestattet. Sein Handy klingelte in der Rückentasche. Wenn das schon wieder der Onkel war. Er bremste und drückte die Gesprächsannahmetaste. Es war die Bank.

„Herr Martin“, sagte sein Betreuer, „wir haben ein Problem.“

Krasberger blickte die Glasfassade des Hochhauses empor. In großen Leuchtbuchstaben prangte der Name der Baufirma. Beinah ehrfürchtig. Berg schlug ihre Notizen auf. „Die Schnattl AG ist einer der größten Baugesellschaften in Österreich. Die sind der Generalunternehmer am Hauptbahnhof. Wir sollen uns beim Empfang melden und sagen, dass wir mit dem Herrn Doktor Sebera einen Termin haben, der sitzt sicher ganz oben.“

„Ganz oben“, murmelte Krasberger, „von da schaut er auf uns olle runter.“

Berg blickte nun ebenfalls hinauf. „Schwer von da unten zu schätzen, aber das sind sicher fünfundzwanzig Stockwerke.“

„Na dann hoff’ ma, dass der Lift geht.“ Krasberger deutete zur Tür.

Sie betraten das Bürogebäude und meldeten sich wie telefonisch ausgemacht am Empfang und wurden bald in den Aufzug verfrachtet, der sie, zum Glück funktionstüchtig, in die achtzehnte Etage brachte. Das war also der Trick an solch imposanten Gebäuden, dachte sich Krasberger –größer wirken als sein, und trotzdem fühlte man sich auch drinnen winzig. Oben wurden sie von der Vorzimmerdame des Generaldirektors, einer typisch grauen Büromaus Ende fünfzig mit Haarknödel am Hinterkopf und Brille, begrüßt.

„Einen Moment dauert's noch, der Herr Direktor hat noch ein Telefonat. Darf ich Ihnen in der Zwischenzeit vielleicht einen Kaffee anbieten?"

Berg schickte einen Blick zu Krasberger, der antwortete: „Danke, aber es wird nicht lange dauern."

„Danke ja?", vergewisserte sich die Sekretärin.

„Danke nein, sehr nett", stellte Krasberger klar. Er betrachtete das nüchtern ausgestattete Gebäude. Der Gang war mit einem dunklen Teppichboden ausgelegt, die Wände mit grauem Stoff tapeziert. Die dort hängenden Bilder zeigten Baustellen, Bauwerke und Baugeräte im Einsatz. Krasberger betrachtete ein Foto näher. Eine futuristische Metallkonstruktion, die ihn an eine Weltraumstation aus einem dieser Filme erinnerte. Wie hieß der noch gleich?

„Sieht aus wie aus ‚Star Wars'." Berg hatte sich an ihn herangeschoben und lugte über seine Schulter.

„Genau, wollt' i a grad sagen. Sie kennen sich aber aus."

„Ich hab einen Neffen, der ist ganz narrisch darauf. Haben Sie Kinder?"

Krasberger schüttelte den Kopf. „Nein, wir ham an Hund. Und Sie?"

„Der Neffe reicht. Im Moment jedenfalls."

„Der Herr Direktor kann Sie jetzt empfangen." Die Sekretärin blickte sie über den Rand ihrer Brille an.

Sie betraten das Büro, das geräumig, aber nicht übertrieben weitläufig war. Durch die Glasfront sah man die Stadt zu Füßen wie einen Teppich liegen. Hinter dem Chefschreibtisch hing ein großformatiges Bild eines modernen Künstlers, der die bespannte Leinwand mit unzähligen Farbklecksen übersät hatte. Diagonal verlief eine rote Spur, die am Ende verwischt war. Die beiden Polizisten schritten auf den Mann mit nach hinten gekämmten Haaren im dunkelgrauen Anzug zu, der sich von seinem Lederstuhl erhob und ihnen zwei Plätze zuwies, auf denen sich die beiden niederließen. Auch er nahm wieder Platz.

„Stört es Sie, wenn ich rauche?"

Ein ungewöhnlicher Einstieg in ein Gespräch mit der Polizei, dachte sich Krasberger, der sich Berg zuwandte, die, ihrem Blick zu schließen, ebenfalls verwundert war.

„Sie sind der Boss."

„Eben, danke. Sie kommen sicher wegen der Sache mit dem armen Ingenieur Kramsl."

Krasberger atmete durch, was für eine sonderbare Ausdrucksweise für einen Mord. „Sie wissen also davon?"

„Wenn ich sowas nicht wüsste, würde ich nicht hier sitzen."

„Dann wissen Sie sicher auch, ob Ihr Bauleiter Feinde hatte."

Doktor Sebera zog an seiner Zigarette und blickte nachdenklich der Rauchschwade nach, die er eben von sich gegeben hatte. „Hatte er das?"

„Na nach einem Freundschaftsdienst hat das nicht gerade ausgesehen!", platzte es aus Berg heraus. Krasberger legte seine Hand auf ihren Unterarm. Sie errötete in diesem Moment. Er sagte: „Meine Kollegin spricht damit die Weise an, wie Ihr Bauleiter zum Tode befördert wurde." Er bemühte sich sehr um eine nach der Schrift gehaltene Ausdrucksweise. „Wir gehen in diesem Fall von einem Mord aus, auch wenn der endgültige Obduktionsbefund noch nicht vorliegt."

Der Direktor drehte sich ein wenig zur Seite. „Ich habe davon gehört, aber deswegen sind Sie sicher nicht gekommen. Wenn es Ihnen nichts ausmacht, stellen Sie bitte Ihre Fragen, ich habe viel zu tun. Das tragische Schicksal meines Mitarbeiters hat für mich auch Konsequenzen."

„Die da wären?" Es war Krasberger, der jetzt die provokante Frage gestellt hatte.

„Ich muss mich um Ersatz kümmern." Sebera drückte die Zigarette aus. Krasberger blickte ihm in seine dunklen Augen, die wie verspiegelte Sonnengläser den Blick auf seine Gedanken verdeckten. Der Typ hatte nicht nur seine Haare pomadisiert, er war auch aalglatt. Er hakte nach: „Was macht ein Bauleiter bei Ihnen?"

Sebera stieß einen verächtlich kurzen Lacher aus. „Das ist aber nicht wahr, dass Sie mich das fragen. Da kann Ihnen meine Assistentin sicher mit einer Job-Beschreibung aushelfen."

„Erklären S'es, dass es ein einfacher Mensch wie ich a verstehen kann." Krasberger wurde ungehalten, was bei der Sprachfärbung durchblitzte.

„Also, das ist bei uns nicht anders als bei der Polizei. Ich nehme an, Sie sind ein mittlerer Rang. Über Ihnen gibt's einen Vorgesetzten, der hat einen Vorgesetzten, irgendwann kommt der Polizeipräsident, darüber der Minister und so weiter."

„Und Sie sind der Bundeskanzler." Berg sollte es nicht übertreiben, dachte Krasberger.

Sebera grinste. „Nein, bestenfalls der Minister. Bei uns geht's ein bissel demokratischer zu als in der Politik. Wir haben die Aktionäre als oberste Instanz. Aber nochmals, was hat das mit der Firma zu tun?"

„Nochmals, und jetzt bleiben wir beim Namen, weil das war ein Mensch, der da umgekommen ist, oiso der Herr Kramsl ist umgebracht und dann von einem Ihrer Kräne zerrissen worden, also liegt es nahe zu vermuten, dass das mit der Baustelle zu tun hat."

Krasbergers Blick war an dem Bild im Hintergrund hängengeblieben. Die roten Spritzer darauf erinnerten ihn an die Blutspur beim Fundort der Leiche.

„Das ist ein Ferrari."

„Wie bitte?"

„Der Künstler heißt Ferrari."

„Wie das Auto?", fragte jetzt auch Berg und erntete von beiden einen unwirschen Blick.

„Nochmals“, lenkte Krasberger das Gespräch zum Mord zurück, „wofür war der Ingenieur Kramsl zuständig?“

„Nochmals“, äffte ihn Sebera überheblich nach, „er war in der Hierarchie ungefähr da, wo Sie stehen.“ (Na toll, dachte sich Krasberger, das sind immer die, die draufgehen.) „Er hatte den reibungslosen Ablauf zu gewährleisten, dass die Termine eingehalten werden, und vor allem, dass das Budget eingehalten wird. Manchmal musste er, so wie Sie Ihre Kollegin eben, auch ein paar Arbeiter zurechtweisen.“ Berg wurde auf ihrem Sessel ein wenig kleiner.

„Kann es mit Geld zu tun haben?“

„Wir zahlen unsere Leute gut.“

„Wie sieht es da mit den anderen Professionisten aus?“

„Wenn Sie auf den angeblichen Kostendruck auf die Subunternehmen anspielen wollen, wir zahlen das, was wirtschaftlich vertretbar ist.“

„Und darüber entschied Kramsl?“

„Natürlich, also zu einem Teil. Seine Aufgabe war es, auch Mängel festzustellen. Aber Sie wollen doch jetzt keinen Schnellkursus für Bauabwicklung?“

„Was anderes: Es gab vor einigen Tagen einen weiteren Toten ...“

„Ich dachte, das ist geklärt, das war doch dieser Kontrollor von der Kasse“, fiel Sebera Krasberger ins Wort.

„... glauben Sie, das könnte mit dem Mord an Herrn Kramsl zusammenhängen?“

„Das herauszufinden ist ja wohl Ihre Aufgabe.“

„Stimmt. Danke, das war’s schon.“ Krasberger hatte genug von der arroganten Weise, wie sie von Sebera behandelt wurden. Er sprang von seinem Sessel auf und Berg folgte seinem Beispiel.

„Wir finden alleine raus.“

Krasberger steuerte zielstrebig auf den Lift zu, Berg in seinem Gefolge und als Kometenschweif trippelte die Sekretärin hinten nach und versuchte, Krasberger an der Schulter zu tippen. Erst als das Trio vor der Aufzugstüre stoppte, bemerkte Krasberger sie. Sie fragte: „Sie waren doch sicher wegen dem Ingenieur Kramsl beim Chef." Erwartungsvoll hatte sie ihren Blick auf den Polizisten gerichtet. Krasberger nickte. „Warum?", fragte er.

„Weil der Chef mit dem Kramsl einen ganz furchtbaren Streit gehabt haben muss. Man hat die beiden bis zu mir raus schreien gehört."

„Und worüber ham's g'stritten?"

„Soweit ich das mitgekriegt habe, um die Baukosten bei dem Projekt am neuen Hauptbahnhof."

„Und wann woar des?" Krasberger hob eine Augenbraue.

„Na so vor drei oder vier Tagen."

„Und warum erzählen Sie mir das?"

Die Sekretärin zuckte mit der Schulter. „Na man muss doch der Polizei alles erzählen, oder?" Der Satz kam mit einer überwältigenden Selbstverständlichkeit, so dass Krasberger jetzt nur die sich öffnende Aufzugstüre aus der Situation retten konnte. So viel Staatsbürgertreue erlebte man selten, daher wusste Polizist auch nicht, wie damit umgehen. Und tatsächlich, endlich das erwartete „Pling". Krasberger lächelte die graue Vorzimmerdame gezwungen an und beeilte sich in die Kabine und zog Berg, die ihren Notizblock gezückt hielt, zu sich. Es ging abwärts.

„Ich hab nicht einmal die Daten von der Zeugin aufnehmen können", Berg klang verschnupft.

„Gehen S', die macht sich doch nur wichtig. Außerdem zeigen S' mir a Baufirma, wo ned über die Kosten debattiert wird."

„Aber eine Spur ist es doch", kam es jetzt trotzig.

„Aber sicher", sagte er in beinah väterlichem Ton. „Spur hin, Spur her, ich hätt' jetzt gern was zum Essen."

„Was ist jetzt nicht in Ordnung? Ist es der Scheck?" Martin hatte sich sofort auf den Weg in die Bank in der Krottenbachstraße gemacht. Jetzt stand er im verschwitzten Trikot vor dem Schalter. Sein Gegenüber steckte ihm Anzug, transpirierte aber nicht minder. Er entledigte sich des Sakkos und stotterte: „Nein, das ist es nicht, es ist das Bargeld."

„Wie bitte?" Martin erhob seine Stimme. Der Bankbeamte schickte ihm eine beschwichtigende Geste. Mit den Rändern unter seinen Achseln wäre er als Model für eine Deo-Werbung bestenfalls als abschreckendes Beispiel geeignet gewesen.

„Was soll denn mit dem Geld nicht stimmen? Ist es falsch?" In Martins Stimme klang die Verärgerung durch.

„Bitte beruhigen Sie sich. Lassen Sie mich erklären ..." Und dann erläuterte er, dass sie bei größeren Barbeträgen verpflichtet wären, eine Art Routinecheck zu machen. Das sähen die Bestimmungen gegen die Geldwäsche so vor. Und leider habe sich dabei ergeben, dass das Geld nicht sauber sei. Martin stand der Mund offen, als er so lauschte. „Es gibt keinen Zweifel, die Seriennummern beweisen es. Das Geld stammt aus einem Alarmpaket von einem Banküberfall."

„Aber die Scheine waren doch nicht gefärbt?"

„Es ist halt nicht explodiert, das kommt manchmal vor. Es tut mir leid, aber ich muss das melden."

Martin wurde heiß, und das nicht nur, weil er mit dem Fahrrad gekommen war. Er atmete tief ein, als wollte er die heilende Luft eines Kurorts auf einmal in sich aufsaugen, dabei war er nur in einer klimatisierten Bankfiliale. Pete! Wo war dieser Gauner nur abgeblieben? Das konnte doch nicht sein. Er war offiziell noch Eigentümer seines Wagens, hatte den Typenschein zwei Etagen tiefer unten im Safe der Bank liegen. Auch er würde seinerseits nur Anzeige erstatten müssen. Wegen Betrugs, Unterschlagung, Herauslockung, was auch immer. Vielleicht ging Pete dann bei einer Routinekontrolle einem aufmerksamen Verkehrspolizisten ins Netz. Sein Telefon ertönte. Er fingerte es aus der Rückentasche des Trikots hervor. Manche Menschen sind Optimisten, die auch in der verfahrensten Situation noch darauf hoffen, dass der Ausweg ihnen plötzlich wie ein Deus ex machina entgegensprang. Martin zählte dazu, also galt sein erster Gedanke Pete als möglichem Anrufer. Doch das Schicksal lässt sich von unangebrachtem Optimismus nicht betrügen. Natürlich war der Anrufer ein anderer, nämlich der Onkel. Martin wollte sich wenigstens den gutgemeinten Spott ersparen, also drückte er den Anruf weg.

Er lehnte sich an den Schalter, schaute seinen Betreuer lang und durchdringend an, was bei diesem den nächsten Schweißausbruch ausgelöst haben mag, dann sagte er gefasst: „Gut, dann melden Sie es. Und den Scheck können Sie auch gleich wieder stornieren."

„Wieso denn das?"

„Glauben Sie mir, in so etwas habe ich nun Erfahrung."

Es war logisch, dass der nicht gedeckt sein konnte, wenn schon das Bargeld nicht sauber war.

Martin erreichte die Wohnung seiner Schwester mit mehr als zwanzig Minuten Verspätung. Er war mit dem geborgten Wagen zwar pünktlich von zu Hause weggefahren, doch dass der Sommer so gut wie vorüber war, merkte man an den mangelnden Parkplätzen. Und da war die Gegend um den Hamerlingplatz ohnehin nicht sonderlich gesegnet, und das trotz der dort geltenden Pickerlzone (oder Parkraumbewirtschaftung, wie es im Amtsdeutsch korrekt hieß). Martin war also ein paar Mal um den Block gefahren, so lange, bis die Ladezone auf der Josefstädter Straße nicht mehr gültig war. Dennoch störte ihn das sinnlose Herumkurven gar nicht. Wann immer er in den geborgten Lieferwagen mit dem seltsamen Geruch stieg, erfasste ihn bald eine wohlige Müdigkeit und Entspannung setzte bei ihm ein. Nicht einmal der Gedanke an sein unterschlagenes Auto quälte ihn dann.

Er wurde von Anja begrüßt, die ihn ins Wohnzimmer führte, wo Felder mit einem anderen Mann bei Tisch saß. Sie hatten ihre Laptops aufgeklappt und ein paar Stöße Papier vor sich liegen. Er begrüßte Felder.

„Das ist mein Kollege Rosicky, er hat mit mir die Kontrolle durchgeführt."

Rosicky erhob sich und sie schüttelten die Hände. „Ich bin der Paul."

„Marco Martin, nenn mich einfach Marco." Martin schickte einen süffisanten Blick in Richtung seiner Schwester.

Die zwei Kontrollore hatten ganze Arbeit geleistet und den Tag genutzt, die in den Neubau involvierten Baufirmen zu durchleuchten. Felder erklärte, dass die Schnattl AG als Generalunternehmer alles korrekt abwickelte. Die eigenen Arbeiter waren alle angemeldet, Zahlungen an Sozialversicherung, Finanzamt und die Urlaubskasse erfolgten pünktlich.

„Und bei den anderen?", wollte Martin wissen.

„Das Übliche, Sozialbetrug in Reinkultur", erläuterte Felder.

„Das heißt?"

„Bei den Abgaben wird gespart. Wenn die Leute angemeldet sind, und das ist hier großteils der Fall, dann wird nichts gezahlt. So kann man die Aufträge billiger erledigen als andere Firmen, die mit Kostenwahrheit arbeiten."

„Und kommt so zum Zug", zog Martin seine Rückschlüsse.

„Ist zwar nicht legal, aber an die Hintermänner kommt man nicht ran", erklärte nun Rosicky.

Anja platzte in die Runde und wachelte mit der Abendausgabe einer Zeitung. „Seht euch das an, da hat's noch einen Toten auf der Baustelle am Hauptbahnhof gegeben. Alle drei Augenpaare waren nun auf sie gerichtet. Anja trat an den Tisch und breitete dort die Zeitung auf. „Hier, da steht, dass der Bauleiter tot aufgefunden wurde und die Polizei von einem Gewaltverbrechen ausgeht." Sie deutete mit dem Zeigefinger auf die kurze Meldung, neben der ein Portraitfoto des Toten abgedruckt war. Die drei Männer schoben ihren Kopf vor. Felder sagte betroffen: „Den kenn ich, das ist der Ingenieur Kramsl von der Schnattl Bau." Rosicky lehnte sich zurück. Er wirkte unbeteiligt und sagte: „Das wird uns jetzt auch nicht weiterbringen."

Martin gab ihm recht. „Ja, im Moment wahrscheinlich nicht." Er faltete die Zeitung und dachte, dass er dazu trotzdem Krasberger würde befragen müssen. „Wir sollten zum ursprünglichen Thema zurückkehren. Wie kommen diese dubiosen Firmen zum Zug? Also die Vergabe und so weiter."

„Da ist die Bandbreite groß", erläuterte Rosicky weiter. „Wir vermuten, dass das über die Bauleiter eingefädelt wird."

„Also doch über unsere zweite Leiche", sagte Martin.

„Genau. Die wissen, was vom kalkulierten Profit überbleiben muss, und drücken den Preis nach unten. Es ist oft so, dass eine Firma den Zuschlag erhält, die wiederum nicht genügend Personal hat und das mit fremden Arbeitern erledigt, die wiederum über die nächste Scheinfirma abgerechnet werden."

„Und wo kommen die alle zusammen?", fragte Martin. „Also der Auftraggeber zu seinen Firmen und diese wieder zu ihren Arbeitern?"

Felder grinste. „Das findet oft im Kaffeehaus statt. Da gibt es Mittelsmänner, die wissen, wo was gebaut wird und wer grad Leute oder Aufträge sucht."

„Wir reden also von einer Coffee-Connection", resümierte Martin.

„Das ist das Stichwort. Ich hab euch Kaffee gemacht." Anja kam aus der Küche und stellte ein Tablett mit Kanne, Tassen und einigen Keksen auf den Tisch.

Nachdem sich die drei Männer damit gestärkt hatten, ging es weiter mit der Aufarbeitung der Recherchearbeit der beiden Kontrollore.

„Einzige Ausnahme bei diesen Firmen, die wir uns genauer angesehen haben, ist diese Vukic Bau Limited."

„In welcher Hinsicht?", hinterfragte Martin Felders Aussage.

„Soweit wir feststellen konnten, sind die Arbeiter ordnungsgemäß angemeldet und es wird alles bezahlt. Pünktlich. Auch bei der Finanz und der Krankenkasse." Er schickte Rosicky einen um Bestätigung heischenden Blick.

„So isses", bekräftigte dieser nickend. „Und genau bei der Firma war unser U-Boot und erstes Opfer beschäftigt."

„Den du angeblich ..." Martin schickte Felder einen Blick. Ihm war heiß und er lockerte den Knopf seiner Krawatte.

„Ja, aber es kommt noch besser. Der Mann scheint davor in unserer Datenbank zwar auf, er hat aber immer nur wenige Tage gearbeitet und dann die Firma gewechselt. So ist das ungefähr ein halbes Jahr gegangen. Und der Belastungszeuge, der mich beim Schubsen gesehen haben will, ist bei der Vukic Bau Geschäftsführer, offiziell zumindest, denn die Beteiligungsverhältnisse sprechen eine andere Sprache."

Martin spürte den Kaffee. Und heiß war ihm auch. Er schlüpfte aus dem Jackett. „Bevor du das erläuterst, ich müsste mal. Wo ist ...?"

„Gleich im Vorzimmer, die Türe neben dem Eingang. Während du weg bist, mach ich mal ein Fenster auf, es ist stickig hier drinnen."

Martin erleichterte sich. Jetzt warf das doch ein anderes Licht auf die Sache. Er spürte instinktiv, dass da weit mehr hinter der Sache steckte als ein Unfall oder ein gewalttätiger Ausbruch seines Schwagers. Sein Schwager! Dieses Wort wollte gedanklich noch nicht so richtig Fuß fassen in seiner Lebenswelt.

Als er zurückkehrte, erwarteten ihn Felder und Rosicky mit leuchtenden Augen wie Kinder vor dem Weihnachtsbaum.

„Aber das Beste kommt jetzt. Dieser Vukic hat mehrere Firmen. Eine Abfallverwertung mit Recyclingdeponie, ein Transportunternehmen und er besitzt ein paar Häuser in Wien und mehrere Imbissbuden. Der ist vor wenigen Jahren in Wien aufgetaucht und hat sich, so wie es vordergründig aussieht, mit halblegalen Mitteln ein kleines Imperium aufgebaut. Aber nach außen hin scheint er ein richtiger Saubermann zu sein."

„Und das habt ihr alles im Büro herausgefunden?"

„Nicht nur, man hat so seine Kontakte", sagte Rosicky verschmitzt lächelnd.

„Aber überall ist dieser Tadic als Geschäftsführer eingesetzt. Zu einem Hungerlohn, wenn man seinem Steuerakt Glauben schenkt." Auch Felder hatte ein Siegerlächeln aufgesetzt.

„Gut", sagte Martin, „Indiskretion gegen Indiskretion. Ich kenne aus dem Polizeiakt die Anschrift von unserem ersten Opfer, also vom Bijelic beziehungsweise Nadar. Der hat anscheinend wirklich keine Vorgeschichte. Ich denke, es wird durchaus interessant sein, seiner Wohnung einen Besuch abzustatten."

Martin erhob sich wenig später – sie hatten nur noch Belangloses geplaudert – und verabschiedete sich von Rosicky. Durch das geöffnete Fenster drang der Verkehrslärm. Martin betrachtete kurz die gegenüberliegende Häuserzeile. Die Fassaden waren von der untergehenden Sonne in Pastelltöne getaucht. Bei einem frisch eingedeckten Dach leuchteten die Ziegel kontrastreich in sattem Rot. Einige Baumwipfel wogten von einer sanften Brise gestreichelt, die Blätter in feuriges Orange getunkt.

Felder begleitete Martin zur Tür, dort fasste er ihn an der Schulter und zog ihn zu sich. „Etwas muss ich dir noch anvertrauen. Das wissen weder Anja noch Rosicky. Bevor Nadar gestorben ist, hat er mir noch etwas gegeben." Er holte einen Schlüssel aus seiner Hosentasche und hielt ihn Martin hin.

„Bist du verrückt? Wenn die Polizei den bei dir gefunden hätte, dann würdest du noch immer in deiner Zelle schmoren. Etwas von einem unter ungeklärten Umständen Getöteten zu unterschlagen, könnte als klassisches Motiv ausgelegt werden."

„Hat sie aber nicht, ich hab ihn damals in Rosickys Laptoptasche verschwinden lassen."

Martin blickte über Felders Schulter ins Wohnzimmer, wo Rosicky immer noch an seinem Laptop saß. Der Mann war nach Martins Einschätzung sehr genau, übergenau, fast schon pedantisch. Als er zuvor seine Kaffeetasse auf der Tischplatte abgestellt hatte, hatte er ihm mit strafendem Blick sofort eine Untertasse hingeschoben. Auch seine Brösel hatte er sofort weggewischt. Martin betrachtete den Schlüssel in Felders Hand. „Und wofür ist der?"

„Das weiß ich nicht. Aber das ist schon komisch. Warum er mir den Schlüssel gegeben hat?"

„Das scheint wiederum klar, weil er nicht wollte, dass ihn wer anderer bekommt. Wer immer hinter ihm her war, sollte nicht an den Schlüssel kommen." Martin wollte sich nicht zu vorschnellen Schlüssen verleiten lassen, daher behielt er seine Gedanken noch für sich. Aber für ihn schien klar, dass Nadar nicht vor Felder geflüchtet war, und wenn sein Schwager an dessen Ableben tatsächlich unschuldig war, dann war es logisch, dass er dieses Geheimnis bei einem offiziellen Kontrollorgan besser aufgehoben dachte als bei seinem Mörder.

Felder zog Martin abermals zu sich und flüsterte ihm ins Ohr: „Und was auch noch keiner weiß: Ich glaube, ich kannte den Mann."

„Was?", platzte es laut aus Martin heraus. Felder ruderte hektisch vor seinem Mund – „Psst!"

Martin senkte seine Laustärke. „Und woher? Lass dir doch nicht alles aus der Nase ziehen."

„Nur vom Sehen. Ich bin mir sicher, dass ich ihn vom Sehen her kannte, aber mir will nicht einfallen, woher."

„Na, wenn er Bauarbeiter war, vielleicht von einem Einsatz?"

„Nein, das nicht."

„Denk nach."

„Das tu ich doch schon seit einer Woche!" Jetzt war es Felder, der die Stimme erhoben hatte. Rosickys Gestalt erschien im Türrahmen. Gegen das Licht baute sich nur ein riesiger Schatten auf. Felder steckte Martin schnell den Schlüssel zu. Rosickys sonorer Bass erklang. „Ich hab vielleicht noch was Interessantes entdeckt. Der Vukic hat ein Haus in der Bonygasse in Meidling. Da war eine Meldung über ständige Schikanen gegen die Mieter. In den Gängen verstreute Abfälle, Drohungen gegen die Mieter, Kündigungsverfahren, abgeschalteter Strom und so. Offenbar ist das Haus derzeit an lauter Ausländer vermietet und Vukic will es abreißen lassen, also muss er die loswerden."

„Das passt ins Bild, obwohl ich meine, mit unserem Fall hat das nicht direkt zu tun. Aber dieses Imperium von diesem Wunderknaben müssen wir auf jeden Fall unter die Lupe nehmen. Das bedeutet vor allem Recherchen auf den Baustellen." Martin richtete seinen Blick auf die beiden Kontrollore.

„Ich bin im Moment leider weg vom Fenster. Ich darf nur Innendienst schieben", sagte Felder. „Paul, das hängt an dir. Ich weiß nicht, ob Romana begeistert ist, wenn du jetzt viele Extraschichten einlegst."

„Das lass nur meine Sorge sein, das regle ich schon, dann hänge ich die Wäsche halt um Mitternacht auf." Er grinste.

Martin wusste, dass noch viel Arbeit auf sie zukam, wobei ihn eine Sache doch wunderte. „Wir haben uns jetzt die ganze Zeit über das erste Opfer unterhalten, dabei aber ganz das Verbrechen an dem Bauleiter ausgeklammert."

„Ja, und?", kam es fast unisono von den beiden anderen. „Das war ja dein Vorschlag", schob Felder nach.

„Wir werden den einen Fall nicht ohne den anderen klären können."

„Warum?", fragte jetzt Rosicky, der wenig Interesse für dieses andere Verbrechen zeigte, „das ist doch Sache der Polizei." Martin stieß dieses Desinteresse zwar vor den Kopf, er verbiss sich aber eine Erwiderung und begnügte sich mit dem Verziehen der Mundwinkel.

Der alte Parkettboden knarrte unter den Schritten Anjas. „Geht ihr schon?" Sie zog Martin am Ärmel zu sich. „Hast du noch eine Minute?"

Martin nickte. Er folgte ihr durch das Vorzimmer in einen zweiten Gang, von dem weg weiß gestrichene Holztüren in die anderen Räume führten. Sie betraten die Küche. Der Boden war mit dunklen Steinplatten ausgelegt, eine alte Kredenz aus Weichholz und einige karierte Geschirrtücher daran verliehen dem sonst kühlen Ambiente mit Küchenblock und Spüle aus Aluminium einen heimelig rustikalen Charakter. Dieser Kontrast aus Moderne und Gemütlichkeit wurde von den an den Wänden hängenden Tellern, wohl Mitbringsel aus einem Mittelmeerurlaub, und Lavendelbüscheln verstärkt. Anja legte ihren Arm um Martins Hals und drückte ihn an sich. Diesen durchfuhr ein wohliger Schauer.

„Danke", sagte sie gehaucht.

„Wofür?"

„Dass du uns hilfst."

„Danke mir nicht zu früh, noch sind wir am Anfang und die Sache ist, naja, einigermaßen verwirrend." Martin wand sich aus Anjas Umarmung, womöglich kamen die anderen sie suchen. „Eine Frage habe ich zu Rosicky. Was ist das für ein Typ?"

„Ein ganz ein Netter. Der ist in Ordnung."

„Kennst du ihn näher?"

„Wie man halt so Kollegen des Partners kennt. Wir waren einmal, aber das ist jetzt sicher drei, vier Jahre her, gemeinsam für ein Wochenende in der Steiermark, da waren unsere Kinder aber noch sehr klein, seine Tochter überhaupt erst zwei, glaub ich."

Martin dachte an den Blick, den er zuvor in das Kinderzimmer geworfen hatte. „Es ist übrigens heute so ruhig bei euch?"

„Ach, du meinst meine beiden Quälgeister? Die sind gut versorgt. Die sind mit Niklas' Eltern im Burgenland, verbringen dort die letzten Ferientage. Heute wollten sie in den Family-Park gehen. Morgen machen sie eine Schifffahrt über den See."

„Zurück zum Wochenende damals. Ist dir da irgendwas aufgefallen, ich meine an Rosicky?"

„Nein, warum? Es war ganz nett nur irgendwie, also irgendwie ... bemüht, würde ich sagen."

„Das versteh ich nicht, was meinst du damit?"

„Es war halt kein ausgelassenes Über-drüber-Hurra-Wochenende. Pauls Frau Romana scheint sehr bestimmend zu sein, was die Kleine betrifft, dafür aber eher unorganisiert. Und Paul ist einer, der Ordnung liebt. Das war halt manchmal ein bisschen schwierig mit den beiden. Aber wie gesagt, wir hatten ja auch erstmals die Kleinen mit."

„Und ihr seid nie wieder mitsammen weggefahren?"

„Natürlich haben wir gesagt, wir müssen das bald wiederholen, wie man das eben so sagt, aber dazu ist es dann doch nie gekommen."

Sie hörten Schritte sich nähern.

„Ah, dahin seid ihr entschwunden." Felder kam mit Rosicky in die Küche. „Geh jetzt, wo wir so fleißig waren, wollt's noch einen feinen Schluck trinken? Ich hab von dem gleichen Winzer aus Gamlitz einen Sauvignon da. Da wo wir einmal zum Wochenende waren. Kannst dich erinnern?“

Rosicky nickte und sagte: „Ja, a Riesenhetz haben wir da g'habt.“

„Stimmt, lustig war's. Warum hamma das eigentlich nimmer wiederholt?“ Felder holte aus dem Kühlschrank eine grünbraune Bouteille und stellte sie auf den kleinen Tisch im Eck, während Anja langstielige Weingläser brachte. „Du trinkst doch ein Glas mit uns?“

„Ich bin auf jeden Fall dabei“, ließ Rosicky die Anwesenden wissen, „ich hab Romana eh gesagt, dass es ein wenig später werden kann.“

Felder öffnete den Glasverschluss der Flasche. „Komm, auf ein Glas nur“, sagte er zu Martin. Dieser schüttelte den Kopf. „Nein, danke, ich muss wirklich los. Ich finde alleine raus, wir telefonieren morgen.“ Er drückte Anja einen flüchtigen Kuss auf die Wange und verließ die Wohnung mit dem Gedanken, wie unterschiedlich doch die Wahrnehmung zwischen Männern und Frauen war.

Martin kehrte nach Neufried zurück, da war es schon zu dämmrig für eine Radtour. Er parkte den Opel Combo, den er geborgt hatte, auf seinem Stellplatz und überlegte, dass die knapp zweitausend Euro, die er für sein Pedelec ausgegeben hatte, den Zeitwert seines aktuellen Fahrzeugs bei weitem überschritten. Morgen würde er endlich beim Autohändler anrufen und die Lieferung seines neuen Gefährts urgieren. Um sein altes Auto, das ihm herausgeluchst worden war, würde er sich auch noch kümmern müssen. Er ging die Stufen hoch und drängte sich die Mauer entlang, damit Frau Pribil, die vor ihrem Eingang die ersten Blätter zusammenkehrte, ihn nicht blöd anreden konnte. Er war müde. Nicht nur wegen der vielen Informationen, die er erst in ein Schema bringen musste, auch die Fahrt mit dem alten Lieferwagen bescherte ihm regelmäßig eine unnatürliche Schlaksigkeit, die sich vor allem in weichen Knien bemerkbar machte. Er betrat seine Wohnung, die nun seit über einem Jahr leer war. Das Treffen mit Sandrine hatte keine wirkliche Versöhnung gebracht. Sie hatten zwar miteinander geschlafen, aber wie man so schön sagte, der Ofen war aus. Der Sex hatte das eindrucksvoll bewiesen. Sie hatten beim Frühstück beschlossen, Freunde zu bleiben. Freunde, die keinen Kontakt zueinander unterhielten, wie die mittlerweile verstrichene Zeit zeigte.

Er schlüpfte aus den Schuhen und stellte die Flasche Bier in den Kühlschrank, die er am Heimweg erworben hatte. Er hatte einen Stopp beim Spar in Glanzing eingelegt, jetzt räumte er die wenigen Einkäufe aus. Die Zeit, als er allabendlich beim Heurigen einkehrte, war einmal fürs Erste vorbei. Die nächtlichen Alpträume waren ihm Lehre genug gewesen. Er griff in die Einkaufstasche und beförderte die Packung mit den Überraschungseiern hervor. Die Firma Kinder hatte die Produktion eines neuen Asterix-Streifens mit menschlichen Darstellern zum Anlass genommen, wieder eine Asterix-Serie in die Schokoeier zu packen. Neugierig riss er sofort den Karton auf und beförderte die in dünne, bedruckte Alufolie verpackten Überraschungseier auf den Küchentisch, an dem er Platz nahm. Er kratzte die dünne Ummantelung auf und drückte behutsam gegen die Mitte des Eis. Die hellgelbe Plastikverpackung ließ ihn als Kenner sofort enttäuscht seufzen. Ein anderes Gadget. Er nahm die Kapsel heraus und wollte sie in den Mistkübel befördern, als er in der Bewegung innehielt. Vielleicht ein Spielzeug für Anjas Kinder? Warum nicht. Er öffnete das zweite und das dritte Ei. Erst im letzten war die in Ocker gehaltene Kapsel. Sofort tat er einen neugierigen Blick hinein. Enttäuscht seufzte er ein weiteres Mal. Schon wieder das Mädchen mit dem Krug, von dem er nicht einmal wusste, welche Rolle sie in den originalen Comic-Heften spielte. Die gab es inflationär. Keiner wollte sie in den Tauschbörsen haben, die konnte er also getrost wegwerfen.

Er duschte, ehe er sich mit Brot, Schinken und Bier vor dem Fernseher niederließ. Er machte einen Bissen, als sein Handy läutete. Es war Michi Bogensberger, die ihn fragte, ob er das Fest am Samstag nicht vergessen habe.

„Natürlich nicht“, antwortete er mit vollem Mund.

„Was ist? Deine Stimme klingt so belegt.“

„Nein, ich hab nur den Mund voll.“

„Geh entschuldige, ich wollte dich nicht stören.“

„Du störst nicht“, sagte er, als er durch die Kanäle zappte.

„Und eins wollte ich dich noch bitten. Der Matthias braucht den Wagen am Wochenende. Stört es dich, wenn du ihn bei der Gelegenheit gleich zurückbringst?“

Martin gab ein verneinendes Brummen von sich. Dann erzählte er ihr noch von seiner Beobachtung, die er am Vorabend bei der Verfolgung von Muth gemacht hatte. Er wolle dranbleiben, versicherte er ihr. Sie verabschiedeten sich.

„Bis Samstag also.“

„Bis Samstag.“

Tadic musste seiner Frau wieder einmal erklären, wieso er nach dem Abendessen nochmals fortwollte. Er traf Vukic in dem üblichen Café auf der Thaliastraße. Vukic hatte ein Haus am Wilhelminenberg und gab Treffpunkte in seiner Nähe vor.

Die Kellnerin servierte Tadic sein übliches Red Bull und Vukic einen Kaffee mit Slibowitz.

„Mein Anwalt hat die Adresse von Zorro herausgefunden. Hier.“ Er reichte Tadic einen Zettel. „Du gehst am besten jetzt noch hin und siehst dich dort um. Ist gleich hier ums Eck. Ich muss wissen, was er gehabt hat.“

Tadic verzog sein Gesicht. „Wir wissen doch nicht einmal, ob er überhaupt etwas gewusst hat."

Vukic fasste Tadic am Kragen. „Wir können ihn aber jetzt nicht mehr fragen, weil du …, weil du …"

„Bitte Chef, was hätt ich machen sollen?"

„Wenigstens einmal das Richtige."

„Wieso, was passt denn nicht? Nadar ist Geschichte, die Verwertung klappt reibungslos und das mit der Bonygasse bekomm ich auch noch hin. Wirst sehen, dauert nicht mehr lange."

Vukic ließ von Tadic ab und tätschelte ihm die Wange. „Guter Junge", sagte er mehrmals hintereinander, „mach, was ich sag, dann wird alles gut."

„Was machen wir mit dem Typ, der die Baustelle kontrolliert hat?"

„Nichts, im Moment zumindest. Hast du übrigens gewusst, dass der Bauleiter auch draufgegangen ist?"

„Die Leute haben's mir gesagt."

„Das warst nicht zufällig auch du?"

Und wenn es so wäre, dachte Tadic, wärst du der Letzte, dem ich so was auf die Nase binden würde. Er verschwieg daher, dass er ihn noch knapp davor lebend getroffen hatte. „Nein, ganz sicher nicht, warum?"

„Weil es mich einen Haufen Geld kosten wird, einen neuen Kontakt aufzubauen!" Vukic ließ seine Hand auf die Tischplatte knallen. Die anderen Gäste setzten für einen Moment ihre Unterhaltung aus, fanden aber schnell wieder in die Gespräche zurück. Vukic nickte unmerklich. Er legte einen Zehn-Euro-Schein auf den Tisch und ließ Tadic alleine zurück. Der winkte der Kellnerin. Die schwarzhaarige Mirjana kam hüftschwingend, das Tablett gegen ihren Schenkel gestemmt zu ihm und fragte: „Ich hab bald Schluss. Soll ich dir noch was bringen oder gehen wir nachher woanders was trinken?"

Er hielt ihr den Geldschein hin und sagte: „Ich warte draußen auf dich. Übrigens spielt heute Zeljko Joksimovic im Prater, ich kenn den Türsteher, sollte kein Problem sein reinzukommen, wenn du Lust hast."

Sollte Vukic doch selbst in die Wohnung gehen, wenn es ihm so wichtig schien. Ihm war wichtiger, dass er heute ein wenig Abwechslung hatte und bald in den süßen Armen einer hübschen jungen Frau lag.

„Fünf Minuten", sagte Mirjana augenzwinkernd.

Mittwoch, 29. August

Martin hatte ruhig und gut geschlafen. Zunächst war er zwar wach im Bett gelegen, aber das hatte wohl mit den um den Fall kreisenden Gedanken zu tun. Er musste unbedingt ein wenig Ordnung in das Durcheinander bringen. Er ging in die Wohnküche hinauf und schaltete die Pavoni-Espressomaschine ein. Langsam kletterte die Nadel hinauf und zeigte den in der Brüheinheit sich aufbauenden Druck an. Diese Prozedur musste sein, wenn der Kaffee eine ordentliche Crema bekommen sollte, und genau die war es, worauf es Martin in der Früh ankam.

Kaum hatte er sich mit einer Tasse bewaffnet am Tisch niedergelassen, fischte er sein Moleskin-Notizbüchlein hervor und blätterte darin zu einer freien Seite. Er trank einen Schluck, verbrannte sich die Lippen wie beinahe jeden Morgen und pustete daher kräftig, ehe er es nochmal probierte.

Auf das leere Papier schrieb er die Namen: Nadar (Bijelic), Vukic, Tadic, Kramsl, die Schnattl AG, die Namen der Firmen von Vukic, die Bau Limited, die Recycling und Verwertungs KG und die Gastro OG und die Bauträger GmbH. Die Toten zuoberst in einer Reihe, darunter die anderen Personen und an den Rand die Teile des Firmengeflechts. Er begann Linien zwischen diesen zu ziehen. Eine, dann noch eine, jede eine Verbindung zwischen ihnen darstellend. Am Ende sah das Ganze aus wie eines dieser Rätselbilder, wo man Gegenstände richtig zuordnen musste. Das war ein Rätsel, und ein Teil der Lösung bestand sicher in der richtigen Relation, die diese Punkte zueinander einnahmen. Aber womöglich fehlten noch einige wichtige Akteure, und dann war da noch der Schlüssel. Martin trank den Kaffee aus und überlegte, ob er wieder einmal ins Blaustern frühstücken gehen sollte. Ungern erinnerte er sich an die Schlappe, die er sich dort mit seiner Finanzreferentin eingefangen hatte. Er könnte mit dem Fahrrad fahren, das würde auch gleich den Appetit anregen und am Heimweg die zugeführten Kalorien verbrauchen. Er griff sich an seinen Bauch, der trotz der Ertüchtigung noch wenig Ergebnisse zeigte, aber was hatte er von einer Ausfahrt erwartet?

Martin blickte durch die Glasfront auf die Terrasse. Über das Flachdach fielen die ersten herbstlichen Sonnenstrahlen und tauchten das Ambiente in einen warmen Schleier aus Orangetönen. Dieser beschauliche Moment wurde vom Schnarren seines Telefons unterbrochen. Er hatte es auf lautlos gestellt, nun vibrierte es ohne Unterlass auf der Tischplatte. Er betrachtete das Display. Kein im Verzeichnis gespeicherter Anrufer, die Vorwahl ihm nicht bekannt. Er meldete sich.

„Ja, hier Polizeiinspektion Gleisdorf. Ich wollt' Sie nur bitten, dass es nächste Moul, wenn S' Ihrem Neffen den Wagen bourgen, ihm auch eine Vollmacht mitgeben."

„Was?" Martin hatte entweder zu wenig Kaffee, träumte noch oder begann jetzt zu fantasieren.

„Des ist doch Ihr Wagen? Saab Cabrio mit dem Kennzeichen W-88655 B?"

„Ja, wieso wollen Sie das wissen?"

„Weil wir Ihren Neffen heute anhalten mussten, der woar mit über zweihundart Souchen auf da Autobahn bei Graz unterwegs."

„Was? Sie haben meinen Wagen?"

„Na, wiesou? Ihr Neffe hout g'sogt, dass er Ihnen eilig wous bringan muass."

„Aber der Wagen ist mir entwendet worden, ich wollt es grad melden gehen!"

Martin hörte, wie sich im Hintergrund der Polizeidienststelle eine Diskussion entspann. Eine zweite Stimme, die sagte „I hab dir glei gsagt, dass der ka Guater is, aber du wollt'st ja ned auf mi hörn, du Depp. Ich wollt den Weana ja glei anruafn."

„Was ist jetzt, haben Sie den Wagen?" Martin versuchte, seine Contenance zu wahren. Am liebsten wäre er durch die Leitung gegangen, Beamtenbeleidigung hin oder her.

„Nein", vernahm er den Streifenpolizisten kleinlaut sagen. „Aber a Anzeige hätt' ich."

„Die können Sie sich sonst wo hinstecken, klemmen Sie Ihren Arsch jetzt ganz schnell in Ihren Streifenwagen und fangen Sie den Irren, der mit meinem Auto durch die Gegend braust!"

„Hern S', des is jetz oba ..."

Martin beendete das Gespräch und knallte das Telefon auf den Tisch. Ein Wunder, dass es heil blieb. Er atmete tief durch, hörte in sich hinein und fühlte, wie sein Blutdruck gegen seine Gefäße presste. Ganz schlechtes Karma musste er sich eingestehen. Er streckte sich, legte eine der in der Apotheke erworbenen Entspannungs-CDs ein und flüchtete hinaus ins Freie, wo er auf der Terrasse versuchte, zur Ruhe zu kommen, in dem er eine im Booklet abgebildete Yogastellung imitieren wollte. Natürlich gelang ihm dieses Asana nicht, am ehesten entsprachen seine Verrenkungen dem Bild eines gegrillten Storchs, denn von Erhabenheit und reinem Geist war er im

Moment so weit entfernt wie China von der Demokratie. Er brach den hilflosen Versuch ab und schritt hurtig ins Zimmer zurück, um jetzt dem Autohändler am Telefon die Hölle heiß zu machen.

„Ich weiß nicht, was Sie wollen. Ich hab Ihnen doch gesagt, dass Sie den Benziner gleich mitnehmen könnten, aber Sie wollen ja unbedingt das neue Modell mit Hybrid. Da haben wir nicht nur eine lange Warteliste, sondern jetzt leider auch noch ein Problem in der Produktion. Die haben sogar die ausgelieferten Modelle wieder zurückgerufen." Martin konnte sich dabei den Autoverkäufer in seinem eine Nummer zu klein geratenen Nylonanzug vorstellen. Wie er im Gespräch den Knopf seines Sakkos öffnete und dann seinen Hintern auf den Sessel knallen ließ. Der Mann hätte Möbeltester bei IKEA werden sollen.

„Aber ich werd schaun, was ich für Sie tun kann. Bei mir ist der Kunde König. Ich ruf Sie morgen an." Martins Bild wurde von der Vorstellung um das aus zu weißem, ungarischem Porzellan kommende Lächeln abgerundet. Dieses Dauergrinsen hatte auch damals den Vertragsabschluss begleitet. Zu allem Überdruss läutete es jetzt an der Tür. Und er war noch nicht einmal angezogen. Wahrscheinlich die Pribil, die wieder irgendeine Beschwerde loswerden wollte.

„Vielen Dank nochmals. Es tut mir leid, dass ich Sie in dieser schweren Zeit nochmals mit meinen Fragen belästigen musste, aber es woar leider notwendig." Krasberger kniff die Augen zusammen und klopfte sich auf die Schenkel. Zeichen zum Aufbruch.

„Das ist schon in Ordnung. Ich hab nur keine Ahnung, wie es jetzt weitergehen wird. Die laufenden Zahlungen, der Kredit ...", Frau Kramsl deutete in den Raum, der geschmackvoll eingerichtet war. Nach Krasbergers Dafürhalten vielleicht eine Nuance zu kühl, aber so sahen die Wohnungen aus, für die sich seine Frau in verschiedenen Journalen begeisterte. Glatte Flächen, dunkle Holztöne, viel Milchglas.

„Haben Sie Kinder?", fragte Krasberger, dem die bunten Zeichnungen im Vorzimmer nicht entgangen waren.

„Ja, einen Sohn. Er ist bei meinen Eltern. Ich wollte es ihm schonend beibringen, aber ich bin im Moment selbst so fertig ... Er weiß noch nicht einmal, dass sein Vater ..." Sie brach in Tränen aus. Ihre geschwollenen Augen verrieten, dass dies kein singulärer Gefühlsausbruch war.

„Soll ich mich um einen Psychologen kümmern?"

Sie hob den Kopf und wischte sich über die Wangen. „Nein, es geht schon. Es muss. Wie Ihr Kollege gekommen ist, um mir zu sagen ... also da hab ich unseren Hausarzt kommen lassen, der hat mir was gegeben, damit ich wenigsten ein bisschen schlafen kann."

Sie führte Krasberger zur Tür. Er gab der Frau seine Karte. „Sie können mich jederzeit anrufen, auch wenn Sie was brauchen wegen der Formalitäten, ich mein wegen der Beerdigung und so."

Er fühlte sich bei solchen Zusagen gar nicht wohl in seiner Haut. Die Befragungen der Hinterbliebenen waren das Unangenehmste, das sein Beruf so mit sich brachte. Den Angehörigen, die einen geliebten Menschen verloren hatten, mitzuteilen, dass genau dieser Mensch jetzt zum Objekt kriminalistischer Untersuchungen geworden war. Für Empathie war da nicht viel Platz, weil Rücksicht ein verbotener Luxus war. Jetzt würde nicht nur der Leichnam in der Pathologie zerstückelt, jetzt wurden auch alle Details dieser Existenz an die Oberfläche gekehrt. Angenehme wie unangenehme. Aus diesem Grund hatte er die Aspirantin im Wachzimmer gelassen, auch wenn er mittlerweile ihre Gesellschaft als Bereicherung empfand.

„Ist die Leiche schon freigegeben?“

„Das kann ich Ihnen jetzt noch nicht sagen, aber ich kümmer mich drum. Auf Wiedersehen.“

Krasberger trat hinaus auf den Gang. Durch das Gangfenster ergatterte er einen wunderbaren Blick auf die Gloriette. Denselben musste man haben, wenn man sich auf der Dachterrasse der Kramsls befand, vermutete er. Er hatte die Terrassentür gesehen, doch die Witwe hatte es vorgezogen, im abgedunkelten Raum zu bleiben. Er ließ den Aufzug unbenutzt und ging stattdessen langsam das Stiegenhaus abwärts. Die Wohnung in dem Neubau war gediegen, sicher nicht billig, schon gar nicht für Penzinger Verhältnisse. An den Türschildern las er die Namen der anderen Parteien ab. Fast nur Akademiker. Er würde überprüfen müssen, ob so eine Wohnung mit dem Gehalt des Toten finanzierbar war. Schlecht wird er schon nicht verdient haben, dachte sich Krasberger. Darauf ließ schon der Audi Q7 als Dienstwagen schließen. Von der Frau wusste er, dass sie seit der Geburt des Kindes vor knapp zehn Jahren ihren Job als Anwaltsgehilfin an den Nagel gehängt hatte. Kramsl war also der alleinige Ernährer und Financier gewesen. Daher war es auch nichts Ungewöhnliches gewesen, dass er am Wochenende gearbeitet hatte. Über sein berufliches Umfeld hatte seine Frau aber recht wenig zu berichten gewusst. Sie hatte keinen Tau, wo und mit wem er sich des Abends getroffen hatte, wenn er nach dem Abendessen noch einmal wegmusste.

Wenigstens hatte der Obduktionsbefund schon vorgelegen. Es war für die Witwe schon schlimm genug, zu erfahren, dass der Körper ihres Mannes geschändet worden war, so hatte es wenigstens etwas Tröstliches gehabt, ihr zu versichern, dass er dabei nicht mehr gelitten hat. Jemand hatte ihn niedergeschlagen, wie das Hämatom am Hinterkopf verriet, und ihm dann ein Mittel injiziert, mit dem man normalerweise Tiere einschläfert. In ausreichender Konzentration ist dies auch für Menschen tödlich. Interessant am Bericht war noch der Umstand, dass Kramsl ein weiteres Hämatom auf den Rippen hatte. Aber das war älter und dürfte nicht im Zusammenhang mit dem Mord stehen. Doktor Schinagl hatte festgehalten, dass es beinahe schon abgeheilt war, was seiner Ansicht darauf schließen lasse, dass es dem Toten ungefähr zehn bis vierzehn Tage vor seinem Ableben zugefügt worden sein muss. Die Witwe hatte auch keine Erklärung dafür gehabt. Es sei ihr zwar ein blauer Fleck im Brustbereich aufgefallen, sie meinte aber, ihr Mann könnte sich das beim Sport zugezogen haben. Er besuchte einmal die Woche ein Fitness-Studio am Schillerplatz. Oder bei seinem Hobby. Der Tote war nämlich regelmäßig zum Paintball-Spielen verabredet.

Interessant, sinnierte Krasberger, der im Erdgeschoß angelangt war, womit erwachsene Männer, denen der Job kaum Zeit für die Familie ließ, die wenige Freizeit verbrachten.

„Was machst du um die Zeit bei mir?", fragte Martin seinen Onkel.

„Wissen will ich, wie's dir geht. Du hast ja kaum was erzählt am Telefon. Gibt's an Kaffee?

„Aber sicher, komm rein."

Martins Onkel schlüpfte aus seinen Schuhen und wollte Martin ins Obergeschoß nachfolgen. Vor dem Treppenabsatz prallte er zurück. „Ja was ist denn das?" Er blieb mit offenem Mund vor dem Hightech-Drahtesel hängen.

„Ich werd dir wohl nicht erklären müssen, was ein Fahrrad ist."

„Na, des ned, aber du …?"

„Ja, ich. Willst jetzt einen Kaffee?"

„Wennst noch einen hast oder bist jetzt nur mehr isotonisch unterwegs."

„Du bist so blöd, also komm jetzt."

Die Maschine war noch eingeschaltet und Martin servierte wenig später seinem Onkel einen Macchiato. Der Onkel trank gern kleine Tassen, von diesen aber dafür mehrere. Der Tag versprach wieder spätsommerliche Temperaturen, weswegen Martin die Sitzpölster holte und auf die Sessel auf der Terrasse legte. Der Onkel suchte sich jedoch einen schattigen Platz im Wohnzimmer.

„Geh, mach wieder zua. Mir geht die Hitz scho so am Zager, ich kann's dir goar ned sagn."

„Wieso, ist doch schön. Magst nicht rauskommen?" Martin schickte seinem Onkel einen auffordernden Blick hinein.

„Na, kumm du eina. I kann kan blauen Himmel mehr sehn. Seit sechs Wochen nur haß und ka Regen. Aber das ist ja so schön", äffte er Martin nach.

„Aber das ist so im Sommer, da ist es nun mal warm."

„Es is Herbst, die Weinlese hat scho angefangen."

„Ja, im Burgenland, aber nicht bei uns."

„Aber sicher, ich bin doch schon an Hänger nachgezuckelt, hint' drauf san scho de Butten g'legn." Alfred hielt Martin die leere Tasse hin. Der verstand den Wink und spannte nochmals den Siebträger ein. Beinah schade, die wunderbare Hochlandmischung so an den Onkel zu verschwenden, für den Kaffee nur ein bitteres Gebräu darstellte, mit dem man der Müdigkeit ein kleines Schnäppchen schlagen konnte, dachte Martin bei sich. Er reichte ihm den Nachschub.

„A bissl bitter is er schon, dei Kaffee", nörgelte der Alte und fuhr sich über die ergrauten Schläfen.

Martin atmete durch, leise zählen soll in so einem Fall helfen, hatte er unlängst gelesen. „Du kannst einen Zucker haben, wenn er dir zu herb ist."

„Geh, ich trink doch keinen Zucker im Kaffee, des weißt ja. Aber hast was Süßes?"

„Nein", antwortete Martin, der um die in seinen Schränken herrschende Leere genau Bescheid wusste. „Oder warte ...", fiel ihm da doch etwas ein. „Da hast, da hab ich noch eine Schokolade." Er holte von der Anrichte einen kleinen Teller, auf dem halbe Eierhälften aus Schokolade, außen braun und innen weiß, lagen. Der Onkelbeäugte die Stücke skeptisch, ehe er zulangte und sich eine Hälfte im Ganzen in den Mund schob. Sofort verzog er angewidert das Gesicht. „Die schin ja total schtaubig, pfui! Was is des?"

Martin grinste verlegen. „Das sind die Eier, die ich aufmach, um zu sehen, welche Figur drinnen ist."

Der Onkel hob die dicken Augenbrauen. „Du kaufst dir diese blöden Dinger und isst sie nicht einmal?"

Martin zuckte mit den Schultern. So war es eben. Wenn er eine Packung Überraschungseier kaufte, wollte er natürlich sofort wissen, welche Überraschungen eingepackt waren, also öffnete er alle Eier sofort und hob die Schokolade auf, für so Anlässe wie eben, das hatte sich ja als ganz praktisch erwiesen.

„Wie alt sind denn die?"

Statt eine Antwort zu geben, nahm Martin den Teller besser wieder an sich und leerte den Inhalt in den Abfalleimer.

„Das willst jetzt nicht wissen."

„Ich glaub, ich brauch an Schnaps." Der Onkel leerte den restlichen Kaffee in einem Zug hinab. Na eben, dachte Martin, das Gemecker, dass er zu bitter war, war immerhin verstummt. Den Teufel mit dem Beelzebub austreiben nannte man das, und das Schöne war, es hatte sogar bei seinem Onkel funktioniert. Er fragte: „Kann ich sonst noch was tun für dich?"

„Na, danke, deinen ersten Vergiftungsversuch hab ich grad überstanden, wer waß, vielleicht klappt der nächste, aber darauf will i's goar ned ankummen lassen. Was ist denn des?"

Der Onkel hatte Martins Skizze an sich genommen und

beäugte sie mit zusammengekniffenen Augen. „Also, dass du so kan Fall löst, wird mir kloar."

Martin nahm den Ball auf und begann von der verzwickten Ermittlung zu erzählen, die er letztlich ja auch seinem Onkel zu verdanken hatte.

„Und du hast noch kan Schimmer, wie die beiden Opfer zueinander standen?"

„Nein, erstens bin ich ganz am Anfang der Untersuchung und zweitens interessiert mich ja nur der erste Tote, für den zweiten hat der Felder ja das beste Alibi, da war er in Polizeigewahrsam."

„Der Al Capone hat seine Opfer a vom G'fängnis aus wegramen lassen."

„Aber der Niklas ist nicht der Al Capone." Der ist ein armes Würschtel, der sich meine Schwester gekrallt hat und schon deswegen im Kotter verrotten sollte, dachte sich Martin, der aber solche Gedanken besser für sich behielt.

„Aber da muass es doch an Zusammenhang geben", warf Alfred ein.

„Das kann schon sein, vor allem, wenn wir von der Prämisse ausgehen, dass der Niklas Felder unschuldig ist. Da hast schon recht, die gleiche Baustelle, beide Opfer haben dort gearbeitet, aber ich kann beim besten Willen keine Verbindung zwischen den zwei Männern herstellen."

„Und genau des is des Problem bei deiner Skizze. Solang da ka Konnex hergestellt ist, wirst weiter im Dunkeln tappen." Der Onkel lächelte aus zwei schmalen Zahnreihen.

Martin setzte sich zum Onkel an den Tisch. Er lehnte den Ellenbogen auf die Platte und stützte seine Stirn mit der Hand ab. „Ich fürchte, auch da kann ich dir nicht widersprechen."

„Eben", grinste der Onkel zufrieden. „Find amal heraus, was die beiden verbunden hat, dann bist scho an großen Schritt weiter."

„Ich hab eh vor, mich umzusehen, auch die Rolle der Schnattl AG muss da durchleuchtet werden."

„Geh du Tschaperl, des bringt nix ganz oben anzufangen, jetzt muasst endlich einmal deine Standesdünkel beiseitelassen und dich in die Niederungen der echten Welt begeben. Von dein Palast aus wirst da nix ausrichten."

„Willst du damit andeuten, ich soll jetzt als Bauarbeiter anheuern? Wie der Wallraff von ganz unten anfangen?"

„Des Schlechteste warat's ned, aber für'n Anfang wird's reichen, wenn'st dich in diesen Kreisen ein wenig umhörst."

„Und wo ist das, deiner Meinung nach?"

„I waß ned, hat dir des Döbling wirklich dein Verstand rausgesaugt? Na windige Kaffeehäuser und so Lokale halt. Hurch di auf der Baustell um, wo die nachher was trinken gehen."

Martin fühlte sich nicht wohl in seiner Haut. „Aber das sind doch alles Jugo ..., also Ausländer halt."

„Migranten haßt des, und die san um nix schlechter als wie deine Hofräte, Doktoren und Primarii."

„Ich hab eigentlich jetzt vorgehabt, mich in der Wohnung von dem Nadar umzusehen, vielleicht findet sich dort ein Hinweis."

Er flüsterte seinem Onkel dann noch ins Ohr, dass dieser seinem Schwager im Sterben einen Schlüssel ausgehändigt hatte, was bislang nicht einmal die Polizei oder Anja wussten.

„Na bitte, Volltreffer, des ist ja was für'n Anfang."

„Aber ich hab keine Ahnung, was der Schlüssel sperrt."

„Das wirst dann scho sehen." Mit Schwung erhob sich der Onkel von seinem Sitz. „Wirken tuat er, dein Kaffee, a wenn er mir ned schmecken tuat. Ich will di jetzt ned aufhalten, du hast ja einiges vor. Und i geh no a bissl spazieren." Sagte es, richtete sich das Leinenpolo in der Hose und verschwand in Richtung Weinberge.

Martin hatte tatsächlich etwas vor. Nachdem er diese Nacht ruhig und fest geschlafen hatte, fühlte er sich bestärkt, weiterhin auf seinen Körper zu achten. Er versagte sich einen weiteren Kaffee und stärkte sich mit einem Müsli. Gerade die optimale Betankung mit ausreichend Energie für einen aktiven Tag, den er mit Sport beginnen wollte. Und eine Anzeige wegen des Wagens musste er auch endlich aufgeben. Er lüftete sein Schlafzimmer und lauschte dem Singen – nicht der Vögel, nein, des Busses, der knapp vor dem Anstieg zur Endstelle nochmals durchstartete und bis zu ihm nach hinten zu hören war. Er hielt die Nase aus dem Fenster und taxierte den tiefblauen Himmel, der mit der hellen Farbe seiner Hausanlage kontrastierte. Die Sonne ließ die Blätter leuchten und tauchte den weiß gestrichenen Beton in ihr gleißendes Licht. Der Schatten eines Flugzeugs huschte über die Wiese und verschwand hinter dem rot leuchtenden Ziegeldach des Nebenhauses. Ihn störte die spätsommerliche Hitze keineswegs. Optimales Wetter für eine Radtour. Mit dem neuen Superbike würden dank des unterstützenden Elektromotors auch längere Steigungen kein Problem sein. Er schlüpfte in die erworbene Funktionswäsche, die ihm mit Helm und verspiegelter Brille durchaus einen martialischen Eindruck verlieh, sah man von dem über den Hosenbund gewölbten Bäuchlein ab, das ihn wieder weit gemütlicher erschienen ließ, als es die Ausstattung verlangte. Er schlüpfte in die neuen Radschuhe sowie die zünftigen Handschuhe, an der Handfläche gepolstert und über den Handknöcheln endend. Er schob das Rad vor seine Haustür, sperrte ab – und rutschte beinah die gefliesten Stiegen hinab. Der Verkäufer hatte ihn vor den Tücken der Schuhplatten, mit denen der Fuß in den Clickpedalen einrastete, auf Stein gewarnt. Martin versuchte Schlimmeres zu verhindern und ließ sich in sein Schicksal ergebend auf den Steiß fallen. Das Fahrrad stürzte zeitgleich mit Klirren zu Boden. Er war auf der obersten Stufe gelandet.

Er atmete tief durch, ehe er sich abstützte und dann langsam aufstand, wobei der Hintern bei der Bewegung schmerzte. Er hörte, wie hinter seinem Rücken ein Fenster geschlossen wurde. Er richtete seinen Helm zurecht und dachte daran, dass die Polsterung der Hose vielleicht sogar Schlimmeres verhindert hatte. Wie auf rohen Eiern hangelte er sich jetzt, sein Fahrrad geschultert, am Handlauf des Geländers entlang. Das waren nur Anfangsschwierigkeiten, leicht in den Griff zu bekommen. Wenn er ein wenig mehr Übung im Gelände hatte, würde er einfach den Abhang über die Wiese zum Ausgang fahren.

Als er den Parkplatz querte, stach ihm ein Zettel hinter der Windschutzscheibe des geborgten Wagens ins Auge. Neugierig wie er war, ging er ihn holen und las ihn an sein Fahrrad gelehnt.

„Das ist ein Privatparkplatz, kein Schrottplatz!!!", hatte jemand mit der Hand geschrieben, mit mehreren Rufzeichen am Schluss. Er konnte sich vorstellen, wer dieser Jemand gewesen war. Er hatte keine Lust, sich an einem so wunderbaren Tag die Laune verderben zu lassen und startete seine Tour. Dabei bog er über die Hauptstraße zum Weinwanderweg hin ab, von wo er Richtung Wechselberg aufbrach. Von der Höhenstraße führte eine beschilderte Mountainbike-Strecke in den Wienerwald.

„Da ist schon wieder jemand von der Polizei für dich da", wurde Tadic von seiner Frau geweckt. Er betrachtete sie aus geschwollenen Augen. Es war wieder spät geworden. Zumindest hatte es länger gedauert, bis er Mirjana herumgekriegt hatte. Zu allem Verdruss hatte die dumme Pute einen neuen Freund, also konnten sie nicht zu ihr in die Wohnung gehen, wo der auf sie gewartet hatte. Also hatten sie Sex im Auto gehabt. Jetzt tat ihm alles weh. Bei seiner Heimkehr hatte bereits ein schmales Band hinter der Donau zu leuchten begonnen.

Tadic rieb sich die unrasierten Wangen. Er fuhr sich über die Glatze, die auch dringend wieder eine Rasur benötigte. „Wie spät ist es?", fragte er.

„Gleich zehn. Die Kinder sind schon unten spielen."

„Und der Kleine?"

„Schläft wie sein Papa. Ich hab ihn wieder hingelegt, er war noch so müde. Wieso kommt die Polizei? Was wollen die von dir?"

Tadic kletterte schwerfällig aus dem Bett. Er streckte sich und schlüpfte in die Hose vom Vortag. „Ich weiß nicht. Wahrscheinlich wegen dem Typen auf der Baustelle. Ich hab dir davon erzählt."

Die Kummerfalten auf ihrer Stirn verrieten, dass sie ihre Zweifel hatte. Tadic steckte das ärmellose Shirt in die Hose und ging zur Küche, wo er sich Kaffee aus der Filterkanne einschenkte.

„Wo sind die?"

Seine Frau deutete Richtung Vorzimmer. „Sie wartet draußen."

„Sie?"

Krasberger hatte Berg alleine losgeschickt, er selbst wollte sich in der Wohnung des ersten Opfers umsehen, hatte dieses Vorhaben aber kurzfristig aufgegeben. Soweit sie herausgefunden hatten, war Nadar alleinstehend, es gab also niemanden zu verständigen. Daher wollte er zunächst auf die Baustelle fahren, um sich bei den Kollegen des Bauarbeiters und des Bauleiters umzuhören.

Den Belastungszeugen nochmals zu vernehmen, war ihm kurzerhand eingefallen, es war so etwas wie Eingebung, er selbst würde es zwar als Intuition bezeichnen, das aber nur deswegen, weil er die Hoffnung noch nicht aufgegeben hatte, doch ein guter Kriminalist zu sein.

Tadic spülte seinen Mund im Waschbecken in der Küche aus, fuhr sich mit dem Zeigefinger über die Schneidezähne und betrat lächelnd das Vorzimmer, wo Berg ihn mit gelangweilter Miene begrüßte. Tadic liebte kühle Frauen, noch dazu, wenn sie Österreicherinnen waren, vor allem aber, wenn sie jung und hübsch waren. Berg hatte eine kleine Stupsnase, die sie ein wenig mädchenhaft erscheinen ließ, aber ein schmales Gesicht und einen sportlichen Körper. Sie überragte Tadic mit seiner gedrungenen Gestalt beinah um einen halben Kopf.

„Was kann ich für Sie tun?", fragte er freundlich. „Wollen Sie einen Kaffee oder etwas anderes trinken?" Tadic betrachtete fasziniert die sanften Grübchen, die sich auf ihren Wangen bildeten, als sie zu sprechen begann. Er bewegte seine Hüften wie ein balzender Vogel sein Hinterteil.

„Nein, danke, ich habe nur ein paar Fragen an Sie. Können wir uns vielleicht setzen?" Sie blickte durch die Tür ins Wohnzimmer. Neben einem Tisch war die Lehne eines Sofas zu erkennen. Berg registrierte das kräftige Violett des Textilbezugs.

Tadics Frau erschien im Türstock. Tadics Lächeln verschwand, er nahm sofort eine distanzierte Haltung ein. „Ich würd Sie in Wohnzimmer bitten, aber do schlaft der Kleine, den wecken wir auf. Gehen wir runter in Café, ich lade Sie ein."

„Nein, es wird auch so gehen", wehrte die Polizistin ab. „Dann eben hier im Stehen." Sie griff in ihre Uniformjacke und holte ein Bild hervor. „Das ist also der Mann, den Sie beobachtet haben, wie er den anderen gestoßen hat?" Sie zückte ihren Notizblock.

Tadic nickte.

„Und wo waren Sie?"

Tadic kratzte sich am Kinn. Die Polizistin war weniger freundlich, als er aus ihrem Aussehen geschlossen hatte. „Ich war unten, eigentlich schon weg, war Zufall, dass i mi no umdraht hob."

„Sie sehen, wie jemand in die Tiefe gestürzt wird, und gehen einfach weg?" Berg fühlte sich nicht wohl. Nicht nur, dass der Jugo sie mit seinem Geschau anmachte, konnte sie die finsteren Blicke von dessen Frau in ihrem Rücken spüren. Krasberger hatte die Idee gehabt, sie ausrücken zu lassen. Jetzt musste sie das alleine ausbaden.

„Ich hob's eilig g'hobt und hob ich ja zuerst nit gewusst, was da passiert ist, ich hob's nur später gehört."

„Und das hat zu Ihrem Entschluss geführt, Ihre Aussage zu machen. Sie wissen aber schon, was auf eine falsche Zeugenaussage steht?"

Tadic war sein Lächeln mittlerweile gefroren. „Hören Sie", sagte er mit angriffslustigem Ton, „ich hob genau gewusst, dass mir das nur Scherereien macht, wenn ich zur Polizei geh!"

Berg stoppte mit ihren Notizen. „Ich weiß, ich kenne Ihren Vorakt."

Tadic riss die Augen auf. Sein Mund verformte sich zu einer stummen Bitte, nicht weiterzusprechen.

Bergs Augen kreisten durch das Vorzimmer. Die Möbel, Marke Selbstbauabholdiskonter, wirkten zusammengestoppelt, die Wände bettelten förmlich nach einem frischen Anstrich. Die Wohnung sah nicht danach aus, als ob ihr Mieter die Geschicke mehrerer Firmen leitete. Vielleicht war er ja nur auf dem Papier vorgeschoben, durfte die Drecksarbeit erledigen, während den Rahm ein anderer abschöpfte. „Kennen Sie den Herrn Felder?"

„Na, wer is des?"

Berg hielt ihm genervt abermals das Foto von vorhin unter die Nase.

„Ach so, jo, aber nur von Sehen, den Namen nicht."

„Und der war's?"

„Hob ich do scho g'sogt."

Berg klappte ihren Notizblock zusammen. „Das war's auch schon. Sie halten sich zu unserer Verfügung, gell?"

Tadic nickte. Er führte die Frau, die ihm schweigend besser gefallen hatte, zur Tür. Er versuchte die Form ihres in der Bluse unter der Uniform steckenden Busens zu erraten. Er starrte vielleicht einen Moment zu lange dorthin.

„Gibt's noch was?"

Tadics Frau war im Wohnzimmer verschwunden, wo ein kleines Kind vom Lärm gestört zu weinen begonnen hatte. „Naja, vielleicht wollen die Frau Kommissarin doch amal mit mir auf einen Kaffee gehen?"

Berg schüttelte den Kopf und verschwand auf den Gang hinaus.

Frau Tadic kehrte mit dem Jüngsten am Arm zu ihrem Mann in den Vorraum. Ihre starren Gesichtszüge erübrigten jede Frage. Tadic versuchte seine Lippen zu einem Lächeln zu verbiegen, da klingelte sein Telefon.

Martin schnaufte wie ein ausrangiertes Dieselaggregat und seine Lungenflügel pfiffen wie ein auf dem Feuer brodelnder Teekessel, während das erhitzte Blut in seinen Schläfen pochte. Gegen sein aktuelles Herzrasen waren seine nächtlichen Tachykardien buddhistische Entspannungsübungen gewesen. Vielleicht hätte er sich doch so eine Pulsuhr mit Brustgurt zulegen sollen. Aber was hätte die jetzt genützt? Seine miese Kondition hätte das Ding nicht gebessert, und dass er am Ende war, wusste er auch so. Da brauchte er nicht noch so ein piepsendes Ding, das ihm bestätigte, dass sein Herz am Limit war. Wie es dazu kam: Die Tücken der Technik hatten zugeschlagen, und zwar in der Form, die sich beim modernen Menschen am häufigsten rächte. Wer las schon gerne Bedienungsanleitungen, noch dazu, wenn es sich um ein blödes Fahrrad handelte? Da stieg man auf und radelte los. Die Hoffnung, aus dem 800-Watt-Elektromotor Unterstützung zu erhalten, stirbt aber zugleich mit dem Ladestand des Akkus. Mitten am langgezogenen Steilstück war es, als hätte man ihm wie in einem Monty-Python-Sketch Gewichte von unzähligen Tonnen umgehängt. Er quälte sich mit reiner Muskelkraft vorwärts. Dabei musste der Gipfel bald erreicht sein, Martins Ehrgeiz verhinderte ein Umkehren so knapp vor dem Ziel. Er musste eine Pause machen, schaffte es nicht mehr genug Sauerstoff einzuatmen und rote Kreise tanzten vor seinen Augen, während der Waldboden zu losen Konturen verschwamm, als hätte ihn ein impressionistischer Maler hingepinselt. Mitten in der Kurbelbewegung kippte er zur Seite. Der Punkt war erreicht, da seine Geschwindigkeit nicht mehr genügend Vortrieb leistete und die Gesetze der Trägheit wirkten auf die Verbindung von Fahrrad und Fahrer.

Martin blieb keuchend liegen. Eine Joggerin näherte sich federnden Schrittes. Für sie schien die Steigung kein Problem. Martin nahm nur ein unscharfes Bild war.

„Ist Ihnen was passiert? Brauchen Sie Hilfe?" Sie stoppte neben Martin und stemmte ihre Hände gegen die Oberschenkel. Sie atmete leicht und entspannt.

Martin hob den Arm in die Höhe, Zeichen dafür, dass er in Ordnung war, zumindest nach außen hin, also einer Frau gegenüber. „Danke ...pfh, geht schon, pfh, muss nur trinken."

Martin besah die von feinen Schweißperlen glänzenden, schlanken Beine der Sportlerin, die er zuvor nur entfernt als sich nähernden, roten Fleck wahrgenommen hatte.

„Dann ist es ja in Ordnung."

Und schon sprintete sie weiter. Martin sah ihr nach. Irgendwie kam sie ihm bekannt vor, er wusste jedoch nicht, woher, dazu hatte die Begegnung zu kurz gedauert. Ihr rotes Trikot leuchtete in den durch die Baumkronen durchfallenden Sonnenstrahlen, er betrachtete einen Augenblick lang ihren schwingenden Popo, doch für weitere Gedanken fehlte ihm im Moment die Puste. Er griff nach seiner Flasche, nahm einen ausgiebigen Schluck von der isotonischen Lösung, dann stemmte er sich mit seinem Bike hoch. Es war Zeit, sich die

Niederlage einzugestehen, er drehte frustriert um, wobei er aufpassen musste, nicht zu viel Fahrt aufzunehmen, denn das Rad sprang trotz Federung über die Bodenwellen und Wurzeln wie ein Geißbock im Hochgebirge. Sein Shirt klebte am Körper, im Fahrtwind begann er zu frösteln. Trotz voller Konzentration auf die Bodenunebenheiten sah er vor sich das Bild des lächelnden Winston Churchill, die Zigarre in der einen Hand, mit Zeige- und Mittelfinger der anderen das Victory-Zeichen bildend. No sports!

Nach ungefähr zehn Minuten Abfahrt, die Martin vorkamen wie eine kleine Ewigkeit, hatte er endlich die Höhenstraße erreicht. Komischerweise kam ihm das Treten jetzt wieder leichter vor. Und das lag nicht daran, dass die Straße leicht bergab führte, nein, die lange geschmähte Batterieanzeige verriet, dass er wieder ein wenig Energie gewonnen hatte. Jetzt verstand er das Prinzip der vom Verkäufer gepriesenen Rekuperation. Das Aggregat wurde beim Bergabfahren von der Bremsenergie gespeist. Nicht viel, aber für eine gemütliche Heimfahrt reichte es allemal.

Krasbergers Geduld war mehr als strapaziert. Von den sechs Kollegen, die mit Nadar in der gleichen Partie beschäftigt waren, hatte sich einer krankgemeldet, zwei sprachen überhaupt kein Deutsch, zwei mittelmäßig und gerade einmal der Partieführer hatte ausreichende Sprachkenntnisse, um als Dolmetsch zu fungieren. Er war ein wenig älter als Krasberger, hatte vom Wetter gegerbte Haut, hängende Wangen, auf denen vereinzelte, graue Bartstoppeln sprießten und lüpfte immer seinen mit einer Werbeaufschrift versehenen Tschako, wenn er antwortete.

„Moch ma, Herr Kommissar, konn i olles übersetzen." Er hatte seine Mannen um sich versammelt, die an seinen Lippen hingen wie alte Betschwestern am Evangelium des Pfarrers.

Nach einem kurzen Wortwechsel präsentierte er das Ergebnis seiner Recherche. Nicht ohne Stolz, weil auch einem einfachen Geist wie ihm klar war, dass Krasberger auf der Baustelle alleine gar nichts ausrichten konnte. Wie ein Kontaktmann flüstere er dem Polizeibeamten verschwörerisch ins Ohr, dabei wohl hoffend, dass auch für ihn eine Gegenleistung abfiel.

„Olso, mit dem Bijelic wor gut arbeiten, weil er nit bled gredt hot. Der hot gor nit gredt."

Nach einigen Minuten des geheimnisvollen Einsagens war Krasberger nicht schlauer als zuvor. Die Männer hatten untereinander kaum Kontakt gehabt. Jeder hat an seinem Abschnitt gearbeitet, wenn der Trupp einmal was trinken gegangen sei, wäre Bijelic, wie sie den Toten mit seinem angenommenen Namen nannten, nie mitgekommen. Außerdem war er ganz kurz dabei, wäre erst wenige Wochen vor seinem Unfall zu ihnen gekommen.

„Wissen Sie, wer ihn eingestellt hat?", fragte Krasberger, der wie das andere Ermittlerteam bestehend aus Martin und den zwei Kontrolloren bereits herausgefunden hatte, dass Nadar oft seinen Dienstgeber gewechselt hatte.

Der Wortführer steckte seinen Zeigefinger ins rechte Ohr und rührte darin um, als wollte er darin das Anbrennen einer Suppe verhindern.

„No i wor! Hot Chef von Café Celeste mir gsogt, doss Orbeit sucht, hob i eam gsogt, konn kummen auf die Baustelle."

„Und er ist dann gekommen?"

Der Arbeiter nickte.

„Und wer hat ihn angemeldet?"

„No Lohnbüro, is aber gangen über Baubüro do, weil Bauleiter nimmt kane Leut schworz."

Krasberger hob die Augenbrauen. „Das heißt, der Ingenieur Kramsl hat sich um die Anmeldung gekümmert?"

„Jo, hot die Papiere an des Lohnbüro gefaxt."

Krasberger spürte wieder etwas wachsen in seiner Gedankentropfsteinhöhle. Vielleicht war da doch eine Verbindung zwischen den beiden Morden, und der verdächtige Prüfer tatsächlich als Täter aus dem Rennen. Er war gespannt, was Berg herausbekommen hatte. Er hatte ohnehin ein mulmiges Gefühl, dass er sie allein losgeschickt hatte. Sie war doch sehr jung und eigentlich eine hübsche Frau. Sie allein zu einem Mann, noch dazu mit dessen Vorleben zu schicken, konnte sich als Fehler erweisen. Er würde sie gleich anrufen, sobald er hier fertig war. Da fiel ihm noch eine Frage ein: „Kennen Sie den Herrn Tadic?"

Sobald dieser Name gefallen war, bemerkte Krasberger, wie ein paar von den Männern sich aufrichteten. Die anderen tauschten wechselseitig und mit dem Partieführer irritierte Blicke aus.

„No sicha, is da Scheff, kummt manchmal auch auf die Baustelle orbeiten."

„Und mit dem Herrn Vukic hatten Sie auch schon zu tun?"

Bei dem Namen wich die Anspannung aus den Körpern, einige lehnten sich wieder gegen die Wand hinter ihnen, fast alle schüttelten den Kopf. Vielleicht verstanden sie doch besser Deutsch, als sie ihm weismachen wollten?

Krasberger hatte fürs Erste erfahren, was ihn interessiert hatte. Er bedankte sich bei seinem Informanten, der ihn leutselig auf den Oberarm klopfte. Krasberger wurde unsicher, weil er diese Geste nicht einschätzen konnte.

„Ja, danke nochmals, und ..." Erst jetzt kam ihm eine Idee, wie er die Erwartung nach einer Gegenleistung vielleicht erfüllen konnte. Er zückte seine Geldbörse und holte einen Zwanzig-Euro-Schein daraus hervor. „Hier, wenn Sie sich vielleicht eine Kiste Bier kaufen wollen."

Der Partieführer nahm den Schein an sich. „Alkohol ist verboten hier", sagte er mit treuherzigem Blick.

„Ja, dann einen Kaffee oder so", schob Krasberger schnell nach. Dann suchte er das Weite. Der Umgang mit diesen Ausländern fiel ihm nicht leicht, zu verschieden schien ihm deren Mentalität zu der seinen. Sie versteckten sich oft hinter mangelnden Deutschkenntnissen. Das war aber vielleicht nur vorgeschoben. Auch wenn sie sich vielleicht nicht gut in der für sie fremden Sprache verständigen konnten, so verstanden sie doch oft das Meiste. Das hatte er wiederholt bei Vernehmungen feststellen müssen. Womöglich sollte er die Bauarbeiter aus dem Trupp einzeln in die Polizeiinspektion vorladen, dann müsste jeder für sich antworten, konnte die Verantwortung nicht auf den Rädelsführer abschieben. Aber heutzutage durfte ja jeder schon eine Vertrauensperson zu seiner Vernehmung mitnehmen, und wenn das dann genau wieder der Partieführer war, kam auch wieder nur das ins Protokoll, was der wollte. Die Gesetze machten einem heutzutage das Arbeiten immer schwerer.

Krasberger war ohne Auto unterwegs, er wollte die paar Straßen zum Keplerplatz über die Fußgängerzone in der Favoritenstraße zurücklegen, da blieb sein Blick an einem Eckbeisl hängen, das als eines der wenigen Lokale im Bezirk mit Wiener Küche warb. Auf der Schiefertafel neben dem mit gelbem, blickdichtem Glas verkleideten Eingangsportal war das Mittagsmenü angeschrieben. Knoblauchkotelette mit Bratkartoffeln, eines von Krasbergers Leibgerichten, das ihm seine Frau deswegen verweigerte, weil es nach dessen Zubereitung angeblich noch drei Tage in der ganzen Wohnung stinken würde. Im Gasthaus war das ja was anderes, dachte er, da stank es sowieso. Und Hunger hatte er auch, also betrat er das Lokal. Kaum stand er in seiner Uniform in dem mit Rauchschwaden geschwängerten Gastraum, verebbte der Geräuschpegel der Konversation. Die Köpfe der Gäste schienen alle auf ihn gerichtet. Fehlte nur noch, dass einer zu türmen versuchte und er schon wieder um seine Leibspeise umfiel. Zum Zeichen dafür, dass er privat und nicht dienstlich unterwegs war, nahm er seine Kappe ab. Langsam kamen die Tischgespräche wieder in Gang. Krasberger wandte sich an den Kellner hinter der altertümlichen Schank, die tatsächlich noch aus Holz war wie in den 1970ern. In einer beleuchteten Vitrine wurden Süßigkeiten oder fertige Kleinigkeiten wie Wurst- oder Schnitzelsemmeln angeboten. Die eingetrocknete Panier, die aus den Gebäckhälften lugte, sagte aber ausreichend über Frische und Qualität aus. Vielleicht kam Grasmugg öfter hierher.

„Gibt es noch das Menü?"

Der Kellner hatte einen dunklen Teint, Bartstoppel verteilten sich in der unteren Gesichtshälfte, die rabenschwarzen Haare waren vor geraumer Zeit halblang geschnitten worden, jetzt hingen einzelne Strähnen vor die Augen. In seinem rechten Mundwinkel klebte eine Zigarette wie bei Lucky Luke. Er sog genüsslich und langsam daran, die Glut leuchtete auf, nebenher wischte er mit einem Fetzen über die glatte Schankfläche, bevor er schließlich den Rauch in Richtung Krasberger ausblies. Er lehnte seinen Oberkörper nach hinten und blickte so in die hinter ihm liegende Küche „Jo, homma no, wos wollen S' trinken?"

„Ein großes ..."

„Und a großes Bier", hatte der Kellner den Satz beendet, bevor Krasberger das Obi gespritzt bestellen konnte. Ihm schien es im Moment nicht angebracht, diesen Irrtum aufzuklären, wenn es überhaupt ein Irrtum war. Zu neugierig verfolgten einige andere dunkelhäutige Gestalten in Handwerkermontur sein Tun. Der Kellner hatte das Bier fertig gezapft und hielt ihm das Glas hin. Krasberger nahm es entgegen und fragte: „Und wo is da der Nichtraucherraum?"

Der Kellner machte demonstrativ noch einen Zug, dann ließ er den Glimmstängel zu Boden fallen und trat ihn aus. Er beugte sich ein wenig vor und deutete hämisch grinsend zu einem Tischchen, das sich neben dem Eingang zur Toilette befand.

Krasberger platzte schön langsam der Kragen. Er überlegte, das Lokal einfach zu verlassen und auf das Kotelett zu verzichten. Doch sein knurrender Magen, vor allem aber der Gusto verlangte nach einem Alternativszenario. So baute er seinen wuchtigen und mit knapp ein Meter neunzig auch nicht wirklich unscheinbaren Körper auf und fuhr den Kellner an. „Sie wissen aber schon, dass ich Ihnen das Lokal zusperren kann, wenn Sie das Tabakgesetz nicht einhalten!"

Der Kellner zuckte nur mit den Schultern und erwiderte: „Ich waß nix, Chef nix do, also wollen Sie sitzen oder essen in Stehen?"

„Herst du Tschusch!", entkam es Krasberger, dem das einsetzende Sesselrücken hinter sich jedoch zu verstehen gab, dass er womöglich dabei war, einen Fehler zu begehen. Aber jetzt konnte er nur schwer zurück. Er drehte sich blitzartig um und trat den vier Typen, die dabei waren, sich zu erheben, entgegen. „Und es Pfeifen, klebt's eucher Steißbein ganz schnö wieder auf die Bank, sonst geb i euch an Arschtritt, dass nimmer sitzen kennt's!" Er spannte seine Gesichtsmuskeln an, um möglichst grimmig dreinzublicken. Er packte das Bierglas und trottete stampfenden Schritts an einen der Tische, wo er sich drei eher schmächtigen Gestalten gegenübersah. Er knallte das Glas auf den Tisch und brauchte nur einmal seinen Kopf zu heben, damit er wenig später einen freien Tisch für sich hatte. Und schon bald stieg ihm der verführerische Duft von angebratenem Knoblauch in die Nase. Bad Cop – hungry Cop.

Die Eingangstür fiel ins Schloss.

Anja Felder war in der Küche mit der Zubereitung des

Mittagessens beschäftigt. Der Schweinsbraten garte im Rohr und die Knödel schwammen im Wasser. „Hallo, bist du das?", fragte sie in Richtung Vorzimmer.

„Wer soll es denn sonst sein?", erwiderte Niklas Felder die Frage.

Anja wischte sich die Hände an einem Geschirrtuch ab und drehte die Flamme unter dem Topf kleiner. Sie verließ den Herd und begrüßte ihren Mann mit einem Kuss auf die Wange. „Ich wundere mich nur, weil es so früh ist, aber du hast Glück, das Essen ist bald fertig."

Felder schlüpfte aus seinem Sakko, das er über eine Sessellehne hängte. In der Küche duftete es nach dem Braten, durch das geöffnete Fenster drang Straßenlärm und das Freudengeschrei spielender Kinder aus dem nahen Hamerlingpark.

„Ich bin ja im Moment zum Innendienst vergattert, das kann ich auch von zu Hause erledigen, also bin ich früher weg." Er öffnete den obersten Hemdknopf, holte sich ein Glas Wasser und lehnte sich zum Fenster hinaus. „Du hast also gekocht." Es war mehr Feststellung denn Frage. „Erwartest vielleicht doch jemand anderen?" Er drehte seinen Kopf zu Anja hin, die ihm darauf nur ein liebevolles „Dummerl" zuhauchte.

Sie widmete sich wieder dem Herd und röstete geschnittene Speckwürfel an. Während sie diese in der Pfanne rührte, huschte ein Schatten über ihr Gesicht. „Und Paul geht alleine auf Tour?"

„Ja, der tigert sich richtig rein in die Sache. Neben der Arbeit hat er schon einige Firmen, die auf der Baustelle arbeiten, durchleuchtet. Dem trau ich zu, dass er auch am Abend noch weiterrecherchiert. Wirst sehen, das nächste Mal haben wir ganz viele Informationen für deinen Marco."

„Was meinst du jetzt damit?"

„Womit?"

„Wieso ist das jetzt mein Marco?“

Felder setzte sich. Er starrte auf das vor sich stehende Wasserglas, drehte es langsam hin und her. „Na komisch ist er schon ein bissi. Und wie er dich immer anschaut. Wie ein verschmähter Liebhaber.“

Anja ließ den Kochlöffel fallen und fasste sich mit der Hand an das Brustbein. Sie schluckte, dann sagte sie, den Rücken weiterhin Felder zugedreht: „Also jetzt machst du dich lächerlich.“

„Ich weiß eh.“ Er erhob sich und drückte seiner Frau einen Kuss auf die Schulter. Er krempelte die Hemdsärmel hoch, ging wieder zum Fenster, machte nochmals einen Blick hinaus, bevor er es schloss. Der Geräuschpegel sank. „Ich versteh die ganzen Mütter, die bei der Hitze im Park sind, nicht.“

„Wo sollten s' denn deiner Meinung nach sonst sein?“

„Na im Bad natürlich.“

Anja fischte die Knödel aus dem Wasser und ließ sie vorsichtig in eine Schüssel gleiten. Sobald sie alle drinnen hatte, gab sie auf die dampfende Kohlehydratbombe noch einige Butterflocken. „Danke für das Stichwort. Meine Mutter hat mich vorhin angerufen. Sie hat ganz vergessen, dass sie morgen in der Früh einen Termin beim Arzt hat. Nur Routine, aber sie wollte ihn nicht verschieben. Deswegen kommen sie schon heute Abend nach Wien und bringen uns die Kinder. Das ist eigentlich der Grund, warum ich gekocht habe.“ Sie leerte die Speckwürfel in eine andere Schüssel, die mit Sauerkraut gefüllt war.

„Ich weiß, ein Schweinsbraten gehört aufgewärmt, damit er schmeckt. Aber wo ist jetzt das Stichwort?“

„Ich hab mir gedacht, wir gehen mit ihnen schwimmen. Wir haben unsere Kabine im Gänsehäufel heuer noch kaum ausgenutzt. Vielleicht kannst du morgen auch früher Schluss machen und wir fahren ... was ist denn jetzt los mit dir?“

Felder hatte sich die Hand auf die Stirne geschlagen, war getaumelt wie ein Boxer, der eben einen Schlag gegen die Schläfe bekommen hatte, und hatte sich auf den Sessel plumpsen lassen.

„Jetzt weiß ich es wieder", sagte er.

Martin schmerzten die Arme vom Bremsen beim Bergabfahren, ständig wurde da sein Oberkörper gegen den Lenker gepresst. Sein Hinterteil war auch bereits durchgesessen wie Beef Tartar. Er kam zum Höhenweg, der unten bei der Irisgasse herauskam. Endlich wieder Asphalt, dankte er dem Himmel. Nach rechts führte der Weg heim, nach Neufried. Bog er jedoch links ein, führte die Agnesgasse direkt nach Sievering. Dort hatte er noch ein Hühnchen zu rupfen. Und das am besten sofort, solange der Ärger noch frisch war.

„Ja was ist denn mit Ihnen passiert, ist Ihnen nicht gut?" Alberto war über Martins Anblick sichtlich erschrocken.

„Was heißt nicht gut? Mir geht's scheiße. Der Schädel zerspringt mir vor Hitze, schlecht ist mir, ein Hügel noch und ich muss mich übergeben!"

„Kommen Sie, trinken Sie erst einmal etwas und setzen Sie sich." Alberto reichte Martin ein Glas Wasser und beeilte sich, ein Handtuch auf die Sitzfläche unter Martins verschwitzten Körper zu schieben.

„Sie haben gesagt, Fahrradfahren wäre optimal für mich. So etwas verlernt man angeblich nicht. Und jetzt hab ich geglaubt, dass ich die Englein singen höre", empörte sich Martin, ehe er Alberto die vor allem aus Pein und Schmerzen bestehenden Erlebnisse schilderte. Alberto schmunzelte in sein Kinnbärtchen. „Das stimmt schon, das habe ich gesagt, aber ich konnte ja nicht wissen, dass Sie gleich auf wild drauflosfahren. Was Ihnen fehlt, ist Grundlagentraining. Für Muskelaufbau und Ausdauer. Sie werden sehen, mit der richtigen Kondition gibt es bald keine Berge mehr für Sie. Keine Sorge, ich werde Ihnen einen Trainingsplan entwerfen. Und ich werde Sie dabei unterstützen."

Martin hatte sein Glas geleert und hielt es Alberto hin, der es nochmals füllte. Langsam kehrten die Lebensgeister in Martins Körper zurück. „Das klingt schon besser. Und wie wollen wir vorgehen?"

„Sie müssen mir nur das Formular ausfüllen, dann geht's los."

Alberto hielt Martin ein Einschreibeformular hin, dass dieser bereitwillig unterfertigte.

„Und Sie brauchen eine Pulsuhr!"

Martin runzelte die Stirn. „Ja, warum denn das?"

„Damit Sie die Kontrolle darüber haben, dass Sie nicht in den anaeroben Trainingsbereich kommen."

Martin dachte sich, dass er sich die Frage hätte sparen können, er war genau so schlau wie zuvor. Also eine Pulsuhr.

„Am besten von Polar, die sind am genauesten. Und dranbleiben!"

Der Trainer hielt Martin symbolisch seine geballten Fäuste entgegen und verabschiedete Martin mit dieser Aufforderung.

Krasberger rülpste, als er die Straße betrat. Eine bleierne Müdigkeit lähmte seine Schritte und die Hitze schien ihm mit vollem Bauch noch unerträglicher. Trotz der Schwierigkeiten zu Anfang seines Gasthausbesuches hatte ihm das Essen ausgezeichnet gemundet. Der Kellner hatte ihm sogar noch einen Kaffee auf Haus serviert. Aber vom Essen abgesehen hatte er am Nebentisch etwas aufgeschnappt. Sein rüder Auftritt war offenbar schnell vergessen gewesen, denn bald nachdem er seinen Tisch erobert hatte und die Menüsuppe vor ihm gestanden war, hatten ihm die anderen Gäste kaum mehr Beachtung geschenkt und ihre Unterhaltungen fortgesetzt. Am Nebentisch war natürlich der Mord auf der nahen Baustelle ein Thema gewesen. Kein Wunder, es saßen ja auch genug Bauarbeiter in dem Beisl. Aus den wenigen Fetzen, die er dazu aufgeschnappt hatte, hatte er in Erfahrung bringen können, dass der Bauleiter offenbar von einigen Anbietern in Bedrängnis gebracht worden war, weil er sie bei der Auftragsvergabe nicht weiter berücksichtigt hatte. Angeblich sei er sogar wenige Tage zuvor von einem Firmenchef bedroht worden.

Mit dieser neuen Spur schlenderte er die Fußgängerzone entlang zu seiner Dienststelle. Dort wartete die nächste Überraschung auf ihn. Grasmugg war unten im Wachzimmer und donnerte wie ein zürnender Göttervater vor sich hin. Was das für ein unorganisierter Sauhaufen sei, dass alles liegen bleibe, wenn er nicht da sei und so fort. Als er Krasberger erblickte, unterbrach er seine Schimpftirade und betrachtete verwundert den Gruppeninspektor, dessen Hemd nachlässig an einigen Stellen aus der Hose hing und von Schweißflecken an Achseln, Brust und Rücken getränkt war.

„Schau an, der Kollege Krasberger. Und wo kommen wir jetzt her? Waren wir einen Dauerlauf zur Verdauung machen?"

„Ich für meinen Teil war auf einer Baustelle und hab Zeugen befragt. Wo Sie herkommen, kann ich Ihna ned beantworten, i hätt' g'mant, Sie woarn krank. Wieso san Sie jetzt schon wieder da? Spontanheilung in Lourdes?"

„Nein, aber daheim nerven mich alle." Er trat auf Krasberger zu und schnüffelte an seinem Atem. „Und Sie haben dann noch in an Lokal recherchiert? Weil es ja so heiß is. Sechsunddreißig Krügel im Schatten. Und wie viele hatten Sie davon?" Krasberger schluckte. „Nur eins zum Essen, aber dafür hab ich echt was Interessantes ausseg'funden. Des hat mit dem Mord beim Hauptbahnhofgelände zu tun." Krasberger stieß der Knoblauch auf. Und zu allem Verdruss zwickte und zwackte das Kotelett in seinem Magen. Unruhig trat er von einem Bein auf das andere, kniff die Popobacken zusammen, um Schlimmeres zu verhindern.

„Darüber wollt ich eh mit Ihnen reden, kommen Sie am besten gleich mit." Grasmugg klemmte einen Stapel Akte unter den Arm und steuerte dem Aufgang zu den Büros zu. „Und ihr schaut's, dass jetzt was weitergeht, tachinieren könnt's daham", maßregelte er im Hinausgehen noch die zwei Uniformierten. Diese begannen auf dieses Kommando, sofort auf die Computertastatur zu klopfen.

Krasberger folgte Grasmugg, den die Darmgrippe wohl ein paar Kilos gekostet hatte. Auf jeden Fall nahm er die Stufen mit mehr Elan als Krasberger, in dessen Bauch es weiter rumorte. Grasmugg hatte sein Büro am Ende des Ganges. Als Krasberger bei seinem eigenen Büro vorbeikam, schielte er durch die geöffnete Tür, ob Berg vielleicht schon zurück war. „Nach Ihrem Helferlein brauchen S' ned Ausschau zu halten, die hab ich auf Streife geschickt. So ein Blödsinn, die in einem Mordfall ermitteln zu lassen, noch dazu allein."

Grasmugg betrat sein Zimmer und schloss die Tür hinter Krasberger, der sich im Moment nach einer Toilette sehnte. Grasmugg nahm hinter seinem Schreibtisch Platz und wies Krasberger den Stuhl davor.

„Was bilden Sie sich eigentlich ein, meinen Verdächtigen laufen zu lassen?"

Krasberger presste seine Zahnreihen gegeneinander, die Lippen wurden schmal. Das Bauchgrimmen war unerträglich. Gepresst antwortete er: „Erstens ist der Belastungszeuge wenig glaubhaft und zweitens saß Felder ein, als der zweite Mord passierte. Der Untersuchungsrichter hat die Enthaftung verfügt, nicht ich."

Grasmugg hatte während dieser Rechtfertigung im Akt geblättert. Ohne Krasberger mit einem Blick zu bedenken, ließ er den Aktendeckel zufallen. Er fischte sich weitere Papiere von einem Stapel, die er jetzt auf den Akt legte und auf die er seine Hand sausen ließ. Krasberger zuckte zusammen.

„Erstens interessiert mich der zweite Mord nicht, der steht womöglich in keinem Zusammenhang mit dem ersten Tötungsdelikt, und zweitens, und das ist der springende Punkt", Grasmuggs Stimme hatte einen kryptischen Tonfall angenommen, „haben Sie sich gar nicht gefragt, wieso wir so schnell die Identität des ersten Toten herausfinden konnten?"

Krasberger dachte nach. Das Tropfen in seiner Gedankenhöhle wollte sich heute partout nicht einstellen. Berg hatte das so schnell herausbekommen, er wusste noch genau, wie er sie dafür gelobt hatte. Aber woher wusste sie ...? Krasberger druckste herum. „Naja, wir haben ihn in unserer Datenbank gefunden."

Grasmugg nahm das vorhin auf den Akt gelegte Papier und warf es Krasberger zu. Der hatte Mühe, es zu fangen. Es war ein Protokoll, aufgenommen vor ungefähr drei Jahren.

„Und wie mag er da hingekommen sein? Ich denke, das ist eine Querverbindung, über die jeder Staatsanwalt höchst erfreut ist. Wenn er sie kennt." Grasmugg knallte abermals die Faust auf den Tisch. Krasberger zuckte zusammen. Er wischte sich die Schweißperlen von der Stirn. Draußen hupte ein Auto. Er überflog die Anzeige aus dem Jahr 2009. Die beiden Namen darin kamen ihm nur zu bekannt vor.

„Was, du hast mit dem Nadar eine Auseinandersetzung gehabt? Und das fällt dir jetzt erst ein?" Martin war vor Aufregung außer Atem. Der Anruf hatte ihn in seiner Hauseinfahrt erreicht. Sein Schwager war ein Trottel, das hatte er immer schon gewusst, aber jetzt war es bestätigt. Wie konnte man so etwas nur vergessen? Felder stammelte etwas von verdrängt und es wäre für alle eine unangenehme Situation gewesen.

„Also Klartext, was ist damals genau vorgefallen?"

Felder erklärte, dass ihm der Vorfall unangenehm wäre, er dies lieber unter vier Augen besprechen wolle. Natürlich wisse Anja davon, er habe ihr das damals sofort erzählt. Jetzt darauf angesprochen könne sie sich auch daran erinnern. Nur war sie damals nicht dabei, er war allein mit den Söhnen im Bad, daher habe er den Vorwurf auch nicht beweisen können.

„Gut", sagte Martin, „ich muss mich duschen und ein wenig erholen, wir können uns um sechs beim Heurigen treffen. Kennst du den Frostbachl-Fadinger? Gut, dann um sechs." Martin hatte sich während des Gesprächs auf die Stufen gesetzt. Sein Steißbein schmerzte vom Sturz am Vormittag, der Hintern vom harten Sattel sowieso und da, wo andere sonst ihre Muskeln haben, war nur mehr stockender Brei – geschüttelt und nicht gerührt, ja genauso fühlte er sich jetzt. Es kostete ihn einige Überwindung, sich zu erheben, doch sein Nachbar Korinek tanzte gerade wieder mit einer Holzvertäfelung an, die er an ihm vorbeitragen wollte.

„Waren wir sportlich, Herr Martin?"

Martin konnte diese Anreden im Plural nicht ausstehen, er besaß aber ausreichend Niveau, um einen Kalauer im Stile einer Doppelconférence noch hinunterzuschlucken. Also antwortete er ausweichend. „Na ein bissel muss man schon tun, um nicht einzurosten. Und Sie? Was bringen denn Sie da heim?"

Korinek stellte die hölzerne Tafel ab. Er lächelte selig, als er erklärte: „Ich will mir die Terrasse auskleiden. Der Beton ist ja nicht gerade einladend, aber mit dem Holz wird das ganz heimelig."

Martin hievte schwerfällig seinen Körper in die Höh, um den Weg freizumachen. Ein Ächzen entkam ihm, als er seinen Körper durchstreckte. Der Nachbar trug die Wand an ihm vorbei und hüpfte leichtfüßig von Stufe zu Stufe. „Danke. Ich sag ja immer, wenn man daheim etwas macht, dann braucht man keinen Sport. Sport ist Mord."

Martin nickte dem Nachbarn nur nach.

Martin trug sein Rad mit weniger Elan empor. Mit seinem Gang wirkte er wie der letzte Überlebende einer Expedition zur Hölle.

Als er endlich daheim war, wollte er zuallererst das Fahrrad an die Steckdose hängen, der Akku war leer, brauchte Saft. Sein Akku war auch leer, er musste trinken. Dann unter die Dusche, die Salzkruste von der Haut schaben. Mit Mühe schaffte er es aber nur ins Schlafzimmer, wo er sich aufs Bett fallen ließ und vor Erschöpfung sofort eingeschlafen war.

Tadic dirigierte die Schwerfahrzeuge zur Baugrube, wo das Fundament auszugießen war. Vukic hatte fünf LKW angekündigt. Dessen Anruf hatte ihn vor seiner Frau gerettet. Er musste aufpassen, dass seine Eskapaden nicht zu auffällig wurden. Seit Slobodan auf der Welt war, verlangte sie von ihm, dass er seiner Vaterrolle gerecht wurde. Dabei war er bei Srdjan und Milan auch kaum zu Hause gewesen und aus denen war auch etwas geworden. Die sprachen beinah so gut Deutsch wie ein Österreicher. Andere Väter lassen ihre Familien in der Heimat und schicken nur Geld, wenn überhaupt. Er musste jetzt wieder einmal auf den Tisch hauen und beweisen, dass er der Herr im Haus war. Aber Tadic schlug nur zu, wenn er damit rechnen konnte, dass nicht zurückgeschlagen wurde. Bildlich wie im echten Leben. Seine Familie konnte zurückschlagen, sie konnte ihn zu hassen beginnen, und seltsamerweise fürchtete er sich genau davor.

Gut, dass Vukic diesen Auftrag an Land gezogen hatte, auf der anderen Baustelle beim Bahnhof hätte er sich schwergetan, weiteres Zeug verschwinden zu lassen. Aber hier in Aspern stand man erst am Anfang, da gab es noch genug Möglichkeiten, den einen oder anderen Hohlraum aufzufüllen. Das war auch der Grund, warum er noch auf den alten Sack angewiesen war. Der hatte einfach die besseren Kontakte, wusste, wohin man sich wenden musste. Das hatte er seinen diversen Wohltätigkeitsveranstaltungen zu verdanken, wo er sich gern als spendabler, distinguierter Gentleman aufspielte. In diese Glamourwelt hatte ihn dieser Anwalt eingeführt. Wenn die Gesellschaft ahnen würde, wie Vukic großgeworden war, keiner hätte ihm auch nur die Hand gereicht. Nadar musste etwas herausgefunden haben, etwas, mit dem er Vukic in der Hand gehabt hätte.

Das Piepsen signalisierte, dass der nächste LKW im Retourgang zurückschob. Tadic machte einen Schritt zur Seite und verfolgte die Brühe, die sich langsam in das Loch ergoss.

Wenn er sich dieses Geheimnis aneignen könnte, dann wäre er es, der Vukic unter Druck setzen konnte. Aber das war noch nicht entdeckt. Daher auch der Groll, den der Capo gegen ihn hegte, weil er den Schnüffler aus dem Weg geräumt hatte, bevor Vukic auf der sicheren Seite war. So gesehen war es auch in seinem, Tadics eigenem Interesse, der ehemaligen Bleibe von Nadar bald einen Besuch abzustatten, bevor Vukic jemand anderen schickte. Noch vertraute er ihm.

Der letzte Wagen fuhr an die Grube heran. Der war sauber, nur reiner Beton. Morgen würde das Material ausgehärtet sein, da war dann alles in Butter. Die wenigen Kübel, die noch im Lieferwagen waren, konnte er auch in den Wänden am Bahnhof verschwinden lassen. Da mussten jetzt auch die Weiber warten. Er blickte auf die Uhr. Es war gegen neun. Die Dämmerung hatte das Land geteilt. In eine helle und in eine dunkle Seite. So war es seit Ewigkeiten. So waren auch die Menschen.

Krasberger atmete erleichtert auf. Zuerst der Anschiss und jetzt der Prachtschiss. Letzterer war weitaus befriedigender. Er saß auf der Klomuschel und dachte, während er ein Blatt nach dem anderen von der Rolle riss, über die Vorhaltungen nach, die ihm Grasmugg gemacht hatte. Und auch über das Knoblauchkotelett. Wie konnte etwas, das so gut schmeckte, am Ende so grässlich riechen? Ganz unrecht waren die Anwürfe nicht gewesen. Das musste er sich, jetzt, da seine Konzentration nicht alleine auf die Unterbindung seines Stuhldrangs gerichtet war, eingestehen. Die Fehler, die man am Anfang einer Ermittlung beging, potenzierten sich, je länger man ein Verbrechen untersuchte. Er beendete sein Geschäft, wusch sich im Waschraum Hände und benetzte sein Gesicht mit kaltem Wasser. Sein Spiegelbild sah zum Fürchten aus. Schwarze Ringe unter den Augen, die Wangen rundlicher denn je, und doch hatten sich um den Mund Falten gebildet. Er sah aus wie ein Flussbett nach einem Dammbruch.

Er holte sich am Gang aus dem Automaten einen Kaffee. Berg, die er sonst an die Filtermaschine beordert hätte, war noch nicht von ihrer Tour zurück. Er klemmte sich hinter seinen Schreibtisch und las nochmals die alte Anzeige. Wie einen Anfänger hatte Grasmugg ihn vorgeführt. Und er hatte auch Fehler wie ein Anfänger gemacht. Ärger stieg in ihm hoch. Er rieb die Handflächen gegen seine Hose, sein Oberkörper verfiel in ein sanftes Wippen. Der Plastikbecherkaffee schmeckte nicht.

Die Tür ging auf und Berg linste fröhlich herein. „Na, beim Meditieren?"

Krasberger schreckte auf. Er wollte sie anfahren, weil sie nicht geklopft hatte, als er bemerkte, warum sie die Tür nur mit der Schulter aufgedrückt hatte. Sie brachte zwei Tassen duftenden Kaffee, von denen sie eine vor Krasberger hinstellte.

„Kommen Sie nur, danke", sagte der Gruppeninspektor, der wieder einmal zweifelte, ob seine Karriere ihm jemals einen höheren Dienstgrad bescheren würde.

Berg setzte sich und begann zu erzählen.

„Also ich glaub, der Tadic hat mehr Dreck am Stecken, als wir beide es uns ausmalen können." Die Episode, wie er mit ihr anzubandeln versucht hatte, sparte sie ebenso aus wie das Seidel Bier, das sie sich im nächsten Eckcafé auf diese Erfahrung hin gegönnt hatte. Dennoch entging es Krasberger nicht, wie beschwingt sie wirkte. Er vermutete, dass sie bei dem von Grasmugg angeordneten Streifgang zu viel Ozon abbekommen hatte. Er sagte: „Wir haben auch was rausbekommen ...also eigentlich der Grasmugg", schob er kleinlaut nach. Er machte ihr keinen Vorwurf, dass sie das mit der Anzeige übersehen hatte. Er reichte ihr den Bogen. Sie überflog ihn und hielt sich dann die Hand vor den Mund und stöhnte. „Aber das wirft natürlich wieder ein anderes Bild auf Felder. Wie konnte ich das nur übersehen?"

„Passiert uns allen mal." Krasberger war dank des Kaffees zahm und sprach so milde, als hätte er den Jahresvorrat Schulkreide einer ganzen Klasse verschluckt. Er war froh, dass er seine Bauchschmerzen endlich los war. Bei einem in die Jahre gekommenen Polizisten kann eine geregelte Verdauung manchmal wichtiger sein als Erfolg im Beruf.

„Was machen wir jetzt?", fragte Berg.

Krasberger wiederholte das, was Grasmugg angeschafft hatte.

Martin saß mit Felder beim Barbiermeier, einem Heurigen etwas abseits vom Neufrieder Societytrubel gelegen. Er konnte immer noch nicht glauben, was ihm sein Schwager eben erzählt hatte. „Und das ist dir erst jetzt eingefallen, ich mein, das gibt's doch nicht." Er schüttelte den Kopf und bestellte sich ein

Seidel Bier, denn das gab es hier neben den Eigenbauweinen sogar vom Fass. Er hatte ja heute genug Sport gemacht und da hatte er sich eine entsprechende Portion an Elektrolyten mit Vitamin B redlich verdient.

„Ich hab das verdrängt, ich weiß auch nicht, warum. Wahrscheinlich weil die ganze Situation so unangenehm war, damals. Ich hab mir das Gesicht von dem Typen ja nicht eingeprägt, ich hab ja nur auf meine Kinder geschaut." Felder drehte sein Weinglas. Seine Rechtfertigung klang nicht überzeugend.

„Du prügelst dich mit jemandem, weil er dein Kind begrapscht, und das verdrängst du?"

Die Kellnerin stellte Martin das Bier hin und er badete sofort seine Lippen im frischen Schaum. Felder schaffte es nicht, Martin in die Augen zu schauen, sein Blick haftete an dem Glas, als gäbe es dort die Wahrheit zu finden.

„Ich hab lange darüber nachgedacht, also über die Situation an sich, und irgendwann die Sache ad acta gelegt. Ich hab ihn ja davor oder danach wieder gesehen. Ich wollte meinen Frieden und ich wollte meine Familie schützen. Außerdem bin ich mir nicht sicher, ob er ..."

„Ob er was?"

„Ob er sich wirklich an meinem Sohn vergehen wollte. Ich war mit den Kindern allein im Bad, Anja fühlte sich nicht wohl. Und Laurenz, der war ja damals noch sehr klein, musste aufs Klo. Ich hab Raffael gesagt, dass er sich nicht von der Kabine wegbewegen darf. Als ich mit dem Kleinen zurückkomm, ist der Raffi verschwunden. Mir ist das Herz stehen geblieben, das kannst dir vorstellen, dann hör ich ihn auf einmal lachen. Ich zisch ums Eck, da seh ich den Raffi nackt auf dem Schoß von einem Typen sitzen und der fährt ihm mit seiner dreckigen Hand über seine zarte Haut. Er streichelt mein Kind!"

Felder hatte seine Lautstärke gesteigert, die Gäste vom Nebentisch drehten ihre Köpfe hinüber. Er umklammerte den

Stiel des Weinglases, als ob er daran Halt suchte, als ob es ein Abdriften in eine dunkle Seelenecke verhindern könnte. Es konnte nicht, es brach unter dem Druck. Das Klirren des Glases zerschnitt die Stille wie ein Blitz die Ruhe vor dem nahenden Gewitter. Felder zog seine Hand zurück, aus einem feinen Schnitt am Zeigefinger quoll Blut hervor.

Martin reichte Felder ein Taschentuch. Die Kellnerin kehrte die Scherben weg und fragte Felder, ob er noch etwas bestellen wollte. Martin winkte ab, er spürte, dass die Sache noch nicht zur Gänze abgehandelt war. Alkohol lockerte zwar die Zunge, aber er trübte die Erinnerung. Er beugte sich zu Felder vor und fragte: „Und was würdest du heute, mit Abstand zu der ganzen Angelegenheit, sagen?"

Felder ließ die Schultern hängen, sein Anzug wirkte nun gut eine Nummer zu groß für ihn. „Ich weiß es nicht, wirklich. Aber es kann schon sein, dass er nur nett sein wollte zu ihm, also ohne Hintergedanken. Aber damals schien mir die Sache klar. Du musst wissen, dass behinderte Kinder oft das Opfer von Päderasten werden, weil sie auf sie hereinfallen, weil sie das Böse in der Welt nicht sehen können. Naja und den Rest kennst du ja."

Martin nickte schweigend. Zu gerne hätte er weiter in der Vergangenheit von Niklas gewühlt, weitere dunkle Flecken ans Licht geholt, doch er spürte, dass die Bereitschaft für weitere Geständnisse bereits den Tisch verlassen hatte. Dann also zum geselligen Teil überleiten: „Also ich hab einen Riesenhunger!" Und das war nicht gelogen. Kein Wunder nach der Gewalttour, die er heute unternommen hatte.

Nachdem sie sich mit Schweinsbraten und Martin mit einem weiteren Bier gestärkt hatten, verließen sie den Heurigen durchaus beschwingt. Martin spürte, dass sie in diesem Leben keine Freunde mehr werden würden, aber in ihm keimte Interesse für diesen Menschen, den er bislang nur verachtet hatte. Er war ein sehr ruhiger, höflicher Mensch, wirkte besonnen, und doch musste ein Heißsporn in ihm stecken, sonst würde er wohl nicht in bestimmten Situationen die Beherrschung verlieren. Das musste er sich ins Heft schreiben, denn immerhin bestand die Möglichkeit, dass er bei der Kontrolle damals auch einfach ausgerastet war. Weil ihm der Mann davongelaufen war oder weil er ihn vorher doch erkannt hatte und ihm in diesem Moment wieder alle Sicherungen durchgebrannt waren. Aber immerhin war er für den zweiten Toten sicher nicht verantwortlich. Ein besseres Alibi konnte er ja kaum haben, als selbst in Gewahrsam zu stecken, während man den Bauleiter in der Mitte auseinanderreißt.

Martin schritt die Stufen voran in Richtung Straße. Er hatte Felder versprochen, noch heute die Wohnung von Nadar zu inspizieren. Er trug den Schlüssel bei sich, den Felder ihm ebenso wie zuvor Nadar ihm, anvertraut hatte. Plötzlich tippte Felder Martin an der Schulter und bat ihn stehen zu bleiben.

„Ich muss dir noch etwas sagen. Wahrscheinlich werden sie es eh bald herausfinden."

Tadic beobachtete eine Weile, wie über die Schläuche der Beton in die Grube gepumpt wurde. Mit jedem Kubikmeter, der sich zäh in die Hohlräume ergoss und die Lücken ausfüllte, entspannte er sich. Er war gut in der Zeit, alles lief nach Plan, und nicht nur das, heute konnte er endlich in Zorros Wohnung fahren. Jetzt lag es in seinem Interesse, hinter das Geheimnis von Nadar zu kommen. Er verabschiedete sich von dem Vorarbeiter, den er von mehreren Baustellen her kannte. Der Mann erwiderte seinen Gruß scheu, hatte den Kopf auf die Baugrube gerichtet. Er wusste, dass viele der Arbeiter ihm nicht in die Augen blickten, weil sie ihn fürchteten. Vukic respektierten sie. Ob sie ihm diesen Respekt auch entgegenbringen würden, wenn er einmal Vukics Platz eingenommen hatte? Daran würde er ab sofort arbeiten.

Er ging zu dem Lieferwagen und fuhr in Richtung Süd-Ost-Tangente. Nach wenigen Minuten steckte er im Stau fest.

„Und was machen wir jetzt?", fragte Berg.

„Sie machen Feierabend und ich schau mir amal die Wohnung von dem Nadar an."

Grasmugg hatte den Fall an dem ersten Opfer an sich gezogen, doch die Neugier zwang Krasberger dazu, diesen Teil der Ermittlung noch abschließen zu wollen. Er ging ins Wachzimmer hinunter und bat einen der Uniformierten, ihn mit der Funkstreife in den sechzehnten Bezirk zu fahren. Jetzt, am späteren Nachmittag, war es nicht mehr so brütend heiß wie untertags.

Als er mit dem Uniformierten im Schlepptau die Inspektion verlassen wollte, hielt ihn Grasmugg zurück. „Moment, Kollege, nicht so schnell, das wird Sie vielleicht interessieren." Er fächelte mit einer Mappe vor seiner Nase. „Das ist die spurentechnische Auswertung vom Tatort. Aber nicht nur. Wir haben im Baubüro noch die Fingerabdrücke untersucht. Überall sind welche von Felder." Triumphierend hob er seinen feisten Kopf.

„Das ist kein Wunder, der hat dort kontrolliert."

„Das mag schon sein. Aber wussten Sie, dass Vavra auch noch Referenzabdrücke des toten Kramsl in dessen Wohnung genommen hat? Sie waren doch dort, haben mit der Witwe gesprochen. Was hatten Sie denn für einen Eindruck von der Frau?"

„Sie wirkte echt betroffen. Die war ganz am Boden zerstört, aber warum wollen Sie des wissen?" Krasberger hatte keine Ahnung, worauf der andere hinauswollte.

Grasmugg machte einen Schritt vor zum Pult und knallte die Mappe darauf. „Weil auch die Wohnung vom Opfer voll war mit Felders Fingerabdrücken. Vielleicht sollten Sie sich von Fakten und weniger von Ihrer Eingebung, so sie so etwas überhaupt besitzen, leiten lassen!"

Krasberger wurden die Anwürfe jetzt zu viel. Er wehrte sich. „Jetzt hurchen Sie amal zu. Woher sollt ich des wissen. Ich hab mit der Witwe geredet, hab ihr unser Beileid ausgedrückt. Sollte ich sie da gleich fragen, hern S', ham Se a Pantscherl mit dem Mörder von Ihrem Mann gehabt? Se können g'scheit daherreden, sonst nix."

Grasmugg lächelte zufrieden. Vielleicht deswegen, weil er Krasberger, dessen Sehnsucht nach einer Beförderung bekannt war, wieder einmal eins auswischen hatte können, oder vielleicht auch deswegen, weil Krasberger im Zuge seines Zornausbruches den Fall womöglich gelöst hatte. Doch auch Krasberger schien es, als ob sich um Felder die Schlinge enger zog. Da waren persönliche Motive, da war die Vorstrafe, und auch aus dem Gefängnis heraus hatten andere schon Verbrechensimperien geleitet. Vielleicht hatte er jemanden angestiftet, seinen Nebenbuhler beseitigen zu lassen. Doch plötzlich spürte er ein Rieseln. Die vorhin geschmähte Intuition meldete sich und ließ seinen Gedankentropfstein langsam zerbröseln. Er kehrte auf eine sachliche Ebene zurück. „Noch wissen wir nichts Genaues, das sind alles nur Vermutungen und Rückschlüsse, die trügen können."

„Blödsinn", antwortete Grasmugg, „das sind Fakten. Wir müssen Felder nur dazu bringen, dass er gesteht. Aber keine Sorge, das wird er, wenn ich ihn erst in der Mangel habe. Aber lassen Sie sich von mir nicht aufhalten, Sie wollten noch einen Weg erledigen."

„Und wirst du es Anja sagen?"

Felder trat einen Schritt zurück. Er knetete seine Hände, die schwarzen glatten Haare hingen ihm schlaff wie bei einem begossenen Pudel in die Stirn. „Das werd ich wohl müssen, irgendwann, bei einer günstigen Gelegenheit."

Martin fühlte sich befriedigt, nachdem sie sich verabschiedet hatten. Felder war genauso ein Hallodri wie all die anderen Kerle, die seine Schwester enttäuscht hatten. Aber das würde sie mehr treffen als alles andere. Vielleicht hätte er ihm raten sollen, sich gleich zu stellen. Eine Untersuchungshaft wäre sicher besser als das Donnerwetter, das ihn daheim erwarten würde. Er kannte seine Schwester, die konnte, wenn man sie verletzte, richtiggehend handgreiflich werden. Er als kleiner Bruder wusste das. Der Polizeigewahrsam wäre in diesem Fall eher eine Schutzhaft, die ihn vor ihrer Wut mit all ihren Konsequenzen bewahrt hätte.

Dennoch glaubte er an dessen Unschuld, also wollte er endlich Indizien finden, die beide Morde miteinander verknüpften und die Spur zu Vukics Imperium legten. Er war sicher, dass dort ein viel stärkeres Motiv zu finden war. Er kehrte heim, um sogleich in Richtung Ottakring aufzubrechen.

Im Wagen wurde er wieder von den seltsamen Gerüchen begrüßt. Er öffnete das Fenster. Der Motor quittierte seinen Startversuch nur mit müdem Ächzen. Das ist jetzt aber nicht wahr, fluchte er innerlich. Er wartete einen Moment, ehe er abermals den Zündschlüssel drehte. Und aus. Der Anlasser hatte sich mit einem letzten Aufheuler verabschiedet. Die Batterie schien leer. Er drosch gegen das Lenkrad. Das war heute nicht sein Tag. Irgendetwas im Kosmos schien die Energie aus seinen Gefährten zu saugen. Er atmete tief durch, sein Blick wanderte über die Hausanlage. Natürlich: sein Fahrrad. Der Akku müsste jetzt wieder aufgeladen werden. Er hatte sich auch regeneriert und jetzt beim Heurigen gestärkt, warum also nicht?

Wenig später saß er in kurzen Hosen, den Rucksack am Rücken und den Sturzhelm auf dem Kopf wieder auf dem

Foltergerät, das er noch vor kurzem verwunschen hatte. Jetzt erschien es ihm sogar praktisch, sich einspurig und ohne drohende Parkplatzsorgen auf den Weg zu machen. Erstaunlicherweise schmerzte ihn auch der Hintern kaum mehr. Wahrscheinlich gewöhnte sich der Körper doch an solche Widrigkeiten oder sein Körper hatte den Schmerz mit einer Überdosis ausgeschütteter Endorphine betäubt. Er kam zügig voran und war bald über die Neufrieder Hauptstraße zur Krottenbachstraße gekommen und von dort weiter über die Billrothstraße zum Gürtel gestrampelt.

Wien war im Frühsommer, wie auch im Hochsommer, wie auch im Spätsommer, wenn man noch Frühjahr und Herbst dazu zählte, ein Baustellen-Parcours. Tadic hatte durch den Stau gut eine halbe Stunde verloren, jetzt quälte er sich über den Gürtel. Stop-and-Go nannte der Verkehrsfunk die hier gebotene Fahrweise, die ihn daran zweifeln ließ, sein Ziel noch am selben Tag zu erreichen. Durchaus neidvoll sah er den Radfahrern nach, die neben den Kolonnen über die ihnen zugestandene Verkehrsfläche am Grünstreifen sausten. Das wäre praktisch, dachte er, wobei er sich im selben Moment für diesen Gedanken strafte. Fahrradfahren war nur etwas für Kinder, lächerlich so ein Wunsch. Ein Motorrad zwängte sich zwischen zwei Fahrzeugen durch, um dann, sobald ein wenig Platz gewonnen war, für einen Sekundenbruchteil den Gasgriff voll durchzudrehen und damit den Motor auf Touren kommen zu lassen. Das Dröhnen ließ die Scheibe des Lieferwagens zittern. Das wäre schon eher was für mich, sinnierte Tadic weiter, während er in das riesige Auspuffrohr des aufgemotzten Choppers starrte. Vielleicht eine Ducati? Die war schön laut, flößte mit ihrem Röhren den anderen Furcht ein. Nein, zu unbequem, eher eine Harley-Davidson. So ein Kultgefährt zog bei den Weibern, da hatte man leichtes Spiel mit ihnen. Egal, beide waren im Moment zu teuer, aber das konnte sich ja bald ändern.

Letztlich erreichte er irgendwann doch die Thaliastraße, die er ein Stück entlangfuhr, um bei der nächsten Gelegenheit zur parallel verlaufenden Hasnerstraße abzubiegen. Doch die war für die Durchfahrt wegen Rohrarbeiten gesperrt. Tadic suchte nach einer Hausnummer. Die, die er sehen konnte, waren zu niedrig. Die Wohnung musste viel weiter draußen, schon fast beim Wilhelminenspital liegen. Verärgert wendete er den Wagen und kämpfte sich durch das Gassenwerk weiter Richtung Nordwesten vor.

Martin passierte die von Baugerüsten umhüllte ehemalige Stadtbahnstation Josefstädter Straße, die nun als U-Bahnstation diente. Im Vorbeigleiten erlaubte er sich den Gedanken, ob man eine überirdisch geführte U-Bahntrasse nicht eigentlich „Ü-Bahn" heißen müsste –Ü für überirdisch. Oder das U stand für eine andere Abkürzung: Unpünktlich, drängte sich ihm auf, bei dem was man über schadhafte Züge in den letzten Wochen zu lesen bekam. Der Verkehr floss zäh wie Lava die vier Spuren zur Thaliastraße hinab, während Martin die Abfahrt und den ihn kitzelnden Fahrtwind genoss. Er sauste den Abhang zufrieden hinab, als ihn ein vom Würstelstand auf den Fahrradstreifen Torkelnder zu einem waghalsigen Ausweichmanöver nötigte und er mit Mühe eine Kollision mit einer anderen Passantin verhindern konnte. Endgültig zum Stillstand kam er an der Kreuzung, als sich ihm ein paar Wagemutige, die der Straßenbahn nachhetzten, ohne Rücksicht auf Verluste vor die Spur warfen. Scheibengebremst und vollgefedert verzieh ihm das Rad auch dieses Manöver. Er holte tief Luft, als er von hinten ein Pfeifen hörte und im letzten Moment auf die Seite springen konnte, bevor ihm ein anderer Pedalritter, der technisch weniger versiert oder dessen alter Drahtesel technisch schlechter ausgestattet war, hineinkrachte. Martin schüttelte den Kopf, als er dem jungen Burschen nachschaute, der sofort in den Wiegetritt wechselte und bei Rot fast an der Motorhaube eines anfahrenden Autos anschrammte. Martin registrierte erst jetzt, wie die Hitze in ihm aufstieg und Schweiß aus seinen Poren strömte.

Martin ging es, sobald die Ampel wieder auf Grün geschaltet hatte, gemütlicher an. Es ging ja auch bergauf. Er war aber auch fasziniert von der Welt, in die er nun eintauchte. Der Grünstreifen und die Bänke neben dem Radweg waren dicht bevölkert. Ein Hauch von tausend und einer Nacht umwehte ihn, als er die dunkelhäutigen Menschen betrachtete und sich in Istanbul oder Skopje oder Burkina Faso wähnte. Hier trafen sich die Menschen, die keine Gärten ihr Eigen nennen konnten, die keine weitläufigen Terrassen oder sogar Sommerhäuschen hatten, und so der Hitze der Stadt durch Sommerfrische entgehen konnten. Sie saßen da, in ihren pludrigen, weiten Gewändern, plauderten oder starrten nur den vorbeiziehenden Autos nach. Martin blickte weg. Mit diesem Menschenschlag hatte er selten Kontakt, er wollte auch keinen, das war nicht seine Welt. Er fühlte sich nicht besser als diese Personen, aber er wusste, dass es ihm besser ging, weil er wohlhabend war. Er begann sich unwohl zu fühlen. Das waren nicht die Gastarbeiter seiner Kindheit, deren Kinder mit ihm aufgewachsen waren und bereits in der Volksschule genauso gut den Wiener Dialekt beherrschten wie die anderen in der Klasse. Die Sitten und Gebräuche der „Eingeborenen" übernahmen. Die hier wollten seine Kultur vielleicht gar nicht lernen. Sie tranken bei der Hitze Tee, mieden sicher den Alkohol. Schnell war die Stimmung von Faszination hin zu Abneigung umgeschlagen. Er stellte eine seltsame Veränderung an sich fest. Er war nicht der aufgeschlossene Mensch, für den er sich gehalten hatte. Er konnte sich nicht erklären, woher dieses Ressentiment stammte, aber er konnte dessen Existenz nicht leugnen. Dabei stand er erst am Anfang der Untersuchung in diesem Milieu, er würde noch länger damit befasst sein. Dazu musste er aber vorurteilsfrei an die Sache herangehen. Einen Fall löst man mit Logik, nicht mit Emotionen, ermahnte er sich. Er versuchte sich von diesen Gedanken zu befreien und hielt nach seinem Ziel Ausschau.

Endlich angelangt. Doch die Hasnerstraße war lang, die hohe Hausnummer würde noch einige hundert Meter oder sogar weiter entfernt sein. Die Straße war wegen Bauarbeiten gesperrt, aber zum Glück betraf diese Sperre nicht den Radverkehr. Martin freute sich darüber, wie leicht er vorwärtskam, wo Blechkarossen im Stau steckten oder gänzlich ausgesperrt waren. Es war angenehm kühl in der Straße, die zu beiden Seiten von Bäumen gesäumt war. Das nutzten auch einige Lokale, die im Schatten ihre Schanigärten aufgebaut hatten. Im Vorbeiziehen betrachtete er die wenigen im Freien sitzenden Gäste. Anders als seine Döblinger oder Hietzinger Klientel, die Prosecco schlürfte oder glasweise Wein aus langstieligen Gläsern oder Bier aus dünnwandigen schlanken Säulen trank, hatten die meisten Bierflaschen vor sich stehen, ließen es sich aber gut gehen und wirkten zu allem noch zufrieden und glücklich dabei.

Nach einigen Quergassen, vorbei an türkischen Supermärkten und Kebaplokalen, musste er noch die Panikengasse übersetzen, ehe er das gesuchte Haus erreicht hatte. Eine schäbige, schmucklose Fassade, durchbrochen von einfachen Fenstern fiel ihm dabei als Erstes auf. Zum Zweiten fragte er sich, wo er sein Fahrrad abstellen sollte. Kette oder Schloss hatte er nicht dabei, so blieb ihm nicht viel anderes übrig, als es an einen Baum davor zu lehnen. In dieser Gegend durchaus leichtsinnig. Das Haustor stand zum Glück offen, er betrat das Stiegenhaus. Ein Postkasten mit zum Teil herausgerissenen Türchen hing gleich neben dem Eingang an der Wand, dahinter führten ausgetretene Stufen hinauf zu den Wohnungen. Die Quartiere, die am Ende des neunzehnten Jahrhunderts hier vornehmlich für Arbeiter errichtet worden waren, wurden jetzt von den Arbeitern des einundzwanzigsten Jahrhunderts bewohnt. Ein seltsamer Vergleich, wie Martin fand, der sich über seine heutigen Gedankengänge zu wundern begann.

Er war froh, dass es draußen noch ausreichend hell war, denn so würde er in der Wohnung genügend Licht haben und nicht durch an- und ausgehende Beleuchtung die Neugier anderer Hausbewohner auf sich ziehen. Und die meisten Menschen würden ohnedies noch im Bad sein oder den Tag in einem Schanigarten ausklingen lassen.

Tadic hatte wegen der vielen Umleitungen fluchend letztlich einen Parkplatz in der Panikengasse gefunden und ging die paar Schritte zum gesuchten Objekt zu Fuß. Die Gegend hier war zwar ein wenig grüner als bei sich zu Hause im Zwanzigsten, aber auch nicht besser als diese. Er schaute zum Himmel, wo sich kaum ein Wölkchen blicken ließ und die Hitze der untergehenden Sonne von den Dächern reflektiert wurde. Er war froh, dass bald die Dämmerung einsetzen würde, denn dann würde man ihn im Halbdunkel nicht so bald bemerken, wenn er die Wohnung durchsuchte. Aber das war ihm egal, wer sollte sich um ihn kümmern? Denn die meisten Menschen würden sich am Heimweg vom Bad befinden oder sich bald in einen nahen Schanigarten begeben.

„Und was soll ich jetzt machen?“ Der Uniformierte schickte hilfesuchend einen Blick zu Krasberger.

„Na dann schieben Sie halt zurück, irgendwie muass ma doch in dieser blöden Gassen weiterkommen“, grantelte der

Abteilungsinspektor, dessen Idee es gewesen war, das Fahrverbotsschild zu ignorieren. Die Baugrube ließ sich nicht ignorieren. Der Polizist legte den Rückwärtsgang ein, doch Krasberger hielt ihn am Arm zurück. „Warten S', des Haus is eh gleich do, lassen S' mi aussteigen, ich geh zu Fuß. Sie brauchen ned auf mi zu warten, fahren S' amal zurück."

Der Uniformierte nickte und Krasberger stieg mit geducktem Kopf aus. Er übersetzte die nächste Quergasse und visierte das Haustor an der nächsten Ecke an. Im Erdgeschoß war ein Geschäftslokal. In der Auslage waren Nähmaschinen ausgestellt, so richtige Hightech-Geräte. Vielleicht sollte er Frau Krasberger so eine schenken. Früher hatte sie recht gerne genäht. Außerdem gibt es für eine Polizistenfrau immer etwas zu flicken. Er dachte an seine Uniform, die öfter in Mitleidenschaft gezogen wurde. Weniger bei aufreibenden Einsätzen, aber in den alten Wirtshäusern zog er sich an der Holztäfelung ganz gern einmal einen Faden. Das würde sie vielleicht von ihren Gartenplänen ablenken. Arthur, der kleine Hund, war ihr jetzt nicht mehr genug. Er blieb vor dem Eingang stehen, doch das Geschäft war um diese Zeit natürlich geschlossen. Er verweilte für einen Moment unter einem Baum, dessen belaubte Äste in der Sonne letzte Flecken auf der Fassade zeichneten. Irgendwoher trieb der Wind eine Duftwolke von Gebratenem herbei. Er blickte zum gegenüberliegenden Hausdach, das von hinten beschienen wirkte, als ob es einen Heiligenschein trüge. Er dachte sich, dass es gut wäre, dass die meisten Menschen schon zurück aus den Bädern und noch nicht ausgegangen waren, daher würde er bald jemanden finden, einen Nachbarn oder die Hausbesorgerin, den er über Tadic befragen konnte. Er läutete an der Gegensprechanlage und es dauerte tatsächlich nicht allzu lang, bis er eingelassen wurde.

Er war überrascht, wie ordentlich es im Stiegenhaus aussah. Er hatte sich das Innere ganz anders vorgestellt. Da er sich auf die Suche nach der richtigen Türnummer begeben musste, ließ er den Aufzug sein und erklomm die Treppe zu Fuß.

Martin schlich auf leisen Sohlen in den zweiten Stock, wo er bald das Siegel an der Eingangstür ausmachte. Er kratzte mit dem Nagel daran, um es vorsichtig zu lösen, doch es brach. Er blickte sich nach links und nach rechts um, doch am Gang war nichts und niemand. Ein Fernseher tönte über den Innenhof, die Nachrichten hatten begonnen. Er wuchtete sich gegen das Türblatt, das ihm keinen Widerstand entgegensetzte und stolperte in die Wohnung. Leise lehnte er die Tür wieder an. Er war in einem kleinen Vorraum gelandet, in dem die Küche und eine Dusche untergebracht waren. An der Wand stand eine Kommode. Im Waschbecken befand sich schmutziges Geschirr. Ein Teller, darauf ein Messer und ein Häferl, in dessen Boden Kaffeesatz eingetrocknet war. Das war wohl Nadars Henkersmahlzeit gewesen, bevor er in die Arbeit gegangen war. Es roch muffig, die Fenster waren geschlossen. An der Wand stand eine Kommode. Martin nahm die Abstellfläche in Augenschein. Eine Brotdose, in der sich ein folierter, verschimmelter Laib Brot befand. Er fand einen Zahlschein für die Miete und einen Strafzettel. Er betrachtete das Datum der Organverfügung. Er hatte ungefähr zwei Wochen vor seinem Tod falsch geparkt. Er öffnete die Türen. In der Kommode war nur ein wenig Geschirr. Ebenso im unteren Teil des Möbelstücks. Ein paar Töpfe und Kasserollen, die Pfanne hatte er hinten auf der Kochplatte gesehen. Martin blickte in die Töpfe, ob dort etwas versteckt war. Fehlanzeige. Er suchte nach einer Schatulle oder einer Kassette, die mit dem Schlüssel zu sperren war. Er ging in den nächsten Raum. Zwei Fenster gingen in Richtung Straße. Von draußen leuchtete das letzte Abendrot herein. Das war offenbar das Wohnzimmer. Es bot gerade Platz genug für einen Tisch, ein Sofa und einen

Wandverbau, auf dem ein Fernseher und ein Kassettenrekorder standen. Die meisten Regale waren leer. Es gab nur wenige Bücher, einige davon sogar auf Deutsch. Er nahm eins mit weißem Einband heraus und las den Titel. „Zores", so als ob er geahnt hätte, dass er welche bekommen würde. Er stieß gegen den Tisch, worauf die dort stehende Bierflasche umkippte. Er hechtete schnell hin, um die Glasflasche festzuhalten und das Klirren ein wenig zu dämpfen. Fehlte noch, dass sie am Boden lautstark zerschellte.

Er sah sich weiter um. Keine Bilder an den Wänden, kein Nippes, nirgendwo. Das Ganze wirkte unpersönlich. Er durchsuchte den Verbau, konnte jedoch nichts finden. Das war eine Geisterwohnung. Oder eher ein Hotelzimmer, wenn auch auf niedrigstem Standard. Er ging in den letzten Raum, ein kleines Kabinett, das nur ein winziges Fenster in den Hof hatte. Es lag im Halbdunkel, das Fenster war verhangen. Martin erkannte die Umrisse eines Betts, allerdings zu spät. Er war schon gegen das Eck des Bettgestells gerannt. Er unterdrückte einen Aufschrei und humpelte mit schmerzverzerrtem Gesicht zum Fenster, um den Stoff wegzuziehen. Erst jetzt nahm er den Schreibtisch samt Sessel und den Vorhang im hinteren Eck des Raums wahr. Über die Sessellehne war Gewand gehängt und auf dem Tisch stand ein übervoller Aschenbecher. Daher roch es im Zimmer so penetrant nach kaltem Rauch. Er beugte sich vor und riss die Schreibtischladen auf, fand darin aber nur Stifte, bekritzeltes Papier und einen Taschenkalender, den er einsteckte. Aber nichts, wo der Schlüssel passen konnte. Er zog den Vorhang zur Seite. Doch auch hier lag er daneben. Kein Schrank oder Safe oder so etwas in der Art. Das war sozusagen die Billigausführung einer begehbaren Garderobe, denn hinter dem Stoff hingen auf Nägeln nur zwei Jacken und ein Arbeitsmantel und auf einem Regal lag Unterwäsche, ebenso ein Hemd und noch eine Hose. Martin zuckte zusammen. Er lauschte angestrengt in die Stille. Er war sich sicher, dass er eben das Ächzen der Scharniere der Eingangstür vernommen hatte, doch wer sollte das sein, der Wohnungsinhaber lag gekühlt auf der Pathologie? Martin drückte sich gegen das nach Schweiß riechende Gewand und zog den Vorhang wieder vor. Er hörte das Quietschen der Dielen im Vorküchenduschzimmer.

Tadic registrierte mit Erstaunen, dass jemand anderer als die Polizei auch schon auf die Idee gekommen war, die Wohnung zu durchsuchen. Das Siegel war gebrochen und die Tür nur angelehnt. Er huschte wie eine Katze in die Wohnung und griff nach einem auf dem Kühlschrank liegenden Messer. Behutsam setzte er einen Fuß vor den anderen, konnte aber das Quietschen der ausgetretenen Dielen unter dem speckigen Linoleumboden nicht verhindern. Weil lange niemand gelüftet hatte, dampfte der Kunststoff in der Wärme unter seinen Füßen. Er steckte vorsichtig seinen Kopf in den nächsten Raum. Es war gut möglich, dass dieser Jemand noch in der Wohnung weilte. Vom Gang her näherten sich schwere Schritte, wie das Stampfen eines Elefanten. Tadic suchte Deckung im Eck hinter dem Wandverbau. Er zwängte seine Schultern zwischen das Möbelstück und die Wand. Er entdeckte die umgestürzte Bierflasche auf dem Tisch. Das war also das Klirren zuvor gewesen, kombinierte er.

Krasberger hatte gemerkt, dass er im falschen Haus gelandet war. Das Haus war zu sauber, da wohnten keine Gastarbeiter. Die Hausmeisterin war bald gefunden, beziehungsweise hatte die Hausmeisterin bald ihn gefunden. Was er da mache, wollte sie von ihm wissen, ihn trotz seiner Uniform abschätzig taxierend. Das sei ein anständiges Haus, darauf schaue sie schon, hier wohnten keine Personen, die mit der Polizei zu tun hätten. Behände hatte sie den fast zwei Meter großen Krasberger zum Ausgang gedrängt, wie ein Stück Unrat, das ihr jemand zu Fleiß in ihr picobello gepflegtes Stiegenhaus abgelegt hatte. Auf Krasbergers Frage nach Nadar, die er, schon wieder halb auf der Straße, noch schnell zugerufen hatte, schüttelte sie nur den Kopf.

Jetzt war er richtig, der Anruf in der Dienststelle hatte Klarheit gebracht. Er hatte den Einser vor der Hausnummer übersehen. Peinlich war es allemal gewesen, sich nach der richtigen Adresse erkundigen zu müssen. Im Geiste sah er das Einsatzkommando, das die Wohnung eines völlig Unbeteiligten stürmte. Sollte ja durchaus vorkommen, so etwas. So gesehen war er der resoluten Hausbesorgerin fast dankbar.

Die Eins vor der Hausnummer bedeutete in der Realität, zu der auch zählte, dass er den Kollegen mit der Funkstreife weggeschickt hatte, dass er jetzt fünfzig Häuser per pedes passieren musste, bis er an seinem Ziel angelangt war.

Beim Eingang lehnte er sich kurz an einen Baumstamm, um zu verschnaufen, der flotte Fußmarsch hatte ihn angestrengt. Ein harter Gegenstand bohrte sich in seinen Rücken. Ohne es zu bemerken hatte er sich gegen die Lenkstange eines Fahrrads gedrückt. Er rückte es wieder zurecht und wunderte sich darüber, dass es ohne Schloss hier abgestellt war. Es schien ganz neu und auch ziemlich teuer zu sein. Er spähte in die Straße. Vielleicht war der Besitzer ganz in der Nähe. Er könnte ihn warnen. Vor einem Diebstahl. Er verzog den Mundwinkel. Was ging ihn das eigentlich an? Den Schreibkram müsste ohnehin das zuständige Wachzimmer erledigen, eine Anzeige mehr, die in der Statistik nicht sonderlich auffiele. Er machte sich auf, die Wohnung zu suchen. Zum Glück war das Eingangstor nicht versperrt. Das würde ihm vielleicht die Begegnung mit der nächsten Hausmeisterin ersparen. Das heruntergekommene Haus entsprach schon eher seiner Vorstellung eines überwiegend von Ausländern bewohnten Quartiers.

Schnaufend kam er in den zweiten Stock. Das durfte er seiner Frau nicht erzählen. Die würde gleich wieder damit anfangen, wie gut ihm doch die körperliche Betätigung in der frischen Luft in einem Garten guttäte. Aber das war vorerst vom Tisch. Auch die Spintisiererei wegen dieser Ferienwohnung hatte er ihr ausgetrieben.

Seine Schritte hallten über den Gang. Über den Hof war der Fernseher eines schwerhörigen Nachbarn zu hören. Er konnte hinten schon die Wohnungstüre mit dem Siegel erkennen. Der Gruppeninspektor kniff die Augen zusammen. War die Tür nur angelehnt?

Martin hielt die Luft an. Jetzt war es in der Wohnung ruhig, dafür hörte er entfernte Schritte, die auf dem Gang hallten. Martin spannte jeden Muskel seines Körpers an. Er überlegte, was er alles angefasst, welche Spuren er damit hinterlassen hatte. Auf einmal hörte er eine dieser typischen, verblödeten Handymelodien, gefolgt von einem unwirschen „Ja?".

Krasberger nahm verärgert das Telefonat entgegen. Was konnte seine Frau um diese Uhrzeit wollen? Da war sie doch in ihrer Yogastunde.

„Ja?" Er stoppte seine Schritte und drückte das Telefon gegen sein Ohr. „Du, ich versteh dich ganz schlecht, der Empfang ... was hast du? Kannst du das wiederholen?" Er drehte sich zum Gangfenster hin, doch der Nachrichtensprecher übertönte das abgehackte Gekrächze im Hörer, so dass er nur einen Ausweg sah: „Du wenn's wirklich wichtig ist, wart einen Moment, ich muss kurz runter, vielleicht versteh ich dich auf der Straße besser."

Krasberger polterte die zwei Stockwerke hinunter. Im Freien war die Verbindung tatsächlich besser. „Sag das bitte noch einmal!" Jetzt hatte er zwar verstanden, was seine Frau gesagt hatte, er wollte es aber nicht glauben. „Du hast am Wochenende einen Termin mit einem Makler wegen dieser Wohnung ausgemacht?“ Am liebsten wäre er auf die Knie gesunken und hätte sich am Highway von einem Truck überrollen lassen. Doch die Hasnerstraße war nur ein geplanter Fahrradhighway, die Erfolgschance seines Suizidversuchs somit gering. Er schnaufte, „ich hab am Wochenende eh dienstfrei, dann werden wir uns halt die Wohnung da unten anschaun“, gab er klein bei.

Als er wieder in den Hauseingang trat, bemerkte er, dass plötzlich Leben in das bisher stille Gebäude gekommen war. Er vernahm Schritte, die über die Stiegen eilten.

Und da vorn verschwand jemand im Hof. Er setzte zum Ausfallschritt an. Krasberger sah von hinten ein wallendes Gewand, darunter Hosen und ein über den Kopf gezogenes Tuch. Farblich gar nicht abgestimmt, aber das fiel ihm als Mann ohnehin nicht auf, außerdem trugen diese Balkaneserinnen alle bunt zusammengewürfelte Fetzen. „Warten Sie“, kam es ihm verhalten über die Lippen und er brach seine gedanklich begonnene Verfolgung umgehend ab. Der klassische Rohrkrepierer als Resultat seines Zauderns. Doch dieses hatte einen guten Grund. Selbst wenn das die Hausmeisterin war, würde er sich wahrscheinlich nicht verständlich machen können. Eine sprachliche Barriere würde zwischen den beiden stehen, da war er sich sicher. Der eiserne Vorhang in seinem Hirn hielt ihn davon ab, der Frau nachzustellen.

Und die Schritte oben waren auch verstummt. Wahrscheinlich hatte ein Mieter es eilig gehabt, in seine Wohnung zu kommen, das Hauptabendprogramm würde bald beginnen. Mit schweren Schritten erklomm er abermals den zweiten Stock. Irgendwo brüllte tatsächlich ein Fernseher. Frau K dankte einer Joghurtmarke für gewonnene Pupsfreiheit.

Seine Schritte verlangsamten sich, je näher er seinem Ziel

kam. Er holte sein Telefon hervor und starrte auf die sperrangelweit offen stehende Wohnungstür.

Der mangelnde Telefonempfang zwang ihn abermals auf die Straße, wo er auf das Eintreffen von Vavra und seinem Team von der Spurensicherung wartete. Die Blätter auf den Bäumen raschelten, der Wind hatte aufgefrischt. Krasberger genoss das erquickende Kitzeln in seinem Gesicht. Hinter dem Wilhelminenberg türmten sich bedrohlich schwarze Wolken. Ein entferntes Grollen war gar nicht mehr so weit entfernt. Offenbar war auch der Radfahrer vor dem drohenden Unwetter geflüchtet. Oder jemand hatte die Gelegenheit genutzt und zugelangt. Der Baumstamm stand ihm jedenfalls uneingeschränkt zur Verfügung. Er rastete sich aus. Erste Tropfen platschten auf den Asphalt. Die trockene Straße sog sie auf wie Löschpapier verspritzte Tinte.

Martin hatte wie Tadic die Gelegenheit genutzt und war aus der Wohnung gestürmt. Beinah wären die beiden Männer zusammengekracht, als sie beide fast gleichzeitig auf den Gang gehetzt waren. Sie nahmen voneinander kaum Notiz, jeder hatte nur sein Ziel vor Augen: Tadic lief hinauf, Martin hinunter. Martin hatte sich an den Klamotten des Wohnungsbesitzers bedient, hatte sich einen bunten Mantel übergestülpt, war in eine weite Hose geschlüpft und hatte sich einen Schal um den Kopf gebunden, um sein Gesicht zu verbergen. Auf den Stiegen war er beinah dem Polizisten in die Arme gelaufen, daher machte er den Schwenk in Richtung Hof, wohin ihn Krasberger zum Glück nicht verfolgt hatte. Kaum war dieser nach dem Telefonat mit seiner Frau wieder ächzend die Stiegen hinaufgegangen, flitzte Martin aus dem Haus und schwang sich auf sein Rad. Drei Ecken weiter entsorgte er die seiner Fortbewegung hinderlichen Klamotten in einem Altkleidercontainer. Wo der andere aus der Wohnung abgeblieben war, wusste er nicht.

Tadic hatte den anderen nicht erkennen können. Zum Glück war der in die andere Richtung abgebogen, womöglich dem weiteren Mann, der die Wohnstatt aufsuchen wollte, in die Arme gelaufen. Ob die Polizei sich für die Wohnung interessierte? Das war anzunehmen.

Tadic war in den oberen Stock gelaufen. Er sah einen Dachvorsprung und eine geöffnete Luke, die in ein Hofgebäude führte. Von dort führte eine Feuerleiter in einen zweiten Hof, in dem einige teilweise zerlegte Autos abgestellt waren, es handelte sich um das Gelände einer Spenglerei und Lackiererei. Er kletterte über den Zaun und fand sich in einer weiteren Seitengasse der Thaliastraße, unweit seines eigenen Wagens. Die Blaulichter, die um die Ecke bogen, bestätigten seine Vermutung: Ja, die Polizei interessierte sich für die Wohnung und da waren jetzt seine Fingerabdrücke. Aber wahrscheinlich nicht nur seine.

Martin peitschte der Regen ins Gesicht. Wie Nadelstiche fühlten sich die dicken Tropfen auf seiner Haut an. Er fuhr an den vielen Lokalen am Gürtel vorbei, wo die Gäste ebenfalls fluchtartig ihre Tische im Freien verließen und ins Innere der Stadtbahnbögen drängten. Die Stadt hatte vor Jahren begonnen, die leeren Räume unter der alten Stadtbahnstraße zu beleben. Kulturinstitutionen wie das Chelsea, das für seine Livekonzerte bekannt war, lockten nun die Gäste an, wie viele andere Clubs auch. Eine Flaniermeile zwischen zwei mehrspurigen Fahrbahnen mit Autos vom Fließband am Fließband.

Martin überlegte, ob er ebenfalls ins Trockene sollte. Aber was sollte er wieder mit dem Fahrrad machen? In dieser Ecke wollte er es nicht länger herrenlos zurücklassen. Außerdem wollte er Meter machen, weg von Krasberger und seinen Mannen. Aber zum Glück wohnte Anja ganz in der Nähe. Er bog in die Josefstädter Straße ein und war nach wenigen Minuten beim Hamerlingplatz angelangt. Diese kurze Zeit hatte aber ausgereicht, dass er völlig durchnässt bei ihr ankam.

„Ja, wie siehst denn du aus?“, begrüßte ihn seine Schwester. Martin fragte nach Niklas und umriss in wenigen Sätzen, was passiert war. Anja holte ihm ein Handtuch aus dem Badezimmer.

„Komm rein, ich mach dir einen Tee, aber sei bitte leise, die Kinder schlafen schon.“ Sie führte Martin ins Wohnzimmer und brachte wenig später eine dampfende Kanne und schenkte Martin ein Häferl mit der wärmenden Flüssigkeit ein. Er beobachtete Felder, wie er verlegen um seine Frau scharwenzelte. Der Feigling hatte seiner Frau offenbar noch nichts gebeichtet.

„Also es würde mich nicht wundern, wenn Vukic jemand in die Wohnung von Nadar geschickt hat“, äußerte Martin seine Vermutung.

Felder nickte. Er sagte: „Vukic hat hier ganz in der Nähe auch eine Baustelle, gleich in der Kochgasse. Da wird ein Haus revitalisiert und aufgestockt. Rosicky hat das herausgefunden.“

„Das ist interessant. Glaubst, können wir den Paul jetzt noch anrufen?“

„Warum nicht? Ich probier's.“ Felder holte sein Handy und wählte Rosickys Nummer. Er blickte angestrengt ins Leere. Er drückte eine Taste und ließ das Telefon sinken. „Mobilbox. Wahrscheinlich hat er abgedreht. Na, einen freien Abend mit der Familie muss man ihm gönnen.“

Martin betrachtete Anja, die das Geschirr abservierte, und schickte Felder einen fragenden Blick, der schüttelte nur den Kopf. Nein, bitte nicht, entnahm er seinem Blick, die Zeit ist noch nicht reif dafür.

Martin konnte seinen Schwager immer noch nicht leiden, aber er wollte fair sein. Das war dessen Sache, also sollte dieser sie erledigen.

Martin erzählte, dass seiner Meinung nach in der Wohnung kein Behältnis oder Schloss vorhanden war, das zu dem Schlüssel passte. Er holte ihn aus seiner Hosentasche und legte ihn vor sich auf den Tisch.

„Ich glaube, dass ich vielleicht dieses Rätsel lösen kann", meldete sich Felder zu Wort und holte aus dem Vorzimmer einen Schlüsselbund.

„Du allein?", fragte Anja mit gerunzelter Stirn.

„Um ehrlich zu sein, haben wir das vor allem dem Raffi zu verdanken", stellte Felder diesen Einwand klar. „Der hat mir die Schlüssel gestibitzt und dauernd den einen da hingehalten." Er suchte einen Schlüssel auf dem Bund und hielt ihn Martin hin.

„Aber der sieht ja ..."

„Ja, der sieht genauso aus", bestätigte Felder. „Raffi hat dauernd ‚Baden gehen, baden gehen' gerufen. Da war mir klar, wo der Schlüssel passen könnte."

Martin hielt jetzt den ihm anvertrauten Schlüssel in die Luft. Genervt fragte er: „Und wo passt er jetzt?"

„Das ist der Schlüssel für unsere Kabine im Gänsehäufel."

„Und damit rückst du jetzt erst heraus?" Martin schüttelte den Kopf. „Ich mein, das gibt's nicht, da hättest nicht früher draufkommen können?" Er knallte mit der Hand auf den Tisch. „Du bist genauso beschränkt wie dein Sohn!"

„Markus, bitte." Anja blickte ihn streng an.

„Tschuldigung, aber is ja wahr", rechtfertigte sich Martin für seinen Gemütsausbruch. Er konnte sich wahrlich Angenehmeres vorstellen, als durchnässt bei seiner Schwester zu sitzen. Und die Episode mit der Wohnung und dem weiteren Eindringling dort, mit dem polternden Krasberger, der ihn fast noch am Weg zum Hof angehalten hätte, all das hätte er sich auch gern erspart. Hätte er sich auch ersparen können, wenn er diese Information früher gehabt hätte. Ihm war ganz schön mulmig zumute gewesen.

„Ich hab vor allem den Lärm gemeint, du weckst mir die Kinder auf", sagte Anja.

„Und was machen wir jetzt?", fragte Felder kleinlaut.

„Ich will nur heim. Heute können wir sowieso nicht ins Bad hinein. Außerdem bin ich mir sicher, dass die anderen, also Vukic und seine Mannen, keinen Tau haben, wo sie jetzt suchen sollen. Wahrscheinlich war das Vukics Schläger, der da plötzlich aufgetaucht ist. Die werden nochmals in die Wohnung wollen, da ist aber im Moment sicher die Polizei dran. Das verschafft uns Zeit. Ich mach mich demnächst auf ins Gänsehäufel."

„Und was kann ich tun?", erkundigte sich Felder nach seinem möglichen Beitrag.

Martin lehnte sich zurück, er hielt das Teehäferl in den Händen und starrte hinein, als ob er dort nach der Wahrheit suchte. Bedächtig stellte er es vor sich auf den Tisch. Er seufzte. „Du denkst am besten nach. Vielleicht fällt dir sonst noch was ein. Irgendwas, das Ordnung in die Sache bringt, ohne dass wir wieder tagelang einer falschen Fährte nachjagen. Und die Adresse von deinem Kollegen hätt' ich gern. Ich glaub, der kann uns in der Sache mit den Baufirmen weiterbringen."

Felder nickte.

„Wie kommst du denn jetzt heim?", fragte Anja.

„Ich kann dich bringen", bot Felder an.

„Das wäre nett, dann kann ich mein Fahrrad bei dir einladen und muss es morgen nicht holen." Zum ersten Mal an diesem Abend lächelte Martin.

Felder warf eine Jacke über und die Männer verließen die Wohnung. Der nasse Gehsteig glänzte im Schein der Straßenbeleuchtung.

Vor dem Haus parkte ein alter Sportwagen. Martin fiel er sofort auf. Im Fenster klebte ein Zettel. Ein Talbot-Matra Murena, in einem wunderbaren Moosgrün. Der nasse Lack spiegelte die Lichter der Umgebung wider. Ein Wagen aus seiner

Kindheit, mit der Besonderheit, dass drei Leute nebeneinander sitzen konnten. Er und sein Vater hatten sich im Scherz oft gewitzelt, dass sie beide und Anja auf Urlaub fahren konnten, ohne dass es Streit geben konnte, wer von den Kindern vorne sitzen durfte. Dieser Traum war aber geplatzt. Am Widerstand der Mutter, die keine Lust hatte, hinterdrein zu laufen. Ernsthaft hatte das auch keiner vorgehabt.

Auf der Straße gingen sie schweigend nebeneinander einher, Martin sein Fahrrad schiebend, Felder den Blick nach vorne gerichtet. Der Regen war in ein leichtes Nieseln übergegangen. Er hatte die abgestandene Stadtluft angenehm aufgefrischt. Es roch vom nahen Kinderspielplatz nach nassem Rindenmulch. Einige Autos fuhren vorbei, eine Fontäne über den Asphalt ziehend. Sie waren einige Minuten unterwegs, als Martin zu reden begann. „Du parkst aber auch nicht unbedingt in der Nähe“, stellte er fest.

„Das Parken im Achten ist schwierig. Kaum wird einer frei, kommt auch schon eine neue Baustelle und ein neues Halteverbot. Da, wo das nicht der Fall ist, wachsen im Sommer die Schanigärten wie die Schwammerl.“

„Und eine Garage?“

„Sehr teuer und alle ausgebucht.“

Martin nickte und verfiel wieder in ein Schweigen.

Nach einigen erfolglosen Versuchen, das Hinterrad auszubauen, hatten sie das Fahrrad, wie es war, in den Kofferraum gelegt und eine Decke darübergebreitet, damit der Deckel nicht den Lack abschlug. Die Fahrt über herrschte Stille, bis an der roten Ampel in Glanzing beide zugleich zu sprechen beginnen wollten: „Ich sollte ...“

„Du solltest ...“

Sie nickten einander zu. Martin brauchte nicht weiter zu erklären, dass Felders Geständnis dringend war, denn die Polizei würde sein Verhältnis zur Ehefrau des getöteten Bauleiters bald heraußen haben. Spätestens dann würde es auch Anja erfahren.

Martin kehrte müde heim. Er zog die nassen Kleidungsstücke aus und genoss eine heiße Dusche. Er war zu müde, um etwas zu essen. Außerdem hatte er nichts Vernünftiges zu Hause. Und um diese Zeit wollte er auch nicht mehr zu einem Heurigen gehen. Die meisten würden bei diesem Wetter ohnedies schon im Zusperren begriffen sein.

Felder hatte ihm die Telefonnummer von Rosicky aufgeschrieben. Die Adresse würde er ihm morgen besorgen. Martin hatte aber versprechen müssen, dass er nicht unangemeldet bei ihm hereinplatzte; Rosicky legte Wert auf Privatsphäre und schottete sich privat ein wenig ab. Kein Wunder, dass er bei seinem Beruf, der nicht immer angenehme Kundschaft mit sich brachte, die Familie heraushalten wollte.

So fiel Martin müde und hungrig ins Bett und bald darauf in einen tiefen Schlaf.

Boris Tadic war im Saloon eingekehrt. Nachdem es ihm gelungen war, Nadars Haus unbemerkt über das Werkstattareal zu verlassen, war er zu seinem Auto gegangen und hatte kurzerhand beschlossen, dem im Westernstil gehaltenen Lokal in der nahen Ottakringer Straße einen Besuch abzustatten. Er saß vor seinem dritten Red Bull mit Wodka. Elena hatte an diesem Abend leider nicht Dienst und die neue Serviererin, die mit ihren falschen Wimpern, dem ausgestopften Busen und dem in engen Hosen steckenden Stockerlpopo durchaus nach seinem Geschmack gewesen wäre, nahm von ihm kaum Notiz. Gelangweilt hatte sie sein Getränk hingestellt und hatte auf seine Frage nach ihrem Namen und wie lange sie schon hier arbeitete, nicht reagiert. Mit abgewandtem Blick hatte sie sich an ihm vorbeibewegt und einen der Tische hinter seinem Rücken abgeräumt. Aber sie war zu keinem der fast ausschließlich männlichen Gäste, die ihr ebenfalls zulächelten, freundlich. Noch war also nichts verloren. Er betrachtete sich selbst. Das Shirt war ihm beim Überklettern des Zauns eingerissen und an den Unterarmen hatte er einige Kratzer. Das war heute eben nicht sein Tag.

Sein Telefon ertönte. Es spielte das Lied vom Tod, also die Melodie aus dem Western. Tadic hatte diesen Klingelton einer ganz bestimmten Person zugeordnet. Er sah sich um. Der Anruf schien niemandes Interesse zu wecken. Er nahm das Gespräch entgegen, hielt dabei seine Hand über das Mikrofon, damit er nicht laut sprechen musste. Die Musik im Hintergrund übertönte ihn fast.

„Was ist mit der Bonygasse? Die sitzen schon länger im Dunkeln."

„Eben nicht!", herrschte ihn Vukic an. „Dejan ist am Heimweg dort vorbeigefahren. Das Haus ist beleuchtet wie im Advent. Was bringst du eigentlich zustande, du Trottel?"

Tadic biss die Zähne zusammen. Die Rüge prallte an ihm ab wie ein Squashball an der Courtwand, doch die Beschimpfung wurmte ihn. Er versprach, noch heute nach dem Rechten zu sehen und wieder für Finsternis zu sorgen.

„Nicht irgendwann heute, jetzt!", befahl ihm Vukic und legte auf.

„Kurac!", schimpfte Tadic, zahlte bei der Kellnerin und ging zum Auto. Zum Glück hatte Vukic nicht nach der Wohnung gefragt, ob er was gefunden hatte, das hätte noch gefehlt.

Er trommelte nervös gegen das Lenkrad. Vukic war ein Arschloch. Er hatte alles, wovon ein Mann nur träumen konnte. Geld, Macht, Einfluss, nicht zu vergessen eine bildhübsche Frau, ein großes Haus. Freu dich daran, dachte er, solange du dich noch freuen kannst. Vielleicht sollte er nicht auf eine vage Chance, ihn zu erpressen, hoffen. Ihn sobald wie möglich niederstrecken und ihn in einem Neubau verschwinden lassen.

Wer weiß, ob es in Nadars Wohnung überhaupt etwas zu finden gab, also etwas, mit dem er was gegen seinen Boss in der Hand hatte. Und wenn es etwas gegeben hatte, dann fand es sich jetzt vielleicht schon im Besitz des anderen, wer immer das gewesen sein mochte. Was konnte das nur sein? Und wer war dieser andere? Vielleicht hatte Nadar Helfer, die er für den Fall seines plötzlichen Ablebens instruiert hatte.

Tadic hatte die Strecke bis nach Meidling schnell hinter sich gebracht. Er erreichte das Haus und stellte das Auto ab. Tatsächlich war in den Fenstern Licht. Auch am Gang brannten die losen, von der Decke hängenden Glühbirnen. Er stürzte sofort in Richtung Kellerabgang. Jemand hatte sein Schloss aufgezwickt, die Türe war nur angelehnt. Wutentbrannt stapfte er, umgeben von Modergeruch, die Stiegen hinunter zum Schaltkasten. Dort hatte jemand die Drähte behelfsmäßig zusammengeflickt. Er suchte einen nicht leitenden Gegenstand. Er fand am Boden eine abgebrochene Holzlatte, mit der er an den Drähten riss. Unter Zischen und blauen Funken, die ihm entgegenflogen, fiel der Strom in dem Abbruchhaus erneut aus. Er duckte sich schnell weg. Dann stand er selbst im Dunkeln. Die Taschenlampe hatte er blöderweise im Auto vergessen, wie er jetzt erst bemerkte. Er holte sein Mobiltelefon hervor und knipste das Licht an. Ein schwacher Strahl leuchtete die Umgebung ein wenig aus, ausreichend genug, um den Weg hinaus zu finden.

Plötzlich wurde ihm ins Gesicht geleuchtet.

„Was machen Sie da?“

Tadic überlegte nicht lange, sondern machte mit gestrecktem Bein einen Satz nach vor und traf den Mann mitten im Gesicht. Der dumpfe Aufprall von dessen Kopf gegen die rohe Ziegelwand erfüllte den Kellergang, dann war nur mehr ein leises Schleifen des Gewands an der Mauser zu hören: Der Körper rutschte langsam zu Boden.

Tadic war nur seinem Instinkt gefolgt. Wie ein jagendes Tier, das zuschnappte, wenn es Beute witterte. Erst jetzt kam ihm ins Bewusstsein, wie er angesprochen worden war. In welcher Sprache. Er beugte sich zu dem Mann hinab, griff behutsam nach dessen Kopf, aus dem warm das Blut auf den Boden tropfte. Er atmete ruhig und gleichmäßig. Wahrscheinlich war er nur ohnmächtig und würde das Ganze mit einer Platzwunde und Kopfschmerzen überleben. Musste er in diesem verdammten Haus, in dem sonst nur Scheißtürken und Scheißalbaner lebten, auf den einzigen Scheißserben treffen?
Er ließ den Mann liegen und taumelte ein wenig benommen ins Freie. Überall wurden Türen aufgerissen, Stimmen hallten über den Gang. Verwirrung machte sich breit. Tadic entschied, dass es für heute reichte. Er eilte zu seinem Wagen.

Drinnen atmete er tief durch, dann ließ er erschöpft den Kopf gegen das Lenkrad fallen. Er startete den Motor und öffnete das Fenster. Es war fast zehn Uhr und er war ausgelaugt. Da half auch kein Energydrink mehr. Sogar die Lust auf den Mord an seinem Capo war ihm vergangen. Soweit hatte ihn der alte Schinder also bereits gebracht, jetzt wollte er ihn nicht einmal mehr umbringen. Er fuhr los und blinzelte nach dem Handy am Beifahrersitz. Heute nicht mehr, aber bald. Er malte es sich in Gedanken aus.

Ein Anruf nur, ein kurzer, ein unvorhergesehenes Treffen, irgendwo, wo er ihn gleich zur Seite räumen konnte. Aber keiner durfte davon wissen, eine Verabredung ohne Zeugen; er musste auf eine Gelegenheit waren, auf eine passende.

Donnerstag, 30. August

Wenig nach Mitternacht.

Martin drehte sich zur Seite, zog die Decke hoch.

Was war das? Wo kam dieses Klingeln her?

Er suchte nach einer Uhrzeit. Das Klingeln wurde fordernder.

Er richtete sich im Bett auf und fragte sich, wer so frech sein konnte, ihn mitten in der Nacht aus dem Schlaf zu läuten. Er fuhr sich mit der Hand über das verschlafene Gesicht. Er schlug die Decke zur Seite und schob vorsichtig das eine Bein auf den Boden. Sein Herz klopfte. Bitte jetzt nicht wieder so eine Tortur, flehte er innerlich.

Aber das war nur die Aufregung über seinen gestörten Schlaf. Abermals eine Klingeltirade.

Es reichte. Wenn nicht wieder irgendwo ein Heuriger abbrannte und der Störer nur darauf bedacht war, Martins Leben zu retten, würde der sich ganz schön was anhören können.

Er schlurfte zum Eingang und riss die Tür auf.

„Du?"

„Sie hat mich rausgeschmissen."

Felder hatte etwas von einem geprügelten Hund an sich, wie er so dastand.

Angesichts der nächtlichen Stunde, die ein solches Gespräch in der Nachbarschaft verbreitete wie eine übergroße Schlagzeile einer Gratiszeitung, sagte Martin etwas, von dem er noch vor einer Woche niemals gedacht hätte, es jemals zu Felder zu sagen: „Na gut, komm herein."

Felder trug eine Reisetasche bei sich, die er auf den Boden stellte. Martin fröstelte, denn die Luft, die sein Schwager hereinbrachte, war kühl und Martin trug nur Shorts und ein T-Shirt.

„Ich zieh mir nur etwas über, geh einmal hinauf." Felder war ein Idiot und er selbst war auch nicht besser. Wie hatten sie nur annehmen können, Anja würde nach Felders Geständnis zur Tagesordnung übergehen.

Martin hatte einen Bademantel übergezogen, als er sich im Wohnbereich zu Felder gesellte. An Schlaf war im Moment nicht zu denken. Dabei hätte er Felder zu gern seinem Schicksal überlassen. Was ging ihn die Sache an, dass er seinen Schwanz nicht unter Kontrolle hatte? Felder hatte den Kopf gesenkt, blickte schamvoll zu Boden, wagte nicht, Martin in die Augen zu sehen.

„Damit war zu rechnen", stellte Martin trocken fest. „Möchtest du einen Tee?" Er stellte den Wasserkessel zu und holte zwei Tassen aus dem Schrank. Felder starrte ins Leere. „Nein, hast du vielleicht was Stärkeres?"

Na fein, jetzt will er auch noch seinen Kummer ersäufen, dachte Martin, der sich zur Bar aufmachte. Er griff nach einer Flasche, im letzten Moment hielt er jedoch inne. Das war der sechzehn Jahre in Eichenfässern gelagerte Whiskey, den er als Dank für einen gelösten Fall erhalten hatte. Der Bankdirektor war froh gewesen, dass er die Malversationen des Finanzmanagers hatte aufdecken können, ohne dass der Ruf der Bank Schaden genommen hatte. Er suchte den Kasten ab. „Viel hab ich nicht da, ich halte mich seit einigen Tagen zurück, das tut mir gut", log er und holte eine klare Flasche ohne Etikett hervor. Das musste die Flasche von Probst gewesen sein, der Selbstgebrannte, den er ihm vor über einem Jahr geschenkt hatte. Bevor er damals ...

„Ganz egal, Hauptsache es schwemmt die Sorgen weg." „Das ganz sicher", antwortete Martin mit einem Lächeln auf den Lippen. Er nahm den Teekessel wieder von der Platte.

Martin schenkte zwei Gläser Schnaps ein. Felder wollte mit ihm anstoßen, doch Martin führte sein Glas sofort zum Mund.

Felder leerte das seine auch in einem Zug. Er holte tief Luft, der Schnaps kratzte in der Kehle. Mit belegter Stimme sagte er: „Die ist völlig ausgerastet, hat mir alles nachgeschmissen." Felder erzählte wie ein trotziges Kind, das sich ungerecht behandelt fühlt.

Martin grinste hämisch. Das war seine Schwester, impulsiv, eine echte Naturgewalt. Er dachte an die blauen Flecken, die er sich beim Rangeln mit ihr zugezogen hatte. Und daran, wie sie dabei auf Tuchfühlung gegangen waren.

„Was lachst du?", fragte Felder, während Martin aus der Flasche nachschenkte.

„Du bist ein Idiot!" Endlich war es heraußen. Das tat gut, jetzt durfte er Felder seine Meinung sagen. „Du wirst ja nicht ernsthaft geglaubt haben, du kannst Anja von deinem Techtelmechtel erzählen und sie nimmt das hin?"

„Nein, eh nicht." Martin glaubte, den kleinen Raffi vor sich zu haben, dem man soeben erklärte, dass er nicht traurig sein soll, weil er sein Lieblingsspielzeug kaputt gemacht hatte.

„Anja kann sehr aufbrausend sein, aber manchmal legt sich ihr Zorn mit der Zeit, du musst ihr jetzt ein wenig Abstand gönnen."

„Nein! Ich muss ihr morgen alles erklären, muss sie um Verzeihung bitten. Ich werde ..." Felder verbarg sein Gesicht in seinen Händen, es wirkte, als ob er jeden Moment losschluchzen würde. Martin war auf den Schnaps schwindelig. Und die Müdigkeit war wieder voll da. Er lehnte sich zurück und schloss die Augen, doch das verstärkte das Drehen. Er erhob sich und holte sich ein Glas Wasser. „Was mich interessiert: Wieso die Frau vom Kramsl?"

Felders Gesicht tauchte hinter seinen Fingern hervor. Seine Augen waren gerötet. Entweder der Alkohol oder er hatte doch geheult. „Ich kannte Margerita von früher, das war ein Zufall."

„Also war es ein einmaliger Ausrutscher."

„Ach woher", widerlegte Felder Martins These beinah mit Stolz. „Sowie ich festgestellt hab, dass ihr Mann als Bauleiter arbeitet, war die Sache ja ganz einfach. Ich hab nur schauen müssen, wo der gerade im Einsatz ist und hab schon genau gewusst, wie lang er weg sein wird." Felder grinste, als ob er eben eine logistische Meisterleistung beschrieben hätte. Martin fühlte Zorn in sich aufsteigen. „Und das hast du schon öfter gemacht? Also auch mit anderen?", fragte er energisch.
Felder schüttelte den Kopf. „Weißt du, das war ..."

„Es interessiert mich doch nicht, mach dir das mit meiner Schwester aus", unterbrach ihn Martin.

„Nein, lass mich ausreden. Margerita war das Mädchen ..."

Felder legte nicht nur eine einzige Beichte ab, sondern erklärte auch, wie er zu seiner Vorstrafe gekommen war. Es war gut zwölf Jahre her, da hatte er mit Freunden ein Lokal besucht, eine Diskothek, die nicht im besten Ruf stand. Die Runde war gut drauf und man feierte den Geburtstag eines Freundes. Dieser Freund war damals mit besagter Margerita zusammen.

Irgendwann zu fortgeschrittener Stunde war dieser Freund schon ziemlich besoffen. Und weil er so betrunken war, bekam er auch nichts davon mit, wie drei Burschen seine Freundin belästigten. Jedenfalls wehrte sich Margerita gegen die Zudringlichkeiten des einen Burschen, während ihr Freund in einer Ecke vor sich hindämmerte und nur einmal aufstand, nicht um seine Partnerin aus den Fängen des Wüstlings zu retten, sondern um das Klo aufzusuchen, wo er sich übergab. Felder war als Fahrer der Clique noch halbwegs nüchtern und schritt ein. Stellte den Flegel zur Rede. Sofort kamen diesem seine zwei Kumpane zur Hilfe, und es begann mit einem noch harmlosen Geschubse. Nur einmal hin und her. Wortwechsel, dann wieder ein Stoßen. Doch plötzlich zog einer der drei ein Messer.

„Du musst wissen, früher hab ich regelmäßig Body-Building gemacht, da war ich ganz gut trainiert."

Martin musterte die eher schmächtige Gestalt auf seinem Sofa.

„Und im Studio haben sie auch Kickboxen angeboten. Das hat mich interessiert und ich war eigentlich ganz talentiert."

Martin konnte sich den Rest der Geschichte zusammenreimen: „Und du hast die drei zerlegt."

„Ja, so könnte man sagen, die waren schnell außer Gefecht. Aber als die am Boden gelegen sind, da erst sind die Arschlöcher von der Security aufgetaucht und haben mich festgehalten, bis die Polizei gekommen ist."

„Aber das war doch Notwehr." Martin überlegte, ob das nicht doch anders hieß, wenn man jemandem zu Hilfe kam. Sein Onkel würde das sicher wissen.

„Ja, das hat der eine Polizist zuerst auch gesagt, aber die üblen Burschen waren leider Stammgäste und aus gutem Haus, du weißt schon, der eine Vater Rechtsanwalt, der andere Arzt. Die haben eine ganz andere Geschichte aufgetischt, am Schluss war ich der Gewalttäter, da hat der Herr Papa Anwalt schon dafür gesorgt."

„Aber das Messer?"

„Willst du jetzt die Gerichtsverhandlung auch noch mit mir durchkauen?", fragte Felder genervt. „Das war weg. Vielleicht haben es die Sicherheitsleute verschwinden lassen oder es ist erst nachher aus den Polizeiakten verschwunden. Wurscht, verstehst?"

Martin dachte daran, dass dies ein Fall für ihn gewesen wäre. Den Filz in der Justiz aufzudecken, aber dafür war es wohl zu spät. Er blinzelte. Der Schlaf schien nach ihm zu greifen. Er gähnte. Demonstrativ laut. Eine unzweideutige Geste, dass er zu Bett wollte. Mittlerweile war es halb zwei und Felder hatte während der Schilderung beinah die halbe Flasche ausgetrunken. Er hatte es sich schon am Sofa bequem gemacht. Martin streckte sich und gähnte nochmals. Wollte Felder ihn nicht verstehen?

Dieser schwelgte jedoch weiter in seinen Erinnerungen. „Margerita ist so sanft, weißt du, mit ihr hatte ich so unschuldigen Blümchensex, mit ganz viel Kuscheln. Anja ist da vielmehr eine Naturgewalt, beim Sex ist sie kaum zu bändigen, wie eine Wildkatze, so mit allem, was dazu gehört. Ich weiß nicht, ob du mich verstehen kannst."

Oja, ich kann dich nur zu gut verstehen, ich kann mir vorstellen, wovon du sprichst, dachte Martin, konnte ihm aber nur schwer recht geben. Stattdessen antwortete er: „Ich hab leider keine Ahnung, was du meinst, und ich glaube, mich interessiert dein Sexualleben nicht im Detail. Ich denke, es ist besser, du gehst."

„Kann ich heute Nacht bei dir schlafen? Ich wüsste nicht, wo ich hinkann." Felder rollte unschuldig die geröteten Augen. Fahrtüchtig war er sicher nicht mehr.

„Es gibt Hotels, gleich unten an der Hauptstraße ist eins, die haben, soviel ich weiß, die ganze Nacht die Portierloge besetzt."

„Bitte, ich falle dir auch nicht zur Last." Felder schielte zur halb offenen Tür, die in Martins Arbeitszimmer führte. Im Halbdunkel war der Fußteil eines Bettgestells zu erkennen. Martin hatte den Raum auch als Gästezimmer eingerichtet. Er blickte nochmals auf die Uhr. Es war bereits knapp vor zwei. Wenn sein besoffener Schwager unangenehm auffiel, konnte das in diesem kleinen Grätzel auf ihn zurückfallen. Zum Beispiel, wenn er den Nachtportier volllaberte, davon erzählte, dass er von seinem Schwager, dem Neufrieder Detektiv, zuerst abgefüllt und dann auf die Straße geworfen worden war. Aber wie kam Martin dazu, das ... Stopp, es reichte ihm. Das war keine Zeit für tiefgreifende Erwägungen, für ein Abwägen des

Für und Wider, das Taxieren von Argumenten, rein rational oder auch emotional gefärbt – egal, er wollte jetzt endlich schlafen.

„Von mir aus, das Bett ist frisch bezogen, aber wehe, ich höre dich morgen vor zehn."

Felder bedankte sich überschwänglich für seine, wie er es nannte, Lebensrettung, nahm die Flasche und wankte hinüber in den Nebenraum. Martin trottete vom Schlafmangel und vom Alkohol benommen die Stufen hinab und überließ Felder seinem Schicksal, das in diesem Moment auf einen satten Rausch reduziert war. Wieder einmal hatte es jemand geschafft, sich die Sorgen mit einer unbescheidenen Menge an Schnaps aus dem Hirn zu trinken. Aber auf diesen kurzfristigen Betrug würde ein längerer Katzenjammer folgen.

Vukic genoss die ersten Sonnenstrahlen auf seiner Terrasse, die ihm den Blick auf die Stadt zu Füßen legte. Ksenia, seine Ehefrau, hatte das Tablett mit seinem Frühstück wohlweislich nebst Morgenzeitung, der letzten Ausgabe der serbischen Blic, auf dem Tisch im Freien abgestellt. Er hob den Deckel vom Teller und stellte zufrieden fest, dass die Eierspeise noch warm war und nach dem darüber gestreuten Schnittlauch duftete, der aus dem eigenen Garten kam.

Er schlug die Zeitung auf und trank einen Schluck Kaffee. Auf einmal spürte er ein Kitzeln an seiner Wade und er hörte Pferdegetrappel, das von einem Kindermund imitiert wurde.

„Guten Morgen, meine Blume", sagte er zu Milica, seiner Tochter. Die langen, blonden Locken leuchteten in der Morgensonne. „Hast du gut geschlafen?", fragte er.

Das Mädchen kletterte an seinem Bein hoch und hielt das Puppenpferd an Vukics Teller. „Filippo hat auch Hunger, mjam, mjam." Sie tunkte die Schnauze des Spielzeugtiers ein paar Mal in die gestockten Eier.

„Milica, lass deinen Papa in Ruh. Geh hinein, wir fahren ins Bad." Ksenia trat ins Freie. Sie stellte Vukic einen Korb mit frischem Gebäck auf den Tisch und sich an die Balustrade, wo sie sich eine Zigarette anzündete. Ihr langes, glattes Haar war so schwarz wie das von Schneewittchen.

„Du rauchst zu viel."

Sie zuckte nur mit den Schultern und schnippte die Zigarette in den Garten. „Dejan hat angerufen, er wird bald da sein. Wir werden den ganzen Tag bleiben, du kannst am Abend Milica ins Bett bringen. Natürlich nur, wenn deine Geschäfte es erlauben." Sie sprach mit einer Miene, die dem Schwarz ihrer Haare um nichts nachstand.

„Ich schicke euch Dejan nach."

Ksenia nickte nur stumm und verschwand im Haus. Vukic blieb alleine zurück. Er brach ein Eck von der Semmel ab und tunkte es in die Eierspeise.

Ksenia machte schon lange kein Hehl daraus, dass sie unglücklich war, und er keines daraus, dass ihm das egal war. Er wusste, dass sie ihre Musik vermisste und ihre Freiheit. Sie war sein kleiner Singvogel. Ein Vogel, mit dem man sich schmückte wie mit einer Trophäe. Ein Vogel in einem goldenen Käfig. Würde er sie wirklich lieben, würde er sie gehen lassen, aber man lässt einen Vogel nicht aus seinem Käfig frei. Er weiß mit dieser Freiheit nichts anzufangen, verfliegt sich und verhungert am Schluss. Wichtig war für ihn nur, dass sie ihm ein Kind geschenkt hatte. Zwar nur eine Tochter, aber hier in Österreich war das kein Problem. Sie war klug. Diese Klugheit hatte sie von ihrer Mutter. Er konnte die Käfigtüre offen lassen und am Ende flog sie doch zurück hinein.

Er schenkte sich Kaffee nach und rückte ein wenig in den Schatten des Sonnenschirms. Er würde Milica studieren lassen und bald schon könnte sie seine Firmen übernehmen. Bis sie soweit war, musste er Vertrauensleute heranbilden, Personen, die ihm und seiner Familie gegenüber loyal waren. Außerdem müsste er sein Geld bald in andere Projekte investieren. Seine Tochter sollte ihr Geld mit seriösen Geschäften machen. Wenn es an der Zeit war, würde er die bisherigen Unternehmen abstoßen oder den Bach runtergehen lassen. Dafür brauchte er Tadic. Der war das Bauernopfer. Das war seine Rolle, die Aufgabe, die er ihm vorherbestimmt hatte. Aber dazu musste er die Zügel straffer ziehen. Er blickte lächelnd auf das Spielzeugpferd, das seine Tochter am Tisch stehen hatte lassen.

Es läutete an der Tür, Dejan war wohl gekommen. Auf ihn war Verlass.

Er führte in ins Haus und lud ihn ein, auf der Terrasse noch einen Kaffee mit ihm zu trinken. Sie besprachen einige Dinge, die Deponie betreffend. Dann hieß er ihn, zu warten, bis er angekleidet war. Er sollte ihn zu einem Treffen mit Doktor Lichtenfels fahren und dann im Bad die gierigen Blicke der Männer von Ksenia abwehren. „Und nimm der Kleinen das Pferd mit, die ist sonst traurig."

Krasberger saß in seinem Zimmer. Das mit der Wohnungsbesichtigung in Mörbisch trug auch nicht zu seiner Stimmungslage bei. Er musste sich bis morgen Argumente, die gegen eine solche Ferienwohnung sprachen, einfallen lassen. Bis jetzt war ihm noch keines eingefallen. Also eingefallen waren ihm hunderte. Jedoch nur solche, die ihn betrafen, keines würde seine Frau gelten lassen. Er versuchte sich abzulenken. Mit Arbeit etwa.

Er überblätterte nochmals den Obduktionsbericht im Fall Kramsl. Dabei klang noch die Stimme von Grasmugg in seinen Ohren: Kümmern Sie sich endlich um Ihren toten Bauleiter, den Mann hat's ja förmlich zerrissen in seinem Job. Er hörte das von Häme triefende Lachen des feisten Kollegen, der über seine eigenen Witze am lautesten lachte. Und natürlich auf

Krasbergers Kosten. Und lassen Sie mir meinen Jugo, weil der Fall ist so gut wie geklärt!

Doktor Schinagl hatte festgestellt, dass der Tod durch ein Barbiturat herbeigeführt worden war. Pentobarbital musste dem Mann eingeflößt worden sein. Dieses, ursprünglich als Schlafmittel konzipiert, lähmt in hoher Dosis die Atemmuskulatur, wodurch der Tod schnell durch Einschlafen und anschließendes Ersticken eintritt. Dieses Präparat wird heutzutage primär in der Veterinärmedizin für das Einschläfern von Tieren verwendet. Die Wirkung ist jedoch zuverlässig, weswegen auch Sterbehilfeorganisationen darauf zurückgreifen.

Krasberger kratzte sich am Hinterkopf und langte nach seinem Kaffeehäferl. Leer, und die Filtermaschine stand unten im Wachzimmer.

Berg steckte ihren Kopf ins Zimmer und klopfte gegen den Türstock. „Darf ich?", fragte sie lächelnd.

„Natürlich, was führt Sie zu mir?"

„Nachdem ich meinen Rundgang, eine Idee von Grasmugg übrigens, absolviert habe, wollte ich Sie fragen, ob ich etwas für Sie tun kann? Was lesen Sie da?"

„Den Obduktionsbericht. Setzen Sie sich!"
Krasberger berichtete über das Gift.

„Dann war Kramsl also schon tot, als er an den Kran gehängt wurde?"

„Mutmaßlich."

„Das ist komisch, oder?" Berg blies sich eine Haarsträhne aus dem Gesicht. „Ich meine, den Leichnam so bestialisch zu entstellen und vorher das Opfer möglichst sanft zum Tode zu befördern."

Krasberger nickte lächelnd. Mit diesen Worten hatte die junge Aspirantin den Mord schön umschrieben. Aber vielleicht dachte der Mörder wirklich so. Aber wozu dann wirklich noch die Aktion, den toten Körper zu zerteilen, so wie man einen Schädling zertritt und hofft, dass nicht viel zum Wegputzen übrig bleibt.

„Ich habe gehört, Grasmugg steht davor, den ersten Fall zu lösen?“

Krasbergers Lächeln verfiel ins Säuerliche. Natürlich hatte die ganze Inspektion davon Wind bekommen, Grasmugg hatte ja auch kein Hehl daraus gemacht, dass die Witwe Kramsl mittlerweile zugegeben hatte, ein Verhältnis mit Felder unterhalten zu haben.

„Felder wird wahrscheinlich soeben verhaftet. Er hat aber echt schlechte Karten, egal wos der ane Jugo für a Falott is.“

Berg erhob sich. „Haben Sie sonst noch was für mich?“

„Nein, das wär's.“ Bevor Berg aus dem Zimmer war, hielt er sie jedoch zurück. „Oder warten Sie!“ Er hielt sein Kaffeegefäß in die Luft. „Vielleicht, wenn Sie sich einen Kaffee holen taten, wären Sie so ...?“ Er hob flehentlich seine Augenbrauen.

Wenig später hatte er das vitalisierende Gebräu vor sich stehen. Er suchte im Internet nach besonderen Pflanzen oder Tieren aus der Region Neusiedlersee, die bei ihm vielleicht Allergien auslösen konnten. Doch nach mehr als fünf Jahrzehnten auf diesem Planeten hatte er bis dato niemals allergische Reaktionen gezeigt, außer auf die Wünsche seiner Frau, wenn es um ein Wochenenddomizil ging. Er blieb an der eingeblendeten Reklame hängen. Ein nagelneuer HD-Fernseher mit 3D-Darstellung, Dolby Surround und sprachgesteuerter Menüführung, und das für weniger als tausendfünfhundert Euro.

Sein Telefon am Schreibtisch klingelte. Schnell klappte er die Website zu, als hätte der Anrufer ihn beim Surfen ertappt. „Herr Doktor, was verschafft mir die Ehre?“ Es war Doktor Schinagl, der Pathologe, den er ohnehin vorgehabt hatte, anzurufen.

„Wenn Sie noch was wissen wollen, warum rufen S' mich dann nicht an? Ihre junge Kollegin ist zwar charmant, aber ich red doch lieber mit dem zuständigen Beamten, ned wahr?"

„Natürlich", beeilte sich Krasberger zu sagen, sozusagen als Bestätigung und auch als Entschuldigung für den Alleingang, den Berg offenbar gerade hingelegt hatte. Einerseits brav, weil es gab tatsächlich noch einige Fragen an den Pathologen, andererseits natürlich sehr unbotmäßig, weil ohne Auftrag.

„Was haben S' denn noch für Zweifel?"

„Kann man davon ausgehen, dass das Opfer nichts mehr gespürt hat?"

„Na, die ersten Schläg hat er schon noch mitbekommen, aber mit dem Gift war's dann schnell vorbei."

„Sehen Sie, und das geht mir nicht ein. Da bringt einer an andern, wegen was weiß ich was um, und inszeniert das wie einen Ritualmord, mit Ausbluten und so. Warum schaut er da davor, dass es, wie soll ich sagen, relativ schmerzfrei abgeht? Der hat anscheinend an furchtbaren Hass auf den Typen, aber warum kragelt er ihn dann ned ganz klassisch ab?"

„Vielleicht wollt er ein Exempel statuieren, so nach dem Motto, seht her, wie es euch ergehen kann."

„Glauben Sie, Herr Doktor, da steckt eine Botschaft dahinter?"

Der Mediziner seufzte, bevor er antwortete. „Das kann ich nicht beurteilen, dafür würden Sie einen Profiler benötigen."

Jetzt war es Krasberger, der Luft ausblies. „Geh, Herr Doktor, jetzt hören S' mir aber mit dem Schaß auf. Wir lösen unsere Fälle immer noch mit Menschenverstand, so ein neumodisches Zeug brauchen wir zwei alte Hasen doch nicht."

„Haben Sie eine Ahnung, womit ich mich den ganzen Tag herumschlagen darf? Meine Tests werden zwar immer genauer, aber auch immer komplexer. Brauchen tu ich sie nicht, um mir ein klares Bild zu machen. Nur wennst es nicht machst, kommt so ein gefinkelter Advokat daher und bringt ein Gegengutachten und klopft dich wegen ein paar Prozentpunkten Toleranz von dem einen zum anderen Verfahren auf. Mir brauchen Sie nicht erzählen, wie der gesunde Menschenverstand von der Bürokratie getreten wird."

„Ich will ja nur Ihre Meinung hören, so ganz außerhalb der Akten."

„Gut, aber ich bin kein Psychologe. Diese ganze Anordnung, der Kran als vorgeschobenes Mordwerkzeug, da ist mehr dahinter als der bloße Mord an einem Menschen. Es muss nicht einmal sein, dass der Täter konkret das Opfer töten wollte."

„Moment", fiel der Polizist dem Arzt ins Wort, „wie soll ich des verstehen? Der Täter hat dem Opfer das Mittel eingeflößt, er hat doch gewusst, was er macht?"

„Das schon, ich wollte damit zum Ausdruck bringen, dass der Täter kein persönliches Motiv gehabt haben muss, vielleicht hatte der Mord mit der Funktion des Getöteten zu tun."

„Sie meinen ein Anrainer, den der Lärm gestört hat?"

„Sie brauchen das nicht ins Lächerliche zu ziehen. Und vergessen Sie nicht, auf der Baustelle gab es zuvor schon ein Todesopfer."

„Gibt es da einen Zusammenhang?", fragte Krasberger in der Hoffnung Munition gegen Grasmuggs These, dass die beiden Fälle nichts miteinander zu tun hatten, zu erhalten.

„Kann ich nicht erkennen."

Krasberger nahm einen Schluck Kaffee. Schinagl nutzte die Pause, um zu fragen: „Sonst noch was?"

„Ja, ist dieses Parbibento ..."

„Pentobarbital."

„Ja, dieses Dings, ist das so einfach erhältlich?"

„Nein. Das bekommen Sie nur in Spitälern. Oder als Tierarzt."

„Und selbst herstellen, ginge das?" Krasberger dachte an die vielen Gifte, die man mit einiger Kenntnis in jedem Ziergarten fand.

„Nein, das ist ein rein chemischer Cocktail, da braucht's aber weit mehr als einen Chemiekasten. War's das jetzt, ich hab noch einen liegen."

„Geh, Herr Doktor, der lauft Ihnen schon ned weg. Aber na, oder warten S' eine Frage hätt i no. Gibt es irgendwas, das – aus medizinischer Sicht – gegen den Neusiedlersee spricht?"

„Aber sicher."

Krasbergers Gesichtszüge erhellten sich in der Hoffnung auf einen ärztlich approbierten Rat gegen das von Frau Krasberger angepeilte Domizil.

„Der Rotwein dort unten ist zu gut. Da saufen die Leute zu viel. Und das ist nie gesund, vor allem weil's dann mit dem Auto heimwollen." Er hustete ins Telefon, weil er sich beim Lachen verschluckt hatte. Mussten heute alle über ihre eigenen Witze lachen, fragte sich der Gruppeninspektor.

„Danke", antwortete Krasberger enttäuscht und legte auf.

Martin schoss in die Höhe. Die Sonne malte durch die zugeklappten Fensterläden einzelne Streifen auf Teppich, Bett und Kasten. Nein, diesmal keine Attacke, sein Puls war zwar beschleunigt, doch das war dem Umstand geschuldet, dass er abermals aus dem Schlaf gerissen worden war. Das Klingeln kam diesmal nicht von der Türe, sondern von seinem Telefon auf dem Nachtkästchen, und es war kein Klingeln, sondern eine polyphone Melodie, die vor sich hindudelte. Am Display das grinsende Gesicht von Onkel Alfred.

Martin rutschte auf der Matratze hinüber.

„Ja, was willst du so früh am Morgen?" Seine Stimme klang belegt.

„Wos haßt am Morgen? Es is glei elfe. Sag, bist du krank,

du klingst so heiser."

„Nein, ich bin grad aufgestanden."

„Also bist doch angeschlagen, oder nein, du bist spät ins Bett kommen, weil ... sag, hast goar am End, also is wer bei dir?"

Wieder das leidige Thema. Martin konnte es nicht mehr hören und er hatte noch weniger Lust es zu erörtern. „Nein, überhaupt nicht ..." Da fiel ihm ein, dass ja sein Schwager oben übernachten wollte. Hoffentlich war der schon weg. „Nein, es war niemand da", log er kurzerhand. Eine Notlüge durfte auf nüchternen Magen schon sein, außerdem hatte der Onkel ja vermutlich nach weiblichem Besuch gefragt, also war es eigentlich nur ganz wenig geflunkert.

„Es geht mi ja nix an, hast wahrscheinlich bis spät in die Nacht gearbeitet."

Aufgearbeitet hätte es besser getroffen, aber Martin nickte, weil es zumindest eine Halbwahrheit war. Das konnte Alfred zwar nicht sehen, er kannte aber die Pausen, die sein Neffen einlegte, wenn er Zustimmung signalisieren wollte.

„Aber das passt eh, des hat mit dein Fall zum tun. Hast du was vom Niklas gehört?"

„Nein!", kam es wie aus der Pistole geschossen. Zugleich merkte Martin, wie das Pendel von Halbwahrheit in Richtung Lüge ausschlug. „Warum?", setzte er scheinheilig nach.

„Weil er von der Polizei gesucht wird. Anscheinend ham die zwa gestern gstritten, also die Anja und er, und sie hot eam en Weisel gebn. Waßt du vielleicht, warum?"

„Warum sollte ich das wissen?", fragte Martin naiv. Lüge! Das Wort schoß wie ein Ping-Pong-Ball durch sein Hirn.

„I hab mir gedacht, weil ... aber du hast recht, wieso solltest du was wissen. Also, dann versorg i di mit die letest News." Und Alfred erzählte, was er gestern ohnedies bereits erfahren hatte, nochmals. Martin musste geduldig zuhören, sollte sein

Lügengebilde nicht wie ein Kartenhaus im Wind zusammenfallen.

„Und heute in der Früh san dann zwa Kieberer, so a Ausgfressener und a O'zwickter bei der Anja gstanden und wollten in Niklas mitnehma. Was sagst jetz dazu?"

Martin räusperte sich. „Nichts, nur dass das die ganze Geschichte noch verworrener macht."

Er öffnete das Fenster, um Luft und Licht herein zu lassen. Sofort musste er die Augen zusammenkneifen, weil es draußen so hell war. Zu hell für ihn. Aber nach dieser Nacht wäre ihm sogar das Nordlicht am äußersten Polarkreis zu hell gewesen.

„Und was hast du bislang in dera G'schicht rausgekriegt?"

„Na doch einiges. Wir haben mit Felders Kollegen die Firmen von dem einen Baumenschen durchleuchtet, da sind schon einige interessante Details zu Tage getreten."

„Und welche? Schön reden kannst bei deinen Klienten. Was hast für Fakten?"

Eigentlich noch keine, kam ihm in den Sinn, wenn er die kritische Frage seines Onkels abwog, aber das konnte er nicht sagen. Also blieb nur die Standardausflucht: „Dafür ist es noch zu früh, aber du wirst der Erste sein, der was erfährt."

„Also mit an Wort, ihr wisst's nix."

Auch das war wieder eine Diskussion, die Martin nicht führen wollte. Doch der Onkel ließ nicht locker: „Wos wüst von de Firmen, die ham den Jugo ned g'macht!"

„Aber das Motiv wird dort zu finden sein."

„Du muasst di umhörn", kam der nächste Rat, den Martin so willig aufnahm wie ein Sandkorn im Auge. „Wie löst du sonst deine Fälle?"

Das war eine gute Frage, die Martin erst nach einer Nachdenkpause beantworten konnte. „Na ich geh hin zu den Leuten, red mit ihnen, meistens kommt da was raus."

„Eben, du muasst ausse, mit die Leut redn, aber ned mit die Fiffis da in Döbling, du muasst am Bau gehen."

In Martin stieg so etwas wie Standesdünkel auf. Mit Bauarbeitern reden, noch dazu mit solchen, die kaum Deutsch konnten? Was sollte das bringen? Er wehrte ab: „Aber ich kann doch nicht einfach auf irgendwelche Baustellen gehen und dort herumfragen, ob wer den Nadar kennt."

„Na, eh ned, du muasst fragen, ob ihn wer kannte. Und des derfst ned machen, wenn die hackeln, weil dann wird kaner wos sagn. In denen ihrer Freizeit halt."

Martin kratzte sich am Kinn. Da war was dran. „Und wo finde ich die dann?"

„Na dafür hast den Kollegen vom Niklas, der kann des leicht aussefinden."

Das schien ihm tatsächlich eine Möglichkeit, Licht in das Balkandunkel zu bringen. Er sprang auf, bedankte sich für den Rat vom „Herrn Rat" und versprach sich zu melden, wenn er etwas von Niklas gehört hatte. In Windeseile schlüpfte er in seinen Anzug, machte sich im Bad frisch und ging hinauf, um die Espressomaschine anzuwerfen.

Im oberen Stock roch es nach abgestandener Luft und menschlichen Ausdünstungen. Niklas war offenbar noch nicht weg. Aus Martins Arbeitszimmer war hinter der geschlossenen Tür dumpfes Schnarchen zu vernehmen. Martin riss die Balkontüre auf, um zu lüften, dann wagte er sich in den zum Gästezimmer umfunktionierten Raum. Dort war der Vorhang zugezogen. Am Boden lag die leere Schnapsflasche und die volle grunzte auf der Couch vor sich hin. Felder lag verdreht wie Sid das Faultier auf einem Wust aus Pölstern und Decke, den Kopf nach hinten gestreckt. Er riss den Vorhang zur Seite und kickte die leere Glasflasche in ein Eck. Vom Klirren wurde Felder geweckt. Er blinzelte Martin an. „Gibt's schon Frühstück?", fragte er.

„Nein, es gibt Morgensport. Anziehen und abhauen, und zwar so schnell du kannst. Die Polizei sucht nach dir, wenn die dich bei mir finden, dann bin ich meine Lizenz los."

„Die Lizenz zum Töten?", bemühte Felder einen abgestandenen Witz. „Jedenfalls fühle ich mich so." Er setzte sich an den Rand und machte ein Gesicht, als hätte man ihm eben eins mit einem Holzscheit über den Schädel gezogen.

„Du kannst noch einen Kaffee trinken, der wird dich ein wenig aufrichten, aber dann schnell weg mit dir", sagte Martin und spannte draußen in der Wohnküche den mit frischem Espresso gefüllten Siebträger in die Maschine.

Wenig später saßen sie sich still am Küchentisch gegenüber.

„Glaubst du, dass mir Rosicky sagen kann, wo die Bauarbeiter in der Pause oder nach der Arbeit was trinken gehen?", brach Martin das Schweigen.

Felder nickte. „Soll ich ihn anrufen?"

„Nein, du solltest mit niemandem Kontakt haben. Du bringst uns nur in Teufels Küche. Ich ruf ihn selbst an."

Martin drängte Felder aus seiner Wohnung. Er wollte ihn nur so schnell wie möglich loswerden. Felder ließ sich schieben wie ein Stück Vieh, das man zur Schlachtbank führte. Martin dirigierte ihn zum Ausgang aus der Wohnanlage, Felders Tasche schabte über den Verputz. Wenn das nur Frau Pribil nicht sah. Sofort würde sie mit ihrer schrillen Stimme auf diese Devastierung des Allgemeineigentums hinweisen und Martin eine Entschuldigung abverlangen. Aber Martin hatte keine Lust, sich für Felder zu entschuldigen, er hatte nicht einmal große Lust, sich für ihn einzusetzen. Am wenigsten hatte er Lust, jetzt irgendwohin in die alten Arbeiterbezirke zu fahren und dort in windigen Kaffeehäusern nach Nadar oder Vukic zu fragen. Aber er hatte es seiner Schwester versprochen.

Er öffnete das Metallgitter und wies Felder den Weg. Der nickte Martin zu und verschwand in Richtung Straße. Als sie Schulter an Schulter waren, sagte Martin: „Das Beste wär, wenn du dich stellen würdest." Mit diesem Worten verwies er Felder von seinem Grund und Boden. Die Szene erschien wie aus einem Western, wenn ein Geächteter von der Gemeinschaft verstoßen wurde. Schlechtes Gewissen verspürte er deswegen dennoch nicht.

Der alte Opel quittierte seine Startversuche nur mit einem müden Quietschen, das mit einiger Fantasie auch als Gelächter ausgelegt werden konnte. Du alter Trottel, verhöhnte ihn der Wagen, hast du geglaubt, dass sich meine Batterie inzwischen erholt hat?

Am Telefon meinte die freundliche Frauenstimme, die sich bei der Notrufnummer des Automobilclubs gemeldet hatte, dass er ungefähr mit zwei Stunden Wartezeit rechnen müsse. Es sei Urlaubszeit.

Martin schlug zähneknirschend die Autotür zu und änderte seinen Plan. Schließlich hatte er Felder, der ihm sicher eine Mitfahrgelegenheit angeboten hätte, das schon, um nicht alleine zu sein, zuvor in die Wüste geschickt, nichts ahnend, dass er jetzt selbst gestrandet war. Also schlenderte er zur Busstation und begab sich öffentlich auf die Reise.

Unterwegs rief er Rosicky an, doch der war nicht erreichbar, zumindest hob er nicht ab. Der Bus verließ Neufried. Über Mittag, noch dazu in den Ferien, gab es wenige Fahrgäste, die Martins Schicksal teilten, nämlich in der Mittagshitze in dem sich durch die Krottenbachstraße quälenden Gefährt zu schwitzen. Martin legte sein Sakko auf den Schoß. Aus dem Fenster schielend, wie langsam doch Landschaft und Gebäude vorbeizogen, erspähte er nach Glanzing das Schild des Wachzimmers an der Ecke zur Börnergasse. Am Rückweg, so lautete sein Entschluss, würde er die Sache mit seinem Wagen endlich zur Anzeige bringen. Martin hatte sich lange dagegen gewehrt, die Tatsache zu akzeptieren, dass er einem Schwindler erlegen war, etwas, das nicht unbedingt die beste Werbung für seine Fähigkeiten als Detektiv darstellte.

Sein Telefon summte in der Innentasche. Rosicky rief zurück. Martin teilte ihm sein Begehren mit.

„Ja, du hast Glück", antwortete Rosicky. „Wir haben einige der Arbeiter vorgeladen und es sind auch einige brav gekommen und haben uns mitgeteilt, wie sie an die Firmen, die den neuen Hauptbahnhof bauen, vermittelt wurden. Die meisten sind über Kollegen gekommen. Dort um die Baustelle gibt es ein paar Kaffeehäuser, so Treffpunkte halt, wo sich arbeitswillige Leute regelmäßig einfinden und angeworben werden."

„Hast du auch die Namen dieser Lokale für mich?"

„Warte, ich muss nachsehen, einen Moment. Ja, da. Also ein Café Hollywood, ein Lokal namens Sandino und, wart, ich hab's gleich, ja, da steht's, Kaffeehaus Monopol."

„Und wo sind die genau?"

„Adressen hab ich keine, aber die sind alle irgendwo im Zehnten, gleich da, wo gebaut wird. Das Hollywood muss irgendwo bei der Triester Straße sein."

„Das klingt einleuchtend, danke."

Man musste kein Kontrollor einer öffentlichen Körperschaft sein, um zu wissen, dass der Arbeitsstrich auf der Triester Straße zu finden war. Martin war oft genug daran vorbeigefahren. Gleich am Anfang der breiten Ausfallstraße, dort wo ein großer Baustoffhändler situiert war, warteten die Männer, meist in der Früh mit Kleinbussen herangekarrt, dass sie jemand ansprach, und für die Aussicht auf ein wenig schwarzbezahlten Lohn kamen sie mit. In früheren Tagen der Stadt wartete oben die Spinnerin am Kreuz auf die Rückkehr ihres Mannes aus dem Krieg, heute warteten alle möglichen Nationalitäten auf eine Jobgelegenheit, um mit ein wenig Geld in der Tasche die Heimweise antreten zu können – vielleicht in den Krieg. Also führte Martin die weitere Reise nach Favoriten.

Dank der dem öffentlichen Verkehr geschuldeten Strapazen seiner Anreise – es hatte knapp dreißig Grad und er hatte eine alte U-Bahngarnitur ohne Klimatisierung erwischt, die auf der oberirdischen Trasse in der flirrenden Luft dunstete – sah Martins Gewandung nicht mehr so tipptopp wie bei seiner Abreise aus. Das Hemd war zum Teil aus der Hose gerutscht, das Leinen-Jackett knitterte vom Transport auf den Knien und auch das Hemd war durchnässt. Martin verfluchte Pete und seinen Autohändler und den für Verkehr zuständigen Stadtrat, der eine Stadträtin war. Und dennoch lagen Welten zwischen ihm in seinen zerknautschten Designerklamotten und der Klientel, die er nun aufsuchte, in ihrer Arbeitsmontur. Das fragliche Café war auf dem Areal einer Tankstelle untergebracht und diente vor allem Fernfahrern, die noch einen Kaffee für die nächsten tausend Kilometer tanken wollten, als Imbiss oder Toilette oder auch als Möglichkeit, sich frisch zu machen, je nachdem.

Martin bewegte sich an den Holztischen vor dem Eingang vorbei und zog schon hier einige neugierige Blicke auf sich. Er fragte sich, was die Anwesenden in ihm vermuteten. Wenn es so war, wie von Rosicky beschrieben, könnten sie ihn für einen Architekten oder für einen Baumeister halten, der Ausschau nach kräftigen Armen hielt. Aber Rosicky hatte ihn davor gewarnt, solcherart getarnt zu ermitteln. Diese Drehscheibe, die sich um den Menschennachschub gebildet hatte, war ein geschlossener Zirkel. Hier durfte keiner von außen herein. Die Arbeiter ließen sich nur über ihnen bekannte Mittelsmänner anwerben. Würde Martin daher in diesem fremden Revier fischen wollen, auch wenn er das nur zur Tarnung vorgäbe, er würde wie ein wildernder Hund bald zum Abschuss freigegeben werden, und das nicht nur im übertragenen Sinn.

Er betrat das Lokal, das von der großen hellgelben Resopalplatte im Schankbereich dominiert war. Dahinter ein Regal mit Chips, Zigaretten und Manner-Schnitten. In einer Vitrine warteten Wurstsemmeln auf ihre Erlösung, sogar die umher summenden Fliegen waren von dieser Endzeitstimmung infiziert und bewegten sich meditativ langsam über die gewölbten Gebäckshälften. Ein Kaffeeautomat brummte vor sich hin und in einer Kühlvitrine gab es temperierte Getränke, die über Selbstbedienung an die einzelnen Tische wanderten. Martin blickte durch den winzigen Raum, in dem die Rauchschwaden bis unter die Decke hingen. Er sah sich dunkelhäutigen Männern mit zerfurchten Gesichtern und Händen, fleischig und wuchtig wie eine Bulldozerschaufel, gegenüber, die ihn wiederum aus ihren schwarzen Augen musterten.

Martin sehnte sich nach seiner Klientel aus dem Cottage. Er suchte nach dem passenden Einstieg, der ungleich schwieriger erschien. Er ging zur Kühltruhe und holte sich eine Flasche Bier. Er legte drei Euro auf die Theke und ein Mann mit Schirmkappe, die das Logo der Treibstoffkette trug, öffnete ihm die Flasche beiläufig.

Er stellte sich an einen der Tische, auf dem die Konversation verebbt war, kaum, dass er eingetreten war. Er nahm einen Schluck und drehte sich zu dem Mann neben sich. Er sah sich einem gut einen Kopf größeren Menschen gegenüber. Er trug ein ärmelloses Shirt, die Unterarme waren schmutzig und die Schwielen an den Händen zeugten von schwerer Arbeit.

„Pause?", fragte der Detektiv.

Der Angesprochene hob eine buschige Augenbraue, mit einer Hand hielt er seine Bierflasche, mit der anderen kratzte er sich über den unrasierten Hals.

„Warum wollen Sie das wissen?"

Martin entging nicht, wie er mit den anderen Blicke austauschte.

„Ich will Sie nicht bei Ihrem Gespräch stören, aber ich suche jemanden." Er holte das aus der Zeitung geschnittene Passfoto von Nadar hervor und hielt es dem Mann unter die Nase.

Der blickte bewusst daran vorbei und Martin ins Gesicht. Martin streckte sich durch, wahrscheinlich aus einer unbewussten Hoffnung heraus, dass ihn das größer machte.

„Polizei war schon da, was Sie wollen von Mann? Inkassobüro?"

„Nein", Martin zwang sich zu einem Lächeln, „ich suche ihn, er ist ein Freund", log er.

„Sie hier haben keine Freunde, hier kann Ihnen niemand helfen." Der Arbeiter drehte sich von Martin weg und bildete mit seinem Rücken eine Phalanx, die es dem Detektiv unmöglich machte, an die anderen heranzukommen, außer er würde ihn zur Seite schieben. Doch dafür reichte sein Mut nicht beziehungsweise übertraf seine Intelligenz sein Draufgängertum. Er wusste, dass er hier nichts mehr erfahren würde und machte sich unverrichteter Dinge wieder aus dem Staub.

Im nächsten Lokal an einer Ecke zur Laxenburger Straße erging es ihm nicht anders. Prüfende Blicke, verschlossene Münder und drohende Körpergesten. Man wollte unter sich bleiben und nur ja keinen Schnüffler hereinlassen.

Martin versuchte sein Glück im Monopol. Das war ein Wettcafé, etabliert in einer kleinen Seitenstraße beim Columbusplatz. Hier war das Publikum um diese Uhrzeit eher rar. Ein paar Leute saßen an Automaten oder starrten auf eine Videowall, die die Sportergebnisse lieferte. Die Mienen wechselten zwischen Euphorie und Verzweiflung – je nachdem, ob das Resultat dem gesetzten Tipp entsprach oder nicht.

Martin suchte sich einen Tisch, zur Auswahl standen genug, und orderte über die leeren Plätze hinweg einen Kaffee an der Schank. Wieso er den Hinweis bekommen hatte, dieses Lokal aufzusuchen, war ihm schleierhaft. Hier war keiner, der auch nur annähernd so aussah, als hätte er mit dem Baugeschäft zu tun. Er wechselte die Strategie. Nur nichts überstürzen. Der Kellner servierte das bestellte Getränk und Martin fragte ihn nach einer Zeitung, worauf ihm dieser einen Stapel in der Ecke wies. Martin holte sich eines der Blätter zum Tisch und begann darin zu lesen. Manchmal musste man auch Sitzfleisch beweisen.

„Woin S' no was trinken?" Der Kellner war ein junger Bursch mit Koteletten und tätowierten Unterarmen. Er stand an Martins Tisch und deutete auf die mittlerweile leere Kaffeeschale.

„Ja, gern, noch einen, aber bringen Sie mir einen Slibowitz dazu." Das Lokal war klimatisiert, da konnte man seinen Kaffee schon mit einem Schuss Alkohol trinken.

„Groß?", der Kellner hob die Augenbraue.

„Ein kleiner reicht, danke."

Wenig später kehrte er zurück und schob Martin das Tablett mit seiner Bestellung hin. Martin ließ die Zeitung sinken. „Sagen Sie, verkehrt hier öfter auch ein Herr Vukic?"

Der Kellner taxierte Martin. „Und wer will das wissen?"

„Ein Freund, oder sagen wir ein Geschäftsfreund, das trifft es eher. Ich habe gehört, ich kann ihn hier finden." Wenn man schon nicht an die kleinen Fische rankommt, dachte Martin, dann fängt man vielleicht die großen.

„Es wird viel erzählt." Der Kellner schielte ständig nach einer Tür, die hinter einem kurzen Gang neben den Toiletten lag.

„Es wird auch erzählt, dass er öfter mal was setzt." Martin lehnte sich zurück. Er hatte sein Pokerface aufgesetzt, weil er ja auch nur pokerte. Mit einer spontanen Idee. Zum Beispiel, dass Vukic sein Geld nicht nur mit seinen Firmen machte. Vielleicht war er ein Spieler oder er war ein Kredithai, der sich um die verirrten Seelen der Spielsüchtigen kümmerte, die den nächsten Wettschein brauchten wie der Junkie seinen Stoff.

„Nein, der hat's nicht so mit die Sportwetten."

„Also ist er öfter hier Gast?"

„Des hab i ned g'sagt!", kam der Widerspruch wie ein Schutzschirm. „Sie müssen mi jetzt entschuldigen, ich hab zu tun." Der Kellner verschwand hinter der Theke und zündete sich eine Zigarette an. Sein Blick war nun am Bildschirm angeheftet. Martin überlegte, ob er mit seiner Unterstellung vielleicht getroffen hatte, wenn schon nicht das Bullauge, so wenigstens die Scheibe. Gar nicht schlecht mit verbundenen Augen, bemühte er in Gedanken einen Vergleich mit seiner Situation, denn im Dunkeln tappen war beinah noch ein Euphemismus.

„Sie suchen Vukic?" Martin drehte blitzschnell seinen Kopf in die Richtung, aus der die Frage gekommen war. Hinter seinem Rücken, zwei Tische weiter, saß ein altes Männlein mit weißen kurzen Haaren. Martin bedeutete diesem, sich zu ihm zu gesellen. Der Greis folgte seiner Einladung.

„Ich arbeiten für Vukic", sagte dieser, nachdem er sich gesetzt hatte.

Martin betrachtete die eingefallenen, von grauen Stoppeln bewachsenen Wangen und versuchte das Alter des Mannes zu schätzen.

„Ist aber schon Jahre her, da war gerade frisch in Esterreich, ich jetzt Pension." Damit hatte der Mann auch schon die Frage, die sich Martin aufgedrängt hatte, beantwortet.

„Wollen Sie etwas trinken?", fragte Martin.

Der Mann schielte auf Martins Schnapsstamperl, das dieser noch nicht angerührt hatte. Der Ermittler schob es ihm hin. Der Mann stürzte das Glas gierig hinunter. Dann folgte ein langgedehntes „Ahhhhhhh“ und der Senior lächelte Martin aus einem fast zahnlosen Mund an.

„Erzählen Sie, wie lange haben Sie für Vukic gearbeitet?“

„Nicht lang, war gierige Mensch.“

„Hat er Ihnen zu wenig bezahlt?“

„Nein, Geld war in Ordnung, aber Vukic ist Fuchs. Also listig wie Fuchs. Ist nie ehrlich, sagt nicht alles. Du arbeitst für ihm, arbeitst gut, aber weißt nicht, was hat vor in nächste Moment.“

„Haben Sie Kontakt zu ehemaligen Kollegen gehabt?“

„Ja, mal die, mal die, man sieht sich. Vukic hat oft gestritten mit Leute von Baufirmen, einmal ich hab gehört, wie hat Bauleiter bedroht, weil wollte ihm wegnehmen Auftrag, weil hat gedauert ihm zu lange.“

„Er hat den Mann bedroht?“ Martin malte sich eine Auseinandersetzung zwischen Vukic und Kramsl aus, die für letzteren tödlich ausgegangen war.

Der Alte beugte sich zu Martin vor. „Wie ist gekommen her, hat oft machen müssen Drohung, um überhaupt Auftrag zu bekommen.“

Martin kratzte sich an der Wange. Das war für ihn eine neue Erkenntnis. Er hatte nach Felders und Rosickys Einschulung in dieses Metier geglaubt, die Bauleiter waren diejenigen, die einen unmenschlichen Druck aufbauten. Zeit- und Arbeitsdruck. Dabei schien es jetzt so, dass sie selbst genötigt wurden, manche Leute am Kuchen mitnaschen zu lassen.

Martin wollte seine Glückssträhne auskosten. Er zog das Zeitungsfoto von Nadar hervor.

„Jebemti!“, entfuhr es dem Mann. „Das ist Zorro!“

Martin runzelte die Stirn. Vielleicht hätte er dem Mann besser doch keinen Alkohol zu trinken geben sollen.

Der Alte lächelte und hielt das Schnapsglas in die Höh. Martin suchte nach dem Kellner, doch der starrte noch immer auf den Fernseher. Martin rief nach ihm und deutete auf das Glas. Widerwillig schlurfte der Tätowierte heran und schenkte nach. Er zischte ein paar Worte in einer Martin fremden Sprache zum Alten hin. Martin musste kein Serbisch verstehen, um deuten zu können, was er ihm wohl gesagt hatte.

„Der Mato sollt kan Alkohol trinken, weil dann redt er nur dummes Zeug", erläuterte der Kellner. „Dummes Zeug, das ihm ned guat tuat." Er gab dem Alten eine Kopfnuss, ehe er abzog. Doch der Alte grinste nur und griff nach dem Glas, das er abermals in einem Zug leerte. Zufrieden saß er da, während etwas Flüssigkeit aus seinem Mundwinkel rann. Der Mann schien tatsächlich nicht ganz dicht zu sein, meinte Martin, der eine gewisse Abscheu seinem Gesprächspartner gegenüber entwickelte, der nun zu summen begann.

„Heißt Zoran, aber Spitzname ist Zorro. War gute Gitarrist in meine Heimat, hat gespielt mit viele bekannte Leute und war sogar in Band von Ksenia." Er stimmte ein Lied an, dabei dehnte sich ein Speichelfaden zwischen Ober- und Unterlippe. „Die zwei sind schene Paar gewesen." Mit dem linken Arm stützte er eine imaginäre Gitarre, dann wippte er mit seinem Oberkörper wie zum Tanz. Ein entrücktes Lächeln trat in sein Gesicht.

„Erzählen Sie mir mehr, was hat Nadar mit Vukic zu tun?" Martin konnte seine Aufregung schwer bändigen. Er hatte endlich eine Verbindung zwischen Vukic und Nadar, auch wenn sie im Moment nur in dem alten, sonderlichen Mann bestand, der beide kannte. „Kannten Sie Nadar persönlich?", fragte er weiter, ohne die Antwort auf seine erste Frage abzuwarten. Doch der Alte summte selig vor sich hin und schwenkte seinen Kopf mit geschlossenen Augen im Takt. Martin wusste, dass er sobald aus seiner Welt nicht zurückkehren würde und ließ ihn allein am Tisch zurück. Er ging vor zur Theke und zahlte.

„Sie dürfen ned alles glauben, was der derzählt. Der is a bissl ...", der Kellner vollzog mit dem Zeigefinger kreisende Bewegungen auf Stirnhöhe.

Martin nickte und verließ das Lokal. Er hatte erfahren, was er hatte hören wollen. Und ihm wurde bewusst, dass er zu lange blind gewesen war. Die Verbindung zu Vukic war von Anfang an klar gewesen. Felder musste ihm zu nahe gekommen sein, war diesem gefährlich geworden. Und Nadar war vielleicht ein Bauernopfer gewesen, um Niklas auszuschalten. Aber wozu ein Bauernopfer? Er hätte doch auch Felder direkt ausschalten können. Aber womöglich wäre das zu augenscheinlich gewesen, hätte den Verdacht gegen Vukic nur erhärtet. Er stand vor dem Lokal da wie angenagelt und dachte nach. Langsam ließ er sich auf einen Sessel im leeren Schanigarten sinken. Die Autos brausten vorbei. Es stank nach den Abgasen.

Hängte man dem Kontrollor, der ihm auf den Fersen war, einen Mord an, dann war der außer Gefecht. Und wenn er dann Anschuldigungen gegen Vukic erheben sollte, war er unglaubwürdig. Und Kramsl hat wahrscheinlich ebenfalls seine Pläne durchkreuzt und wurde deswegen eliminiert. Als Warnung an mögliche andere Verräter wurde er grausam exekutiert. Martin war so tief in seinen Schlussfolgerungen versunken, dass er den Mann, der plötzlich vor ihm stand, nicht kommen gesehen hatte. Er war vielleicht Ende dreißig, von schlanker Statur und trug einen kleinen Oberlippenbart, seinem Teint nach zu urteilen war er kein Gastarbeiter, eher Inländer. Das Erste, das Martin an ihm bemerkte, waren seine Cowboystiefel, in denen die Jeans hineingesteckt waren. Er sprach Martin an, ohne sich vorzustellen.

„Ich habe gehört, Sie suchen nach Ratko Vukic?"

Martin hob den Kopf. „Wer will das wissen?"

Der Mann umfasste mit beiden Händen die Stuhllehne vor sich und beugte sich in breitbeiniger Haltung vor. „Sicher kein Freund von ihm", antwortete er mit überlegenem Grinsen, aber ich habe auch schon für ihn gearbeitet, vielleicht kommen wir beide ins Geschäft."

„Ich habe aber keine Arbeit für Sie." Martin hob die Schultern und breitete seine Arme aus.

„Aber Sie suchen Informationen und ich verkaufe welche." Der Mann blickte sich um und versicherte sich dabei, dass ihr Gespräch nicht zu viele neugierige Ohren fand. Aber sie waren allein und der Straßenlärm verschluckte einiges.

„Das ist natürlich etwas anderes. Aber ob ich kaufe, hängt davon ab, was Sie zu bieten haben."

„Ich war kurze Zeit sein Geschäftsführer. Sie müssen wissen, ich bin Baumeister und kann daher das Gewerbe vermitteln."

Martin wurde hellhörig. „Was wollen Sie dafür?"

„Fragen Sie besser, wie viel ich will."

Martin griff in seine Tasche und holte einen 50-Euro-Schein hervor. Der Bärtchenträger lächelte milde.

„Was ist das? Wollen Sie mich auf einen Kaffee einladen? Unter zweihundert geht gar nichts."

Martins Miene verfinsterte sich. „Ich weiß ja gar nicht, ob Sie mir was erzählen können, das ich nicht ohnedies schon weiß."

„Betrachten Sie es als Glücksspiel. Deswegen sind Sie ja hier. Vielleicht ist Ihnen Fortuna ja geneigt."

„Hundert, mehr nicht."

Der Mann deutete auf den Fünfziger. „Wenn Sie den noch drauflegen, sind wir im Geschäft."

„Martin schob unauffällig den geforderten Betrag über den Tisch, und der andere streifte das Geld ein und setzte sich rittlings auf den Sessel. „Also hören Sie zu ..."

Krasberger saß an seinem Tisch und war bass erstaunt darüber, wie schnell so ein Arbeitstag vergehen konnte, wenn man arbeitete. Er hatte Berichte getippt, die schon lange ihrer Abtippung harrten, und mittlerweile auch den Akt im Mordfall Kramsl bearbeitet. Darin vertrat er mangels besserer Argumente und Beweise und entgegen seiner eigenen Meinung zwangsläufig die Theorie von Grasmugg. Danach standen die Todesfälle von Nadar und Kramsl in keinem Zusammenhang und Felder galt zumindest für den ersten als hauptverdächtig. Auch wenn er als Kramsls Nebenbuhler ein Motiv für den Mord an diesem hatte. Oder die Ehefrau steckte dahinter. Doch sowohl Felder als auch die Witwe hatten für den Todeszeitpunkt von Kramsl ein Alibi.

Berg war den restlichen Tag über weggewesen und so blickte er erwartungsvoll dem Dienstschluss entgegen. Seine Frau war am Abend beim Yoga und er hatte sich in der Videothek den neuesten Actionfilm zur Seite legen lassen. Einzig die Wohnungsbesichtigung in Mörbisch am kommenden Wochenende trübte seine Stimmung.

Ein Anruf störte diese Beschaulichkeit. Krasberger hob ab und meldete sich als Gruppeninspektor Krasberger.

„Gut, dass ich Sie in der Dienststelle erreiche, haben Sie kurz Zeit für mich?"

Krasberger hielt den Hörer weg und hüstelte einen Frosch aus dem Hals. „Wer spricht da?"

„Verzeihung, Marco Martin hier, der Privatdetektiv, wir haben uns zuletzt ..."

„Ich weiß", fiel ihm Krasberger ins Wort, „Sie haben den Felder abgeholt, ich kann mich erinnern." Und natürlich konnte er sich auch daran erinnern, wie seine Hoffnung auf eine Beförderung beim letzten Fall wie ein Luftballon auf einer Kinderparty geplatzt war. Was er Martin aber nicht vorwerfen konnte.

Martin schilderte sein Anliegen und Krasberger fragte: „Warum wolln Se mich treffen?"

„Es geht um diesen Fall, Sie wissen ja, ich untersuche die Umstände dieses Unfalls auf der Baustelle, weil ich die Unschuld meines Klienten beweisen werde."

„Sogen S' Ihnern Klienten, dass er sich besser stellen sollt. Wir fahnden nach eam. Mit sein' Palesieren hat er sei Situation ned grad verbessert."

„Erstens weiß ich nichts von einer Flucht und zweitens bin ich Detektiv, kein Kindermädchen. Aber können wir das nicht unter vier Augen besprechen?"

Krasberger blickte auf seine Uhr, sein Dienst war bald zu Ende und er nicht in der Laune, um Überstunden zu schinden. „Na guat, weil Sie es san, aber wir treffen uns besser in an Café, weil so wie des letzte Mal wird es ned abgehen, die Akten san eigentlich geschlossen, außerdem ist der Kollege Grasmugg für eanern Fall zuständig. Soll ich Sie ned besser verbinden?"

„Nein, bitte, sagen Sie mir wo, ich komme hin, ich bin ganz in der Nähe."

Krasberger legte seinen Kopf schief. Ein kühles Blondes hatte er sich verdient, die Frau war noch nicht zu Hause, also sagte er zu. „In der Favoritenstraße, direkt in Fußgängerzone gibt es so ein kleines Bierlokal, sagen wir in fünfzehn Minuten?"

„Ich werde da sein."

Als Krasberger das Lokal erreichte, saß Martin in dem kleinen Gastgarten schon vor einem Krügel Bier, dessen Schaumkrone ein wenig in sich zusammengefallen war. Der Polizist setzte sich an den Tisch und deutete der Kellnerin, dass er auch ein Bier wollte.

„Warten Se scho lang?" Krasberger war in Zivil und außer Dienst und daher freundlicher zu Martin als zuvor am Telefon. „Tuat mir leid, aber ich hab noch an Bericht fertig gemacht."

Martin winkte ab. „Kein Problem, ich will ja was von Ihnen, außerdem hab ich auch was für Sie."

„Sie meinen, wir tauschen uns aus? So von Ermittler zu Ermittler?" Krasberger nahm sein Bier aus den Händen der Kellnerin entgegen. Er prostete Martin zu und trank das halbe Glas in einem Zug leer. Er wischte sich den Schaum vom Mund. Martin machte ebenfalls einen großen Zug, bevor er verschmitzt wie ein Schulbub antwortete: „Eine reine Fachsimpelei unter Wahrung von Amts- und Berufsgeheimnis."

Krasberger nickte, ehe er noch einen Schluck trank. „So soll es sein. Also lassen Sie hören."

Dann begannen die beiden Ermittler sich auszutauschen, was von drei weiteren Bieren begleitet wurde.

„Was?", entfuhr es Krasberger, „der Kramsl hat Spielschulden beim Vukic ghabt, die er mit zugschanzten Aufträgen abg'arbeitet hat?"

Martin nickte.

„Aber das bringt deine Theorie zum Einsturz."

„Wieso?", erwiderte Martin, der das Wechseln seines Gesprächspartners zum vertraulichen Du überging.

Nicht so Krasberger. „Herst, jetzt wann ma scho so lustig tschechern, warum sagen wir ned Du zueinander?"

Martin überlegte kurz, sagte aber dann: „Gern, ich bin der Marco." Er hielt Krasberger das beinah geleerte Krügel Bier zum Anstoßen hin. Der ließ seines dagegen knallen, sodass ein Klirren die Gespräche der wenigen anderen Gäste übertönte.

„Ich bin der Abteilungsinspektor ...", Krasberger prustete los, Martin stimmte in das Lachen ein. „Na, im Ernst, i bin der Ernst." Der massige Ordnungshüter hielt sich den Bauch vor Lachen. Martin musste ihn behutsam wieder ins Gespräch zurückholen.

„Also jetzt im Ernst, Ernst", er musste selbst wieder lachen, ein betrunkenes Lachen, das schwer zu kontrollieren war, wie im Zustand der Trunkenheit eben wenig kontrollierbar bleibt. „Was hast du vorhin gemeint, mit Theorie einstürzen?"

„Na dass der Vukic die Kuh, die er melken kann, ned schlachten wird."

Martin lehnte sich zurück. Soweit ihm das in seinem Zustand gelang, dachte er nach, er versuchte es zumindest und bemühte sich einen grübelnden Gesichtsausdruck anzunehmen.

„Was denkst jetzt?", wollte der Polizist wissen.

„Wenn der Kramsl dem Vukic aber gefährlich geworden ist, dann funktioniert's wieder."

„I frag mi, ob der Biernachschub da funktioniert", Krasberger ruderte mit den Armen in der Luft und hielt nach der Kellnerin Ausschau, doch Martin bremste ihn ein.

„Lass gut sein, ich hab wirklich schon genug."

Krasberger ließ seine Arme sinken, langsam wie ein aufgeblasenes Badetier, dem man das Ventil geöffnet hatte. „Wennst meinst", sagte er enttäuscht.

„Also, was wissen wir jetzt?", versuchte Martin an ihr früheres Gespräch anzuknüpfen.

Krasberger starrte auf das Glas in seiner Hand. „Nix", sagte er, und man konnte schwer abschätzen, ob er damit den Stand der nun gemeinschaftlich erörterten Ermittlungen oder den Inhalt seines Glases meinte.

Sie verabschiedeten sich voneinander und Krasberger nahm Martin das Versprechen ab, nicht mehr mit dem Auto zu fahren. So viel Polizist musste sein, auch mit knapp anderthalb oder mehr Promille. Martin versprach es und suchte ein Taxi. Er holte sein Handy hervor. Das Display zeigte einen entgangenen Anruf an, wobei die Nummer weder ihm Speicher verzeichnet noch Martin bekannt war. Er entschied später zurückzurufen, wenn seine Zunge weniger gelähmt war. Womöglich handelte es sich um einen neuen Klienten.

Da kam es dann nicht so gut an, das Erstgespräch lallend zu führen.

Stattdessen wählte er die Nummer von Felder. Wieder verkündete die Tonbandstimme, dass der gewünschte Teilnehmer nicht erreichbar wäre.

Martin erspähte in der zweiten Spur ein Taxi. Was für ein Glück. Schnurstracks peilte er den Wagen an und kollidierte dabei fast mit einer alten Dame, die eben aus dem Haustor trat. Sie erschrak ob der Gefahr, die von dem betrunkenen Mann auszugehen schien, der eben im Begriff war, sie niederzurennen und tat einen Schritt zur Seite.

„Passen S' doch auf!", herrschte sie ihn an.

Martin registrierte sie zwar, doch sein Blick war zu getrübt und vor allem nur auf das Taxi fixiert. Fehlte noch, dass ihm wieder jemand das Gefährt wegschnappte.

Er riss die Türe auf und wuchtete seinen Körper auf die Rückbank.

„I bin b'stellt", schnauzte der Taxler Martin mit dem berühmten Wiener Charme an.

Gott sei Dank, ein Inländer dachte dieser. Nach diesem Nachmittag mit einem migrantischen Schwerpunkt freute er sich sogar über den Grant eines inländischen Taxichauffeurs.

„Ja, von mir", entgegnete Martin und schlug der alten Frau, die sich keppelnd dem Wagen näherte, die Tür vor der Nase zu. „Foar ma, Euer Gnaden, nach Neufried."

„Na mir is' wurscht, aber Sie speiben mir eh ned in den Wagen, sonst können S' die Reinigung zoin."

Martin öffnete das Fenster und spürte den Luftzug um seine Wangen streichen. Er war unheimlich müde – hoffentlich war er bald da, bevor ihm womöglich wirklich schlecht wurde.

Der Wagen steuerte durch den sich wie zähfließender Bitumen verdickenden Verkehr: Die Szenerie erinnerte an ein

Videospiel, bei dem es dem Spieler nur dank seines Geschicks gelingt, gröbere Havarien zu vermeiden. Ein abruptes Bremsen schleuderte Martin fast von seinem Sitz. Eine Phalanx aus Wagenkolonnen, die als Querverkehr die Durchfahrt blockierten, Fußgänger, die auf ihr Recht, den Fußgeherübergang bei Grün zu betreten, pochten, dazwischen Radfahrer, die sich durch die Autos und die Menschenmassen schlängelten. Einige Touristen nutzten die Situation und fotografierten die Oper von der Fahrbahn aus.

„Ganz schön viel los", meldete sich Martin zu Wort. Weniger als Feststellung oder gar gewünschte Eröffnung eines Dialogs, sondern nur als Floskel einer gutgemeinten Höflichkeit. „Einheimische und Touristen ... ts, ts", gab der Taxifahrer mit abschätzigem Brummen von sich. „Einheimische und Touristen san des Letzte", vollendete er schließlich den Satz.

Martin wartete, bis der Wagen endlich wieder Fahrt aufgenommen hatte, dann entbrannte in ihm die Kampfeslust. Mit dem Kerl musste man einmal Schlitten fahren. Also fragte er: „Da bleibt dann aber nichts über, oder?"

„Na schon", erwiderte der Lenker grinsend, „Zua'graste. Die san mir lieber, die reden ned deppert z'ruck."

„So wie Sie?", fragte Martin, den die ungewollte Verbreiterung der simplen Weltanschauung seines Chauffeurs trotz seiner Trunkenheit zu nerven begann.

„Sicher! Aus dem schönen Niederösterreich, Bucklige Welt."

Passend zu einem buckligen Weltbild, dachte Martin und dachte an die Erdkugel als verschrumpelte Orange, mit lauter Ecken und Mugel.

„Sie sind aber auch ein elitärer Snob, wenn ich mir diese Bemerkung erlauben darf", setzte Martin durchaus provokant nach.

„Danke."

Diese Reaktion verschlug Martin die Sprache. Er schwieg und betrachtete das Burgtor zu seiner Rechten.

„Ich hoff', Sie können ned nur Komplimente machen, sondern wissen auch zum Schätzen, wie ich mich da heut' durch den Verkehr quälen muss."

Das schlug dem Fass den Boden aus, buhlte der Mann doch tatsächlich schon um ein Trinkgeld. Martin biss die Zähne zusammen, um nur ja keinen weiteren Anlass für blödes Gequatsche zu geben. Außerdem war ihm jetzt doch ein wenig übel. Er schwieg die Nußdorferstraße, die Billrothstraße und fühlte sich ein wenig erleichtert, als der Wagen nach Glanzing zur Neufrieder Hauptstraße kam.

Vor dem vor der Einfahrt nach Neufried errichteten Kreisverkehr musste die Kolonne vor dem Taxi anhalten. Der Fahrer legte eine schärfere Bremsung hin, und wäre Martin nicht ohnehin schon übel gewesen, spätestens jetzt war ihm zum Kotzen. Er sah zu seiner Rechten eine neue Bautafel. Genau dort hatte es vor wenigen Wochen noch einen Park gegeben. Alte Bäume, die um die im Bauhausstil errichtete Villa viele Jahrzehnte gewachsen waren. Die waren nun gefällt, das Gärtnerhaus geschliffen. Der den bäuerlichen Raum dominierende Konzern hatte mit seinen Krakenarmen begonnen, die Stadt in seinen Würgegriff zu nehmen. Und – wie passend – sollten Wohnungen im Chaletstil gebaut werden. Darauf musste der Architekt wohl besonders stolz sein. Martin klopfte mit der Faust gegen die halb geöffnete Fensterscheibe. Hier kämpfte er auf verlorenem Posten.

„Schneller geht's ned, liegt ned an mir", erklärte der Taxler die Verkehrssituation, nicht ahnend, worauf Martin so wütend reagiert hatte.

Der Wagen hatte endlich den Bestimmungsort erreicht. Der Fahrer hielt an und drückte die Taste auf dem Taxameter, „achtzehn Euro dreißig warn des."

Martin hielt eine Zwanzig-Euro-Note hin, die der Taxler mit freudigem Blick in Empfang nahm.

„Neunzehn bitte, und eine Rechnung."

Mit weniger Freude kramte der Fahrer in seiner Börse nach der Münze, die er Martin mehr oder weniger in die Hand schleuderte. Er schrieb nörgelnd die Rechnung. „So san s', die feinen Herren. Schön reden, aber bei der Maut lassen s' aus."

Martin nahm die Quittung entgegen. Es stieg aus und verabschiedete sich mit den Worten: „Sie mich auch."

Während Felder auf der Suche nach einem Unterschlupf war und Martin sich mit Krasberger betrunken hatte, Tadic überlegte, welche Frau er als Nächstes ins Bett bekam oder wie er Vukic loswerden würde, und wie er dies alles weiterhin vor seiner Frau verbergen könnte, versah Rosicky seinen Dienst, indem er im Zuge einer Baustellenkontrolle die Lohnaufzeichnungen des Baustellentrupps nachprüfte. Er runzelte seine Stirn und brummte, je länger er die Unterlagen besah, da ihm die Zahlen überhaupt nicht gefallen wollten.

„Das passt hint' und vorn nicht", rief er dem Vorarbeiter zu, der im Baubüro nach den gewünschten Papieren suchte. Der dortige Bauleiter hatte sich wegen einer unaufschiebbaren Besprechung mit dem Architekten im dreiundzwanzigsten Stockwerk des Neubaus, der bereits in diesem Stadium den Gutteil der Umgebung überragte, entschuldigt. Dreißig Etagen sollte der neue Büroturm in dem riesigen Komplex erhalten und damit zu einem der höchsten Gebäude der Stadt zählen.

Der Mann in Arbeitskluft, an dessen Stiefel der Lehm klebte, zuckte mit den Schultern. „Ich waß ned, wos Sie no wollen, i hob Ihnen alle geben."

„Einstufung, Entlohnung, Stundenaufzeichnung, das ist alles zu ungenau oder falsch. So geht das nicht." Rosicky wischte über das Display seines Laptops, auf dem sich Staub gesammelt hatte. „Alles durcheinander, Kraut und Rüben, das ist doch ein Affenzirkus. Wo sind die Unterlagen für den Spachtlertrupp? Wieso haben Sie die Baustellenausweise für die zwei Rumänen, die den Schutt verbringen, nicht da?"

„Des müssen S' den Chef fragen, da kann i Ihnen nit helfen." Der Arbeiter kramte in weiteren Ordnern, die er Rosicky hinhielt. „Entspannen S' Ihnen. Da is eh olles do, außerdem passt des eh irgendwie, des derf ma ned so eng sehn."

Rosicky klappte seinen Laptop zu. Er sah den Mann prüfend an. „Irgendwie, alles nicht so eng sehen. Glauben Sie, ich mach meine Arbeit zum Spaß?" Er steigerte die Lautstärke. „Ich hab es schön langsam satt, dass alle glauben, man könnte bestehende Vorschriften negieren oder sich nach Belieben zurechtbiegen. Aber an die Gesetze muss man sich halten. Sie, ich, wir alle."

Der Arbeiter lächelte milde. „Sie sind noch nie zu schnell gefahren?"

„Nein, ich halte mich an die Gesetze. So auch jetzt, das kann ich Ihnen jetzt schon versprechen. Die Nachverrechnung kommt Ihren Chef teuer zu stehen und in zwei Fällen werde ich sogar Anzeige erstatten."

Der Arbeiter schüttelte den Kopf. So etwas von Engstirnigkeit war ihm noch selten untergekommen.

Krasberger wankte nach Hause. Er war froh, dass er nicht in Uniform unterwegs war. Das hätte kein gutes Bild abgegeben, wenn er mit einer Bierfahne durch die Straßen torkelte. Zum Glück war der Weg nicht weit und zum Glück würde Frau Krasberger in der Yogastunde sein. Das würde ihm die Zeit verschaffen, sich zu duschen und ein wenig frisch zu machen. Er blickte auf die Uhr. Es war bereits nach sechs Uhr. Verdammt, dachte er, zu spät für die DVD. Er musste in der

Videothek anrufen, damit sie ihm den Film bis morgen weglegten.

Er sperrte die Wohnungstür auf. Das Schloss war nur einmal versperrt. Das war sicher Irene. Wir oft hatte er ihr schon gesagt, dass man immer zweimal das Schloss versperren musste. Das erklärten sie bei jeder kriminalpolizeilichen Beratung, wenn die Leute nach der Sicherung ihres Heims fragten.

Krasberger stolperte über die Türschwelle und polterte in die Wohnung. Wenn das seine Frau sähe, die würde ihm sofort einen Strick aus seinem Schwips drehen und die harte Polizeiarbeit in Frage stellen und mehr von seiner Zeit zu beanspruchen versuchen. Er schlüpfte aus seinen Schuhen und warf sie achtlos auf den Boden. Das Bücken schien gefährlich, zu sehr misstraute er seinem Gleichgewichtssinn. Er zog Hemd und Hose aus, die er ebenfalls am Boden liegen ließ. Ein typischer Alkostrip eben, der keinen Anspruch an Erotik, sondern lediglich an die Bequemlichkeit stellte.

Er musste aufs Klo, das Bier trieb. Dort setzte er sich auf die Brille und schlüpfte während der Erledigung seines Geschäfts aus der Unterhose, die er dort liegen ließ. Einsammeln wollte er sein Gewand nach der Dusche.

Er schlurfte weiter Richtung Bad, als ihm war, als hörte er ein Geräusch aus dem Wohnzimmer. Er lauschte angestrengt in die Wohnung. Tatsächlich, ein entferntes Schluchzen war zu hören. Leise, aber doch.

Krasberger betrat das Wohnzimmer, das Wimmern war nun deutlich zu vernehmen. Seine Frau kauerte auf dem Sofa und heulte. Hatte sie seinen berauschten Auftritt eben mitbekommen? Er machte einen Schritt auf sie zu und der Boden unter ihm knarrte, was bei seinem Gewicht kein Wunder war. Sie hob den Kopf und sah ihn kurz an. Mit der rechten Hand kraulte sie Arthur, das Hündchen, das sie aus seinen großen

Augen fragend ansah und sich wahrscheinlich auch wunderte, warum Frauchen so bedrückt war.

„Wie siehst denn du aus?", fragte sie, ehe sie wieder ein Weinkrampf schüttelte.

Krasberger blickte schuldbewusst an sich hinab. Gut, er war kein Adonis, aber das musste seine Frau doch wissen, auch wenn er sich ihr meist im verdunkelten Zimmer näherte. Sie hatte ihn ja wohl schon in den letzten Jahren im Bad gesehen. Es musste an seinem Zustand liegen. Sie mochte es nicht, wenn er besoffen war, also versuchte er eine Erklärung herauszubekommen. „Also, Sch... Schatzi, des woar a so ..."

Irene Krasberger wischte sich mit einem Kleenex die Augen trocken und musterte ihren Mann. Mit einem Mal kehrte Heiterkeit in ihr Gesicht zurück, sie kicherte, nein, sie prustete richtig los. „Aber warum bist du nahahackt?"

Krasberger fasste nach dem Türstock, um sich festzuhalten. „Du, mich hat aner angerufen und wir haben uns getroffen, weil der, al...llso ..." Es wollten sich die rechten Worte nicht finden lassen, und wenn er sie gefunden hätte, hätte er sie nur schwer artikulieren können, also lehnte er jetzt zur Sicherheit die Schulter an den Türstaffel und ließ seinen rechten Arm dozierend durch den Raum kreisen.

Seine Frau lächelte geduldig. „Du bist mir vielleicht einer", sagte sie in durchaus versöhnlichem Tonfall. „Du brauchst mir nichts zu erklären, heute ist es heiß und ihr wart sicher durstig."

Krasberger beeilte sich zu nicken.

„Ihr wart sicher sehr durstig, so sehr, dass ihr gar nicht gemerkt habt, wie schnell das Bier die Kehle runterrinnt." Krasberger hob bestätigend den Zeigefinger.

„Und du hast ja damit gerechnet, dass ich heute beim Yoga bin."

Wieder ein Nicken.

Frau Krasbergers Miene verfinsterte sich wieder. „Mich hat's heut nicht gefreut, nachdem ich erfahren hab ..." Sie stockte und kraulte den kleinen Scotchterrier nebenbei hinter den Ohren. Krasberger hob neugierig die Augenbrauen. „Also ich hab auch einen Anruf gekriegt ..." Sie seufzte, das Wasser sammelte sich wieder in ihren Augen, „die Wohnung ist schon weg, die Besichtigung für Samstag abgesagt." Sofort schniefte sie wieder los.

Krasberger jubelte innerlich. Nach außen hin gab er sich einen Ruck, das heißt er nahm Anlauf, um den Raum ohne Sturz bis zu seiner Frau zu durchlaufen – ein wenig unsicher zwar, aber es klappte. Er setzte sich neben sie und legte den Arm auf ihre Schulter.

„Mein armer Sch..." Mehr brauchte es nicht und mehr schaffte er nicht.

„Ich weiß, du bist wahrscheinlich sogar froh, weil du eh dagegen warst." Sie drückte ihren Kopf gegen seine Schulter.

„Mir werden a andere Wohnung finden, das versprech ich dir." Scheiße, dachte Krasberger, ich muss aufpassen, sonst versprech ich ihr in meinem Suff noch das Blaue vom Himmel. Aber gesagt war gesagt, und selbst, wenn er dieses Versprechen am nächsten Morgen vergessen haben würde, im Gedächtnis seiner Frau würde es sich festgebrannt haben.

Sie zog ihn zu sich und küsste ihn auf den Mund. „Du bist so süß." Mit der Hand fuhr sie ihm die Innenseite seiner Schenkel entlang, was zu Krasbergers Erstaunen Leben in seinem Unterleib erweckte.

„Ich kann auch gleich nackt sein, wenn du willst." Sie schlüpfte aus ihrer Bluse und drückte ihren Busen gegen Krasbergers Brust, während sie die tiefere Region weiter streichelte.

Krasberger wollte, ja, er verzehrte sich fast vor Begehren, doch Arthur wollte nicht. Arthur hatte andere Bedürfnisse, die denen seines Herrls vorgingen, wollte man vermeiden, dass er sich im Schlafzimmer erleichterte, was er bereits bei ähnlicher Gelegenheit getan hatte.

Martin erging es wenig anders als Krasberger. Er hatte das, was man umgangssprachlich einen Flieger nennt. Vielleicht heißt das so, weil einem in einem solchen Zustand das Gehen schwerfällt und man ständig Gefahr läuft auf die Nase zu fliegen, wer weiß?

Jedenfalls rotierte eine Kugel in seinem Hirn; sie zog dort im Schädel ihre Bahnen und beeinträchtigte so seinen Gleichgewichtssinn. Einmal zog es ihn auf diese Seite, dann wieder auf die andere. Er war froh, als er endlich seine Wohnung erreichte und nur gefühlte dreihundert Mal hatte Halt suchen müssen, um einen Sturz zu vermeiden. Wann immer man sich in einer jener Verfassungen befand, die man besser vor der Welt versteckte, war es so, als ob man eine Bühne betreten hätte und im Rampenlicht stand. Natürlich kamen ihm bei seinem verzweifelten Versuch ohne gröbere Blessur, vor allem aber ohne Aufsehen zu erregen und endlich in seinem Haus zu verschwinden, Herr Korinek entgegen, der entsetzt zur Seite wich, als Martin drohte, auf ihn zu fallen, und dann auch noch die Pribil, die sich daran weidete, dass Martins Körperbeherrschung am Grunde eines mit Bier gefüllten Staudamms begraben war. Als sie seine Fahne roch, wachelte sie sich demonstrativ mit der flachen Hand Luft zu.

„Na, das ham Sie aber zu wörtlich genommen, die siebenunddreißig Krügel Bier im Schatten."

Martin schlurfte an ihr vorbei, mit der Schulter die Wand entlang robbend und drehte, sich zu ihr hin um. „S...Sie ... mich auch", brachte er mit letzter Anstrengung hervor, fern der sonst gewohnten Eloquenz, dann hatte er endlich die rettende Eingangstür erreicht.

Martin ließ das Sakko fallen, aus dem er sich umständlich gewunden hatte und fiel so wie er war, in Hemd und Hose, auf das Bett, wo er augenblicklich eingeschlafen war. Draußen kitzelte die Sonne die Baumwipfel und die Vögel zwitscherten, doch Martin war in einem schwarzen, traumlosen Loch verschwunden.

Tadic „der Stiefel" schwitzte in seinem Standardschuhwerk. Auch der Fahrtwind, der durch die geöffneten Fenster zog, linderte den Gestank kaum, der von den Kisten hinten auf der Ladefläche ausging. Das Zeug war schwer verdaulich, Reste aus verschiedenen Fleischverwertungsbetrieben eben, die keiner wollte und daher zur Entsorgung abzuholen waren. Schwer verdaulich war auch Vukics Ankündigung gewesen, dass nicht er, sondern Dejan ihn am Samstag begleiten sollte und Tadic das Wochenende mit seiner Familie verbringen könnte. Als ob das nett gemeint gewesen wäre. Vukic war daran, Tadic fallen zu lassen, er wollte Dejan als seinen Kronprinzen aufbauen, diesen Emporkömmling.

Tadic hupte zornig seinen Vordermann an, der sein Auto vor der gelben Ampel mit einer Notbremsung angehalten hatte. Der Fahrer zuckte nur mit den Schultern. Tadic trommelte mit den Fingern außen gegen die Blechtür, bis die Ampel wieder auf Grün sprang. Abermals drückte er die Hupe, damit das Auto davor endlich Platz machte. Niemand sollte sich ihm in den Weg stellen, schon gar nicht Dejan. Der war nicht einmal ein echter Jugo, war hier geboren. Er sprach Deutsch fast ohne Akzent. Dafür war sein Serbisch nur mittelmäßig. Und wenn Tadic in seinem Heimatdialekt sprach, wie ihm der Schnabel gewachsen war, dann verstand der Kerl ohnedies nur Bahnhof. Dejan musste weg. Aber er trug meist eine Waffe bei sich und mit dem Messer war er ein Meister. Da war es einfacher, Vukic auf die Seite zu räumen. Vielleicht sollte er Dejan auf seine Seite bringen. Was aber gefährlich war. Dejan war Vukic treu ergeben, so wie er es einst war. Er würde einen Verrat an seinem Boss nicht dulden oder hinnehmen. Er musste vorsichtig agieren. Was ihm dazu fehlte, war ein perfekter Plan. Die Sache mit Nadar lief auch nicht in seinem Sinn. Was immer dieser gegen Vukic in der Hand gehabt haben mag, er kam im Moment nicht ran.

Vielleicht sollte er auf Zeit setzen. Aber Zeit hatte er nicht. Noch dazu, wie sollte man sich konzentrieren, wenn einem die Weiber jetzt im Sommer mit ihren kurzen Kleidern ständig geil machten? Er verschrieb sich eine hormonelle Behandlung. Er würde nach der Fuhre kurz zu Hause nach den Kindern sehen und dann noch in sein Stammcafé schauen. War gut möglich, dass Mira wieder dort war. Wenn er sich das letzte Mal, als sie sich unterhielten, nicht getäuscht hatte, würde sie einem intimen Kennenlernen nicht abgeneigt sein.

Felder versuchte zum zweiten Mal an diesem Tag, Martin zu erreichen. Er hörte ein Freizeichen, doch niemand hob ab. Er überlegte kurz Anja anzurufen. Zu gern hätte er mit seinen Kindern gesprochen oder sich zumindest danach erkundigt, ob alle wohlauf waren. Aber er hielt das dann doch für keine gute Idee. Er blickte aus seiner Deckung durch das Fenster auf die Straße. Die Beleuchtung war angegangen. Er sah einen Schatten, der sich beim Baum gegenüber aufhielt und nicht bewegte. Ob er ihn gesehen hatte? Felder hielt die Luft an und starrte gespannt in Richtung der Gestalt, die auf etwas zu warten schien. Oder ihn beobachtete! Er hatte den rechten Arm ein wenig von sich gestreckt (was hielt er da in der Hand?) und setzte sich nun langsam in Gang. Erst jetzt erkannte Felder den Grund für die zuvor unveränderte Position des Mannes: Der Dackel an der Leine hatte sein Geschäft beendet und der Mann zog, sich eine Zigarette anzündend, von dannen.

Nacht auf Freitag, 31. August

Martin erwachte. Benommen blickte er sich um.

Wieso war es draußen dunkel?

Wieso lag er halb bekleidet in seiner guten Anzughose auf dem Bett?

Wo kamen diese Kopfschmerzen her?

Er hatte einen schalen Geschmack im Mund und einen grässlichen Durst. Sein Atem roch auch grässlich und er fühlte sich so: grässlich, das Wort dieses Erwachens, das Wort des Tages.

Wie spät war es überhaupt?

Es war kurz nach eins.

Martin schlüpfte aus den zerknitterten Sachen und stellte sich unter die kalte Dusche. Trank auch gleich das Wasser aus der Brause. Langsam kehrten seine Lebensgeister zurück und mit ihnen auch die Erinnerung. Er hatte den ganzen Nachmittag Erkundigungen über Vukic eingeholt und sich dann mit dem Polizisten getroffen. Diesem hatte er also seinen Absturz zu verdanken. An den Heimweg konnte er sich aber fast nicht mehr erinnern – Filmriss. Hoffentlich hatte ihn niemand gesehen.

Er holte sich aus der Küche eine Flasche Mineralwasser, mit der er langsam die Körperentgiftung einleiten wollte. Er trank in großen Schlucken wie ein Kamel, das eben die Wüste durchquert hatte. Ein Rülpsen folgte. Das war der Vorteil des Alleineseins. Man konnte körperlichen Zwängen ungeniert nachgeben, ohne dafür einen finsteren Blick oder gar eine Ermahnung zu ernten.

Aus dem Vorzimmer drang ein Läuten an sein Ohr, verhalten und zart. Er trottete hinaus und wurde in der Innentasche seines Sakkos fündig. Vom Display las er die Nummer ab. Eine mittlerweile bekannte unbekannte Nummer: dieselbe wie schon am Nachmittag.

Es musste dringend sein, wenn der Anrufer es um diese Zeit nochmals versuchte.

Martin schüttelte seinen nassen Kopf wie ein Hund und streifte seine Wangen glatt, ehe er das Gespräch entgegennahm. Es war Felder.

„Wieso rufst du um diese Zeit an? Wo bist du überhaupt? Was ist das für eine Nummer?"

„Was zuerst?"

„Was, was zuerst?'"

„Was du zuerst wissen möchtest. Also gut, der Reihe nach: Ich hab dich am Nachmittag nicht erreicht. Ich bin im Sechzehnten in einem Gartenhäuschen von einem Bekannten untergekommen und ich hab mir ein Wertkartenhandy besorgt. Meines wird sicher von der Polizei gecheckt. Noch was?"

„Sehr witzig. Um diese Zeit ist mir nicht nach Späßen zumute. Ich hab dir gesagt, dass du deine Situation nicht verbesserst, wenn du dich versteckst."

„Ich glaube aber auch nicht, dass ich sie verbessere, wenn ich einsitze und die Polizei den Fall für abgeschlossen hält."

Diesem Argument war im Moment wenig entgegenzusetzen, auch wenn Martin weiterhin überzeugt war, dass die Lösung in der Verbindung zwischen Vukic und Kramsl bestand. Er wollte jedoch die neuen Erkenntnisse, die sich nach der Recherche und dem Gespräch mit Krasberger am Nachmittag eröffnet hatten, noch nicht weitergeben. Im Moment schien es tatsächlich nicht unklug, wenn Felder in sicherer Entfernung abwartete, was er zuwege brachte. Martin setzte sich aufs Bett und betrachtete seine Zehennägel, die geschnitten gehörten. Er wechselte das Thema: „Und? Wie geht's dir sonst?" Eigentlich versuchte er seit Anbeginn der Causa jegliches Band, das sich zwischen ihm und Felder knüpfen ließe, zu vermeiden und hatte sich selten auf eine persönliche Ebene begeben, doch nun galt sein Interesse Felders Befindlichkeit.

„Wenn du es wirklich wissen willst: beschissen. Ich bereue zutiefst, dass ich Anja so verletzt habe, mir fehlen meine Kinder so sehr und ich will mein altes Leben zurück. Ich will nicht davonlaufen oder mich verstecken müssen. Ich will das nicht."

Martin fuhr über den scharfen Zehennagel an der rechten großen Zehe. Die Zeit für Sentimentalitäten war wieder vorüber. Er fand schnell in einen sachlichen Ton zurück: „Was anderes: Du musst doch mit der Frau Kramsl auch über ihren Mann geredet haben. Auch über seine Position. Hat sie irgendwann einmal erwähnt, dass er Probleme mit Vukic oder überhaupt, dass er Probleme hätte?"

Felder räusperte sich. Martin konnte dann ein Seufzen durch den Hörer hören. „Danke für deine Anteilnahme, aber nein, wir haben sicher nicht über ihren Mann gesprochen, da waren wir zu sehr mit uns beschäftigt. Sie hat nur einmal erwähnt, dass der Druck, der im Moment von seiner Firma ausginge, enorm gestiegen sei. Noch schneller und noch billiger bauen war die Vorgabe, die er offenbar immer seltener erfüllen konnte."

„Und wenn er in die eigene Tasche gearbeitet hat?" Martin dachte an das Gerücht über Kramsls Spielschulden.

„Woher soll ich denn das wissen? Aber ja, möglich wäre das. Dazu hätte er aber mit dem Vukic gemeinsame Sache machen müssen."

„Wie das?"

„Na der Kramsl macht mit dem Vukic einen Preis aus, der über den tatsächlichen anfallenden Kosten liegt, der Vukic legt die überhöhte Rechnung und der Überschuss wird geteilt."

„Aber das fällt doch in den Büchern auf."

„Nicht wenn der Vukic in seinen Unterlagen eine Rechnung von einem Subunternehmen hat. Das Unternehmen existiert allerdings nur auf dem Papier und wird nach ein paar Monaten wieder gelöscht. Diese Arbeit erledigt der Vukic mit seinen Leuten schwarz mit."

„Und da könnte vielleicht der Nadar dahintergekommen sein."

Felder schwieg einen Moment, dann bestätigte er Martins Schlussfolgerung. „Gut möglich."

„Und das System funktioniert nur, wenn der Vukic zum Zug kommt."

„Genau." Felder machte eine Pause, ehe er fragte: „Willst du gar nicht wissen, wo ich bin? Ich mein für den Fall, dass wir uns treffen müssen."

„Müssen wir nicht. Es ist besser, wenn möglichst wenige wissen, wo du bist. Im Notfall kann ich dich über diese Nummer erreichen. Bist du mit dem Auto dort?"

„Ja, ich hab zum Glück in der Nähe einen Parkplatz gefunden, warum?"

„Weil die Polizei nicht nur dein Handy suchen wird", belehrte Martin Felder. „Du musst es umparken, aber erst morgen, untertags, jetzt wäre es zu auffällig. Hast du Geld bei dir?"

„Nicht viel, aber zwei Straßen weiter ist ein Bankomat."

„Und ums Eck ist der Wirt, der Frisör und der Supermarkt."

„Ja, so ungefähr, warum?", fragte Felder.

„Weil du dich dort nicht blicken lassen sollst. Du darfst keine Spuren in deiner unmittelbaren Nähe hinterlassen. Also, ein paar Tipps: Du stellst morgen dein Auto weg, am besten in einen anderen Bezirk, besorgst dir weit weg genug Bargeld und gehst ganz woanders, zu einer Zeit, wenn alle unterwegs sind, einkaufen."

„Aber da können mich doch besonders viele Menschen sehen", warf Felder verwundert ein.

„Ja, aber da sieht eben jeder viele Menschen und kann sich an keinen einzigen erinnern. Du musst bar zahlen und am besten verlässt du das Haus dann nicht mehr."

„War das dein Leitfaden zum Untertauchen?"

„Ja, so ungefähr. Ich ruf dich wieder an, wenn es etwas Neues gibt."

„Okay, danke, bis dann."

Martin legte nachdenklich das Telefon zur Seite. Er holte sich aus seinem Arbeitszimmer Papier und Bleistift und begann wieder alle Personen in diesem Rätsel aufzuschreiben. Mit Linien verband er diese wie in einem Suchrätsel. Wenn er die heute gewonnenen Details dazufügte, dann wurde das Bild klarer und die Linie zwischen Vukic und Kramsl dicker. Für jedes Indiz ein Strich. Er musste Felder dankbar sein, dass er ihn so spät nochmals angerufen hatte. Womöglich hätte er am nächsten Morgen das Meiste wieder vergessen gehabt.

Freitag, 31. August

Am nächsten Morgen fühlte sich Krasbergers Kopf an wie der berühmte Holzstock, in dem eine Axt steckt. Dabei hinkte dieser Vergleich, handelte es sich doch um ein Stück totes Holz eines gefällten Baums, der, selbst wenn man dem Glauben anhing, dass auch Pflanzen Schmerzen spüren, so oder so nichts mehr empfinden konnte, egal, wie oft man die Axt in ihn hineintrieb. Anders Krasbergers Kopf. Trotz mehrerer eingeworfener Thomapyrin wollte die Kreissäge in seinem Schädel nicht zu singen aufhören. Da fehlte zu seinem Glück nur noch der überhebliche Grasmugg, der tatsächlich ein Gespür dafür hatte, wenn Krasberger geschwächt war, und dieser daher seiner Selbstgefälligkeit wenig bis nichts entgegenzusetzen vermochte.

„Guten Morgen, Kollege!“ Mit Genuss schlug er die Tür hinter sich zu. Krasberger zuckte zusammen, der Knall wummerte in seinem lädierten Kopf nach. „Na Sie schaun ober goar ned guat aus. San S’ krank?“ Grasmugg lächelte süffisant.

Krasberger hob langsam seine Hand zum Zeichen, dass es schon gehe. Irgendwie halt – hätte er gedacht, wenn er an etwas anderes gedacht hätte, als dass ihm schlecht war.

Grasmugg legte also ein Solo hin: „Sie hängen mit Ihrem Fall, nicht?“

Mattes Schulterzucken.

„Bei uns hat sich was getan. Also mit der Flucht vom Felder ist klar, dass er Dreck am Stecken hat. Des is fast scho a Geständnis. Aber wir werden ihn bald haben, die Fahndung läuft. Er hat Geld abgehoben und wir haben sei Auto.“

Nachdem Krasberger keinerlei Anstalten machte, nachzufragen, erzählte Grasmugg weiter: „Des Auto steht im Fünfzehnten bei der Hütteldorfer Straße und Geld hat er beim Meiselmarkt geholt. Wir patrouillieren dort verstärkt, der wird uns bald in die Arme laufen.“

„Gratuliere, dann ist der Fall ja gelöst“, brachte Krasberger doch noch hervor. Sein Tonfall jedoch ließ keinen Zweifel daran, wie er das meinte.

„Meiner schon“, sagte Grasmugg, der das Büro verließ und Krasberger zum Abschied noch einen Rat erteilte: „Geh, legen S’ Ihna wieder ins Bett, heut bringen S’ in dem Zustand eh nix weiter.“

Selten, dass Krasberger mit seinem präpotenten Kollegen einer Meinung war. Aber es war Freitag. Er schob also Dienst nach Vorschrift und hoffte auf einen ruhigen Tag ohne größeren Einsatz.

Martin war um zehn am Vormittag zwar nicht ausgeschlafen, aber wenigstens halbwegs frisch. Offenbar dankte ihm sein Körper die sportliche Betätigung, die er ihm in letzter Zeit angedeihen ließ. Der Gang auf die Waage bestätigte auch einen kleinen Erfolg, was sein Gewicht betraf. Er hatte schon etwas über zwei Kilo abgenommen. Und die nächtlichen Attacken hatten sich auch nicht mehr eingestellt.

Er saß bei der Zeitung auf der Terrasse, als Rosicky anrief. Er hatte ihn ohnehin kontaktieren wollen.

Der Kontrollor erzählte: „Ich hab heute eine Baustelle kontrolliert und weißt du, was ich herausgefunden habe?", erzählte dieser.

„Ich nehme an, es hat mit unserem Fall zu tun?"

„Genau, ich hab dort Arbeiter getroffen, die für Vukic tätig sind. Aber die waren nicht als Bauarbeiter angemeldet. Der Vukic ist sofort gekommen, nachdem ihn sein Vorarbeiter angerufen hat und der hat erklärt, dass es sich nur um ein Versehen handeln könne." Rosicky machte eine erwartungsvolle Pause.

„Und wie bringt uns das jetzt weiter?", wollte Martin wissen.

„Das weiß ich auch nicht so genau, aber es zeigt, dass der Herr nicht eine ganz so weiße Weste hat, wie er vorgibt."

Das war für Martin kein Novum, aber er wollte Rosickys Freude nicht bremsen.

„Angeblich arbeiten die sonst auf einer Deponie, aber ich hab nicht herausgefunden, wo die sein soll, aber ich arbeite daran. Hast du noch was rausbekommen?"

Martin berichtete von seiner Recherche in den Kaffeehäusern, wobei er einige Details ausließ, allen voran die Spielsucht des ermordeten Bauleiters, die Vukic zugespielt hatte. „Ich wollte dich unlängst anrufen, konnte dich aber nicht erreichen. Wir sollten uns einmal zusammensetzen."

„In Ordnung, aber ruf vorher an, damit ich auch Zeit hab. Was ist eigentlich mit dem Schlüssel?"

„Ich hoffe, dass ich dieses Rätsel heute klären kann."

Das Wetter war wunderbar und Martin würde im Gänsehäufel unter den vielen Badenden, die die letzten schönen Ferientage ausnutzen wollten, nicht auffallen.

„Weißt du eigentlich, wo der Niklas ist? Ich kann ihn seit gestern nicht erreichen. Das Handy ist tot und seine Frau hat so komisch herumgedruckst."

„Nein", log Martin, der es für besser hielt, je weniger Leute um den Verbleib seines Schwagers wussten. Auch die familiäre Geschichte wollte er Rosicky nicht auf die Nase binden.

„Na gut, ich muss weiterarbeiten. Du meldest dich?"

„Versprochen."

Wenig später hatte Martin seine Badetasche gepackt und ging zum Parkplatz. Er grüßte die Pribil, die ihm mit einer Einkaufstasche bewaffnet entgegenkam und wunderte sich über ihr schadenfrohes Grinsen.

„Na, Sie ham a Glück, dass Ihre alte Kraxe nicht fahrt, oder sind Sie schon wieder fahrtauglich? Aber ewig können S' die ned stehen lassen, wir sind doch hier kein Autofriedhof."

Martin schüttelte nur den Kopf und kam zum alten Combo, der noch immer nicht über eine frische Batterie verfügte. Wie lange der Autofahrerclub wohl heute für die Starthilfe brauchen würde, fragte er sich, als sein Telefon schon wieder läutete. Diesmal war es sein Autohändler, der mit freudiger Stimmer vermeldete, dass die neuen Hybridmodelle nun doch in zwei bis drei Wochen ausgeliefert würden. Wenn er sich noch so lange gedulden möchte.

Noch drei Wochen mit Fahrrad, Bus oder Taxi, das waren keine Optionen, wenn er die letzten Tage seiner eingeschränkten Mobilität bedachte. „Schön langsam reißt mir aber doch der Geduldsfaden, also ganz ehrlich, so geht man nicht mit seinen Kunden um."

„Sie können natürlich vom Vertrag zurücktreten, wenn Ihnen das Warten zu lange dauert, kein Problem, das bestellte Modell ist sehr gefragt", entgegnete der Verkäufer nun etwas weniger freundlich.

„Das hab ich noch nicht gesagt, ich melde mich binnen der nächsten drei Wochen wieder."

„Ganz wie Sie möchten."

Martin hatte die Verbindung getrennt, noch bevor der Autohändler ihm das in solchen Fällen übliche Angebot, einen Vorführwagen auf Kosten des Autohauses zur Verfügung zu stellen, unterbreiten konnte.

Also doch das Fahrrad, entschied er und schwang sich, seine Tasche wie einen Rucksack geschultert, auf seinen Drahtesel.

Die Menschenschlange vor den Kassen verriet ihm, dass er nicht der Einzige war, der heute baden gehen wollte. Wahrscheinlich wäre er der Einzige am Stephansplatz oder könnte mutterseelenallein durch die Kärntner Straße flanieren, denn alle Wiener hatten sich offenbar hier versammelt, direkt vor ihm in der Schlange der Einlassbegehrenden. Er hoffte, dass sich davon nicht allzu viele bei den Umkleiden aufhalten würden, wenn er, so wie sein Plan war, eine Dauerkabine nach der anderen ausprobieren wollte. Beginnen wollte er im Umfeld der Felderschen Kabine. Wenn Niklas mit Nadar dort aneinandergeraten war, schien es naheliegend, dass sich dessen Kabine nicht unweit davon befand.

Als Martin es endlich geschafft hatte, den Eingang zu passieren, zogen erste Wolken auf. Ein wenig Regen würde vermutlich die nächste Völkerwanderung einleiten – nur diesmal in die entgegengesetzte Richtung.

Er suchte den Gang mit Felders Mietkabine und blickte sich um. Ein schmerbäuchiger Pensionist wartete auf der schmalen Bank auf seine dicke Frau, die sich unter Ächzen und Stöhnen offenbar aus ihrem Kleid schälte. Er half ihr beim Reißverschluss am Rücken. Mit ihren stummeligen Armen wäre sie ohne seine Hilfe wahrscheinlich verdammt gewesen, damit zu verwachsen. Immerhin ein Argument für das Institut der Ehe. Gegenseitige Hilfestellung in Zeiten der Not, auch wenn diese durch Überfluss entstanden war. Endlich zogen sie von dannen, beide watschelnd, ständig in der Gefahr durch ihr Gewicht auf die eine oder andere Seite gezogen zu werden, wie zwei überladene Frachtkähne, die im Wellengang gefährlich schaukelten.

Martin probierte die ersten Schlösser, sobald die Luft rein war. Nirgends ließ sich der Schlüssel auch nur annähernd hineinschieben. Erst am Ende des Ganges ließ sich der Bart in den Zylinder einführen. Sein Herzschlag beschleunigte vor Aufregung. Er versuchte den Schlüssel zu drehen – Fehlanzeige. Stimmengewirr, das sich näherte, riss ihn aus seiner Anspannung. Er zog den Schlüssel ab. Im nächsten Moment war der Gang von lärmenden Jugendlichen gefüllt, die sich ständig herumschubsten. Es waren Burschen, die von zwei Männern beaufsichtigt wurden. Pfadfinder oder Zöglinge eines Heimes, die heute Ausgang hatten und einen gemeinsamen Badeausflug machten. Langsam, aber sicher wurde er von der Meute abgedrängt. Er versuchte sich die Nummer der letzten Kabine zu merken, damit er seine Suche später fortsetzen konnte. Jetzt, da er beim Ausgang stand und ihm ohnedies heiß war, entschied er das Angenehme mit dem Nützlichen zu verbinden und ein Bad zu nehmen, um die Wartezeit, bis die Luft wieder rein war, zu überbrücken.

Er spazierte über die Liegeweise zum Ufer der Alten Donau, deren Wasser in der Sonne heute besonders schön grün glitzerte. Caorle für Arme hatte man früher böse gemunkelt, bevor die ehemals Armen dann die Adria gestürmt hatten. Der Geruch von Sonnenöl lag in der Luft. Martin bot sich ein Panoptikum, das – vielfach preisgekrönt – sonst nur eine Elisabeth Spira mit ihren Reportagen beschreiben konnte. Aber Martin musste erkennen, dass es diese Leute aus dem Fernsehen auch im echten Leben gab. Er ließ seinen Blick über diese brodelnde Lava, die aus unzähligen in der Sonne bratenden Leibern bestand, gleiten, bis ...

... bis sein Blick an einem dieser Körper haften blieb. Er hielt sich die flache Hand vor sie Stirn, damit er nicht geblendet wurde. Kein Zweifel. Das war er, das war PETE!

Er beschleunigte seinen Schritt, fing an in einen leichten Trab überzugehen, bedacht darauf, auf niemandes Badetuch oder Hand zu steigen, bis er ihn erreicht hatte. Pete trug eine enge, blitzblaue Hose, die seinen Hintern kaum ausreichend bedeckte. So lag er da: auf dem Bauch, ihm den Rücken zugekehrt. Dieser Rücken wurde gerade von einem hübschen Mädchen eingecremt, das mit ihren vollen, unschuldigen Lippen, den sanften Augen und ihrer zarten Figur das lebendig gewordene Intimissimi-Werbeplakat zu sein schien. Martin warf seinen Schatten auf die beiden.

„Wo ist mein Auto?"

Pete fuhr herum. Die in die Haare gesteckte Sonnenbrille rutschte ihm ins Gesicht.

„Ich weiß nicht, was du willst, Alter, der Deal war doch perfekt. Du hast die Kohle gekriegt, ich das Auto." Pete setzte sich auf und raffte die paar Sachen, die verstreut auf dem Badetuch lagen, an sich.

„Wo ist mein Auto?", insistierte Martin mit finsterer Miene.

Pete sprang auf und rannte unter dem verwunderten Blick seiner Begleiterin los, Martin ihm nach. Wie ein Hase schlug er Haken, sprang über schlafende Sonnenanbeter und rannte in Richtung Ausgang. Martin verlor zwar Distanz, sah aber eine Möglichkeit, ihm den Weg abzuschneiden, als eine verzweifelte Stimme an sein Ohr drang.

„Hilfe, mein Kind ertrinkt!“

Martins Sinne waren durcheinander: Den Blick nach vorne gerichtet, hafteten seine Augen an der blitzblauen Hose jenes Kerls, der ihm sein Cabrio abgeluchst hatte, von links tönten die Rufe der Mutter, die um ihren Spross bangte. Er musste nicht lange nachdenken und ließ Pete davonkommen. Er drehte wie ein Jagdflieger nach links ab, wo er auf einem kleinen Steg sofort die schreiende Frau ausgemacht hatte. Sie trug ein Baby auf dem Arm und konnte nicht selbst in die Fluten springen. Das erledigte Martin für sie. Wie ein Torpedo schoss er in das Wasser.

Das Kind überlebte mit einem gebrochenen Bein. Martin hatte es zum Glück nicht am Kopf getroffen. Das Wasser nahe dem Ufer war zwar tief genug für ein Kleinkind, um darin zu ertrinken, doch Martin reichte es gerade bis zum Nabel. Entsprechend schwer lastete sein Gewicht auf dem kleinen Körper.

Davon hatte er aber nicht viel mitbekommen. Er riss das Mädchen aus dem Wasser und brachte es zu der weinenden Frau, wo er es ablegte. Sie blinzelte mit den Augen, ehe sie wie am Spieß zu brüllen begann.

„Sie müssen mir nicht danken“, sagte er beiläufig, dann machte er sich wieder an seine Verfolgung. Viel würde er nicht mehr erreichen, denn er hatte jetzt wertvolle Zeit verloren. Er suchte den Ausgang, bei dem er Pete aus den Augen verloren hatte, und rannte hinaus auf die Straße.

An der nächsten Kreuzung sah er die rotierenden Blaulichter eines Funkstreifenwagens und was die nächste Entdeckung betraf, so hätte er auf dieses Bild gerne verzichtet: Sein schöner schwarzer Wagen verkeilt in der Unterseite eines Schwerlasters, eines rumänischen noch dazu. Martin lief in der Badehose zur Unfallstelle, was aber angesichts der Temperaturen in dieser Gegend nicht sonderlich auffiel. Fast alle der aus ihren Kleingärten herbeigeeilten Schaulustigen trugen Shorts oder Badekleidung.

Martin sah Pete, der hinter dem Lenkrad kauerte. Die Airbags hingen schlaff aus ihren Öffnungen. Pete blutete aus einem Cut an der Stirne. Die zwei Polizisten, die wohl als Einzige ein Kurzarmhemd als Oberbekleidung anhatten, versuchten den Verkehr um die demolierten Fahrzeuge zu lotsen. Martin stürmte zu einem hin. „Das ist mein Wagen, er hat ihn mir gerade gestohlen!" Martin deutete auf den angeschlagenen Pete.

Der Polizist drehte Martin seinen Kopf zu und runzelte die Stirn. „Was sagen Sie da?"

Martin wiederholte seine Anschuldigung. Der Polizist wies seinen Kollegen an, sich allein um den Verkehr zu kümmern und folgte Martin zum Saab, dessen Motorhaube gestaucht war wie zusammengeknüllte Alufolie.

Martin riss die Fahrertür auf und brüllte Pete an: „Endstation, mein Freundchen." Zum Polizisten sagte er nochmals: „Das ist er." Martin wollte Pete an der Schulter aus dem Wagen zerren.

„Moment!", gebot ihm der Uniformierte Einhalt. „Sehen Sie nicht, dass der Mann verletzt ist?"

„Ja, ich bin schwer verletzt, ich brauche einen Krankenwagen", wimmerte Pete, der sich demonstrativ die Hand auf die verletzte Stirn hielt. „Außerdem hab ich den Wagen von diesem Herrn gekauft." Pete fächelte mit dem Kaufvertrag. „Ich konnte ja nicht wissen, dass der Mann ein Betrüger ist und mir ein Auto verscherbelt, bei dem nicht einmal die Bremsen funktionieren."

Der Polizist drehte sich zu Martin um. Sein finsterer Gesichtsausdruck verriet, dass er offenbar geneigt war, Petes Geschichte zu glauben. „Stimmt das?"

„Also bis vor wenigen Tagen war der Wagen noch technisch bestens in Schuss. Aber dieser Mann da hat mit Falschgeld bezahlt und der Scheck war nicht gedeckt und dann hat er noch ..."

„Es reicht!", unterbrach der Polizist Martin. „Das werden wohl die Gerichte klären. Sie bleiben jedenfalls da, alle beide! Wir machen ein Protokoll."

Ein Wortgefecht zwischen Martin und Pete brach daraufhin los, das erst durch das Erscheinen eines Rettungswagens gestoppt wurde. Pete blickte mit leidender, unschuldiger Miene den zweiten Polizisten an, der den Wagen zur Seite winkte.

„Nein, wir müssen weiter ins Gänsehäufel", erklärte der Fahrer durch das geöffnete Fenster dem Verkehrspolizisten, „da ist offenbar so ein Verrückter auf ein Kind gesprungen und hat es verletzt."

Ein Protokoll später, bei dem Martin nicht unbedingt freundlich behandelt wurde, kehrte er geschafft ins Bad zurück. Er war auf dem Weg zu den Kabinen, doch seine Suche würde er nicht fortsetzen können. Kaum, dass er auf der Bildfläche erschienen war, kreischte eine schrille Stimme. „Da geht er! Das ist der Wahnsinnige!" Eine Frau hielt ihren Zeigefinger in seine Richtung ausgestreckt. Die aufgelöste Mutter, deren Kind von den Sanitätern erstversorgt wurde, wurde von einem Mann, der, wie sein Anzug verriet, offenbar aus dem Büro herbeigeeilt war, in den Arm genommen. Schützend stellte er sie vor sich und herrschte Martin an. „Was haben Sie sich dabei gedacht? Sie können doch Ihre vermurkste Sprungakrobatik nicht im Kinderbereich abziehen."

Martins Mund stand offen. Kein Wort des Dankes – was war nur mit dieser Welt los?

„Aber ich dachte, also ich wollte doch nur ...“

Bevor er weiter erklären konnte, schob der Mann seine hysterische Frau weg und drohte Martin: „Sparen Sie sich Ihre Ausreden für die Polizei. Sie hören von meinem Anwalt.“

Aus dem Schatten einer Hütte löste sich der Schatten eines Uniformierten, der sich vor Martin stellte. „Sie schon wieder?“

Das nächste Protokoll wurde im nahen Wachzimmer aufgenommen, und die Vernehmung glich einem Verhör. Martin schilderte seine Version, und man musste nicht Psychologie studiert haben, um zu erkennen, dass ihm der Polizist diese nicht abnahm.

Als Martin endlich zum Gänsehäufel zurückkehrte, hörte er das Signal für den Badeschluss. Der Eingang war verschlossen und die Menschen strömten durch das geöffnete Ausgangstor. Sein Versuch, gegen den Strom in das Gelände zu gelangen, wurde jäh von einem Bademeister in der typisch weißen Gemeindemontur gestoppt. Martin musste wohl oder übel nach Dienstschluss, wenn das Personal abgezogen war, in das Gelände einsteigen.

Am Himmel waren nun weitere dunkle Wolken aufgezogen. Erste schwere Tropfen fielen auf den erhitzten Boden. Das Schicksal also hatte sich auf allen Fronten gegen ihn verschworen.

Martin musste.

Martin musste warten.

Martin musste aufs Klo.

Das Leben bestand aus Zwängen.

Bevor eine Sinnkrise in ihm aufkommen konnte, gab er dem drängendsten Bedürfnis beim nächsten Baum nach und hoffte, dass der Polizist, mit dem er heute Bekanntschaft gemacht hatte, nicht gerade zufällig Streife fuhr und ihn bei seiner Notdurft ertappte.

Doch der Regen hatte nicht nur den Staub weggeschwemmt, auch die Straßen waren leer. Ihn begann zu frösteln. Es war Zeit, in das Gelände einzusteigen, um endlich seine Mission hier zu beenden.

Martin nutzte den Vorteil seiner Montur, und nass war er sowieso, also schwamm er das Stück zum Bad hinüber. Über den Steg hätte man ihn womöglich entdeckt und weggeschickt. Dennoch war das Gelände hier abgesperrt. Er schwang sich über den Zaun und landete unsanft auf der drüberen Seite. Autsch! Der Fuß schmerzte beim Auftreten, aber nur leicht, wahrscheinlich war er verknackst. Er sah sich um. Niemand zu sehen. Er huschte zurück in den Bau, in dem die Kabinen untergebracht waren. Aber davon gab es ja mehrere, um nicht zu sagen unzählige. Martin fiel ein Buch eines amerikanischen Autors ein: Ein Junge hatte beim Anschlag auf die Twin Towers seinen Vater verloren. Er fand bei seiner Hinterlassenschaft im Umkleideraum einen Schlüssel und beschloss, sich auf die Suche nach dem passenden Schloss zu machen. Er rechnete sich aus, dass es allein in New York mehr als hundert Millionen Schlösser geben musste. Martin schwindelte schon bei dem Gedanken, dass er auch hier mehrere hundert Möglichkeiten geben konnte. Es gab Turmkabinen, Kästchen, Dauerkabinen und noch mehr. Aber das Gänsehäufel war nicht New York.

Er betrat den ersten Komplex durch einen Seiteneingang. Dort sah er eine Tür offen stehen. Das dahinter liegende Kammerl war vollgeräumt mit Putzutensilien. Ein Arbeitsmantel hing an einem Haken.

Bademeister Vavranek zog seine Abschlussrunde durch das Gelände. Immer wieder kam es vor, dass Jugendliche sich auf dem Gelände versteckten, um dann des Nachts ihr Unwesen zu treiben. Nicht nur einmal diesen Sommer musste die Polizei anrücken und diese Halbstarken schwer betrunken aus dem Areal werfen. Daher war er auch heute nicht verwundert, als er ein Rumoren aus den Umkleiden hörte. Er schlich sich an und wollte das Überraschungsmoment nutzen.

„Was machst du da?"

Umso überraschter war er, als er jemanden vom Reinigungspersonal entdeckte, der den Boden wischte.

„Wo ist Svetlana? Außerdem geht eure Schicht doch erst morgen in der Früh weiter. Aber wenn du noch da bist, drüben am Damenklo hat jemand eine ziemliche Sauerei hinterlassen, die solltest du besser wegmachen, und dann verzieh dich, ich will endlich nach Hause gehen."

„Dobro." Martin bemühte das einzige Wort, das ihm auf Serbisch einfallen wollte. Eifrig nickte er mit dem Kopf und versuchte dabei, den Blicken des städtischen Bademeisters auszuweichen. Er hatte Nadars Spind endlich gefunden, als er die Schritte gehört hatte. Da war ihm zum Glück der Raum mit dem Arbeitsgerät und dem Mantel eingefallen, wo er sich schnell tarnte.

Er machte gute Miene zum bösen Spiel und folgte Vavranek zum Damenklo, das von Exkrementen verdreckt war. Beinah hätte er sich übergeben müssen, doch im letzten Moment zog der Badewaschl ab und er konnte aus dem stinkenden Loch flüchten. Er schlüpfte aus dem Kittel, packte seine Tasche und suchte das Weite.

Der Regen hatte nicht nachgelassen. Vollkommen durchnässt setzte er sich auf sein Fahrrad und hatte nur noch den Wunsch, bald seine Wohnung zu erreichen. Als er über die Donaubrücke radelte, dachte er an Mato, den alten Jugo aus dem Wettcafé. Ganz so verrückt war der anscheinend doch nicht gewesen.

Völlig durchnässt und erschöpft erreichte er endlich Neufried. Die Hoffnung auf eine warme Dusche, eine Kleinigkeit zu essen und ein Glas alkoholfreies Bier ließ ihn die letzten

Kraftreserven freisetzen, um sein Fahrrad geschultert zum Eingang zu bringen. In der dunstigen Dämmerung hatte er den Schatten auf der Sitzbank in seinem Vorgarten gar nicht ausgemacht. Die Konturen eines Regenschirms lösten sich aus der Dunkelheit und stellten sich ihm in den Weg.

Martin erschrak. „Du?"

„Du hast dich schon so lang nimmer g'meldt, dass ich mir dacht hab, ich schau amal bei dir nach'm Rechten", sagte sein Onkel und zog einen Schmollmund.

Du hast mir grad noch gefehlt, wäre die richtige Antwort gewesen, doch Martin lud ihn stattdessen ein, das Haus zu betreten. „Du, ich bin aber wirklich müde, und lang hab ich auch nicht Zeit, weil es war ein anstrengender Tag."

„Eh kloa, du schaust ja wirklich ganz spitz aus. Bist doch krank?"

„Nein, abgenommen hab ich, weil ich wieder mehr Bewegung mach." Martin stellte das Fahrrad ins Eck und holte aus seiner Tasche einen Kalender mit abgegriffenem Ledereinband heraus.

Alfred beäugte das Pedelec misstrauisch. „Ich find ja, dass d' es übertreibst mit dem Ding da. Bei dem Wetter."

„Du, das hat andere Gründe." Martin hatte sich ein Handtuch geholt und frottierte sich ab. In der Wohnung stand noch die Hitze der letzten Tage. „Schau, was ich da hab."

Er hielt seinem Onkel triumphierend das Lederbüchlein entgegen. Der verzog nur den Mund und hob die Schultern.

„Ich hab das Schloss zum Schlüssel gefunden." Martin ging in den Stock hinauf, sein Onkel folgte.

„Echt? Wos woar drin?" Jetzt klang doch schön langsam die Neugierde durch.

Oben angelangt, holte Martin aus der Küche zwei Flaschen alkoholfreies Bier und stellte sie geöffnet auf den Tisch. Daneben legte er den Kalender.

„Du wirst es nicht glauben: eine Gitarre, dieser Kalender und ein Foto. Die Gitarre hab ich dort lassen."

„Na zeig scho her!", forderte Onkel Alfred, während er einen Zug aus der Flasche machte.

Martin öffnete den Kalender, entnahm dem Einband das Foto eines kleinen Mädchens mit lockigen, blonden Haaren und schob alles über den Tisch.

„Pfui Deibel, wos is denn des fia a Gschloder?" Der Onkel beäugte das Etikett auf der Flasche.

„Also mir schmeckt's und gesünder ist es auch, aber was sagst du zu dem?"

„Na grauslich."

„Nein, zu den Sachen!" Martin hatte seinen Onkel tatsächlich angebrüllt.

„I waß ned ..." Der Onkel nahm das Foto, betrachtete es eine Weile, er blätterte im Kalender vor und zurück. „Der is aber alt, da san Termine eintrogn, aber aus 1998."

„Der Nadar war Musiker. Darauf deutet seine Gitarre hin, die ich gefunden hab und das hat mir auch ein Zeuge bestätigt. Ich kann kein Serbokroatisch, aber das sieht nach Städtenamen aus. Könnte eine Tournee von ihm gewesen sein."

„Und des Büdl?"

„Was weiß ich? Ein Patenkind, vielleicht sein Kind, das er verloren hat."

Alfred drehte dic Fotografie um und untersuchte die Rückseite. „Nix", stellte er fest. Er begann den Kalender in der Luft schnell durchzublättern, dabei nahm er ihn aus der Hülle.

„Was machst denn da?"

„Da is so a Delle, schau amal." Tatsächlich holte Alfred ein kleines Stück Etwas hervor, das in die Lederhülle gesteckt worden war.

„Das ist eine Micro-Speicherkarte." Die beiden sahen sich verschwörerisch an. Martin holte den Laptop aus dem Arbeitszimmer und steckte das Speichermedium in den Schlitz. Es waren Geschäftspapiere, vor allem Einsatz- und Stundenblätter.

Der Onkel genehmigte sich doch noch einen Schluck von dem alkoholfreien Bier, und noch einen, während Martin Zahlenkolonnen und Tabellen über den Bildschirm jagte.

„Doch ned so schlecht, ma kann si wirklich dran gwöhnen." Er leerte das Bier und richtete seinen Blick zu Martin, als ob er für dieses Eingeständnis Lob erwartete, doch der war von seinem Monitor abgelenkt.

„Das muss alles mit den Firmen vom Vukic zu tun haben, der Nadar muss ihm lange auf den Fersen gewesen sein."

„Was?", brüllte Alfred mit aufgerissenen Augen. „Des hot mit dem Vukic zu tun? Ratko Vukic leicht?"

„Ja sicher", Martin blickte verwundert hinter seinem Bildschirm hervor. „Das hab ich dir doch sicher schon erzählt. Warum, was ist mit dem Vukic?"

„Na der ist in der ganzen Branche verschrien." Alfred spielte damit wieder auf seine Tätigkeit als Erhebungsfachmann bei einer Versicherung an. „Naja, i hob mit eam nix zu schaffen g'habt, aber mei Nachfolger zum Beispüh. Und was sie die Kollegen so derzählen."

Martin war jetzt gespannt.

„Also, der hat kan guaten Ruf, oba nachweisen hat ma eam no nix können. Auffällige Schäden und so. Bei seine Häuser. Da is immer was kaputt. Dann wird der Schaden zoit und er reißt's Haus dann oh. Und immer, wenn man ihm a bissl auf die Zehen steign wüh, kommt sei Anwalt und happt dera Versicherung so richtig aufn Fuaß, dass vur Schmerzn ganz stüh wern. Oiso büdlich gsprochen."

Martin rieb sich die Stirne. „Also das ist interessant, weil es sich in das bisherige Bild wunderbar einpasst." Martin holte sein Handy hervor.

„Was machst?“

„Na den Rosicky anrufen, weißt eh, den Kollegen vom Niklas.“

„Um die Zeit?“ Alfred hielt Martin seinen Arm hin, auf dem er seine Armbanduhr trug. Tatsächlich, es war fast zehn. Um diese Zeit störte man keinen Familienvater, der im trauten Kreis von einem anstrengenden Arbeitstag ausspannen wollte. Oder er wollte dies in einem Lokal mit Freunden tun – da störte man noch weniger, weil man nur ... naja, störte.

„Du hast recht“, sagte Martin. „Vielleicht sollt ich mir das zuerst allein fertig anschauen. Und einen Hunger hätt’ ich auch.“

Der Onkel lächelte verschmitzt. „Deswegen woit i di a besuchen, dass mir zwei Hübschen was essen gehen.“

„Aber um die Zeit und bei dem Wetter hat wahrscheinlich nix mehr in der Nähe offen.“

Alfred nickte. „Jo, leider. Bei dem Barbiermeier hab i zerst gwartet, aber der hat dann gmant, er mechert sperren, deswegen hab i in dein Gartl auf di gwoart.“

Martin legte den Kopf schief und verzog seinen Mund. „Du, das Zisch, das Bierlokal unten beim Kreisverkehr, könnte noch offen haben. Mit ein wenig Glück bekommen wir dort auch was Warmes zu beißen.“

„Also dann gemma.“

Die Küche spielte zwar nicht mehr viele Stücke, aber die Klassiker wie Gulasch oder Würstel waren zu bekommen. Und ein paar Würstel vor sich am Teller waren ihm im Moment lieber als der zarteste Tafelspitz im weit entfernten Sacher.

Alfred genoss sein trübes Bier, während sein Neffe die vor allem mit Mehl und Ascorbinsäure gefüllte Kunsthaut verzehrte.

„Trink doch a a Kriagel, du schaust wirklich spitz aus“, meinte Alfred fürsorglich.

Martin grinste. „Das Abspecken ist nicht unbeabsichtigt."

„Ah so, medizinisch verordnetes Abspecken?"

„Nenn es, wie du willst, aber es tut mir gut." Martin bestellte sich zum Wohlgefallen seines Onkels auch ein großes Bier.

„Ah und deswegen strampelst di mit dem Ding oh."

„Nicht nur, das hat auch andere Gründe." Martin dachte mit Wehmut an sein Auto, dass der Verrückte unter einem dreißig Tonnen wiegenden Schwerfahrzeug begraben hatte. Aber das erzählte er nicht. Und die Geschichte mit der leeren Batterie in dem seltsam duftenden Auto auch nicht. Die Häme seines Onkels brauchte er jetzt nicht. Dessen Spott saß wie ein Troll hinter seinem wohllächelnden Schmunzeln versteckt und wartete nur darauf, losgelassen zu werden.

Sie wechselten das Thema, der Onkel kam auf die Petition vom letzten Jahr zu sprechen, die den Schutz der Gegend und der Weinberge bezweckt hatte, jedoch leider im Sand verlaufen war. Martins Groll brach los wie eine Lawine, und dabei fiel ihm etwas ein, das bei der letzten Taxifahrt doch hängen geblieben sein musste. Er sagte: „Es wird immer schlimmer. Hast du die Baugrube da unten gesehen?"

„Du manst bei dera Villa?"

„Ja, da werden Chalets errichtet. Das passt doch überhaupt nicht, sind wir jetzt ein Skiort? Gstaad in Neufried?"

Alfred lachte auf. „Der woar guat. Aber das is doch goar ned deppert."

„Wieso?"

„Naja de Buden wern mit dem Geld, des die Herrschaftn in der Schweiz parkt ham, kauft, also passt's eh wieder. Schweiz und Chalet?"

Martin betrachtete sein Glas und stellte nur lapidar fest, dass es wohl so sein werde.

„Aber hoffentli baun s' dann da an Nobel-Bello, damit die Damen und Herren auch fein shoppen können."

Martin verschluckte sich beinah an seinem Bier, der Schaum spritzte aus seinem Mund. „Was? Woher hast du denn das schon wieder?"

„Na der Heirichnwirt vom Barbiermeier hat's mir derzählt. Is dir die Baulücke neben dem Zisch da goar ned aufgfallen vurhin, wie mir kumman san?"

„Nein, und ich bin ganz froh, sonst wären mir die Würschtel im Hals stecken blieben."

Martin sah den Kellner demonstrativ auf seine Uhr blicken. Bis auf einen Mann an der Theke waren sie die letzten Gäste. Martin verstand den Wink und verlangte die Rechnung, nach deren Begleichung sie das Bierlokal verließen.

Auf der Straße hatte sich ein dunstiger Schleier über die Gegend gelegt. Es war kühl und Martin rieb sich die Arme. Er machte seinem Onkel ein bislang einmaliges Angebot: „Magst nicht bei mir schlafen? Es ist schon spät. Und kalt."

Alfred schüttelte den Kopf. „Bist no immer allan?"

Martin zuckte mit den Achseln. Der Onkel legte seine Hand auf dessen rechte Schulter. „Gaunz liab von dia, aber ich bin gern daham. Waßt eh, außerdem i bin no imma ham gfoan, schau, der Bus kommt eh scho. I foar gern mit die Öffis."

Sie verabschiedeten sich mit einem kurzen Nicken und Alfred stieg in den Bus, der nach ihm die Türe schloss und abfuhr.

Martin trottete heim und begrub zuerst seinen Plan, an diesem „Oldie-Freitag" das Lokal am Gürtel zu besuchen, und dann vergrub er sich unter der Decke.

Samstag, 1. September

Krasberger sah dem Wochenende voller Tatendrang entgegen. Leider war der Himmel in der Früh aufgerissen und hatte

Platz für die Sonne gemacht. Bei Regen wäre es noch einfacher gewesen, seine Frau zu überzeugen, dass er sich vor dem Fernseher erholen müsse. Er hatte in der Früh frisches Gebäck besorgt und dann endlich in der Videothek den reservierten Film abgeholt.

Jetzt saß er da, eine Flasche Bier in Händen, und genoss die mannigfaltigen Möglichkeiten, jemandem den Garaus zu machen. Seine Frau saß neben ihm auf dem Sofa und stichelte vor sich hin, wie einfallslos die Dramaturgie doch wäre, wenn die Leute sich immer nur die Schädel einschlugen. „Und die Frauen sind auch nur Aufputz fürs Auge."

Demonstrativ riss Irene Krasberger die Vorhänge auf. „Und bei diesem herrlichen Wetter bin ich dazu verdammt, mir mit dir solche schwachsinnigen Filme anzusehen, anstatt dass wir rauskommen. Ich glaub, du bist ganz froh, dass die Wohnung schon weg war."

Krasberger fuhr zusammen. Da war etwas im Anflug, wenn seine Frau so anfing. Etwas, das seine Gemütlichkeit zu stören im Gange war, ja, sogar etwas, das sie zerstören konnte.

Wenn Frau Krasberger eine derartige Unruhe ergriff, dann war es bald vorbei mit der Beschaulichkeit vor der Glotze, den Videos, den Chips, dem Bier – sofern Krasberger nicht gegensteuerte. Er wusste aber, dass dies selten ohne Verluste abging. Sich gänzlich den Wünschen seiner Frau zu verweigern, bedeutete, dass sie ständig solche Aktionen starten würde, bei denen kein Mann seine Ruhe hatte. Sticheln, auf den Film schimpfen, die Ehe generell in Frage stellen und, ja, das konnte dann das Unangenehmste werden, die Schwiegermutter ins Spiel bringen; die Frau, die ja immer schon vor diesem Versager, dem Habenichts und dieser Verbindung gewarnt hatte. Das anzuhören verdarb ihm jedes Mal die Laune. Ein Zugeständnis musste her, sozusagen als ehelicher Entminungsdienst, um den aufgestauten Frust seiner Ehefrau kontrolliert zu sprengen.

„Ich hab mir gedacht, wir machen morgen einen Spaziergang. Vielleicht in die Weinberge."

Krasberger sah am Gesichtsausdruck seiner Frau, wie der nächste Anwurf, der soeben nachgeladen worden war, implodierte und einem Lächeln Platz machte. „Du willst wirklich? Hör ich da recht?"

„Aber sicher, mein Schatz", flötete Krasberger und drückte die Pausetaste auf der Fernbedienung. Das geschwärzte Gesicht des Helden erstarrte im Schrei. Krasberger lugte zur Chipsschüssel und schüttelte die Bierflasche. Erstere war noch gut gefüllt, letztere weniger.

Er baute seinen Vorschlag aus. „Ich hab mir gedacht, wenn wir schon nicht zum See fahren, könnten wir ja einen Ausflug nach Grinzing machen. Dort ist es am Nachmittag gar nimmer so heiß. Und dann lad ich dich zum Heurigen ein. Was sagst?"

Irene Krasberger rückte sich wie ein Teenager ganz nah an ihn heran und legte ihre Arme um seinen Hals. „Was soll ich sagen? Sprachlos bin ich, und freuen tu ich mich. Aber was ist, wenn wir nach Neufried fahren?"

„Ah guat, ganz, wie's d' magst."

Sie drückte Krasberger einen Kuss auf die Stirn und löste ihre Umarmung. Sie erhob sich und nahm die beinah geleerte Bierflasche an sich. „Ich bring dir noch ein Bier aus der Küche."

Krasberger grunzte zufrieden und ließ den Helden seinen Schrei fortsetzen, bevor er sich aus gut dreißig Metern Höhe in einen Feuerball stürzte.

Martin hatte knapp zwei Stunden auf den Automobilclub warten müssen, eher der Pannenfahrer ihm eröffnete, dass die Batterie ihren elektrischen Lebensfunken endgültig ausgehaucht hatte. Eine nochmalige Starthilfe wäre nur unnütze

Geisterbeschwörung. Nach nicht einmal zehn Minuten war die Batterie getauscht, wie auch einige Geldscheine den Besitzer gewechselt hatten. Der Pannenfahrer rümpfte die Nase, als er zum Test den Wagen anstartete und den seltsamen Geruch im Wageninneren bemerkte.

„Ist das Ihr Wagen?", fragte er.

„Nein, nur geborgt", antwortete Martin. „Meiner hatte einen Unfall."

„Warum nehmen Sie kein Clubmobil?"

„Wahrscheinlich, weil ich nichts davon wusste."

Der Pannenhelfer holte aus seinem Einsatzwagen einen Folder und händigte diesen an Martin aus, ehe er zum nächsten Einsatz aufbrach.

Während er auf Hilfe gewartet hatte, hatte er Rosicky erreicht und ihm von seinen Entdeckungen im Spind berichtet. Rosicky war noch vor dem Pannendienst eingetroffen, hatte die Speicherkarte an sich genommen und sich die weiteren Fundstücke schildern lassen. Mit dem Versprechen, sich sofort an die Auswertung der Dateninhalte zu machen, war er nach einer schnellen Tasse Kaffee wieder losgezogen.

Jetzt saß Martin auf seinem Fahrrad. Er strampelte seinem Treffen mit Alberto, dem Fitnesstrainer, entgegen.

Alberto zeigte sich über die Fortschritte, die Martin in der kurzen Zeit gemacht hatte, schlichtweg begeistert. „Und die Gewichtsreduktion kann man sogar mit freiem Auge sehen", lobte er ihn. „Haben Sie auch die Grundlage gemacht, wie ich Sie Ihnen erklärt habe?"

Nachdem Martin keine Ahnung hatte, worauf die Sportskanone anspielte, nickte er nur.

„Gut", fuhr der Trainer fort. „Also, wenn Sie in der Ebene genug Kondition getankt haben, dann können wir uns ins Gelände wagen. Ich werde Ihnen ein paar Routentipps geben. Wichtig ist nur, dass Sie noch nicht zu viel im anaeroben Bereich unterwegs sind, das führt zu schnell zur Muskelübersäuerung."

Martin kannte einen übersäuerten Magen von zu viel Wein, aber dass seine Wadeln auch Sodbrennen haben konnten, war ihm neu. Er nickte gläubig und ließ sich einen Trainingsplan ausdrucken, um dann die klugen Worte nachlesen zu können. Alberto blickte auf die Uhr. „Ich habe bald Dienstschluss", sagte er, „und ich bin heute auch mit dem Rad gekommen. Wenn Sie wollen, können wir gemeinsam eine kleine Tour fahren."

Martin fühlte sich geehrt und beging den Fehler, die Einladung anzunehmen. Denn die Strecke führte gleich hinauf Richtung Herbertskogel, wo ihm schon einmal der Saft ausgegangen war.

„Was sagt der Puls?" Eine höfliche Frage, gut gemeint, jedoch gefährlich wie Crystal Meth, das auch sofort süchtig macht und bald seine zerstörerische Macht entfaltet. Vom Lob des Vorzeigesportlers benebelt, gab sich Martin einem Selbstbetrug hin, der ihn bald die Luft kosten würde. „135, oder?"

Martin keuchte ein angestrengtes „Ja", obwohl sein Herz bereits fast 160 Schläge die Minute machte.

„Das hab ich mir gedacht, da können wir ruhig einen Zahn zulegen."

Martin fixierte mit starrem Blick den grobstolligen Hinterreifen seines Vordermanns, wie es sich, behände wie eine Gämse, über Wurzel und Geröllmassen auf dem engen Wandersteig davonmachte. Martin konnte nichts mehr zulegen, er konnte sich nur mehr niederlegen, so fertig, wie er war. Im Brustkorb brannte es ihn und die Lungen drohten zu platzen wie ein an die Oberfläche beförderter Tiefseefisch und das Herz pochte im Hals. Doch es gab eine Rettung aus diesem Fiasko. Sie kam in der Form, dass sein Hinterrad auf einem Steilstück die Traktion verlor und er samt Rad wegrutschte, was ihn zum

Absteigen zwang. Mit zittrigen Beinen stand er da. Die Kehle war ausgedörrt wie der Boden in der Sahelzone. Er schob das Rad. Mit rotem Kopf erreichte er endlich Alberto, der ihn völlig ausgeruht auf einem Baumstumpf sitzend empfing: „Na, was ist denn mit Ihnen passiert? Sie sehen ja gar nicht gut aus", stellte er erschrocken fest.

Martin schleppte sich hechelnd wie ein Hund, den man im überhitzten Auto vergessen hatte, samt Rad zu diesem sporterfahrenen und geprüften Schinder hin.

Alberto erheischte einen Blick auf die Pulsuhr. Er riss Martins Handgelenk an sich, um sich zu vergewissern. „Sie sind ja auf Maximalfrequenz!"

Martin wollte mit den Schultern zucken, aber sogar dazu fehlte ihm die Kraft. Er japste und nahm mit letzter Kraft die gereichte Trinkflasche des Trainers entgegen. Nach ein paar Schlucken daraus kehrte ein wenig Energie in ihn zurück. „Ich weiß nicht, aber heute bin ich gar nicht in Form", meinte er entschuldigend.

„Mein Fehler", entgegnete Alberto. „Ich hab mich in Ihrer Kondition getäuscht und bin zu schnell losgetreten. Sie müssen noch viel mehr Einheiten in der Ebene absolvieren. Wir werden den Trainingsplan ändern. Ich schlage vor, wir kehren um und Sie gönnen sich für den Rest des Tages ein wenig Erholung."

Martin nickte und kletterte behäbig auf den Sattel. Der Vorschlag schien ihm vernünftig, auch wenn er heute Abend noch einen Einsatz bei Michis Sommerfest hatte. Er musste noch unter die Dusche, aber dann konnte er sich noch für zwei, drei Stunden ausruhen.

Der Fahrtwind erfrischte ihn ein wenig. Er hatte sich von Alberto verabschiedet und kam jetzt über den Höhenweg in die Weinberge zurück. Die Trauben hingen prall und leuchtend auf den Weinstöcken. Die ersten Sorten wurden bereits gelesen. Das Tuckern eines Traktors war zwischen den Reihen der Rebstöcke zu hören.

Die Sonne hatte nach dem gestrigen Regen wieder ihre sommerliche Kraft gewonnen und sie hatte offenbar nicht vor, sich bald wieder zu verabschieden. Michi würde Glück haben, das Wetter war auch für die nächsten Tage spätsommerlich stabil vorausgesagt worden, wobei man den Vorhersagen auch im 21. Jahrhundert nur den Stellenwert einer kryptischen Vorhersagung antiker Seher beimessen durfte. In seiner Jugend hatte man solche Schönwetterlagen immer mit einem Azorenhoch begründet. Ihm war natürlich weder die Bedeutung des Begriffs noch die geografische Lage dieser Inselgruppe bekannt gewesen. Jetzt hörte man dieses Wort eigentlich nicht mehr. Das lag wohl daran, dass man heutzutage, wenn schon nicht das Wetter kaufen konnte, so aber doch wenigstens die Stürme, Hochs und Tiefs, denen man eigens erdachte Namen geben konnte.

Er erreichte die befestigte Straße, das Rütteln am Lenker war mit einem Mal beendet. Ihm drängte sich auch ein Name auf, den er gern einer Wetterkatastrophe umgehängt hätte. Ein Pribil-Tief oder -Sturm war doch naheliegend. Um dieser Namenspatronin zu entgehen, beeilte er sich, seinen Eingang zu erreichen, als er zu Hause angelangt war. Denn die Nachbarin machte sich wieder im Garten zu schaffen.

Tadic kochte vor Wut. Vukic hatte ihm einen Auftrag gegeben. Das war an einem Samstag nicht ungewöhnlich, bedeutete aber, dass er auf seine Begleitung am Abend verzichten wollte. Dejan kann das machen! Diese Worte klangen in seinem Inneren nach wie eine Verwünschungsformel. Immer wieder repetierte er diesen Satz im Geiste. Dieser Emporkömmling! Er selbst hatte wieder eine Fuhre zu erledigen und das Salär von den Imbissbuden am Yppenplatz einzutreiben, hatte der

Umsatz dort wieder nachgelassen. Er durfte also weiterhin die Drecksarbeit machen, während sich dieser Kurac beim Boss einschleimte. Er sah an der Ecke ein Straßencafé, das er schon lange nicht mehr besucht hatte. Wie hatte die Kellnerin damals geheißen? Egal, wenn sie da war, würde sich schon was ergeben, sie hatte ihm das letzte Mal schon zugelächelt.

Rosicky legte das Handy beiseite. Wieso hob Martin nicht ab? Er hatte doch gesagt, dass er immer erreichbar wäre. Er hatte das Geheimnis des Datenträgers entschlüsselt, das war natürlich starker Tobak, sie mussten sich unbedingt bald treffen, am besten mit Felder. Zu dritt würden sie entscheiden, wie sie damit weiter umgehen würden. Und ihm waren nun auch die Augen geöffnet worden. Er kannte die Verantwortlichen dahinter. Er probierte nochmals Martins Nummer. Wieder sprang nach ein paarmal Läuten die Mobilbox an. Er hinterließ eine Nachricht, in der er um Rückruf bat. Er überlegte kurz. Die Wohnung hatte er gestern geputzt, die Vorratsbehälter in den Küchenkästen am Vormittag sortiert, es gab eigentlich im Moment nichts zu tun. Da fiel ihm ein, dass er einen Beschwerdebrief an die Hausverwaltung schreiben wollte. Die Familie, die vor kurzem in der Erdgeschoßwohnung eingezogen war, trennte den Müll nicht ordentlich und auf dem Gang hatten sie Schuhe und manchmal sogar Fahrräder abgestellt. Er machte sich ans Werk.

Martin erwachte am späten Nachmittag. Die Sonne tauchte den Raum in ein warmes Licht. Die Ruhe nach der Ausfahrt hatte gut getan.

Der Detektiv blinzelte verschlafen. Sein erster Gedanke galt der abendlichen Garderobe. Zum Wetter und zum Anlass passend entschied er sich für den weißen Leinenanzug. Darunter würde ein Shirt reichen. Er stand auf und öffnete den Kasten. Mit oder ohne Emblem, das war die Frage. Er nahm ein dunkles D&G-Polo mit Stehkragen und hielt es an das weiße Sakko, war aber nicht überzeugt davon. Er stöberte weiter in seinem Fundus und griff letztlich zu einem La-Martina-Shirt in einem zarten Pastellblau. Vielleicht doch zu sommerlich? Er legte das Gewand beiseite und vertagte die Entscheidung auf eine Tasse Kaffee später. Wenigstens die Unterhose hatte er schon an.

Am Weg zur Kaffeemaschine prüfte er sein Handy und sah, dass er drei Anrufe von Rosicky versäumt hatte. Auch eine Nachricht hatte er erhalten. Wahrscheinlich hatte Felders Kollege auf die Mobilbox gesprochen. Er rief ihn an.

„Endlich, ich hab interessante Neuigkeiten", sagte Rosicky.

„Na, da bin ich aber gespannt, was denn?"

„Das möchte ich am Telefon nicht erläutern. Ich glaube, wir sollten uns treffen, also auch mit Niklas."

Martin überlegte kurz. „Ich weiß nicht, ob das im Moment so günstig ist."

„Aber geboten", versuchte Rosicky Martins Zweifel zu zerstreuen. „Nadar hat minutiös Buch geführt, und zwar über alle Aufträge, die Vukic ausgeführt hat, und noch mehr. Ich glaub, das ist ein Riesenkartenhaus, das bald einstürzen wird, aber wir müssen uns wegen der Taktik absprechen. Aber jetzt ist klar, warum Nadar für Vukic gefährlich geworden war."

„Bingo!" Martin ballte die Faust. „Was hast du denn alles gefunden?"

„Alles und noch viel mehr."

„Hängt noch wer drinnen?", wurde Martin jetzt neugierig.

„Das musst du selbst entscheiden. Wie gesagt, wir müssen uns treffen, je eher, desto besser."

„Da geb ich dir recht." Martin überlegte, wie lange Michis Sommerfest wohl dauern würde, blieb aber realistisch. Zu viel ließ sich nicht in einen Tag packen. „Ich kann leider erst morgen. Ich schlage vor, ich klär das mit Niklas, wegen dem Wann und Wo, ich meld mich bei dir. Gleich morgen in der Früh. Okay?"

Am anderen Ende der Leitung herrschte für einige Sekunden Schweigen, dann sagte Rosicky: „In Ordnung, wenn es sein muss, bis morgen, dann aber sicher."

„Ganz sicher."

Das waren ja wenigstens einmal gute Neuigkeiten. Jetzt ging ihm das Ankleiden ganz von selbst von der Hand. Er nahm einfach irgendein weißes Shirt, schlüpfte in den Anzug und ohne Socken in die Mokassins und trabte los ... genau seiner Lieblingsnachbarin in die Hände.

„Na, fahren mir nach Ibiza?", meinte Frau Pribil sarkastisch.

„Wir beide, meine Teure, sicher nicht, aber ich vielleicht schon einmal", antwortete er im Vorbeigehen. „Ich geh zu einem Sommerfest, wenn Sie's genau wissen wollen." Die Nachbarin dürfte diesen Seitenhieb entweder nicht gehört oder nicht verstanden haben, jedenfalls ging sie nicht darauf ein. Stattdessen erkundigte sie sich: „Ah, Sie gehen zu dem Fest bein Fadinger? Naja ..."

Martin wollte sich eigentlich nicht unnötig aufhalten, doch diese letzte schnippische Bemerkung forderte ihn heraus. Er stoppte seine Schritte und wandte sich um.

„Was meinen Sie damit?"

„Womit?"

„Dieses herablassende ‚Naja', wie ist das zu verstehen?"

Frau Pribil grinste, ihre falschen Zähne traten hervor. Sie hob die Schultern. „Naja halt, wie man des so sagt."

„Was?" Martins Tonfall wurde eindringlicher.

„Naja, also, ich mein ...", begann sie jetzt herumzudrucksen, „das ist halt ein letztes Aufbäumen, so ein sterbender Schwan, in Schönheit hoid untergehn."

„Können Sie mir das bitte näher erklären, daraus wird kein Mensch schlau."

„Hern S', ganz Neufried waß doch, dass der Fadinger nimmer geht, seit dieses junge Fräulein den Heurigen geerbt hat. Der wird bald zumachen müssen." Sie machte eine Pause: „Oder einen neuen Herrn haben."

Martin vermutete eine Anspielung auf eine der Pribil bekannte Intrige, von Muth oder einem seiner Adlaten zum Beispiel. Dementsprechend forsch fuhr er die Nachbarin an: „Ich weiß nicht, was Sie sich da einmischen, aber wenn Betrug im Spiel ist und Sie was davon wissen oder da mitmachen, dann mach ich Sie fertig, das schwör ich Ihnen."

Die Pribil fasste sich an den Kragen ihrer Bluse und zog ihn über den Hals. Dann schimpfte sie los: „Also das ist eine unglaubliche Frechheit, so lass ich nicht mit mir reden. Was unterstellen Sie mir da? Schaun S', dass Se weiterkommen!"

Das war das Stichwort. Martin war ohnehin spät dran, denn Michi hatte ihn gebeten, knapp vor den Gästen zu kommen und es war bald acht Uhr.

Die Sonne war bereits untergegangen und auch der letzte Lichteinfall, der sich in dem kleinen Taleinschnitt zwischen den beiden Hügelketten gehalten hatte, war nur einem gräulichen Schleier aus Dämmerung und Dunst gewichen. Zum Glück hatte es nicht sonderlich abgekühlt, das Fest würde, zumindest vom Wetter her, ein Erfolg werden.

Er stieg in den alten, zerbeulten Opel und nahm die Rechnung des Automobilclubs für die neue Batterie von der Ablage. Er besah sie sich einen Moment lang, dann zerknüllte er das Papier. Wenn es um den Frostbachl-Fadinger tatsächlich schon so schlecht bestellt war, dass sogar seine zänkische Nachbarin darum wusste, wollte er Michis Budget nicht weiter belasten. Er startete den Wagen und stellte mit Erleichterung fest, dass auch der seltsame Geruch auf ein erträgliches Maß abgenommen hatte.

Er fuhr die wenigen Meter zum Heurigen vor, wo er den Wagen hinter dem Anwesen in einem kleinen in die Weinberge führenden Weg parkte. Vor dem Lokal und auch in ganz Neufried waren bei so einem Event keine Parkplätze zu ergattern.

Auf den Steinstufen, die zum Haupteingang führten, waren kleine Öllampen drapiert, deren Flammen im nun aufkommenden Luftzug tanzten. Den Haupteingang säumten zu beiden Seiten große Stumpenkerzen in Laternengehäusen. Wie zwei Wachesoldaten vor dem Buckingham Palast bewachten sie den Eingang.

Martin betrat den Innenhof des Weinguts. Überall waren die Tische mit weißen Tüchern überzogen, die nun im Wind flatterten. Erste Gäste standen noch über den Garten verstreut und unterhielten sich leise, in den Händen ein Wein- oder Sektglas haltend. Martin hielt nach Michi Bogensberger Ausschau, konnte sie aber nirgends entdecken. Einzelne Kellner schwirrten herum und stellten Tabletts mit kleinen Häppchen auf die Tische, andere trugen Tabletts mit Getränken darauf. Im Hintergrund spielte eine Band unaufdringlichen Jazz. Es sollte also heute Abend keine folkloristische Weinseligkeitslaune geben, schloss Martin aus dem Ambiente. Die meisten Herren trugen einen dunklen Anzug, einzelne sogar einen Smoking, die Damen hatten das berühmte kleine Schwarze gewählt. Martin lächelte einem weiblichen Gast zu, der mit den Perlen seiner Halskette spielte.

„Was darf ich Ihnen zu trinken anbieten?“

Einer der Kellner, die in der üblichen, trachtig angehauchten Montur servierten, hielt ihm ein Tablett entgegen. Martin griff nach einer Sektflöte und bedankte sich. „Wissen Sie, wo die Frau Bogensberger ist?“, fragte er.

Bevor der Kellner antworten konnte, wurde Martin von ebendieser begrüßt.

„Fein, dass du mich nicht im Stich lässt." Sie legte ihre Hand auf Martins Schulter.

„Bin ich zu spät?", fragte dieser.

„Nein, es geht erst los, aber ein paar Gäste sind schon da." Sie machte einen Schritt von Martin weg und wandte sich einem älteren Paar zu. „Herr Kommerzialrat, schön, dass Sie es einrichten konnten. Und Sie sehen ja ganz bezaubernd aus, Gnädigste."

Martin beobachtete seine Bekannte, wie sie den beiden – er schon in den besten Jahren, die selten auf gute folgten, und mit einem grauen Haarkranz um seine Glatze, sie mit vollen Lippen und mit üppigem Dekolletee im etwas zu eng geratenen Kleid – die Hände schüttelte. Dann gesellte sie sich wieder zu ihm. „Du musst verzeihen", erläuterte sie ihr Verhalten, aber wir machen heute ein Charityfest und da bin ich auf die Leute aus Politik und Wirtschaft angewiesen. Ich hoffe auf ein gutes Ergebnis. Wir sammeln für das Kinderheim am Horizont."

„Ich verstehe. Lass dich nicht aufhalten, aber was ist meine Aufgabe?"

„Bitte sei nur wachsam und hab ein Auge auf die Gäste und dann natürlich auf den Erlös der Sammlung."

Wieder bog sie ab. Diesmal um einen bekannten Baustoffhändler zu begrüßen. Es folgten: ein Bezirksrat, dann ein Kunstsammler, ein Spitzengastronom, ein Schönheitschirurg, zwei Schauspielerinnen und ein Baumeister mit einem Kamerateam im Schlepptau. Der Geräuschpegel im Hof und im Garten wuchs an. Die Musik wurde flotter.

Dann war für einen Moment der erste Ansturm vorüber und Michi kam nochmals zu Martin. Sie grinste. „Schickes Outfit übrigens."

Martins Blick schweifte durch die Reihen der dezent gekleideten Herren. „Ich bin halt ein Unikat", antwortete er lächelnd.

„Das schon, aber heute nicht aufgrund deines Gewands." Michi deutete mit dem Zeigefinger hinauf in den Garten, wo tatsächlich ein weiterer Mann einen weißen Sommeranzug trug. Er tauchte ein Kind auf der Schaukel an. Daneben stand eine dunkelhaarige Schönheit, die von einem breitschultrigen Kerl flankiert wurde.

„Du bist wohl nicht die Einzige, die für heute Personenschutz bestellt hat", sagte er. Er nahm den Mann in Weiß in Augenschein. Das braungebrannte Gesicht kontrastierte mit der Farbe der Gewandung. „Das gibt es nicht, was macht der hier?", fragte Martin mit echtem Erstaunen.

„Du kennst ihn?"

„Natürlich, das ist Ratko Vukic, eine mehr als zwielichtige Gestalt. Und ich weiß nicht, ob er nicht hinter mehreren Verbrechen steckt."

„Aber er ist ein Förderer und vor allem ein sehr großzügiger Mann, dafür ist er bekannt", erwiderte Michi schnippisch.

„Ist schon in Ordnung, es ist dein Fest", sagte Martin und bewegte sich langsam auf die vier Personen oberhalb des Geschehens zu.

„Lass ihn mir nur ja in Ruhe, hörst du?"

Martin nickte und schlich wie eine Katze in Richtung Baum, an dem die Schaukel befestigt war.

„Ja, Ihre Freundin hat recht, Sie sollten ihn wirklich in Ruhe lassen."

Martin drehte sich um und blickte in das kantige Gesicht eines Mannes um die fünfzig, der vor Selbstbewusstsein strotzte.

„Und wer sagt das?"

„Verzeihen Sie, Doktor Lichtenfels, ich bin der Anwalt von Herrn Vukic, und meinem Mandanten gefällt nicht, dass Sie ihm nachschnüffeln."

„Und wie kommt er darauf?"

Der Anwalt stellte sein Glas auf einem Buffettisch ab und beugte seinen Oberkörper nah zu Martin, so dass sich ihre Nasen beinah berührten. „Wie naiv sind Sie? Sie begeben sich in sein Revier, fragen die Leuten, die für ihn arbeiten, aus und denken, das wirbelt keinen Staub auf? Glauben Sie mir, Sie können in dieser Stadt keinen Schritt mehr machen, ohne dass wir davon wissen."

Martin ballte die Fäuste, doch er wollte Michi keine Probleme bereiten. Er biss den Kiefer zusammen und atmete durch. „Wollen Sie mir drohen?"

Der Anwalt richtete sich wieder auf, griff nach seinem Glas und lächelte. „Da müssen Sie mich jetzt völlig falsch verstanden haben. Nein, ich wollte Sie nur zu einem Gespräch einladen. Spielen Sie Paintball?"

„Was? Das ist doch dieses Schießspiel, das auch dieser ..."

„Völlig harmlos, aber man kann seine Sträuße auf faire Weise austragen. Ich lade Sie ein, sagen wir morgen so um vier?" Er hielt Martin eine Karte hin, auf der die Adresse einer Veranstaltungshalle abgedruckt war.

Martin war von diesem Anbot überrumpelt und wusste keine rechte Antwort darauf.

„Auf der Rückseite ist meine private Mobilnummer. Rufen Sie mich morgen am Vormittag an. Noch können wir die Sache auf freundschaftlich regeln."

Der Anwalt drehte ab und ließ den Detektiv verdattert zurück. Martin betrachtete nochmals die Karte und steckte sie dann weg. So wenig wie dieses Gespräch hätte stattfinden sollen, genauso wenig hatte Vukic hier zu sein. Martin folgte dem Weg, der zu dem kleinen Kinderspielplatz führte, vorbei an der kleinen Bühne, auf der sich die Band höchste Mühe gab, nicht allzu aufdringlich ihr Können zum Besten zu geben. Der Wind frischte abermals auf und fuhr mancher Gnädigen unter das Kleid, die dann Mühe hatte, sich keine Blöße zu geben. Martin stoppte bei einem Baum. Er lehnte sich gegen den Stamm und verweilte knapp vor seinem Ziel in der Deckung. Was wollte er hier von Vukic? Es wäre sicher besser, zuerst die Besprechung mit Felder und Rosicky abzuwarten, wenn mit dem Inhalt der Speicherkarte tatsächlich die Machenschaften von diesem Kerl aufgedeckt werden konnten. Sollte er ihn ansprechen, mit einem ganz anderen Thema in ein Gespräch verwickeln, oder sollte er ihn nur aus angemessener Entfernung beobachten – wozu aber? Vielleicht sollte er die Begleitung unter die Lupe nehmen. Aber diese Begleitung hatte einen Aufpasser zur Seite gestellt bekommen. Er war in diesen Gedanken, das Abwägen des Für und Wider etwas zu unternehmen, vertieft, als das kleine Mädchen an ihm vorbeilief. Sie trug ein weißes Kleidchen, die Füße steckten in schwarzen Lackschuhen. Er betrachtete ihr zartes Gesicht aus der Nähe – und ...

Martin klappte der Mund auf. Dieses Mädchen war ..., das war das Kind auf dem Foto, das er in Nadars Spind entdeckt hatte.

Sofort schossen unzählige weitere Fragen durch seinen Kopf. Am lautesten meldete sich jene, die nach der Verbindung zwischen dem Mädchen, Nadar und Vukic suchte. Und zum Drüberstreuen auch mit einer Gitarre oder Musik schlechthin zu tun hatte.

Das Kind hatte sich ein Saftglas geholt und trank im Gehen. Die schwarzhaarige Frau kam dem Mädchen entgegen und forderte es auf, achtzugeben, damit der rote Traubensaft nicht auf das Kleid tropfte. Sie sprach mit einem leichten Akzent, der ihre südländische Herkunft nahelegte. Martin beäugte die Frau. Dunkle große Augen, volle Lippen, eine zarte ebenmäßige Nase, die ein ovales gebräuntes Gesicht zierte. Eine schlanke Taille und eine beachtliche Oberweite, die von dem tief ausgeschnittenen Kleid unterstrichen wurde.

Die glatten Haare waren dunkel wie Ebenholz und reichten ihr bis zu den Schulterblättern. Martin konnte eine ähnliche Schönheit in Ansätzen im Gesicht der Kleinen erkennen. Die Verwandtschaft ließ sich schwer verleugnen.

Vukic trat ins Blickfeld des Ermittlers. Er legte den Arm um die Frau und schob sie langsam die Stufen hinab. Der Gorilla hielt sich im Hintergrund, wich aber Vukic nicht von der Seite.

Die Kleine hängte sich nun an Vukics Oberschenkel. Hier war also auch eine Zusammengehörigkeit feststellbar.

Martin hielt Ausschau nach Michi. Sie würde ihm sicher erklären können, ob es sich hier um die Familie des zugewanderten Bautycoons, Mäzens oder was auch immer er war, handelte.

Doch die Chefin war im Smalltalk mit ihren Gästen verhangen.

Vukic und sein Clan gingen jetzt die Stufen an Martin vorbei. Auf Augenhöhe blieb Vukic stehen und musterte Martins Anzug, dann wandte er sich süffisant lächelnd an die Frau.

„Siehst du, ich bin nicht der Einzige in einem weißen Anzug." Sein Deutsch war erstaunlich gut.

Die Frau drehte sich nach Martin um. „Ja, aber dir steht er besser." Sie sagte das ohne Überzeugung in ihrem Tonfall, gerade so, als ob es zum Protokoll gehörte.

Martin überhörte den Seitenhieb, zu sehr beschäftigte ihn der Wunsch, mehr über diese Personen zu erfahren. Er war sich sicher, könnte er mit der Frau sprechen, würden sich neue Erkenntnisse auftun. Aber wie sollte er Kontakt zu ihr herstellen, hier unter all den Menschen, und vor allem im Beisein von Vukic und seinem Adlatus? Vielleicht konnte er sich in dieser Menge unentdeckt an sie heranmachen? Mittlerweile waren der Garten und der Innenhof bestens besucht. Überall drängten sich die Menschen um das Buffet, die Kellner bemühten sich redlich für Getränkenachschub und die Promidichte war entsprechend hoch. Das freute Martin für Michi, denn zumindest die Anwesenheit vieler bedeutete schon einen kleinen Erfolg, unabhängig davon, wie viel bei der Sammlung herauskommen sollte. Die Medien würden darüber berichten und der Frostbachl-Fadinger konnte unter ihrer Führung an die bisherige Tradition anschließen: Wurden Gäste geladen, dann kamen sie auch.

Martin nahm einen der Flyer, die überall verteilt lagen, und las über die Anliegen und Aufgaben des oberhalb Sieverings für schwerbehinderte Kinder eingerichteten Heims. Er zückte sein Portemonnaie und richtete einen Einhundert-Euro-Schein her, den er nachher, wenn der Spendenaufruf kam, in die Box oder was immer durchgereicht würde, einwerfen wollte. Er versuchte Vukic nicht aus den Augen zu verlieren, hielt aber zugleich immer noch Ausschau nach Michi Bogensberger. Er würde sie im Heurigen suchen müssen, wahrscheinlich erteilte sie Anweisungen an der Schank oder in der Küche.

Vukic unterhielt sich mit Doktor Lichtenfels und wirkte nicht, als würde er bald gehen wollen. Außerdem stach er mit seinem blitzweißen Anzug aus der Menge hervor wie ein Schneemann auf einer grünen Wiese. Die Kleine tanzte zur Musik und auch die hübsche Frau wippte mit Becken und Schultern rhythmisch im Takt. Das Ganze wirkte professionell, vielleicht war sie Tänzerin.

Martin suchte die Schank auf. Dahinter knurrte Muth ein paar Direktiven zu dem von einem Caterer abgestellten Personal. Mit der Stammbesetzung allein war so eine Veranstaltung nicht zu schaffen. Als er Martin sah, verengten sich seine Augen zu einem Schlitz. Unwirsch gab er ihm zu verstehen, dass Gäste hier nicht geduldet waren:

„Se kriagn ois, wos brauchen, draußen, da is heut ka Service."

„Nein, entschuldigen Sie, ich suche …"
„Herr Martin? Marco Martin?"
Martin wurde von hinten an die Schulter getippt. Als er sich umdrehte, stand ein junger Mann Mitte zwanzig in verwaschenen Jeans, ebensolchem T-Shirt vor ihm. Er hatte kurze Dread-Locks, einen Bartansatz und war kleiner als Martin.
„Ja, wer will das wissen?"
„I bin der Matthias. Die Michi hat gsagt, Sie bringen heut es Auto. I brauchert's dringend."
Martin runzelte die Stirn:
„Ja, das Auto ist da, ich hab es hinten bei den Weingärten geparkt, vorne war alles zu. Hier sind die Schlüssel." Martin hielt ihm den Bund hin. „Aber wieso brauchen Sie das Auto morgen so dringend?"
„Ich fahr einen Freund besuchen, und einen Wein nehm ich auch mit."
Jetzt wurde Martin neugierig. „Ihr Freund wohnt aber nicht zufällig in Holland?"
„Ja, wieso wissen Sie? Der hat dort ein paar Kaffeehäuser und ich bring ihm einen guten Neufrieder Wein mit und nehm die leeren Flaschen mit zurück."
Es bedurfte keiner großartigen Kombinationsgabe, um zu wissen, dass die leeren Flaschen wohl nicht ganz leer waren.
Matthias steckte den Schlüssel ein und fragte: „Mit dem Auto sonst alles in Ordnung?"
„Ja, aber Sie sollten im Wagen nicht so viel kiffen."
Der junge Mann errötete. „Aber eh nur vor der Grenze", stammelte er zur Rechtfertigung.
„Lassen wir das, wissen Sie zufällig, wo Michi steckt?"
„Sie wollte in den Keller gehen, anscheinend will sie die Cuvée Bombastum dekantieren und dann versteigern."
Martin bedankte sich und Matthias verschwand mit eingezogenem Kopf sehr schnell von der Bildfläche.

Von draußen klang Applaus in das alte Gemäuer der Buschenschenke. Martin erahnte, was vorging. Diese Vermutung wurde bestätigt, als er nach draußen trat. Michi stand auf der Bühne und hielt die berühmte Flasche in die Höh. Doch neben ihr stand Vukic. Er fächelte mit mehreren Fünfhundert-Euro-Scheinen in der Luft, die er theatralisch in eine Holzkassette fallen ließ. So machte der Mann das also. Martin kam sich klein und unbedeutend vor, an diesem Abend war Vukic zweifelsfrei der Star. Mit Geld konnte man sich eben alles kaufen. Auch eine weiße Weste und Reputation.

Da fiel ihm ein, dass er noch Felder anrufen musste, um den Termin mit ihm und Rosicky für den nächsten Tag zu fixieren. Er spähte zum überdachten Eingangsbereich, doch auch dort drängten sich die Leute. Es blieb ihm nichts anderes übrig, als wieder im Gebäude zu verschwinden. Beim Verlassen des Hofs schenkte er Vukic noch einen schnellen Blick. Der war gerade daran, die eben für ein kleines Vermögen ersteigerte Magnumflasche wahllos an die Umstehenden auszuschenken. Martin schüttelte den Kopf und begab sich in eine der leeren Stuben, die nur wenig vom durch die Fenster fallenden Schein der Straßenlaternen erhellt waren. Früher war die Neufrieder Beleuchtung dem Licht der alten Gaslaternen nachempfunden worden und hatte die nächtlichen Umrisse in ein orangewarmes Licht getaucht. Neuerdings hatte man die Lichter gegen Diodenlämpchen getauscht, die gut als Kulisse für „Star Wars" herhalten konnten.

Felder meldete sich. Martin teilte ihm mit, was Rosicky und er in der Zwischenzeit herausgefunden hatten, und in Felders Stimme klang tatsächlich so etwas wie Zuversicht mit, als er das Treffen für den nächsten Tag am frühen Abend mit Martin ausmachte. Der Detektiv erkundigte sich danach, ob sein Schwager alle seine Anweisungen befolgt hatte und riet zu dem Treffen erst nach Einbruch der Dunkelheit.

„Hern Se, i hob Ihnen doch scho gsogt, dass herinnen heut ka Betrieb is."

Muth war weder Sympathieträger noch besonders im freundlichen Umgang mit Gästen geschult, aber ein wenig Nachhilfe konnte nie schaden. Martin steckte sein Telefon weg und erhob sich. Muth hatte sich im Türstaffel aufgebaut und schnaufte grimmig wie ein Stier, dem man ein rotes Tuch vor die Nase hielt. Martin schritt auf ihn zu. Auf gleicher Höhe rempelte Martin seine Schulter gegen Muths Oberkörper. Er riss seinen rechten Arm hoch und drückte seinen Ellenbogen in Muths Gurgel, während er mit der Linken seine Hände zu fassen bekam und arretierte. Mit seinem rechten Fuß fixierte es den Geschäftsführer am Boden.

„Hör zu, mein Freund. Ich bin da auf Einladung deiner Chefin und weil ich mich darum kümmern soll, dass es keine Zwischenfälle gibt. Ich habe daher sehr wohl das Recht, mich hier zu bewegen und mich umzuschauen, kapiert?" Martin drückte mit seinem Gewicht Muths Körper gegen den Türstock und bereute fast, dass er zuletzt ein wenig abgenommen hatte. Doch seine verbliebene Masse und das Moment der Überraschung bei diesem Übergriff beeindruckten Muth auch so. Er röchelte und seine Augen traten aus dem roten Gesicht hervor, mit der verbliebenen Bewegungsfreiheit versuchte er mit dem Kopf zu nicken, was eher einer Übung für fortgeschrittene Gesichtsgymnastiker entsprach.

Martin ließ Muth los, putzte sich demonstrativ die Hände ab, als hätte er etwas Ekeliges zu fassen bekommen, und sagte: „Dann ist es ja gut." Er ließ den nach Luft ringenden Geschäftsführer zurück und machte sich abermals auf die Suche nach Michi. Dabei kämpfte er sich durch die Menge, die sich mittlerweile im gedeckten Hofbereich zusammendrängte. Der Wind hatte zugelegt und es war nun kühl geworden. Die Blätter auf den Bäumen rauschten grimmig, während die

Kerzen um ihr Überleben flackerten. Doch die Anwesenden ließen sich dadurch nicht in ihrer Feierlaune stören. Überall Gelächter, Geplauder und Zugeproste. Martin versuchte sich mit den Armen eine Schneise durch das Menschenmeer zu bahnen und schaffte es, sich ein Glas Wein zu besorgen. Wo war nun wieder Vukic?

Plötzlich gab ihm jemand, der es offenbar eilig hatte, unabsichtlich einen Rempler, er kippte nach hinten und stieß gegen einen weichen Widerstand. Er drehte sich um und sah in das Gesicht einer Blondine, die er seinerseits angerempelt und ihr dabei deren Weinglas auf ihr Oberteil geleert hatte. Rotwein auf ein helles Sommerkostüm. Er setzte eine peinlich berührte Miene auf und entschuldigte sich. „Das tut mir jetzt aber leid, verzeihen Sie, ich komme selbstverständlich für die Putzerei auf."

Die Frau betrachtete die Sauerei auf ihrem Gewand, dann schenkte sie Martin einen Blick, der ihn traf wie ein Blitz. Es war nicht nur das Mysterium, dass ihm diese an sich Wildfremde bekannt vorkam, es war das unschuldig Verklärte in ihrem Lächeln, als sie sagte: „Um das Kleid ist es vielleicht weniger schad' als um den Wein."

Martin setzte den seit Neandertalers Zeiten üblichen Gesichtsausdruck auf, in den Männer sich flüchten, wenn sie eine Frau nicht verstehen: Er gaffte blöd. Die Frau half ihm ein wenig auf die Sprünge. „Das war ein ..."

In diesem Moment fiel bei Martin der Groschen, er fiel ihr ins Wort: „Nein, wollen Sie damit sagen?"

„Ja, ich habe eines der Gläser mit dieser begehrten Cuvée ergattert. Ich hätte mir mit dem Trinken doch nicht so viel Zeit lassen sollen. Aber sagen Sie, kennen wir uns nicht? Sie kommen mir bekannt vor?"

Martin musste seine Gesichtsmuskeln wirklich unter Kontrolle halten, damit er nicht wieder in ein tumbes Glotzen verfiel, aber waren das nicht die Anmachsprüche seiner eigenen Geschlechtsgenossen? Obwohl ... „Ja", platzte es nun heraus, als ihm klar wurde, wieso auch ihn das Gefühl einer Vertrautheit mit dieser Person beschlichen hatte, „Sie haben mir doch damals das Taxi vor der Nase weggeschnappt!" Sein Tonfall wurde mit einem Mal distanzierter.

Die junge Frau, die sich mit ihren unschuldigen wasserblauen Augen und der kleinen Stupsnase leicht tat, unschuldig dreinzuschauen, fragte nur: „Ach wirklich, ich dachte, wir wären uns unlängst im Wald begegnet, als Sie nach einem Sauerstoffzelt Ausschau hielten, nachdem Sie vom Rad gekippt waren."

„Ich hatte eine Panne, das Rad ist neu", antwortete Martin trotzig, ehe er ein wenig versöhnlicher nachschob, „aber lassen wir das. Ich finde, wir sollten einen Neuanfang machen. Ich darf mich vorstellen: Martin, Marco Martin." Er streckte ihr seine Hand hin.

„Sie wollen also etwas mit mir anfangen? Das finde ich charmant." Wie eine Diva rollte sie ihm ihren Arm entgegen und Martin begriff, dass die Dame einen Handkuss erwartete. Ihm wurde heiß, da die Frau offenbar das Heft fest in der Hand hielt. Er ergriff ihre zarte weiche Hand und hauchte einen Kuss darauf.

„Ich heiße Anne Persson und hätte gern etwas zu trinken. Ich finde, das schulden Sie mir, zumindest fürs Erste."

Martin war von Anne Perssons Direktheit irritiert, daher wühlte er sich gern bis zur nächsten Bar vor und organisierte zwei Gläser Erdbeerbowle. So verschaffte er sich eine kurze Verschnaufpause, um sich neu zu organisieren.

Er kam zurück und reichte ihr ein Glas. Sie stießen an.

„Und wie kommen Sie hierher, also, ich meine, kennen Sie Frau Bogensberger?" Martin hatte zunächst Smalltalk im Programm.

„Entzückend, wollen wir dann übers Wetter reden?"

Martin nahm einen großen Schluck, das hatte er bitter nötig. Sein Charme schien heute versiegt zu sein. Wieder ergriff Frau Persson die Initiative: „Wir könnten doch Du zueinander sagen, stört dich das?" Sie hakte mit ihrem Glas in der Hand bei Martins Glas ein und sie tranken Bruderschaft, dem ein sanftes Küsschen auf die Wangen folgte. Martin war wieder irritiert, zudem hatte ein Kind einen lauten Schrei von sich gegeben, gefolgt von einem Klirren. Es war die Kleine von Vukic, die einige Gläser von einem Tablett gestoßen hatte. So hatte Martin wenigstens dessen Spur wieder aufgenommen.

„Was gibt es denn so Interessantes, du bist ja gar nicht da?"

Martin versuchte möglichst allgemein von seinem Beruf zu erzählen, und warum er heute hier war. Anne lachte.

„Im Ernst? Du bist Detektiv? So wie Columbo?"

„Der ist Polizist", stellte Martin richtig.

„Deswegen vorher diese Formel bei der Vorstellung." Sie verstellte ihre Stimme und imitierte Martin. „Martin, Marco Martin, so wie Bond, James Bond – wo ist mein geschüttelter Martini?"

Martin wollte auf diesen Kalauer nicht eingehen, weil er Vukic beobachtete, der sich mit einem Vertreter der Stadtregierung unterhielt, mit dem er wahrscheinlich ins Geschäft kommen wollte. Anne entging nicht, dass ihr Gegenüber abgelenkt war.

„Was interessiert dich so an diesem Vukic?"

„Du kennst ihn?", fragte Martin überrascht.

„Ja, wer kennt ihn nicht? Ich leite eine PR-Agentur und Vukic wollte, dass wir ihm eine Campaign machen. Ich erkundige mich aber vorher über meine potenziellen Geschäftspartner."

„Und?"

„Ich habe abgelehnt, der Mann schien mir nicht sauber."
Martin lächelte, weil er sich endlich bestätigt fühlte, Anne setzte ihre Ausführungen fort.

„Der Balkankrieg hat ihn nach Österreich geschwemmt, wie viele andere auch. Zu Anfang war er ein Niemand, eine Null. Zumindest ist über diese Zeit nicht viel bekannt. Dann plötzlich beginnt er vor wenigen Jahren einige Firmen aufzubauen, die plötzlich Millionenumsätze schreiben und keiner weiß, woher das Geld dafür kommt. Für mich scheint klar, dass er entweder Geld für die serbische Mafia wäscht oder an irgendeine vergessene Tschetnik-Kasse gekommen ist, die er sich unter den Nagel gerissen hat."

Martin setzte einen betrübten Blick auf und sagte: „Vielleicht hätte ich doch bei meinem alten Beruf bleiben sollen. Ich bin auch schon länger auf dessen Spur, aber so weit bin ich noch nicht gekommen."

„Was weißt du?"

Martin legte seinen Zeigefinger auf die Lippen und sagte: „Berufsgeheimnis. Weißt du was über seine Familie?"

Anne machte die gleiche Geste wie er. Sie sagte: „Auch ein Geheimnis, aber ein offenes. Verheiratet ist er mit einer in Ex-Jugoslawien sehr bekannten Popsängerin, Ksenia, du hast sie heute sicher gesehen."

„Ja, und das Mädchen, das soeben mit Wonne den Saft in die Basstrommel leert, ist wohl ihre gemeinsame Tochter."

„Möglich."

„Du sagtest, sie war Sängerin?"

„Ja, Ksenia war zuletzt vor knapp neun Jahren mit ihrer alten Band noch einmal auf Tournee durch Kroatien."

„Die Kleine ist vielleicht acht."

„Nach dieser Tour kam das Kind und Ksenia zog sich aus dem Show-Biz zurück. Obwohl sie immer noch die Figur dazu hätte."

Martin betrachtete Annes Körper, an dem er jedenfalls kein überzähliges Gramm feststellen konnte. „So wie du?"

Sie lachte auf. „Danke, das ist das erste Kompliment, das du mir machst." Ein Luftzug strich ihr durch das Haar und blies ihr eine Strähne ins Gesicht. Martin schob sie sanft zur Seite. Anne schlug die Augen nieder. Plötzlich erhellte ein Blitz den Hof und tauchte die Weinberge dahinter in ein weißes, gespenstisches Licht.

Eine Rückkoppelung brachte die letzten Gäste zum Schweigen, da nun Michi die Bühne betreten hatte und durchsagte, dass sie die Gäste nun in das Lokal bitte, wo man die Sammlung durchführen würde und wo für weitere Labung gesorgt werde.

„Wollen wir hineingehen?", fragte Martin.

„Hast du Lust, zu bleiben?"

Martin dachte an die Auseinandersetzung mit Muth, die er zwar für sich entschieden hatte, wollte ihm aber für den Rest des Abends aus dem Weg gehen. Er schüttelte den Kopf. Die ersten schweren Tropfen platschten auf die Pflastersteine, mit denen der Hof ausgelegt war.

Er betrachtete seine Gesprächspartnerin, die sich gegen eine Säule gedrückt hatte, fuhr mit seinem Blick ihre Hüften bis zum Hals entlang, verfolgte den Schwung ihrer blassroten Lippen, ehe sich ihre Augen trafen. In ihren hellen Augen spiegelte sich der Schein der Lichter wider. Für einen Moment war alles andere ausgeblendet. Der aufkommende Sturm, das nahende Gewitter, die lärmenden Umstehenden. Sein Auftrag. Moment, da war ein Auftrag. Der Gedanke daran katapultierte ihn augenblicklich in die Realität zurück.

„Von mir aus können wir gehen, ich will mich nur noch von der Gastgeberin verabschieden. Wartest du hier auf mich?" Sie wies ihm mit einer Handbewegung den Weg, was Martin als Zustimmung auffasste. Anne sprach nicht viel, und das, was kam, war sehr direkt. Eine seltsame Frau, aber faszinierend, grübelte Martin am Weg zu Michi.

Die Chefin war bemüht, die Gäste trocken in ihr Lokal zu bringen, den Großteil zumindest, daneben unterwies sie das Personal, dessen Aufgabe darin bestand, möglichst flott die Ausstattung in Sicherheit zu bringen. Dennoch hatte sich vor dem Ausgang eine Menschentraube gebildet. Viele wollten schnell nach Hause.

Als Michi Martin in dem Gewühl ausmachte, nickte sie ihm zu. Der Wind fegte Blätter und abgerissene Blüten durch die Luft. Er manövrierte sich durch dieses Chaos wie ein Kapitän mit seinem Schiff durch die aufbrausende See und fragte, als er sein Ziel erreicht hatte: „Sag, brauchst du mich noch?"

Auf Michis Gesicht glänzten einzelne Tropfen, der Regen hatte ihr sonst unbändiges Haar in glatten Strähnen auf Kopf und Gesicht geklatscht. „Nein, du kannst gern gehen. Ich glaub, das war's. Leider. Danke jedenfalls, du hast mir das Gefühl von Sicherheit gegeben. Es ist bis jetzt alles sehr gut gelaufen. Mein Team war ein Traum und sogar der Muth hat sich gegen Ende ordentlich ins Zeug gelegt."

Martin griff in seine Tasche. „Warte, wo ist denn die Spendenbox?"

Michi nahm den Geldschein an sich. „Bereits in Sicherheit. Aber ich werfe es gern für dich ein. Vielen Dank für dein Kommen, aber ich muss jetzt weitermachen."

„Geht klar, ich meld mich bei dir."

„Komm doch einfach in den nächsten Tagen vorbei."

Sie deutete ein Küsschen an und schob einen Tisch unter das Vordach.

Martin kehrte zu Anne zurück. Sie wirkte ungeduldig und trat von einem Bein auf das andere. Martin schob sie sanft an der Schulter zum Ausgang.

Auf der Straße herrschte ein richtiger Tumult: Die aus dem Weingut Strömenden hatten nach den Taxis gewunken und stritten zum Teil, wer welchen Wagen für sich in Beschlag nehmen konnte. Wer das Glück hatte, im Inneren zu sitzen, schlug rasch die Tür zu und wies den Fahrer an, loszufahren. Martin und Anne kamen jedenfalls zu spät. Martin stand nah bei ihr. Er sah, wie sie die Schultern zusammenzog und am Körper zitterte.

„Es tut mir leid, mit einem Taxi kann ich nicht dienen, aber ich wohne ganz in der Nähe. Möchtest du dich bei mir aufwärmen? Wir können dann ein Taxi bestellen. Im Trockenen wartet es sich leichter." Martin legte seine Jacke auf ihre Schultern. „Besser?"

Anne schüttelte den Kopf. Von ihren Haaren tropfte Wasser. Martin legte seine Arme um Annes Schultern, drückte ihren Körper gegen den seinen und rubbelte mit den Händen über ihren Rücken. Er wollte sie damit wärmen, doch sie schmiegte sich an ihn und legte seufzend ihren Kopf an seine Schulter. „Gern", hauchte sie, während Martin den Duft ihrer Haut in sich aufsog und sie fester gegen sich drückte.

Sie kamen beide völlig durchnässt in Martins Wohnung an. Martin stellte Teewasser zu und zeigte Anne den Weg ins Bad. Er hatte ihr vorgeschlagen, sie solle heiß duschen und sich noch ein wenig aufwärmen, bevor sie ein Taxi riefen. Er selbst fror nun auch. Das Bad war nur über das Schlafzimmer zu erreichen und er schämte sich für die dort herrschende Unordnung. Er schlug die Decke zu und glättete die Pölster. Aus dem Bad hörte er bald den Wasserstrahl und machte sich schnell auf die Suche nach Gewand, das eine seiner Ex-Freundinnen vielleicht im Schrank zurückgelassen hatte. Doch mehr als ein alter Bademantel aus einem Thermenhotel war nicht drinnen. Er eilte hinauf zur Küche und machte Wasser für den Tee heiß. Wenig später kehrte er mit zwei Tassen und einer kleinen Rumflasche zurück. Das würde helfen, den Anflug einer Verkühlung von vornherein auszumerzen. Anne kam aus dem dampfenden Bad. Um den Körper hatte sie ein Handtuch gewickelt und eines um die Haare wie einen Turban geflochten. Martin sagte: „Da hab ich dir einen Bademantel hingelegt. Dein Gewand hab ich zum Trocknen auf die Heizung gelegt. Ich hoffe, sie wird bald warm. Ich hüpf auch noch schnell unter die Dusche."

Er reichte Anne eine Tasse und diese bejahte seine Frage nach einem Schuss Alkohol. Nur wegen der Prophylaxe, wie sie betonte.

Als Martin geduscht ins Schlafzimmer zurückkam, hing der Bademantel unangetastet über der Stuhllehne. Dafür grinste ihn Anne aus dem Bett entgegen. Sie hatte die Decke beinah bis zur Nasenspitze hochgezogen, ein schelmisches Blitzen in den Augen.

„Mir war immer noch so kalt", sagte sie.

Martin knipste das Licht aus. Draußen peitschte nun der Regen gegen die Fenster und der Raum wurde nur von einzelnen, entfernten Blitzen erhellt. „Vielleicht kann ich dich ein wenig wärmen", flüsterte er und schlüpfte zu Anne unter die Decke.

Ich habe Ordnung immer für das Wichtigste im Leben gehalten. Die Regeln unseres Zusammenlebens schützen uns davor, in Chaos und Anarchie zu versinken. Unser Rechtssystem versagt aber in den Fällen, wo Einzelne den rechten Weg verlassen haben und das Regelwerk zu schwach ist, uns vor deren Umtrieben effizient zu schützen. Ich weiß, wovon ich spreche, denn ich diene nur der Gerechtigkeit. In einem solchen Fall sind die Rechtschaffenen berechtigt und verpflichtet, korrigierend einzugreifen. Ich weiß, ich habe bislang nur einen kleinen Beitrag geleistet, doch ich stehe erst am Anfang und meine

Notwehrhandlungen sind nur Nadelstiche im Fleisch des Ungeheuers, das sich auf unsere Kosten und zu Lasten aller nährt und gedeiht. Ich ersuche auch nicht um Verständnis für mein Handeln. Ich will nur eine Erklärung bieten und hoffe, mein Beispiel ruft viele andere auf den Plan, es mir nachzumachen.

Er druckte das Schreiben aus und steckte es in ein Kuvert, das er mit der Adresse versah. Dann betrachtete er lange den Brief. Wie oft schon hatte er einen ähnlich gehaltenen Text verfasst, dann aber wieder vernichtet. Doch morgen würde er weitermachen. Danach würde er den Umschlag zur Post bringen. Er war müde, müde und ausgelaugt. Er streckte die Arme aus und besah seine Hände. Sie zitterten leicht, er hatte seine Medizin schon lange nicht mehr zu sich genommen.

Martin versank im Rausch der Sinne. Es fühlte sich so gut an. So weich, so heimelig. Ihre Hände hatten sich gegenseitig abgetastet, ihre Lippen hatten sich gekost, die Zunge verschiedene Körperregionen ertastet, so lange, bis Anne ihn sanft auf ihren Körper geschoben hatte und sie sich miteinander vereinigten. Sie stöhnte wohlig und Martins Atem wurde schneller. Das Tempo ihrer Beckenbewegungen hatte zugenommen, jetzt stieß er immer fester zu, Anne stöhnte dazu lauter. Martin vergaß alles um sich. Er streichelte ihre Brüste und knabberte an den aufgestellten Warzen. Anne bohrte ihre Nägel tiefer und tiefer in Martins Rücken. Dieser genoss den Schmerz und ein Schauer nach dem anderen durchzuckte ihn wie ein Blitz im vor der Tür tobenden Unwetter. Sein Geist war hinter einem Schleier aus Lust nur mehr verschwommen vorhanden, das Denken hatte aufgehört, es galt zu fühlen, zu spüren, alles hinter sich zu lassen, nur im Moment zu leben. Zum perfekten Glück fehlte nur noch eines: Anja! Er musste an Anja denken. Jetzt auch. Es war in ihm drinnen, ließ sich nicht kontrollieren. Das Kontrollzentrum übernahm die

Regie, gaukelte ihm süße Verlockungen vor. Das Blut fehlte dafür woanders. Martin versuchte auch mit verminderter Stoßkraft zum Höhepunkt zu kommen. Vergeblich. Er merkte, wie Anne ihn nur mehr gewähren ließ und selbst ohne jede Körperspannung dalag. Martin kapitulierte. Er sank auf sie nieder, sein Gesicht gegen das ihre gedrückt. Warum ihn dieses Gespenst nicht loslassen konnte, immer dachte er beim Sex an Anja, das war nicht normal. In solchen verzweifelten Momenten wurde ihm das bewusst. Er hakte diese Beziehung ab, bevor sie überhaupt auch nur ein One-Night-Stand geworden war. Er musste sich eine Psychologin anlachen. Die würde ihn vielleicht von diesem engelhaften Dämon in seinem Hirn befreien können.

Anne wand sich aus seiner Umklammerung und drehte sich weg. Martin starrte eine Weile an die Decke und überlegte, ob er sich entschuldigen sollte, ob er überhaupt etwas sagen sollte, dann war er eingeschlafen.

Sonntag, 2. September

Als Martin erwachte, schmerzte ihn so mancher Körperteil, egal ob er sich bei seinem Einsatz bewährt hatte oder nicht. Draußen schien die Sonne. Die vom Regen gewaschene Luft strömte durch das gekippte Fenster und erfüllte den Raum mit Frische und Energie. Er überlegte, ob das Fenster die ganze Nacht offen gestanden hatte, wenn ja, würde eine bestimmte Person sicher Zeuge des Geschehens geworden sein, und dies wohl weniger durch Neugier als durch eigene Indiskretion. Doch die wilde Liebesnacht hatte sich ohnedies schnell als Rohrkrepierer entpuppt. Was nur an ihm gelegen war.

Das Bett neben ihm war leer, konnte gut sein, dass Anne noch in der Nacht gegangen war. Zu verdenken war es ihr nicht. In diesem Fall hatte er es mit seinem Vogel wieder einmal geschafft, die zarte Pflanze einer aufkeimenden Beziehung zu zertrampeln.

Umgekehrt hatte sein Körper vorher versagt, bevor er in Ekstase geraten war. Wer weiß, ob es dann nicht wieder mit ihm durchgegangen wäre. So wie bei Anja, wenn sie gerauft hatten. Der zunächst unschuldige körperliche Kontakt mit der großen Schwester, zu der er als pubertierender Knabe aufgeblickt hatte, hatte mit der Zeit und je gesteigerter sein Verlangen wurde, bei ihm einige unschöne Dinge ausgelöst: Nicht Niklas war der Gewalttäter in der Familie, er war es, zumindest in manchen Situationen. Die Eltern hatten anfangs geglaubt, es wären nur Rangeleien gewesen, physisch ausgetragene Streitereien unter Geschwistern. Doch als er ihr einmal seinen Kopf mit voller Wucht ins Gesicht gestoßen hatte und sie mit einem blauen geprellten Auge ins Spital musste, da hatte sie unter Tränen der Mutter gebeichtet: dass Martin sich nicht unter Kontrolle hatte, dass er sich ihr unsittlich nähern wollte. Die Mutter war nie darüber hinweggekommen und das Verhältnis zu seinen Eltern war endgültig zerstört gewesen, so sehr er sich in späteren Jahren auch um eine Versöhnung bemüht hatte.

Er schüttelte den Kopf. So wie man einen Krampf aus den Armen beutelte, so hoffte er, konnte er diese Gedanken aus seinem Kopf vertreiben. Er wollte positiv denken.

Anne war vielleicht nicht im Zorn gegangen. Sicher ein wenig enttäuscht oder gekränkt, aber nicht böse auf ihn. Sie hatte einfach nur nach Hause wollen und ihn nicht geweckt. Er blickte sich im Zimmer um.

Auf dem Heizkörper im Vorraum lag noch Annes Kleid. Er nickte, denn deswegen war es in dem Raum so unerträglich heiß. Er hatte gestern die Heizung aufgedreht, um das durchnässte Gewand zu trocknen. Sein Anzug lag achtlos in die Ecke geworfen. Er ärgerte sich über seine Nachlässigkeit. Der feuchte und zerknitterte Leinenstoff, immerhin von Baldessarini, würde sich nicht mehr aushängen und musste nun zum Bügeln in die Putzerei.

Er stand auf und wunderte sich über die offen stehende Kastentür. Hier hatte jemand etwas gesucht. Er glaubte sich zu erinnern, den Schrank wieder geschlossen zu haben, nachdem er seine Suche nach passender Wäsche aufgegeben hatte. Vielleicht war sie doch noch da? Er schwang sich aus dem Bett und schlüpfte in eine Short.

Schon im Vorraum hörte er ein Klappern aus der Küche. Er ging hinauf und fand Anne in einem seiner Shirts, das ihr viel zu weit von den Schultern hing und bis zu den Oberschenkeln reichte, beim Hantieren mit der Kaffeemaschine.

„Sag, hast du keinen Nespresso?“, fragte sie, sichtlich irritiert über die vielen Hebel und Schalter und Anzeigen an seiner Barista-Maschine.

„Nein, auch dir einen guten Morgen. Ich dachte, du wärst weg.“

„Wäre dir das lieber?“, fragte sie, den Siebträger bedrohlich schwingend.

„Nein, natürlich nicht, komm, lass mich machen.“

Martin heizte die Maschine auf, füllte den Siebträger mit frisch gemahlenem Arabica-Kaffee und drückte bei richtiger Temperatur und mit dem nötigen Druck zwei wunderbar duftende Espressi mit herrlicher Crema aus dem Siebeinsatz.

„Ich hab mich ein wenig bei dir umgesehen“, sagte Anne und leckte sich den Schaum von ihrer Oberlippe. Sie schien ihm in keiner Weise zu grollen, im Gegenteil, sie war gut drauf.

Martin hob seine Augenbrauen. „Hast du das?“ Da war es wieder, sein Problem. Nicht das von letzter Nacht, sondern ein generelles – mit Frauen, mit Beziehungen. Kaum trat jemand in sein Leben, begann der auch sofort, darin herumzustöbern. Er blickte sich um. Die Wohnung war hier halbwegs ordentlich zusammengeräumt.

„Keine Sorge, ich habe nicht geschnüffelt, wenn du davor Angst hast. Deine Playboyhefte oder einschlägigen Videos interessieren mich nicht. Ich meinte, ich hab mir nur ein wenig die Räume angesehen. Nett hast du es hier. Die große Terrasse, die hellen Möbel, das dezente dunkle Ledersofa. Auch der Schnickschnack ist nicht übertrieben. Aber eines musst du mir erklären ..." Sie nahm Martin am Handgelenk und führte ihn zum Stiegenhaus, wo er an der Wand auch eine kleine Bibliothek hatte. Sie deutete auf den Setzkasten daneben, wo er ...

„Was ist das hier?" Sie deutete auf die kleinen Figuren aus Plastik, seinen Schatz.

Sie nahm einen der Zwerge aus Walt Disneys Schneewittchenserie hervor. Martin dachte daran, wie schwer es gewesen war, die Sammlung damit zu komplettieren.

„Putzig, was sagt mir das über dich?", meinte sie hämisch grinsend.

„Die sind für meinen Neffen", fiel ihm zu seiner Rettung ein. Eine Notlüge, die bekanntlich weniger schwer wog als echte, bösartige Lügen. „Möchtest du nicht was frühstücken?", versuchte er das Gespräch auf ein anderes Thema zu lenken.

Sie stellte die Figur zurück und erwiderte auf Martins Vorschlag, dass sie nie frühstücke. Sie fuhr mit ihrer Hand über seinen Bauch. „Und wenn ich an gestern denke, würde dir ein wenig fasten auch nicht schaden. Das steigert die Kondition in manchen Regionen." Sie öffnete die Dachluke, die den Aufgang mit Licht versorgte und atmete tief durch. „Heute ist ein herrlicher Tag, lass uns lieber ein wenig frische Luft tanken. Wir könnten gemeinsam etwas Sport machen."

Martin war seine Miene zuvor gefroren. Mit säuerlichem Gesicht verfolgte er Annes Herumgewirble in seinem Haus. Da war es wieder: Kaum ließ man eine Frau in sein Leben, wurde man schon mit guten Ratschlägen überhäuft und es wurde über seine Zeit bestimmt. Und dabei hatten sie nicht einmal richtig den Beischlaf vollzogen. Aber wenigstens war Verhütung kein Thema nach so einer Nacht. Er suchte nach einer Ausflucht: „Ja, du hast schon recht, aber ich habe heute ein paar Termine ..."

„Faulpelz, komm, tu was gegen deinen inneren Schweinehund."

Das unten klingelnde Handy bot den willkommenen Anlass, die Diskussion zu beenden, zumindest vorläufig. Das musste Felder sein, der wegen des Treffens anrief. Martin polterte die Stufen hinab und nahm sein Telefon, auf dessen Display eine ihm unbekannte Nummer erschien. Hatte Niklas ein neues Wertkartenhandy besorgt? Er war ein gelehriger Schüler und Martin würde ihn dafür loben.

„Hallo?"

„Herr Martin?", fragte eine Stimme, die nicht Niklas gehörte, aber Martin bekannt vorkam.

„Ja?"

„Lichtenfels hier. Ich wollte mich nur vergewissern, dass Sie unser kleines Date heute nicht vergessen. Sie waren gestern ja so, wie soll ich sagen, abgelenkt."

Martin schnaufte. Der Anruf passte ihm gar nicht und er hatte auch keine Lust, Vukics Anwalt zu treffen.

„Es tut mir leid, aber ich bin heute schon vergeben. Wo wollen Sie denn Ihr Spiel abhalten?" Er wartete die Antwort gar nicht richtig ab und unterbrach die Ausführungen des Anwalts: „Ach, das ist im dreiundzwanzigsten Bezirk? Nein, das geht gar nicht. Ich habe im Moment keinen Wagen, wie soll ich denn dahin kommen?"

„Aber ich kann dich gern fahren", mischte sich Anne aus dem Hintergrund ein. Offenbar hatte sie gelauscht.

„Sehen Sie?", sagte Doktor Lichtenfels nun bestimmend und gab die Adresse durch. „Hören Sie auf Ihre Freundin. Das ist besser für Sie. Also um acht Uhr abends."

Martin ließ das Handy sinken und drehte sich zu Anne hin, die im Schlafzimmer verschwand.

„Ich hoffe, du erweist mir damit keinen Bärendienst." Er folgte Anne nach, die das Shirt ablegte und ihr Kleid überzog. Martin zog sie zu sich und fasste ihr an die Brüste, die sie ihm eben noch verlockend präsentiert hatte.

„Lass das jetzt", schnauzte sie ihn an und schob seine Hand weg.

„Was machst du?"

„Ich ziehe mich an und gehe meine Laufschuhe holen. In einer Stunde hole ich dich ab, wenn du möchtest."

Martin überschlug seinen Tagesplan auf die Schnelle und nickte. „Ja, möchte ich. Wenn wir am späteren Nachmittag wieder da sind."

Sie schlüpfte in ihren Slip und hielt sich dabei an Martins Schulter fest. „Sind wir, aber vorher musst du mir noch etwas verraten." Sie zog Martin an einem Arm zum Kasten und deutete auf den langen, speckigen Mantel aus schwarzem Leder, der dort seit Ewigkeiten hing. „Du bist doch nicht bei dieser Rechtsaußenpartei und hast im Keller noch ein paar Armbinden, Flaggen und Marschstiefel?"

Martin lachte laut auf. Er schüttelte amüsiert den Kopf und sagte: „Nein, keine Sorge, schau, das gehört da dazu." Er nahm aus einem Fach einen schwarzen, vom Waschen leicht ausgebleichten Sweater mit einem abscheulichen Totenkopf darauf und eine schwarze Lederhose mit Nietenbeschlägen. „Das sind Erinnerungen an meine Jugend."

„Was? Du warst echt ...?"

„Ja, ein Gruftie, du weißt schon: schwarze Kleidung, bleiches Gesicht, dunkle Lippen."

„Musik von Cure, Siouxsie and the Banshees, Gruftietag im U4", warf Anne lachend ein.

„Woher weißt du ...?"

„Ich fand euch süß. Komm, schlüpf in die Sachen, bitte."

„Bei der Hose keine Chance, aber sonst probier ich's mal."

Martins Bauchumfang war der Umstand geschuldet, dass die Kleidung an ihm wirkte wie vom kleineren Bruder ausgeborgt. Der Sweater war zu kurz, der Mantel an den Schultern zu eng. Er fand noch das wuchtige Kreuz und legte es um den Hals. Er wirkte aber weniger furchteinflößend, sondern eher lächerlich in dieser Aufmachung.

„Was hat dir daran eigentlich gefallen?"

„Ich habe mich früh mit dem Sterben auseinandergesetzt, müssen wir ja schließlich alle tun. Die Faszination für den Tod hat mich seitdem ...", er schluckte das, was er beinah gesagt hätte, hinunter, „... nicht mehr losgelassen", setzte er leise nach. Er senkte den Blick und ließ die Schultern hängen. „Ich weiß auch nicht, warum ich die Sachen aufgehoben habe." Er schlüpfte aus dieser Verkleidung und sparte die Episode aus seinem Leben, dass er genau wegen dieser Affinität zum Morbiden Totengräber geworden war, aus.

Krasberger und seine Frau saßen im Bus. Krasberger hatte Irene überzeugen können, dass es klüger wäre, die Öffis zu benützen, wenn man nachher noch einen Heurigen besuchen wollte. Außerdem ersparte man sich beim Nachhausekommen das Gerangel um den Parkplatz. An dem täglichen Blechsalat auf den Straßen ließ sich ermessen, dass die Ferien bald zu Ende waren.

Der Niederflurbus erreichte seine Endstation in Sievering. Die Türen öffneten sich und Krasberger zog seine Frau hinaus. Der Hund folgte im Schlepptau.

„Aber fährt der nicht weiter über die Irisgasse?", sagte sie protestierend.

„Da könn ma doch wunderbar spazieren gehn. Loss uns über den Höhenweg wandern, da hat ma einen wunderbaren Blick in die Weinberg und über die Stadt", sagte Krasberger, der seine Frau an der Hand nahm und losging. „Außerdem gibt's da scho an Heirichn, wenn ma a Stärkung für'n Weg brauchen."

„Nix da, zuerst wird gewandert, sonst fangst mir schon bei der Endstation mit'n Saufen an. Außerdem braucht Arthur seinen Auslauf."

Krasberger formte einen Schmollmund und sagte trotzig: „Ich hab aber jetzt scho an Durscht."

Irene Krasberger griff in ihre Tasche und holte eine kleine Mineralwasserflasche hervor und hielt sie ihrem Mann hin, der sie unwillig entgegennahm und dann alibihalber einen kleinen Schluck daraus machte. Die Sonne hatte die letzten Wolken, die das Gewitter in der Nacht gebracht hatte, vertrieben und beschien nun die Hänge, auf denen sich die Weinstöcke in Bahnen bergan zogen. Die Blätter auf Bäumen und Sträuchern leuchteten in ihrem Licht und einzelne Spitzen zeigten schon die ersten Anzeichen eines herbstlichen Rots oder Brauns. Die Luft im Schatten war klar, aber kühl, und Frau Krasberger meinte, sie hätte doch die Strickjacke vertragen. Doch ihr Mann, der sich schon nach gehaltvoller Labung sehnte,meinte lapidar: „Dann gemma schnella, dann wird dir woarm."

Das Ehepaar setzte nun eilig einen Fuß vor den anderen und kletterte flott die steile Straße zum Einstieg in den Höhenweg hinauf. An der Gabelung fand sich ein Marterl, vor dem eine Holzbank zum Verweilen einlud, doch so bald nach dem Aufbruch wollte noch keiner der beiden eine Rast einlegen.

Sie verließen bald die befestigte Straße und kamen auf einen mitten durch die Weinberge führenden Spazierweg. Die Erde war vom Unwetter aufgeweicht und sie mussten aufpassen, dass sie mit ihrem Schuhwerk nicht im Schlamm steckenblieben. Doch von den widrigen Streckenverhältnissen ließen sich die wenigsten abhalten. Sie begegneten einer Unmenge an Gleichgesinnten, die den Weg so wie sie zu Fuß zurücklegten, und auch solchen, die in Laufkleidung an ihnen vorbeizogen oder das auf einem Fahrrad sitzend taten. Als sie auf Höhe der Endstelle des Autobusses, der unten durch die Hauptstraße brummte, waren, bot sich ihnen ein sonderbares Bild. Sie sahen ein seltsames Gespann sich langsam über den Weg, der vom Frostbachl-Weg in den Höhenweg einmündete, auf sich zubewegen. Irene deutete auf das Gespann, das von einer zierlichen, blonden Person angeführt wurde. Sie joggte locker vorne weg, während ihr Begleiter sich dahinter auf einem Fahrrad damit abmühte, den Abstand zwischen ihnen beiden nicht größer werden zu lassen. Krasberger kniff die Augen zusammen. Er hielt seine Frau am Arm zurück und bedeutete ihr zu warten. Arthur machte auf Kommando Sitz.

Der etwas untersetzte Mann, der mit rotem Kopf in die Pedale trat, kam ihm bekannt vor. Als sie das Ehepaar erreicht hatten, stellte sich Krasberger ihnen in den Weg und streckte den Arm in typischer Polizistenmanier aus. „Halt, Polizeikontrolle!"

Die Frau schüttelte sich die Haare aus dem Gesicht und blieb mit fragender Miene stehen. Martin ließ ausrollen und stützte erschöpft seinen Oberkörper auf die Lenkstange auf. Er spürte die trotz allem kurze Nacht. Keuchend fragte er: „Was machst denn du hier?"

„Na desselbe wia du. Ich will mit meiner Frau an die Luft! Darf ich dir meine liebe Gattin vorstellen?" Martin richtete sich auf, atmete nochmals tief durch, dann schüttelte er Irene

Krasberger die Hand, während Krasberger Martin vorstellte. „Und deine Begleitung?", fragte er.

„Das ist Anne Persson."

Krasberger betrachtete die sanften Rundungen, die sich unter dem Laufshirt abzeichneten, setzte ein verstohlenes Grinsen auf und sagte: „Angenehm, sehr angenehm." Anne winkte jedoch ab, als er ihr die Hand hinhielt und sagte: „Es tut mir leid, aber ich bin zu verschwitzt, das ist mir unangenehm." Martin lächelte. Er liebte ihre direkte Art.

Krasberger trat an Martins Fahrrad heran. „Du quälst dich neuerdings also mit so an Ding durch die Pampa."

Martin nickte.

Krasberger besah sich das Rad näher, irgendwie kam es ihm bekannt vor. Genauso ein Fahrrad hatte er erst unlängst gesehen, wenn ihm doch nur einfallen würde, wo. „Kann des sein, dass i dei Bike scho woanders gsehn hab?"

„Die sieht man jetzt öfter, außerdem schauen die doch alle fast gleich aus. Aber so ein Zufall, dass wir uns hier treffen."

„Es gibt keine Zufälle", mischte sich nun Irene Krasberger in das Gespräch ein.

Martin drehte ihr den Kopf zu. „Sie beziehen sich damit wohl auf fernöstliche Philosophie", erwiderte er.

Krasberger lachte auf, was seine Frau mit einem giftigen Blick quittierte. „Na, des is aus ‚Kung Fu Panda'", erklärte er. „Mir ham ja kane Kinder, aber mei Frau schaut si ganz gern amal so a DVD an."

Anne tänzelte auf der Stelle wie ein nervöses Fohlen. Demonstrativ hielt sie ihre Pulsuhr hoch, damit die Plaudertaschen endlich erkannten, dass sie weiter wollte.

„Gut, ich glaub, wir müssen dann", entschuldigte sich Martin und setzte seinen rechten Fuß wieder auf das Pedal. Anne trabte mit einem homöopathischen Nicken los und Martin zog nach.

Krasberger blieb zurück wie ein bei der Endstation vergessener Fahrgast. Er blickte den beiden nach und sagte leise: „Schade, i hätt denkt, mir gengan dann was trinken."

Irene gesellte sich neben ihren Mann und sagte: „Wir haben's ja nimmer weit. Gleich kriegst einen Spritzer."

„Du bist do die Beste", sagte Krasberger mit seligem Blick und hakte sich bei seiner Frau unter. Arthur tollte zwischen den Weinstöcken umher und folgte dann dem Frauerl und dem Herrl.

Martin hatte bald genug von der Schinderei. Auch wenn die Schatten schon lang waren, heizte die Sonne noch ganz ordentlich, und der Weg führte (wie sonst hätte man hier Wein anbauen können?) durch die pralle Sonne. Auch war er es leid, Anne hinterher zu hecheln, auch wenn ihr Hintern es wert war. Er versuchte zu ihr aufzuschließen und rief ihr dann zu: „Ich muss dann umkehren, außerdem schwitze ich wie in der Sauna!"

„Wir sind eh gleich im Wald, da wird es dann kühler." Martin erspähte am Ende der Strecke ein Weglein, das in das Dickicht führte und dort eine geschätzte 40-prozentige Steigung aufnahm. Das war ihm zu viel.

Er bremste und rief zornig: „Nein, so geht das nicht, der Weg ist unfahrbar, da musst du allein rauf."

Anne stoppte ihre Schritte, drehte zu ihm um und sagte:„Okay, ich ruf dich halt später an. Aber ich will jetzt weiter."

Sie drückte dem bass erstaunten Martin ein Küsschen auf die Wange und startete los. Martin sah sie noch im Unterholz verschwinden. Zwischen den Blättern blitzte wiederholt ihr Shirt auf, dann hatte er sie verloren. Hoffentlich hatte er sie nicht ganz verloren, dachte er in diesem Moment.

Trotz aller Aversionen und der negativen Eindrücke der letzten Zeit fuhr Martin mit dem Taxi zum Wilhelminenberg und stieg noch auf der Straße aus, um den schmalen Weg, der in die Kleingartensiedlung führte, zu dem von seinem Schwager beschriebenen Häuschen zu Fuß zurückzulegen.

Er hoffte, sich die Adresse richtig gemerkt zu haben, denn wer sich in einem Wiener Kleingarten nicht in Abschnitten, Sektionen und Gruppen verirren möchte, tat gut daran, sich den Weg möglichst einfach anhand konkreter Orientierungspunkte beschreiben zu lassen. Martin entdeckte den im Semmering-Stil mit allerlei totem Geweih verunstalteten Balkon und den in der Nachbarzelle von Zwergen bewachten Goldfischteich, daher wusste er, dass er nun das nächste Gässchen nach rechts abbiegen musste. In einigen der winzigen Gärten zischten Wassersprenger auf, verteilten je nach Einstellung ihrer Düsen Fontänen oder Tröpfchennebel auf Grasflächen, Blumen- und Gemüsebeete, was wiederum das dunstige Spätsommerklima verstärkte, was nun wiederum mit dem Verschwinden der Sonne Gelsen und Mücken einlud, sich ihrer genetischen Überlegenheit zu besinnen und trotz elektrischer Insektenvertilger oder mechanischer Klatschen über die Kleingärtner herzufallen, in dem Wissen, dass ihre Art durch die paar Ausfälle, die von diesen drohten, niemals gefährdet würde. Martin verscheuchte ein paar von den Biestern, die nun seinen Kopf umkreisten. Es roch nach feuchter Erde und gegrilltem Fleisch.

Er öffnete die beschriebene grüne Metalltür. Sie gab unter Quietschen den Eingang zu einem mit Steinen ausgelegten Weg frei, an dessen Ende Martin Felder in voller Größe in Shorts mit nacktem Oberkörper an einem Griller stehend mit Grillzange in der Hand vorfand. Er machte ein paar Riesenschritte auf ihn zu und zischte ihn an: „Bist du verrückt? Geh sofort ins Haus. Wenn dich wer sieht."

Felder rutschte vor Schreck die Wurst von der Zange. Sie landete unter Zischen auf dem Rost, wo bereits ein paar Stücke Fleisch brutzelten. Völlig verdattert starrte er Martin an.

„Ich weiß nicht, wo das Problem ist. Wenn wir uns nur konspirativ ins Haus zurückziehen, ist das doch viel verdächtiger, als wenn wir das machen, was alle hier machen."

Mehr noch als über den Widerspruch ärgerte sich Martin über die Unvernunft seines Schwagers. „Willst du damit andeuten ...?"

„Ja, ich hab den Rasen gemäht, die Wiese gegossen und jetzt lade ich zwei Freunde zum Grillen ein."

Martin schüttelte den Kopf. „Ist Rosicky schon da?"

„Nein, er hat angerufen, dass er ein wenig später kommt."

„Woher hat er deine Nummer? Ich hab sie ihm nicht gegeben."

„Na, ich hab ihn heute noch einmal angerufen, weil ich nicht wusste, was er essen mag."

Martin nahm sich Felder jetzt zur Brust: „Sag einmal, bist du wirklich so naiv? Ich glaube, du unterschätzt die Situation ein wenig. Für die Polizei bist du ein flüchtiger Mordverdächtiger."

„Ja, aber du und Rosicky, ihr habt doch beide gesagt ..."

„Ja, dass es Indizien gibt, die Vukic belasten, dass wir vielleicht sogar Beweise für ein Motiv haben, aber das rettet dich im Moment noch nicht vor der Untersuchungshaft."

„Wenn sie mich kriegen."

„Na, daran arbeitest du aber ganz kräftig."

Beide erschraken, als das Gartentor abermals ächzte, doch es war nur Rosicky, der wie Rotkäppchen, das die Oma besuchte, mit einem Körbchen hereinspazierte. Einige Flaschenhälse ragten aus dem Weidengeflecht.

„Ihr entschuldigt's meine Verspätung, aber der Heurige, der hat wirklich an guaten Wein, das war ein super Tipp von dir." Rosicky stellte den Korb bei den beiden anderen ab und zog eine grüne Literflasche heraus. „Wo habt's die Glaseln?"

Felder deutete in Richtung Haus, wo durch die geöffnete

Tür der Küchentisch erkennbar war, auf dem Teller und Gläser hergerichtet standen.

Martin schickte Felder einen giftigen Blick. „Was, beim Heurigen warst du auch?"

Der streckte unschuldig die Arme aus und hob die Schultern. „Ich hab an Hunger gehabt. Und Durst auch."

Der Ermittler schüttelte ungläubig den Kopf und nahm von Rosicky das gereichte Glas entgegen. Er deutete ein Anstoßen an und machte einen kräftigen Schluck. Der Wein schmeckte tatsächlich nicht schlecht. Er trank den Rest in einem Zug aus und spürte einen leichten Schwindel, während die Knie weich wurden. Kein Wunder: Seit der Früh hatte er nichts gegessen, und Sport hatte er auch getrieben.

„Gut, dann gehen wir halt rein." Felder hatte die gegarten Würste und Fleischstücke auf einen Teller gelegt und die drei zogen sich in das in dunklem Braun gestrichene Holzhaus zurück, das in der Form eines Quaders errichtet war.

Das würzige Essen mundete offenbar allen, denn sie kauten schweigend und langten ordentlich zu. Martin spürte, wie sich die Kräfte in seinem Körper regenerierten und er bremste sogar Rosicky ein, die Runde mit einer weiteren Flasche Wein zu erfreuen.

„Wart, erst nachher, wir haben noch was zu besprechen", sagte er.

Rosicky nickte und Martin dachte daran, dass dieser den Nachmittag fern der Familie wohl auch genoss. Martins Telefon brummte. Es war Anne, die sich erkundigte, wo sie ihn abholen sollte.

„Jössas", platzte es aus ihm heraus, „ich hab meinen Termin mit dem Anwalt vom Vukic ganz vergessen."

„Was, du triffst den Anwalt vom Vukic?", fragte jetzt Rosicky, der in der Sache weit emotionsgeladener wirkte als sein Schwager, der sich eigentlich wirklich betroffen fühlen sollte.

„Ja, und deshalb muss ich bald weg." Er vertröstete Anne auf einen Rückruf in einer halben Stunde, in der sie wohl die Sache durchgekaut haben würden. Das Meiste hatte Martin ja schon auf seinem Laptop gesehen.

„Gut, dann gleich in medias res", eröffnete Rosicky, der seinen Computer aufklappte und auf die Martin nicht unbekannten Tabellen zeigte. „Das kennst du ja, aber kennst du das?" Rosicky gab ein paar Befehle ein und plötzlich erschienen Fotos, Rechnungen und so etwas wie ein elektronisches Fahrtenbuch. Martin und Felder rückten näher und steckten ihre Köpfe zusammen.

„Steganografie nennt man das, hat mir zumindest ein Kollege in unserer EDV-Abteilung erklärt." Rosicky verschränkte die Arme und lehnte sich wie ein Politiker, dem man seinen Wahlsieg mitgeteilt hatte, zufrieden lächelnd zurück.

„Stegano – was?", fragte Felder.

„Man versteckt Dateien in Bildern oder umgekehrt, dass ich da nicht draufgekommen bin." Martin schüttelte den Kopf.

„Ja, aber das wurde nicht mit einem ausgeklügelten Programm gemacht, sondern eher einfach, wie man das in Computerzeitschriften nachlesen kann. Deshalb konnten wir die versteckten Daten auch recht schnell finden", dozierte nun Rosicky.

„Und was steckt dahinter?", wollte Felder wissen.

Rosicky schenkte sich nach und reichte die Flasche weiter. Wie in Trance hingen die beiden anderen an Rosickys Lippen.

„Also hier haben wir die Entsorgungsaufträge. Vukic hat eine Deponie über der Grenze. Dorthin werden die ganzen giftigen Abfälle, die er in der Stadt einsammelt, etwa von Apotheken, von Spitälern, von Betrieben, die mit Chemikalien arbeiten, und so weiter, gebracht. Und zwar mit diesen LKWs. Und jetzt kommt's: Die Fracht wird mit diesen Fahrzeugen transportiert. Hier haben wir die Fahrtenbücher. Also die offiziellen."

„Und?", fragte Martin, „Was ist daran das Verwerfliche?"
Rosicky fuhr über das Touchpad und öffnete eine Fotogalerie. „Hier, Nadar hat alle diese Fahrzeuge fotografiert."

„Ja, das ist doch die Baustelle beim neuen Hauptbahnhof", sagte Felder.

„Seht euch die eingeblendeten Daten an", forderte Rosicky die anderen auf.

„Ja", bestätigte Martin. „Die sind ident mit den Fahrteinsätzen zur Deponie."

„Und was schließen wir daraus?", wollte Rosicky nun wissen.

Es war Felder, der die Lösung präsentierte: „Dass der Giftmüll nie das Land verlassen hat."

„Genau." Rosicky grinste, als ob er soeben das entscheidende Tor in der Verlängerung geschossen hatte. Er hämmerte wieder in die Tastatur. „Wir haben auch noch andere Abfälle, Fleischreste, die sich nicht einmal für die Futtermittelverwertung eignen würden. Das Gammelfleisch wird in einer Fabrik verarbeitet und an die ganzen Kebapstandln verhökert."
„Mahlzeit", sagte Felder und rülpste.

„Das gibt sicher eine enorme Bauverzögerung auf den Baustellen, die Nadar dokumentiert hat. Wenn wir mit dem Material zur Polizei gehen, dann wird ..."

„Nicht ganz so schnell bitte", sagte Martin und hob den Zeigefinger. „Zuerst will ich noch rausfinden, warum Nadar hinter Vukic her war. Der hat das sicher nicht ohne Grund alles dokumentiert, aber genau den kennen wir noch nicht."

Rosicky klappte seinen Laptop zu und sagte mit angerührtem Tonfall in der Stimme: „Gut, wenn du meinst. Du wirst schon wissen, was du tust. Dann wird der Vukic noch länger ..."

„Genau, und jetzt muss ich weg, ich hab in der Sache noch einen Termin. Möchtest du mich begleiten?“, fragte er Rosicky, „ich könnte Verstärkung ganz gut brauchen.“

Rosicky schüttelte seinen Kopf. Er wollte lieber bei Felder bleiben, sagte er dann und schenkte sich nach.

„War sonst noch was dabei?“, fragte Martin.

„Was denn noch?“ Rosicky wirkte jetzt ungefällig.

„Fotos, Briefe, so in der Art.“

„Nur das.“ Rosicky klappte den Bildschirm wieder hoch und zeigte auf ein paar Fotos, die Nadar beim Musizieren zeigten. Fotos von einer rassigen Frau, die auf einer großen Bühne sang, und Fotos von einem kleinen Mädchen.

„Kannst du mir die morgen ausdrucken und ich hol sie mir von dir in der Firma?“

„Sicher, aber ich weiß nicht, was das bringen soll. Was haben die mit den Baustellen zu tun?“

„Weiß ich im Moment auch noch nicht, aber das will ich rausfinden, dann können wir mit unseren Erkenntnissen zur Polizei gehen.“

Tadic hatte den Budenbesitzer am Viktor-Adler-Markt sehr schnell zur Räson gebracht. Dazu hatte er nicht einmal seine Absätze einsetzen müssen. Zufall oder Glück, es war eine glückliche Fügung, dass die hübsche Tochter mit ihren Freundinnen auf einen Imbiss vorbeigekommen war und mitten in die Verhandlung in den Wagen platzte. Ihr Gesicht in Richtung Fritteuse gedrückt, so nah, dass ihre Tränen ein paar Ölspritzer auf ihre zarten Wangen hervorgerufen hatten, den Standler mit dem Bein davon abgehalten, ihm ein Messer in den Bauch zu rammen, hatte dieser nach dem ersten Schrei seiner Tochter aufgegeben. Ein paar Ohrfeigen zur Erziehung, wie er das auch manchmal bei Milan machte, dann hatte er die Bestellung unterschrieben.

Es mochte sein, dass das Fleisch ungenießbar war. Vielleicht hatten sie es wirklich übertrieben mit den beigemengten Resten und den Abfällen, aber die Kameltreiber, die das fraßen, konnten kaum bessere Qualität erwarten. Und die paar Österreicher schon gar nicht. Für die schmeckte das vielleicht erst so richtig exotisch, wenn es ordentlich überwürzt war.

Er rief Vukic an, um ihm von dem kleinen Erfolg zu berichten. Entweder dieser schenkte ihm bald wieder sein Vertrauen und mehr Verantwortung oder er würde ihn ...

Er musste nur zusehen, dass Dejan nicht zu mächtig wurde und die paar Vertrauten auf seine Seite zog.

„Und das mit der Bonygasse werd ich auch bald geregelt haben."

„Kümmer dich nicht weiter drum, Dejan macht das."

Tadic gab es einen Stich. Er umklammerte wütend das Telefon, presste es dabei dicht ans Ohr.

„Du kommst heute Abend in die Kochgasse. Ich hab da gestern einen Auftrag an Land gezogen, wir müssen sehen, wie viel wir dort verschwinden lassen können." Vukic lachte laut auf und hustete in den Hörer. Tadic lachte mit, ohne dass ihm nach Lachen zumute war.

„Weißt du, wo das ist?"

Ohne eine Antwort abzuwarten gab Vukic die genaue Adresse durch und beschrieb den Weg dorthin.

„Wir treffen uns um acht."

„In Ordnung."

Martin saß neben Anne. Sie fuhren die Triester Straße stadtauswärts am Laaer Berg vorbei, auf dessen Hügelplateau in den letzten Jahren ein Hochhauskomplex neben dem anderen in den Himmel gewachsen war. Die Laternen gingen an und durchbrachen die Dämmerung mit ihrem künstlichen Licht.

Anne fuhr einen italienischen Flitzer mit dem größten Liebhaber aller Zeiten im Markennamen. Martin drückte es in den Sitz, wenn sie an der Ampel losstartete. Anne hatte einen zierlichen, aber resoluten Fuß, wenn es um das Gaspedal ging. Sein Blick haftete an dem vom Rückspiegel hängenden Figürchen, das im Rhythmus der Fahrkommandos schunkelte. Zum Glück kein Duftbaum, dachte er am Beifahrersitz. Schon bei dem Gedanken an das künstliche Aroma nach Zitrusfrüchten oder Tannenduft wurde ihm übel.

Anne grinste ab und zu herüber. Sie hatte den Zielort in das Navi eingegeben, die Sprachausgabe des Geräts aber unterbunden.

„Du bist so still“, stellte sie fest.

„Ich denke nach“, sagte er. Und es stimmte, zwischen den Eindrücken, die er während der Fahrt verarbeitete, kam ihm immer das Bild des Kindes in den Sinn. Bei dem Fest am Vortag und auf den Fotos, die Nadar auf der Speicherkarte versteckt hatte. Hatte Nadar vorgehabt, die Kleine zu entführen? Dazu hätte er aber nicht monatelang die Firmen von Vukic durchleuchten müssen.

Nadar und Vukic, was hatten die zwei gemein?

Anne bog in eine breite Seitenstraße ein. Zu beiden Seiten lagen, wie es in der Gegend üblich war, schmucklose Industriebauten aus grauem Beton, mit flachen, geschotterten Dächern. Martin zeigte auf das offene Einfahrtsgatter. Sie passierten es und Anne stellte den Wagen auf einem spärlich beleuchteten Parkplatz ab. Nur wenige andere Autos waren hier geparkt. Aus einer der großen Hallen drang Licht bis zu ihnen auf den Vorplatz.

„Was wird das hier?“, fragte Anne aus schmalem Mund. Es war das erste Mal, dass Martin eine Unsicherheit an ihr feststellte.

„Nichts, ich hab hier eine Besprechung oder Einladung. Nenn es, wie du möchtest.“

„Hier?“ Sie deutete auf das Schild, das die Freizeithalle mit martialisch anmutenden Bildern darstellte. „Du wirst mir doch nicht einreden wollen, dass du deine Besprechungen beim Paintball abwickeln möchtest, wie andere bei der Jagd?“

„Warum nicht, da gibt es auch Politiker, die das machen.“ Martin überlegte, wieso er dem Ansinnen von Lichtenfels tatsächlich nachgekommen war. Der Anwalt war ein Mann, der keinen Widerspruch hinnahm. Als Gegenüber spürte man das und wenn man solchen Leuten auf den Leim ging, entsprach man wiederum deren Muster. Doch es gab natürlich noch einen anderen, viel leichter erklärbaren Grund: „Ich muss auf deine Diskretion zählen können, wenn ich dich jetzt ins Vertrauen ziehe.“

Er schickte Anne einen fragenden Blick und wertete ihre hochgezogenen Augenbrauen als Zustimmung. Irgendwo in den Ritzen des gebrochenen Betons, aus dem die Grasbüschel wucherten, zirpte laut eine Grille.

„Ich trete gegen den Anwalt von Vukic an, der hat mich gefordert. Ich hab heute ein paar zusätzliche Details über diesen angeblichen Gönner erfahren. Vielleicht krieg ich auch aus Lichtenfels etwas heraus.“

„Das wirft ein anderes Licht auf die Sache.“ Sie drückte Martin einen Kuss auf seine Wange. „Ich war nur verunsichert. Der Ledermantel in deinem Schrank, jetzt dieser Kampfsport … hast du überhaupt eine Ahnung davon? Die werden dich ganz schön in die Pfanne hauen.“

„Aber geh, so ein bissel mit Farbkugerln herumballern, das wird schon nicht so schwer werden, was soll da schon passieren?“

Wenige Minuten später wurde Martin eines Besseren belehrt. Wieder platzte eine Kugel auf seinem Rücken. Trotz des Schutzanzugs, den er erhalten hatte, schmerzte das ganz schön. Er hatte Deckung hinter einer halb verfallenen Mauer genommen und spähte in die Halle, die einer Aulandschaft nachgebildet war. Er nahm Anlauf und rannte so schnell er konnte geduckt zu einem Baum, hinter dem er hoffte, kurz aus dem Schussfeld zu sein. Blattschuss, voll aufs Visier. Er musste die Farbe mit dem Handschuh wegwischen, um wieder ein wenig sehen zu können. Er suchte Lichtenfels, fand aber nur den Angreifer, der erneut auf ihn zielte. Er versuchte sich auf die Seite zu werfen und dann sich drehend den Salven seiner Gegner zu entkommen, doch keine Chance, plötzlich standen die drei anderen Männer, Lichtenfels und seine zwei Begleiter, vor ihm und ballerten gnadenlos auf ihn ein.

„Was soll das?“, herrschte Martin Lichtenfels nachher in der Garderobe an. Er schälte sich unter Ächzen aus dem Overall und besah seine mit blauen Flecken übersäten Arme. „Zuerst erklären Sie, es gibt bei ‚Last Man Standing‘ keine Regeln, außer, dass jeder gegen jeden spielt, und dann machen mir alle zusammen aus dem Hinterhalt den Garaus.“

Lichtenfels trat auf ihn zu. Er legte ihm beschwichtigend den Arm auf die Schulter und sagte: „Das war Ihre Lektion, mein Freund. Vertrau nie darauf, dass sich andere an Regeln halten. Wenn das nächste Mal jemand aus dem Hinterhalt auf Sie schießt, bete ich, dass es auch nur Farbpatronen sind.“

Die zwei dunkelhäutigen Typen, die den ganzen Abend über kein Wort gesprochen hatten, grinsten sich verstehend an.

Martin erstarrte. Er überlegte, ob es nicht ein Fehler gewesen war, Anne nach Hause zu schicken. Aber er wollte sie nicht in Gefahr bringen. Nachdem sie sich geweigert hatte, das Gebäude zu betreten, hatte er ihr verboten, auf dem schummrigen Parkplatz auf ihn zu warten. Wenigstens würde sie bezeugen können, wo sie ihn abgesetzt hatte, also nur für den Fall ...

„Ich sehe, Sie denken nach. Das ist gut. Denken bringt uns alle weiter." Der Anwalt ließ Martin seine überhebliche Art mit jener Selbstverständlichkeit spüren, mit der früher Pharaonen Menschen den Krokodilen vorgeworfen hatten. „Ich schlage vor, Dejan bringt Sie jetzt nach Hause und Sie schlafen einmal drüber." Lichtenfels lächelte zufrieden. „Morgen erwarte ich Ihren Anruf, um mir mitzuteilen, wann Sie mir die von meinem Mandanten beanspruchten Sachen vorbeibringen wollen."

Martin hatte verstanden. Vukic ahnte nicht nur, dass er ihm auf der Spur war, er wusste es auch. Oder es war nur ein geschickter Bluff. Martin sausten die verschiedensten Gedanken durch den Kopf wie die Boliden am Nürburgring. Vielleicht hatten sie ihn beobachtet. Da er mit dem Fahrrad unterwegs war, hätten sie ihn leicht mit einem Motorroller beschatten können und er war so abgelenkt vom Strampeln, dass er das gar nicht bemerkt hatte. Aber Lichtenfels wusste offenbar nicht, was er von Nadar hatte. Er ging in die Offensive: „Ihr Klient ist an Musik interessiert?"

Jetzt hatte er doch geschafft, Lichtenfels einen verwunderten Blick zu entlocken.

Vukic selbst hatte andere Sorgen. Er musste nochmals weg. Er betrachtete seine Tochter lange. Sie spielte in der Ecke des Wohnsalons mit ihren Puppen, die alle zugleich an einer Magenverstimmung erkrankt waren. Eine nach der anderen musste sich übergeben. Das Mädchen imitierte das Würgegeräusch und kicherte zugleich drauflos. Der Teddy war der Doktor, der den Erkrankten die Medizin einflößte, worauf diese sofort wieder genesen waren und weiterhin Champagner schlürfen konnten. Widerwillig erhob sich Vukic und drückte der Kleinen einen Kuss auf die Stirn. Sie hielt ihm ein imaginäres Glas entgegen und wollte, dass er noch mit einer der langhaarigen

Puppen anstieß. Vukic holte aus, sie gab glücklich ein „Ping“ von sich. Lächelnd fuhr ihr Vukic durch die Haare.

Dejan war unterwegs in das Haus mit den widerspenstigen Parasiten, die sich dort eingenistet hatten. Daher musste Vukic selbst ans Steuer. Er stieg in den Cayenne und drehte die Klimaanlage voll auf. Er ärgerte sich, dass „der Stiefel“ in letzter Zeit so ein Eigenleben entwickelt hatte. Er wirkte, als ob er gerne selbst der Chef wäre. Er hatte es ihm an den Blicken angesehen, wenn er zu allem bereitwillig Ja und Amen gesagt hatte, seine Augen aber eine ganz andere Sprache gesprochen hatten. Er kannte die Leute um ihn herum zu gut, als dass er sich so belügen ließe. Nicht einmal Nadar hatte sich lange vor ihm verstecken können. Aber leider lange genug. Lichtenfels hatte das nun in die Hand genommen.

Vukic brauste die leere Thaliastraße Richtung achter Bezirk. In den Straßen war es bereits dunkel, die letzten Sonnenstrahlen webten ihr Netz nur noch auf den Dachspitzen. Die zum Teil auf die Straße reichenden Vorgärten der Cafés waren gut besucht. Vukic hatte die verdunkelten Scheiben geschlossen. Er sah gerne, wurde aber nicht gern gesehen, außer wenn eine Kamera bei einem Event im Spiel war. Als er durch die Piaristengasse fuhr, besah er den italienisch anmutenden Vorplatz vor der Kirche Maria Treu. Wie auf einer Piazza in Rom spielten zwischen den sie umgebenden Klostertrakten Kinder, hatten Restaurants Sitzmöbel und Sonnenschirme aufgestellt, aßen, tranken Menschen und unterhielten sich dabei, es saßen die Alten auf den Bänken vor dem Gotteshaus und sahen dem Treiben um sie herum zu. Für ihn nur eine kurze Ablenkung, denn nach einer Kurve hatte er sein Ziel erreicht und parkte den Wagen an der Ecke.

Tadic kam nicht viel später. Er sah den wuchtigen Geländewagen seines Chefs und fasste den Entschluss, dass nun der richtige Moment gekommen war, um zu handeln. Zunächst musste er sich ein Alibi verschaffen. Er suchte Vukics Festnetznummer in seinem Speicher. Nach einigen Freizeichen meldete sich eine zarte Kinderstimme.

„Ist deine Mama da?“, fragte er. Er hörte, wie der Hörer unsanft abgelegt wurde, und im Hintergrund das Kind laut nach Ksenia rufen. Schritte näherten sich, dann meldete sich Vukics Frau.

„Ist Ratko zu sprechen?“

„Wieso? Ich dachte, der trifft sich noch mit dir.“

„Ja, das ist richtig, aber ich werd es nicht schaffen und ich kann ihn nicht erreichen.“

„Hast du es am Handy probiert?“

„Sicher, aber da hebt er nicht ab.“

„Tut mir leid, da kann ich dir auch nicht helfen, ich bin nicht sein Kindermädchen.“ Vukics Frau legte auf. Tadic steckte zufrieden sein Handy weg. Wenn er es recht bedachte, war der Zeitpunkt heute optimal. Er suchte nach der passenden Hausnummer, was aber gar nicht notwendig war, denn das aufgestellte Baugerüst ließ das zu sanierende Haus sogleich erkennen.

Oder doch nicht, denn keine dreißig Meter weiter vorn war der nächste Bauzaun aufgestellt. Tadic war aber beim richtigen Eingang gelandet, wie das blaue Emailschild über dem halb offenen Tor verriet. Murphys Gesetz hatte einmal nicht gegolten. Er blickte sich um. Die Straße war leer, niemand sah ihn das Gebäude betreten. Vukic hatte erwähnt, dass der Keller für eine geplante Garage umzubauen war und er sich viel „Stauraum“ von diesem Auftrag versprach. Die Kellertür war ebenfalls offen, vom Abgang her drang Licht auf den Hausflur. Tadic setzte vorsichtig einen Fuß vor den anderen auf die ausgetretenen Stufen, die über eine Schneckentreppe in das unter der Erde liegende Geschoß führte. Dort musste er sich bücken, denn erste Stangen waren bereits zum Pölzen von

Wänden und Decke eingesetzt. Er atmete leise und bewegte sich so bedächtig wie möglich, um mit seinen Schritten nicht seine Anwesenheit vorzeitig zu verraten. Er griff nach einem auf dem Boden liegenden Eisenrohr und umklammerte es mit festem Händedruck. Geduckt schlich er weiter, durch einen breiten Mauerdurchbruch hinein in einen weiteren Raum, der mit Material angerammelt war. Hinter einer Mulde suchte er Deckung und nach Vukic. Entfernt vernahm er ein Poltern von über den Boden gerolltem Metall. Das musste Vukic sein, er war wohl über ein paar Blechstücke, die auf dem Boden verteilt lagen, gestolpert oder hatte wütend dagegen getreten, weil er auf ihn warten musste. Er war immerhin fast fünfzehn Minuten zu spät dran. Tadic malte sich aus, wie Vukic ihn deswegen anfahren würde, bevor er dann von ihm verlangte, noch in der Nacht den Giftmüll zu holen. Aber daraus würde nichts werden. Er ließ das Rohr gegen seine Handfläche federn. Er musste ihn von hinten überraschen. Die Leiche konnte er dann wie das sonst übliche Material im Gedärm des Hauses verschwinden lassen.

Tadic zuckte zusammen. Mit einem Mal war es stockfinster. Vukic stieß einen lauten Fluch aus. Tadic wurde heiß. Er versuchte lautlos tief einzuatmen. Die Luft schmeckte nach dem Moder, den der feuchte Keller aus der Erde brachte. Er konnte nichts sehen, die Lichtfenster waren mit Karton verklebt, es herrschte absolute Dunkelheit. Ein schwacher Lichtschein bahnte sich eine Schneise durch die Finsternis. Vukic hatte anscheinend die Lampe auf seinem Handy aktiviert. Gute Idee, er tat es ihm gleich. Der Strahl schaffte es aber nur, ein paar Umrisse ihrem Versteck zu entreißen.

Von oben war die Kellertür zu hören. Mit metallischem Scheppern fiel sie in ihr ausgeleiertes Schloss. Tadic drängte sich eine Frage auf: Wo war Dejan? War er wirklich in dem Abbruchhaus die Mieter einschüchtern oder hatte Vukic ihn hierher dirigiert? Um jemanden loszuwerden, der ihm gefährlich werden konnte, so wie es sein Auftrag bei Nadar gewesen war. Um ihn loszuwerden!

Schritte kamen näher.

Natürlich, das Ganze war eine Falle und er war hineingetappt.

Tadic warf das Rohr weg und rannte los. Polternd stürzten Platten um, die er auf seiner Flucht umstieß. Er bahnte sich seinen Weg zum Gang zurück, dabei rammte er sich Ecken und Kanten gegen Schienbein, Schulter und Arme. Er spürte keine Schmerzen, das Adrenalin machte seine Sinne taub. Er hechtete vor zur Treppe, sie schien in greifbarer Nähe, da bekam er einen heftigen Stoß gegen den Rücken versetzt. Er ächzte gequält auf. Er war gegen einen der Pöller gelaufen. Schon hatte er den ersten Fuß auf die ausgetretenen Stufen gesetzt. Eine nach der anderen erklomm er, solange bis er strauchelte, weil sein Fuß abrutschte. Er fing sich im letzten Moment mit den Händen, indem er sich auf den staubigen Steinen abstützte, rappelte sich auf und rannte wieder los, bis er endlich den Ausgang aus diesem Verlies erreicht hatte.

Er stemmte seinen Körper gegen die Tür, sie flog auf. Er stürzte hinaus, rannte weiter auf die Straße und keuchend zu seinem Auto. Er startete den Motor mit eingelegtem Gang und ließ die Kupplung schnalzen. Mit quietschenden Reifen drängte sich der Wagen vor den um die Ecke biegenden städtischen Bus in den Verkehr und brachte den völlig erhitzten und außer Atem befindlichen Schläger, der nun um sein eigenes Leben bangte, vorläufig in Sicherheit.

Dejan hatte Martin in Hütteldorf abgesetzt. Er habe noch einen Termin in der Nähe und sei schon spät dran, hatte er ihm in akzentfreiem Deutsch erklärt. Er sei so etwas wie ein Kammerjäger, der Ungeziefer vertreibe.

Martin sah den Zug der Vorortelinie am Bahnsteig losfahren und bestieg eines der vor dem kleinen Bahnhof wartenden Taxis. Sein Körper schmerzte und er wollte nur nach Hause, sich ein warmes Bad genehmigen und dann früh zu Bett gehen.

Er dachte an die Unterredung am Nachmittag. Er würde Anja anrufen müssen. Selbst wenn ihr Ehemann ein Arschloch war, so war er doch zumindest kein Verbrecher, also im strafrechtlichen Sinne, denn Ehebruch als entsprechender Tatbestand war vor einigen Jahren aus dem Strafgesetzbuch entfernt worden.

Unweit des Kleingartenvereins, in dem Felder Unterschlupf gefunden hatte, trafen sich einige Fahrzeuge, unauffällige Mittelklasseautos von Volkswagen bis Peugeot, die in die vorhandenen Parklücken gezwängt wurden. Wie auf ein Zeichen stiegen die Insassen aus, holten aus ihrem Kofferraum die Schutzwesten und Helme und gingen, ohne weiter ein Wort mit den anderen Ankömmlingen zu wechseln, schwer bewaffnet los.

Martin kam völlig gerädert nach Hause. Der Taxifahrer war ein überaus gesprächiger Zeitgenosse, den als Wiener die Sorge plagte, dass bald überall in der Stadt, vor allem aber bei ihm in Penzing, das Parkpickerl eingeführt werde. „Da", er deutete in die dunklen Schatten des Waldes, „werma dann nur mehr stehn können. A Wahnsinn sowas."

Martin war zu geschafft, um noch eins draufzusetzen und die ebenso wahnwitzige Bebauung des Grüngürtels ins Spiel zu bringen. Er beschränkte sich auf gebrummte Zustimmung.

Daheim sah er, dass er einige Anrufe versäumt hatte. Die meisten Versuche, mit ihm zu kommunizieren, waren von seinem Onkel gekommen. Für den hatte er aber heute keine Nerven mehr. Er schleppte sich ins Bad, schmierte Heilsalbe auf seine geschundenen Extremitäten, die schon blau zu schillern begannen, ehe er in der Küche eine Kanne Tee zustellte und das Telefon zur Hand nahm. Er rief „seine“ beiden Frauen an, die eine, um sie zu verständigen, dass der Vater ihrer Kinder bald aus der Schusslinie wäre, die andere, um ihr seine mehr oder weniger unbeschadete Heimkehr mitzuteilen. Die gegen ihn erhobene Drohung, die wie eine Giftspinne in der Ecke lauerte, davon erzählte er keiner.

Er fiel wie ein Stein ins Bett. Die Ereignisse der letzten Nacht und die Anstrengungen des heutigen Tages waren eine Herausforderung für die Kondition des Enddreißigers, und die war ja noch immer nicht die beste.

Krasberger schwebte im siebten Himmel. Nach einem ausgiebigen Heurigenbesuch war das Ehepaar kurz nach Einbruch der Dunkelheit heimgekehrt und Frau Krasberger hatte nichts gegen den Wunsch ihres leicht alkoholisierten Mannes einzuwenden gehabt, noch eine DVD aus der Videothek auszuleihen.

Krasberger saß in Unterhosen auf dem Sofa und hatte auf seinem stattlichen Bauch eine Packung Chips abgestellt, während am Bildschirm das Blut in Strömen floss. Krasberger sehnte sich nach einem satten, dunklen Rot, wie es nur in High Definition zu sehen war, daher träumte er wieder einmal von einem Fernseher der neuesten Generation. Irene saß zwar neben ihm, war aber in die Samstagsbeilage aus der Zeitung vertieft. Der Immobilienteil bereitete ihr ebensoviel Nervenkitzel wie ihrem Mann das Leichenballett auf der Mattscheibe. Arthur hatte sich auf seinem Polster zusammengerollt.

Plötzlich stieß Irene Krasberger einen Schrei aus. „Da!“

„Wos is, des is eh da Guade?“, wunderte sich der Gruppeninspektor.

„Ich hab, ich hab …" Irene Krasberger fuchtelte mit geballten Fäusten ihre Arme vor dem armen Mann, der fragend seine Augenbraue hob. „Ich hab eine Wohnung gefunden. In Rust. Und gar nicht teuer, sag ich dir."

Krasberger stieß einen Seufzer aus. Sein imaginierter Hightech-Fernseher zerfiel in diesem Moment zu Staub. Aber in den Augen seiner Frau las er eine unbändige Freude. Und ein wenig betrunken war er auch, daher baute er die Mauer seines Widerstands gleich gar nicht auf. Er gab sich einen Ruck und blies im Geiste die Staubkörner seines Wunsches weg. „Oiso, wann gemma's anschaun?"

Diese Frage wurde mit einem Strahlen und einem dicken Kuss auf seinen vom Knabberzeug fettigen Mund quittiert.

Montag, 3. September

Aus dem Bus war eine junge Mutter mit ihren zwei Buben ausgestiegen und wollte in den Park gehen. Während der Ältere von den zwei Blondköpfen vor einer Auslagenscheibe verharrte und das dort ausgestellte Spielzeug mit großen Augen betrachtete, riss sich der kleine von der Hand der Mutter los und hatte seinen Spaß dabei, ihren Aufforderungen zum Stehenbleiben zu trotzen. Er rannte über den Gehsteig bis zu dem Punkt, wo ihm der Bauzaun und ein dahinter befindlicher Container den Weg versperrten. Die Mutter ihm nach. Sie packte ihn an der Schulter. In diesem Moment ging das Förderband los, das aus dem Keller das Abbruchmaterial zur Straße beförderte und einige Brocken purzelten dabei zu Boden, auf den Gehsteig, wo sie vor ihren Füßen landeten.

„Du sollst nicht weglaufen, hab ich gesagt", schimpfte die Mutter mit ihrem Kind. „Schau, was da alles passieren kann."

Doch der Knabe hörte kaum zu, denn ein Teil auf dem Boden hatte sein besonderes Interesse geweckt. Er wand sich mit der Schulter aus ihrem Griff und langte danach. „Da, Schuh!“, sagte er durch seinen Zahnspalt grinsend.

Die Mutter schüttelte angewidert ihren Kopf und schnappte jetzt nach ihrem Kind, welches versuchte, den Halbschuh an sich zu nehmen. Dabei kippte dieser zur Seite und gab den Blick auf den weißen Knöchel, der aus dem Schuhwerk ragte, frei. Die Frau unterdrückte einen Schrei und blickte unwillkürlich zum Förderband, das Fetzen eines Sakkos ans Tageslicht brachte. Die Umrisse eines Armstumpfes zeichneten sich zwischen den Mauerbrocken ab. Sie fasste den Kleinen an der Hand, drehte seinen Kopf weg und riss ihn von diesem schrecklichen Ort fort und sie holte ihren anderen Sohn, um das nahe Wachzimmer aufzusuchen.

Grasmugg betrat mit übertrieben guter Laune das Büro von Krasberger, wo dieser über einem Bericht brütete.

Krasberger fragte: „Na? Hamma heut so a gute Verdauung g'habt oder hat Ihna der Swingerclub am Wochenende einen Seniorenrabatt gewährt?“

„Reden S' ned so bled daher“, erwiderte Grasmugg, noch immer mit einer Euphorie ausgestattet, die jedem anderen, der bei diesem Wetter Innendienst machen musste, den Tag endgültig verderben konnte. „Mir is a dicker Fisch ins Netz gangen. Wir ham gestern am Abend den Felder verhaftet.“

„Sie erwarten sicher, dass i Sie jetzt frag, wie S' des gschafft haben.“

„Mit Telefonüberwachung.“

„Ah, der Felder war so blöd und hat sei Handy benutzt?“

„Na, wir ham ja a ned des Telefon vom Felder überwacht.“

„A ned? Von wem dann?“ Jetzt war Krasberger doch neugierig geworden, wer unfreiwillig den Lockvogel hatte spielen dürfen.

„Ihr Haberer, der Schnüffler, dem sei Handy ham wir überwacht, weil ...“

„Weil Sie sich gedacht ham, der nimmt mit sein Klienten sicher Kontakt auf.“

Grasmugg spitzte seine Lippen. „Ned nur des, der hat uns sogar hingeführt. Mit der Ortung. Wir sind halt doch die Schlaueren. Aber des werden S' alles in mein Bericht lesen können. Sie werd i a erwähnen müssen. Weil es gibt noch an Toten, ganz frisch, der passt in des Schema. Wenn den der Felder gmacht hat, san S' dran, lieber Kollege, weil dafür, dass der so lang frei umanand glaufen is, tragen Sie die Verantwortung.“

Grasmugg verließ das Zimmer und Krasberger wartete, bis er die Tür hinter sich geschlossen hatte, dann knallte er mit der Faust auf den Tisch, so fest, dass der Schreibtisch wackelte.

Mit entsetztem Blick betrat Berg das Zimmer. In der Hand trug sie eine Tasse Kaffee.

„Um Gottes Willen, Chef, was ist denn passiert?“

Krasberger nahm dankend den Kaffee entgegen und setzte sie ins Bild. „Gut, dass Sie heut ned auf Streife san, wir müssen sofort alles über die neiche Leich in Erfahrung bringen.“

„Bin schon dran“, antwortete die Aspirantin und drängte Krasberger von seinem Platz weg, um Zugang zum Computer zu haben. „Übrigens“, sagte sie beiläufig und zog ein Kuvert aus ihrer Jacke, die sie über die Sessellehne gehängt hatte, „da ist ein Brief für Sie gekommen.“

Martin hatte mindestens elf Stunden geschlafen. Von erholt war aber keine Rede. Zu sehr schmerzten noch die blauen Flecken, die er Lichtenfels zu verdanken hatte.

Sofort versuchte er Felder zu erreichen, doch die Leitung war tot. Nicht einmal die Mobilbox ging an. Er probierte Rosickys Nummer. Dort dasselbe. Dafür signalisierte eine SMS, dass auch er zwei Anrufe versäumt hatte. Er wählte die mit der Nachricht übermittelte Nummer. Wie das von Musik untermalte Tonband verriet, handelte es sich zunächst um das säumige Autohaus, doch auch dort landete er nur in der Warteschleife und beendete deswegen das Telefonat. Dafür rief ihn jetzt Anja an. Sie berichtete von Felders Verhaftung am Vorabend. Daher also, so resümierte Martin, war Felders Anschluss nicht mehr erreichbar. Das Telefonat mit Anja war wohl der berühmte eine Anruf, der einem Inhaftierten zustand. Martin fand es interessant, dass genau dieser Felders Frau, die ihn aus der Wohnung geworfen hatte, zuteil geworden war. Aus Anjas Unterton vermeinte er auch herauszuhören, dass sie in Sorge um ihren Angetrauten war. Ob sich da schon so etwas wie eine Entspannung der Lage anbahnte? Doch Anja hatte bereits aufgelegt, für weitere Mutmaßungen war es zu früh. Wenn es für die beiden nicht ohnedies zu spät war.

Der Detektiv verzichtete auf eine morgendliche Rasur, denn nun hieß es schnell handeln, bevor die Polizei das falsche Netz um Felder enger zog. Es war daher kontraproduktiv, dass er mit Rosicky nicht in Kontakt treten konnte. Das Klingeln an der Haustür weckte daher die Hoffnung in Martin, dass Rosicky ihn aufsuchte. Eine falsche Hoffnung. Es war der Onkel. Gut gelaunt, braun gebrannt und sofort in der Wohnung, kaum dass Martin die Tür einen Spalt geöffnet hatte.

„Als Vertreter hättest du auch Karriere gemacht“, lautete Martins wirsche Begrüßung.

„Überall hätt i Karriere gmacht, gibt's an Kaffee?“

Martin schaute demonstrativ auf seine Uhr, um zu zeigen, dass er in Eile war. „Ich bin ein wenig im Stress.“

„No, no, für dein alten Onkel nimmst dir halt kurz Zeit, außerdem hab ich Neuigkeiten, die di vielleicht interessieren werden."

Martin dachte daran, dass auch er jede Menge Neuigkeiten hatte, aber eben nicht die Zeit, diese dem Onkel auseinanderzusetzen. Aber natürlich siegte die Neugier. „Was für Neuigkeiten?"

„Komm", sagte Alfred und schob Martin in Richtung Treppe, „i drah die Glotze auf und du machst an Kaffee. Vielleicht g'wöhn i mi dran."

Der Onkel hatte gewonnen und bald eine Tasse des schwarzen Gebräus vor sich stehen. Sie saßen auf dem Sofa und schauten die Mittagsnachrichten im Wiener Regionalkanal. Martin verstand nicht, worauf sein Onkel hinauswollte. Die Meldungen betrafen die üblichen Skandale, dass irgendein Politiker von untergeordneter Bedeutung sich irgendwo oder irgendwie bereichert hatte, was vielleicht sogar schon einem üblichen Kodex entsprach und nur noch wenige Journalisten in diesem Land interessierte.

„Ich weiß nicht, warum ich mir das jetzt ansehen soll."

„Woart no, da, jetzt kummt's." Der Onkel drehte bei dem Bericht über einen Leichenfund auf einer Baustelle in der Josefstadt den Ton lauter. Martin stand der Mund offen, vor allem, als das Foto des getöteten Bauunternehmers Ratko V. gezeigt wurde.

„Jetzt hat mir wer meinen Hauptverdächtigen umgebracht."

„Na, was hab i gsagt? Des is doch was für di und dein Fall." Onkel Alfred lehnte sich gemütlich zurück und nippte an seiner Tasse.

„Also jetzt aber los, ich hab wirklich keine Zeit, das ändert wieder alles." Martin drängte zum Aufbruch. Er deutete seinem Onkel mit hochgezogener Schulter den Weg zur Tür. Dann klemmte er sich das Telefon ans Ohr.

Der Onkel knallte trotzig die Tasse gegen die Untertasse, dann erhob er sich beleidigt und ging. Martin hörte unten die Tür ins Schloss fallen.

Martin wusste, dass er jetzt Krasberger brauchte. Er würde ihm das erzählen, was er bislang herausgefunden hatte. Und dafür hoffentlich auch von dem Polizisten wichtige Details erhalten. Eine Kleinigkeit gab es allerdings noch, die in dem Puzzle um Vukic fehlte.

Martin rief bei Krasberger an und bat um ein Treffen. Der Gruppeninspektor war jedoch zunächst ausweichend, stimmte dann aber doch zu. Allerdings privat, nach Ende der Dienstzeit und ja nicht in der Dienststelle.

„Gibt es ein Problem?", fragte Martin. „Also mit meiner Person?"

Das längere Schweigen war Antwort genug. Es musste mit Felders Verhaftung zu tun haben.

Sie vereinbarten ein Treffen nach achtzehn Uhr in dem kleinen Pavillon im Ressel-Park vor dem alten Gebäude der Technischen Universität. Martin bat abschließend noch um die Privatadresse von Vukic, die ihm jedoch unter Verweis auf laufende Ermittlungen verwehrt wurde. Er fand sie auch so, denn Vukic war im Internet im Telefonbuch zu finden.

Nachdem Martin keine große Lust hatte, den Wilhelminenberg, wo Vukic in einer der Nebenstraßen gewohnt hatte, mit dem Rad zu erklimmen, versuchte er beim Frostbachl-Fadinger nochmals den alten Lieferwagen zu borgen.

Michi war im Geschäft und freute sich riesig, den Bekannten zu sehen, konnte ihm seinen Wunsch allerdings nicht erfüllen. „Es tut mir leid, aber der Matthias hat angerufen, dass er an der Grenze aufgehalten worden sei, der ist leider noch nicht zurück."

Martin konnte den Grund dafür erahnen. Daher wusste er, dass er auf ein baldiges Eintreffen nicht hoffen konnte, also würde er doch mit dem Rad fahren müssen. War ja auch schon egal. Schön langsam war er trainiert genug für die Österreich-Rundfahrt.

„Aber schön, dass ich dich sehe. Ich wollte mich nochmals bei dir für letzten Samstag bedanken." Sie saßen im Schatten einer alten Kastanie und die ersten Früchte purzelten mit jedem Windstoß zu Boden. Der Herbst war förmlich zu spüren.

„Aber das ist doch nicht der Rede wert", antwortete Martin mit Rittertugend. „Außerdem hab ich es gern getan."
„Nein, nein, du warst mir schon eine Hilfe. Außerdem, es ist noch was passiert."

„Nein, sag nicht, dass die Kasse verschwunden ist."
Michi lachte auf. „Nein, das ist es nicht. Der Muth, also der ist wie ausgewechselt, der war richtiggehend schaßfreundlich zu den Gästen. Und ob du es glaubst oder nicht, gestern waren wir voll und für nächsten Freitag sind wir auch so gut wie ausreserviert."

Martin grinste. „Das freut mich zu hören, aber ich muss jetzt wirklich weiter."

„Schade, magst gar nix essen, du bist ja schon richtig mager geworden."

Diese Worte waren Balsam für Martin, der dadurch angespornt umso lieber in die Pedale trat.

Die Freude am Strampeln verging ihm wenig später, als er sich die Wilhelminenbergstraße hinaufquälte und er geigelnd ganz knapp an den Autospiegeln vorbeifahren musste, damit ihn der auf den Berg geführte Bus überholen konnte. Das Brummen und vor allem der Gestank des Dieselmotors blieben noch eine Zeit lang in seiner Erinnerung haften. Erste Blätter lagen am Boden und die Luft flirrte nur mehr hinter dem Auspuff des Autobusses. Er bog knapp vor dem Gipfel in eine Seitenstraße ein und genoss den kühlenden Fahrtwind, als es leicht bergab ging.

Das Haus war alles andere als schlicht. Schon die Einfahrt war doppelt so groß wie die der anderen auch nicht immer bescheiden anmutenden Häuser. Der Stil schwer zu beschreiben, irgendwo zwischen Neubau und klassizistisch und auch ein wenig McDonalds. Auffällig waren die hohen, blickdichten Zäune aus Aluplatten, die das gesamte Grundstück säumten, und potenzielle Besucher von dem Wunsch, einzutreten, ein wenig abschrecken sollten. Martin läutete dennoch. An der Gegensprechanlage meldete sich eine Frauenstimme. Er stellte sich vor und bat, eingelassen zu werden.

„Sind Sie von der Polizei? Ihre Kollegen waren schon da."

„Ja", log er und ein Surren setzte darauf ein. Martin drückte die Tür auf und betrat das Grundstück. Überall im Garten waren Marmorstatuen aufgestellt und unzählige Steinsäulen zierten den Bau. Das Haus war in den Hang errichtet worden, das Erdgeschoss diente auf dieser Seite als vom ersten Stock überdachter Autoabstellplatz. Martin beäugte die Fahrzeuge. Ein Porsche, ein BMW und ein Audi-Cabriolet waren abgestellt, ein Platz schien leer. Martin lehnte sein Fahrrad gegen eine Stützmauer und ging die seitlich führende Steintreppe zur Terrasse hinaus. Oben wartete eine Frau mit langen, schwarzen Haaren. Martin hatte sie beim Sommerfest am letzten Samstag gesehen. Sie reichte ihm wortlos die Hand und schritt bedächtig vor zur Balustrade, von wo sich die Stadt eröffnete wie ein aufgeklapptes Buch, ein Bildband mit allen Sehenswürdigkeiten älteren wie auch jüngeren Datums. Stephansturm, Riesenrad, Hundertwassermüllverbrennung, wer schaute, der fand beinah jedes Wahrzeichen.

Unten im Garten spielte das Mädchen, das Martin auch schon beim Sommerfest gesehen hatte. Sie wirkte fröhlich und unbekümmert. Martin betrachtete sie eingehend.

„Sie weiß noch nicht, was mit ihrem Vater geschehen ist", sagte die Witwe.

„Sind Sie von der Polizei? Sie sehen gar nicht so aus. Was wollen Sie von mir?"

Martin entschuldigte sich und gestand, dass er geschwindelt habe.

„Ich kenne Sie aber, ja, wir haben uns schon einmal gesehen, oder?"

Martin ging nicht darauf ein. Stattdessen fragte er: „Was sagt Ihnen der Name Zoran Nadar?"

Als ob man ihr den Boden unter den Füßen weggezogen hätte, sackte Ksenia Vukic mit weichen Knien zusammen. Sie stützte sich mit bleichem Gesicht an der Brüstung ab. Nach einer Schrecksekunde atmete sie tief durch und warf ihr Haar stolz in den Nacken. Sie ging mit kerzengeradem Gang in den Garten zu einer im Schatten einer Linde aufgestellten Sitzgruppe aus Teakholz. Aus einem Servierwagen nahm sie ein Glas und eine Flasche Barack. „Wollen Sie auch etwas trinken?"

Martin nickte und ließ sich mit seinem Glas neben der rassigen Frau, die nun um ihre Würde trank, nieder. Ein Vogel oben am Baum schimpfte. Offenbar fühlte sich das Federvieh von den Eindringlingen gestört.

„Was wissen Sie von Zorro?", fragte Ksenia.

„Was gibt es zu wissen?"

Sie drehte das Glas in der Hand, ihr Blick schweifte über die ausgebreitete Stadt, die unter einer Dunstglocke wie ein gefangener Insektenschwarm rumorte. Ihre Blicke trafen sich und Martin sah, dass er ins Schwarze getroffen hatte, so wie der Musiker offenbar in das Herz der Sängerin.

Sie schluckte, ihre Augen glänzten feucht. „Er war mein Gitarrist, wir haben zusammen begonnen, als ich noch in vielen schmierigen Clubs und Cafés auftreten musste. Das war vor einer Ewigkeit. Dann kam der Erfolg, also nach und nach. Wir spielten in Stadien, füllten Hallen und die Medien wurden auf mich aufmerksam. Er hatte viele Nummern komponiert, aber die Presse hat sich natürlich auf mich als Sängerin konzentriert. Die Band trat mit der Zeit in den Hintergrund, die Plattenfirma hat mich als Aushängeschild forciert, das war eben griffiger. Für das Publikum, die Hörer, die Fernsehzuschauer. Da kam es zu ersten Spannungen."

Martin nippte am Destillat. Ksenia hatte den Blick ins Leere gerichtet, sie war jetzt in einer anderen Zeit, lebte wieder in der Musik. Auf ihrem Sitz bewegte sie ihr Becken in langsamen, kreisenden Bewegungen. Und sie erzählte. Von den vielen Erfolgen, von den Niederlagen, die es im Showbiz immer gab, so sehr konnte man gar nicht auf der Höhe sein. Und von ihrer Liaison mit Nadar. „Er war so unglaublich gefühlvoll und einfühlsam, nicht nur auf der Gitarre. Wir waren nie als Paar zusammen, sind auch nie als Paar aufgetreten, aber wir waren verheiratet."

„Nadar war Ihr Mann?"

„Ja, aber wir hängten es nie an die große Glocke. Meine Plattenfirma hatte Angst, dass, sollte es bekannt werden, meine Fans, die vor allem aus Männern bestanden, sich von mir abwenden könnten. Zorro hat darunter immer mehr gelitten. Er wollte nicht länger im Hintergrund bleiben. Musikalisch hätte er sich damit abgefunden, er hatte sogar angeboten, dass er die Band verlässt, wenn ich nur zu ihm stehe." Sie senkte den Kopf zu Boden. Martin war verwirrt, bis jetzt konnte er keinen Zusammenhang mit den Machenschaften von Vukic erkennen. Ksenia drehte sich zu ihm hin, sie musste hellseherische Fähigkeiten besitzen.

„Zoran hat Ratko erpresst." Hier schaffte Martin wieder den Einstieg zu seinem Fall. Hier wurde ihm klar, dass Felder zur falschen Zeit am falschen Ort war und mit seiner Kontrolle in die Auseinandersetzung zwischen Vukic und Nadar geraten war. Wahrscheinlich war Nadar auch gar nicht vor ihm, sondern vor dem andern geflüchtet. Aber noch war nicht alles klar. Ksenia hatte sich und Martin nachgeschenkt.

„Aber Sie sagten, das sei viele Jahre her. Waren Sie eigentlich noch mit Nadar verheiratet?"

Sie schüttelte den Kopf. „Nein, wir haben uns scheiden lassen, bevor ich Ratko kennen gelernt habe. Da war dieser schreckliche Krieg dazwischen und Zoran ist wieder nach Kroatien zurück, und ich war froh, dass ich mein Land verlassen konnte. Ratko hatte geschäftlich in Österreich zu tun, also vorher schon, und er hat mich gefragt, ob ich mitkommen möchte."

„Was hatte Ihr Mann, also ich meine jetzt Herrn Vukic, hier zu tun?"

„Ich weiß es nicht, ich interessierte mich nicht für die Geschäfte meines Mannes. Er hat gut für mich und meine Tochter gesorgt."

Wie auf ein Zeichen erschien jetzt die Kleine und bat ihre Mutter um Saft. Martin betrachtete das Kind eingehend, versuchte ihre Gesichtsform zu analysieren und verglich es mit dem Bild, das er von Nadar im Gedächtnis hatte. Außerdem hatte sie es eben gesagt.

„Es ist Ihre Tochter, aber Vukic war nicht der Vater, oder?"

Es war der Blick der ertappten Diebin, der Martin traf. Eine Mischung aus Wut, Verzweiflung und auch Erleichterung lag darin. Sie schickte das Mädchen wieder fort.

„Sie haben recht, sie ist ein Mitbringsel von einer Tournee."

Martin rechnete nach, doch seine Mutmaßung ging sich nicht aus.

„Es war nett gemeint von Ratko, er wollte mich zu meinem fünfunddreißigsten Geburtstag überraschen. Er hat mir eine Tournee durch Serbien und Montenegro organisiert. Er hatte überall Kontakte. Das ehemalige Management schaffte es sogar über alle Grenzen hinweg, die Musiker meiner Band zusammenzubringen. Das war vielleicht keine so gute Idee, aber er hat es wahrscheinlich gut gemeint."

Martin erinnerte sich an die Gitarre in dem Spind. Vielleicht sollte er sie der zweifachen Witwe bringen, aber sie hatte ohnehin ein sie ständig umgebendes Andenken. „An der Gitarre war ..."

„Ja, wie man so sagt, alte Liebe rostet nicht, da war sofort wieder etwas zwischen uns da. Naja, das Ergebnis können Sie sehen."

„Hat Vukic davon gewusst?"

Sie lachte auf. „Hören Sie, Ratko war kein Idiot und er konnte rechnen. Ich war drei Monate unterwegs, in denen wir uns nicht gesehen haben. Zurück kam ich schon schwanger. Aber Ratko war das egal, er hat uns beide aufgenommen und für ihn war Milica wie ein eigenes Kind. Er hat sie geliebt wie seine Tochter."

„Aber Nadar hat es gewusst."

„Ja, ich habe den Fehler gemacht, es ihm am Ende der Tour zu sagen, also, dass etwas ausgeblieben ist. Das hätte ich nicht machen sollen."

„Haben Sie ihn danach wieder getroffen?"

„Er stand auf einmal da, das ist jetzt zwei Jahre her. Ich weiß nicht, warum und wie er mich gefunden hat, aber auf einmal war er hier."

„Und wollte seine Tochter sehen."

„Er wollte, dass ich mit ihm gehe, und dann hat er gesagt, er lässt sich was einfallen, wie er Ratko unschädlich machen kann. Aber das wollte ich nicht." Sie fing an zu weinen. Sie brüllte nochmals, diesmal von einem Krampf gebeutelt. „Ich wollte das nicht!"

Das Mädchen kam gelaufen. „Mama, was ist?" Sie schaute ihre Mutter aus ihren großen, dunklen Kulleraugen an.

Martin hatte verstanden. Nadar war offenbar davon besessen gewesen, seine große Liebe und das gemeinsame Kind zurückzuerobern, weswegen er begonnen hatte, hinter die Machenschaften von Vukic zu blicken. Daher hat er auch immer wieder in einer seiner Firmen gearbeitet, um an Hintergrundinformationen zu gelangen. Er schien sich sicher zu fühlen. Wahrscheinlich weil er ahnte, dass Vukic als Boss wohl kaum selbst Hand anlegen würde. Aber dieser musste geahnt haben, wer ihm die Schande mit dem Kuckuckskind angetan hatte und hat seinerseits Nadar aufzustöbern begonnen. Was muss der Capo für ein Gesicht gemacht haben, als ihm einer seiner Adlaten plötzlich mitgeteilt hatte, dass Nadar unter falschem Namen für ihn arbeitete. Vielleicht hatte Nadar ihn auch schon mit konkreten Hinweisen erpresst. Nadar war eine doppelte Bedrohung für ihn geworden. Für seine Unternehmen und für seine Familie.

Martin sah auf seine Uhr. Er hätte fast die Zeit übersehen, es war bereits nach fünf, höchste Zeit, mit dieser Erkenntnis zu dem Treffen mit Krasberger zu fahren. Er trank aus und erhob sich. „Ich muss weiter, Sie haben mir sehr geholfen. Ich wünsche Ihnen alles Gute."

Martin ging zu den Stufen in Richtung Ausgang. Ksenia folgte ihm mit einigen Schritten Abstand nach. Martin drehte sich zu ihr um. „Werden Sie es ihr sagen? Ich finde, sie hat ein Recht darauf."

Ksenia zuckte mit den Schultern. „Was? Dass ihre beiden Väter tot sind?"

Martin schob sein Rad aus dem Anwesen. Auf der Straße versuchte er nochmals die Nummer von Rosicky. Unverändert nichts. Es fiel ihm ein, dass er für Notfälle eine Karte mit der Büronummer hatte, doch die Karte lag zu Hause. Er ließ sich von der Vermittlung mit der Kasse, für die er arbeitete, verbinden. Nach einer kleinen Ewigkeit in der Warteschleife erfuhr er in der zuständigen Abteilung, dass sich Rosicky an diesem Tag krank gemeldet hatte. Das war jetzt mehr als kontraproduktiv. Er wollte doch Krasberger in die Details einweihen. Die Indizien zusammen mit dem Beweismaterial und der Aussage von Vukics Witwe waren genug, um Felders Unschuld zu beweisen. Aber er musste an die Daten, die bei Rosicky verwahrt waren, ran. Wo war der Kerl? Zuhause im Bett? Wieso ging er nicht ans Telefon?

Martin trat in die Pedale, der Fahrtwind wirbelte sein Haar durcheinander und kitzelte seine Härchen auf den Armen. Die Abfahrt war eine Wonne und Martin genoss diesen Moment der Entspannung und des Langsam-in-sich-Zusammenrinnens seiner Gedanken, die von der abstrakten Ebene hin zu einem Bild wuchsen. Jetzt fehlte nur noch die Struktur, eine überzeugende Erklärung für all die Morde, damit auch ein schwerfälliger Polizist wie Krasberger die Zusammenhänge erkannte.

Ein Hupen holte ihn aus seiner Geisteswelt in die Realität zurück, die aus einem ihm geltenden Stoppschild und einem mit quietschenden Reifen zum Stehen kommenden Fiat bestand. Martin quetschte die Bremshebel bis zum Anschlag und kämpfte wie ein Akrobat, um nicht selbst über den Lenker zu fliegen. Er hatte die Kollision im letzten Augenblick abwenden können. Aus der Seitenscheibe des Wagens wuchs ein Kerl mit Sonnenbrille und schiefer Nase, der ihm lautstark ein „So ein gstörter Oasch!“ an den Kopf warf. Marco Martin zog entschuldigend den Kopf ein. Der Wagen fuhr weiter.

Er trat langsam an und hatte auf den Schnaps leichtes Sodbrennen, dafür setzte ein Durstgefühl ein. Er lechzte nach einem Mineralwasser, aber das musste bis zum Treffen mit Krasberger warten.

Er schwindelte sich an den wenigen Autos vorbei, die vor der Ampel bei dem Backsteinbau, der seit vielen Jahrzehnten die Manner Schokoladenfabrik beherbergte, angehalten hatten. Es roch intensiv nach Kakao. Martin beschloss aus Solidarität mit dem Unternehmen, die eher sentimentaler Natur war, handelte es sich doch um Kindheitserinnerungen, wie etwa das Abschlecken der Haselnussschicht von der Waffel, wieder einmal die gleichnamigen Schnitten zu kaufen. Er hatte den Gürtel gequert und ratterte nun trotz Frontfederung über das Kopfsteinpflaster neben den Straßenbahnschienen über die Lerchenfelder Straße. Er spürte das Vibrieren seines Mobiltelefons in der Seitentasche seiner Hose. Doch für Plaudereien fehlte die Zeit. Er ignorierte zunächst das lauter werdende Läuten, dann beschlich ihn der Gedanke, es könnte sich um Krasberger handeln, der das Treffen verschieben oder den Ort desselben ändern wollte. Doch bevor er sich entschieden hatte, abzuheben, hatte der Anrufer aufgegeben. Martin trat energischer in die Pedale. Wenn es wichtig war, würde der Anrufer es nochmals probieren.

Wieder setzte das Vibrieren in der Tasche ein, das Klingeln wurde drängender. Martin bremste und schob das Rad auf den Gehsteig, wo er, sicher vor dem Verkehr, das Gespräch entgegennahm.

Eine ihm unbekannte Festnetznummer auf dem Display. Da er schon angehalten hatte, wollte er wissen, wer was von ihm wünschte. Er bellte seinen Namen in den Hörer.

Der andere sagte: „Hab ich ein Glück, dass ich Sie erwische, ich hab Ihnen schon mehrere Mails geschickt, aber Sie dürften unterwegs sein." Die Freundlichkeit in der Stimme klang geheuchelt, Martin hörte ein ordentliches Quäntchen Selbstherrlichkeit heraus. Genau wie in der Stimme von …

„Lichtenfels am Apparat, ich glaube, der Verkehr im Hintergrund hat meine ersten Worte verschluckt. Ich habe einen Vorschlag für Sie."

„Sie haben die Sache mit Vukic schon gehört? Ich glaube, Sie sollten sich vorsehen, wem Sie drohen."

„Wer spricht hier von drohen? Außerdem, Vukic interessiert mich nicht mehr. Das Mandat ist mit dem Tod aufgelöst. Um die Verlassenschaft soll sich der Notar kümmern. Ich rufe wegen Ihrem Auto an."

Martin fiel beinah sein Fahrrad um, weil er das Handy mit beiden Händen fest gegen sein Ohr presste. Er hatte sich nicht verhört, dennoch fragte er nach: „Was haben Sie mit meinem Auto zu tun?"

„Sagen Sie, wo sind Sie? Ich verstehe Sie ganz schlecht."

„Ich bin da unten bei der 2er Linie, auf der Höhe vom Palais Auersperg."

„Das trifft sich wunderbar, da sind Sie ganz in der Nähe meiner Kanzlei." Der Grinser am anderen Ende der Leitung war eindeutig zu spüren. Bevor Martin antworten konnte, dass er in Eile war, setzte der Anwalt nach. „Es wird sicher nicht lange dauern, aber das hängt von Ihnen ab."

„Wo sind Sie?"

„Mehr oder weniger ums Eck, in der Lichtenfelsgasse, Sie wissen ja, Adel verpflichtet."

Martin ließ sich die genaue Adresse geben und stand tatsächlich wenige Minuten später vor der wuchtigen Eichentüre in dem mit Marmorstufen und Messingleuchten ausgestatteten Herrschaftshaus. Der Anwalt öffnete selbst. Er steckte in einem khakifarbenen Maßanzug und hatte trotz der Temperatur ein Halstuch in den offenen Hemdkragen gesteckt. Er musterte belustigt Martin in seiner legeren Bekleidung und führte den Ermittler über den unter den Schritten schwingenden Parkettboden in ein Besprechungszimmer, dessen bis zur Decke über die gesamte Raumbreite reichende Bücherwand den Besucher nicht nur optisch zu erschlagen drohte. Als die beiden Männer den Raum betraten, legte ein junger

Bursch sein Smartphone beiseite und sprang von seinem Sitz auf.

„Das ist mein Mandant, aber ich glaube, Sie beide kennen sich bereits."

Martin zuckte zusammen. Vor ihm stand leibhaftig Pete, ein Pflaster über die Schläfe gepickt. Ganz unbeschadet dürfte er die Kollision mit dem LKW nicht überstanden haben. Der Anwalt wies beiden die Plätze und Martin stürzte sich mit trockener Kehle sofort auf die am Tisch aufgestellten Fläschchen mit Fruchtsaft und Mineralwasser.

„Bedienen Sie sich, bitte", lud ihn Lichtenfels nachträglich gönnerhaft ein. „Ich will ohne Umschweife auf mein Begehr kommen. Also mein Mandant bietet Ihnen fünftausend Euro, um das Missverständnis, dass beim Erwerb Ihres Wagens aufgekommen ist, aus dem Weg zu räumen."

Martin wollte aufspringen, doch der Advokat drückte ihn wieder auf seinen Sitz. „Hören Sie, das Angebot ist fair, Sie sollten zumindest darüber nachdenken."

„Was gibt es da nachzudenken? Ihr feiner Klient ist ein Betrüger, der mit Falschgeld bezahlt. Wie wollen Sie das wegbekommen?"

„Das ist bereits bereinigt. So was lässt sich regeln."

Martin schnaubte. „Ich weiß, mit den nötigen Beziehungen. Und jetzt wollen Sie die Sache mit meiner Anzeige auch regeln. Aber warum sollte ich darauf einsteigen? Ich bin doch nicht blöd."

Pete beugte seinen Oberkörper in der Absicht, sich auch zu Wort zu melden, vor, doch Lichtenfels gebot ihm Einhalt. „Sie wären aber, um es mit ihren Worten auszudrücken, noch blöder, täten Sie es nicht." Er presste seine Hände gegeneinander. „Sie haben sich damals nicht einmal erkundigt, ob mein Mandant einen Führerschein hat. Sie wissen schon, dass die Versicherung bei einer von Ihnen verschuldeten Schwarzfahrt vollen Regress bei Ihnen nehmen kann? Der Schaden an dem gegnerischen Fahrzeug geht gegen zigtausend Euro."

Martin knallte die Faust auf den Besprechungstisch. „Jetzt reicht's mir aber. Wollen Sie mir meine Gutmütigkeit, dass ich diesem Gauner mein Auto überlassen habe, vorhalten?"

Lichtenfels hob die flache Hand, um zu kalmieren. „Bitte, bitte. Ich will gar nichts, aber die Versicherung wird die Hand aufhalten wollen, es sei denn ..."

„Was?" Marco Martin schickte einen fuchtigen Blick über die Tischplatte. Im Moment wusste er nicht, wen von den beiden er lieber getroffen hätte, hätte es sich dabei um einen Giftpfeil gehandelt. „Das ist Erpressung", mokierte er sich.

„Na, na." Der Advokat wachelte beschwichtigend mit der Hand. „Wir wollen doch mal die Kirche im Dorf lassen. Außerdem vergessen Sie", er deutete auf Pete, „dass Sie für die Läsion meines Klienten die Verantwortung tragen."

„Aber jetzt machen Sie mal einen Punkt. Der ist doch selber schuld, wenn er abhaut und in den Laster kracht."

Lichtenfels lehnte sich süffisant lächelnd zurück. „Nein, nein, mein Freund, Sie haben einen Verfolgungsexzess geliefert, wie er ihm Lehrbuch steht. Mein Mandant musste um seine körperliche Integrität fürchten, daher blieb ihm nur die Flucht. Sie haben eine Kausalitätskette gestartet, an deren Ende die nicht zu unterschätzende Blessur meines Mandanten steht, an der Sie letztlich die Schuld tragen."

Martin biss die Zähne zusammen. Er merkte, wie es in den Schläfen zu pochen begann. Trotz seines Gemütszustands fragte er erstaunlich ruhig: „Was schlagen Sie daher vor?"

„Wir machen den Vertrag perfekt, Sie ziehen Ihre Anzeige zurück. Damit ist der junge Mann offiziell berechtigt gewesen, das Fahrzeug zu lenken, und die Versicherung kommt für den Schaden auf. Mein Klient übernimmt Ihren Vertrag mit dem

Malus und Sie sind fein raus. Und die Sache mit dem Unfall blenden wir völlig aus. Mein Mandant verzichtet auf jeglichen Schadenersatz."

Martin wurde bewusst, dass er eben ein juristisches Privatissimum erhalten hatte, und zwar in einem Fach, das auf keiner Uni gelehrt wurde, denn die Vorlesung „Wie lege ich täglich die Welt aufs Kreuz?" hatte noch keinen Eingang in den akademischen Lehrplan gefunden. Dennoch war er geneigt, auf den Kompromiss einzugehen, denn letztlich schien er überzeugend, beziehungsweise das kleinste Übel aller Möglichkeiten darzustellen. Martin musste sich eingestehen, dass Lichtenfels tatsächlich eine gewisse Überredungsgabe hatte, auch wenn sie nur darin bestand, dem Gegenüber die Ausweglosigkeit seiner Lage zu erklären. Zähneknirschend willigte er ein, der Rechtsanwalt sicherte ihm zu, die entsprechenden Dokumente in den nächsten Tagen zu schicken und versprach Martin, dass der vereinbarte Geldbetrag bis dahin bei ihm treuhändig erlegt sei. Pete hatte die ganze Zeit geschwiegen, jetzt erhob er sich mit erleichtertem Blick und ging auf Martin zu. Dieser nahm die zum Zeichen des Friedens ausgestreckte Hand jedoch nicht entgegen, sondern drehte sich um und strebte dem Ausgang zu. Lichtenfels ihm hinterher. Er begleitete ihn zur Tür und nickte Martin zum Abschied zu.

Martin schüttelte nur den Kopf. „Wo Sie solche Klienten herbekommen ..."

Der Jurist zuckte die Schultern. „Manche kann man sich eben nicht aussuchen. Pete ist mein Neffe. Unvernunft ist das Vorrecht der Jugend." Mit dem letzten Wort fiel die Tür ins Schloss.

Martin hasste diesen Fall und er hasste alles, was damit in Zusammenhang stand. Musste er seine Schwester auf diese Art und Weise wiedertreffen? Dass ihre Ehe jetzt scheiterte, weil

Niklas einfach nur Pech gehabt hatte, sich nur im Spinnennetz der Zufälle verfangen hatte, schmeckte ihm auch nicht. Vor allem aber hasste er es, jetzt gezwungen zu sein, durch die Stadt zu strampeln wie ein Alternativer, der die bequeme und den Stand des menschlichen Fortschritts kennzeichnende Art, sich bequem mit einem ohne Muskelkraft angetriebenen Fahrzeug zu bewegen, aus Gründen seiner Überzeugung ablehnte. So einer war er nicht und so einer würde er nie werden. Es war beschämend, in welchem Gewand er dem Rechtsverdreher hatte gegenübertreten müssen, er, der sonst höchste Ansprüche an seine Garderobe stellte und stets korrekt gekleidet war. Wie ein Punk war er angetanzt. Und er hasste es, zu spät zu kommen, doch vor lauter Grollen über diese Begebenheiten hatte er den Rest der Strecke in Windeseile zurückgelegt. Nun bog er vom Getreidemarkt zum Karlsplatz und passierte die Bibliothek des Neubaus der Technischen Universität mit den einige Stockwerke großen, aus basedowschen Augen glotzenden Eulen, die mit nymphomanem Blick allzeit bereit schienen, sich auf den Betrachter zu stürzen. Er war trotzdem gut zwanzig Minuten zu spät dran. Hoffentlich war Krasberger noch da.

Er war noch da und er war nicht allein. Er saß mit einer jungen brünetten Frau an einem der Tische in dem kleinen Gastgarten, der so etwas wie eine Oase in dem sonstigen Drogensumpf dort verkörperte. Auch wenn ständige Polizeipräsenz, Streetworker und dauernde Videoüberwachung die Situation für den Normalbürger gebessert hatten, das Flair des Platzes ließ wohl keinen anderen Ausweg zu, als in die Scheinwelt der Suchtmittel zu flüchten.

Martin stellte sein Fahrrad am Eingang ab und flitzte völlig außer Atem an den Tisch des Polizisten. Die Dame konnte unmöglich Krasbergers Freundin sein, taxierte er in Windeseile. Zu krass war der Unterschied zwischen den beiden. Vom Aussehen und vom Alter her. Und Krasberger würde als kleiner

Inspektor wohl auch nicht genug Geld verdienen. Geld macht vielleicht schön.

„Entschuldige, ich bin spät dran, ich weiß, ich wurde aufgehalten." Martin ließ sich auf den freien Gartenstuhl am Tisch plumpsen.

Krasberger nickte und bereitete den Spekulationen Martins ein Ende, indem er seine Kollegin Berg vorstellte. Martin reichte ihr die Hand, bedachte aber Krasberger mit einem irritierten Blick, da er davon ausging, dass ihr Treffen außerhalb der Akten stattfinden würde.

„Schau ned so pikiert drei, die Kollegin is mit dem Fall bestens vertraut und sie genießt mei volles Vertrauen."

Die Kellnerin kam und bevor Martin den Wunsch nach einem Wasser hatte äußern können, war die Bestellung von drei Seideln schon auf dem Weg.

„Oiso, wos hast?"

Martin begann zu erzählen, was er im Team mit Rosicky und Felder über Vukic herausgefunden hatte, ohne aber näher auf die Frage von Berg einzugehen, wie er an dieses Material herangekommen sei. Wenn er die Sache mit dem Schlüssel berichtete, und davon, wie er zunächst in die Wohnung des Opfers eingestiegen war und dann noch dessen Spind im Bad ausgeräumt hatte, wäre er seine Lizenz sehr schnell los.

„Also der Vukic entsorgt den Müll, den er gegen teures Geld entgegennimmt nicht auf seiner Deponie, sondern hat ein ganz eigenes System des Recyclings entwickelt. Die verdorbenen Fleischreste werden aufbereitet und zu Kebap verarbeitet und über seine Vertriebsstellen und über Partner an die diversen Standler verschachert. Den Giftmüll mauert er ein. Er kennt ja die ganzen Neubauten und deswegen schaut er, dass er zu einem Auftrag dort kommt. Und weil er so günstig ist, weil ja seine Wertschöpfung woanders liegt, erhält er den Zuschlag. Nach außen hin schaut alles zunächst hochoffiziell aus."

Mit Stolz registrierte er, dass Berg und auch Krasberger der Mund offen stand. Offenbar hatten die zwei bislang nichts von alledem vermutet oder geahnt.

„Der Nadar war hinter dem Vukic her, weil ..." Martin legte eine Nachdenkpause ein und entschied dann, der Witwe noch ihre Ehre zu lassen, sollte die das dann der Polizei erzählen, wenn sie nochmals vernommen wurde. „Also der Nadar war hinter dem Vukic her und der Vukic zugleich hinter dem Nadar. Der Nadar wollt ihn erpressen und der Vukic ihn loswerden, weil er ihm gefährlich geworden ist."

„Und wer hot jetzt den Vukic g'macht?" Krasberger hatte sich zurückgelehnt und faltete die Hände über seinem Bauch zusammen.

Martin quittierte die Frage mit einem Achselzucken. „Wenn ihr mich fragt, einer aus dem Umfeld vom Vukic. Vielleicht eine Abrechnung unter Jugos. Durchleuchtet da diesen Adlatus, ich weiß jetzt nicht, wie der heißt. Und einen zweiten gibt es auch noch, den rufen sie Dejan." Martin dachte an die gemeinsame Autofahrt mit dem zwielichtigen Gesellen.

Berg schaltete sich ein. „Der sportliche Detektiv meint mit dem Helfer wahrscheinlich ‚den Stiefel'. Der hat sicher auch genügend Dreck am Stecken. Chef, zeigen Sie es ihm?"

„Zeigen? Was?", wollte Martin wissen, der sich zugleich fragte, ob das ihm verliehene Attribut nun schmeichelnd oder spöttisch gemeint war.

Krasberger holte einen Briefumschlag hervor, den er in einer Klarsichthülle bewahrte. Er stülpte sich Plastikhandschuhe über und hielt Martin den Inhalt hin. „Der woar no ned im Labor. Da, lies."

Jetzt war es Martin, dem der Unterkiefer herunterklappte.

„Aber ... aber das wirft ja ein ganz anderes Licht auf die Sache?", stammelte er.

Krasberger packte das Bekennerschreiben wieder weg und nickte. „Ja, da passt die Theorie nimmer ganz."

Martin trank sein Glas leer. Das Bier machte sein Hirn lahm, dafür die Zunge locker. „Ich hasse diesen Fall", kam der emotionale Ausrutscher, der hinter die Fassade des Detektivs blicken ließ. „Ich kann diese ganze Jugo-Partie nimmer sehn."

„Willkommen in meina Wöd. Wüst du meine Theorie hören? Des ist niemals derselbe Täter. Der Mord am Nadar hot nix zum tun mit die andern Morde. Es gibt zwoar no ka Obduktionsergebnis, aber der Gerichtsmediziner hat scho durchblicken lassn, dass auch der Vukic vorher betäubt worden is, bevor der Mörder ihn zerrebelt hot. Der Täter is a anderer. Da miass ma uns den Pedanten do suachn."

Martin beschlich ein furchtbarer Verdacht. Er sprang auf und rief im Hinausrennen noch in Richtung Krasberger: „Lass dein Handy bitte heute aufgedreht, ich melde mich noch, ich muss nur ganz schnell etwas nachprüfen."

„He, woart!", rief Krasberger dem davon eilenden Martin nach. „Des is jetzt was für die Profis, hörst? Lass uns des machen."

Und wieder saß er auf dem Sattel, der ihn schon auf den Backen schmerzte. Beim nächsten U-Bahnabgang schulterte er daher das Rad, da der Weg über die Donau schneller mit der U1 zu bewerkstelligen war.

Krasberger wandte sich Berg zu. „Und i woit ihn erinnern, dass er zum Zahlen dran ist. Naja, lassen S' stecken Kollegin, dann lad i Sie ein."

Er winkte der Kellnerin. In der Minute gefror sein Arm in der Luft, sein Blick wirkte entrückt.

„Was ist los?"

„Jetzt waß i auf amoi, woher i des Radl von dem Schnüffler kenn. Kumman S', wir stellen uns in Dienst."

Martin erreichte den Wohnblock, in dem Rosicky mit seiner Familie lebte, in der späten Abenddämmerung. Die Laternen gingen an und einige Fenster in der Anlage waren beleuchtet. Der Bau war modern und zweckmäßig, mit Grünanlagen und einem Spielplatz zwischen den einzelnen Stiegen. Martin suchte den passenden Hauseingang und sobald er ihn gefunden hatte, Rosickys Namen auf der Gegensprechanlage. Er läutete an und wartete. Nichts. Martin fiel die hellere Stelle an der Fassade neben dem Tor auf. Die schwarzen Ränder deuteten darauf hin, dass hier einmal eine Tafel gehangen hatte. So eine mit der freiberuflich Tätige auf ihre Kanzlei oder Ordination hinwiesen.

Er drückte nachmals den Knopf, als ein älteres Ehepaar das Haus verließ. Martin entging nicht, wie er von den beiden gemustert wurde. Er grüßte freundlich und hinderte mit seiner Fußspitze die Tür daran, ins Schloss zu fallen. Als die beiden außer Blickweite waren, schummelte er sich ins Haus hinein.

Er eilte die Treppe hinauf, bis er die Wohnungstür erreicht hatte. Er wunderte sich über die weiße Wohnungstür frei von kindlichen Aufklebern und darüber, dass der Gang vor der Wohnungstür makellos sauber, vor allem aber leer war. In den anderen Stockwerken, die wahrscheinlich von jungen Familien bewohnt waren, türmte sich Schuhwerk vor den Türen oder waren Räder und auch Roller abgestellt. Er klingelte und wartete, ob er Schritte in der Wohnung hören konnte. Er klingelte nochmals. Und nochmals. Diesmal mit kürzerem Abstand.

Schräg gegenüber ging eine Tür auf und eine ältere Dame schaute neugierig in Martins Richtung. Rosicky hat also auch eine Pribil als Nachbarin, dachte dieser unweigerlich. Er sprach sie an: „Entschuldigen Sie, aber ich suche den Herrn Rosicky.

Haben Sie ihn vielleicht heute gesehen?"

Natürlich hatte sie, wie er an ihrem Blick ablesen konnte. So eine Hausspionin konnte ihm jetzt nützlich sein. Sie machte einen Schritt vor. Neben dem Kopf mit seniorengerechter Dauerwelle schob sich ein massiger Körper im Hausanzug aus der Tür.

„Warum wollen S' denn das wissen? Wer sind Sie?"

„Ein Kollege, und es wäre wirklich dringend. Also haben Sie?"

„Ja, aber der Herr Rosicky ist öfter am Abend länger aus." Martin klopfte jetzt gegen die Tür. „Und seine Familie, ich mein die Frau und das Kind? Sind die noch in den Ferien?" Die Schule hatte zwar heute begonnen, aber vielleicht war der Nachwuchs schon groß genug für ein Gymnasium.

Die fette Dame lachte auf. Ihr Lachen hallte durch den Gang. „Eine Tochter hat er. Aber die ist mit der Mutter weg."

„Weg? Wohin?"

„Bei dem Pedanten halt's doch keiner aus. Die Frau hat vor über einem Jahr die Tochter gepackt und ist wegglaufen. Ich kann's ihr nicht verübeln." Sie grinste schadenfroh.

Martin stand da wie ein begossener Pudel.

„Sie meinen, er lebt schon länger allein?"

„Nein, leider nicht."

„Hat er leicht eine Freundin?" Martin nervte dieses Katz- und Maus-Spiel, das die Alte da mit ihm trieb. „Jetzt lassen Sie sich doch nicht alles aus der Nase ziehen!"

„Nein, aber wir, also die Hausbewohner, dürfen jetzt an seiner Ordnungsliebe teilhaben. Ständig schreibt er Briefe an die Hausverwaltung. Nicht einmal meinen Philodendron hat er mich am Gang stehen lassen."

Martin gingen die Augen über. „Wissen Sie, wo seine Frau jetzt ist?"

Die Nachbarin verzog die Mundwinkel und schüttelte den Kopf.

„Wissen Sie, was sie arbeitet?"

„Na, eine Tierärztin war sie. Die hat sogar eine kleine Ordination da g'habt."

Martin stürmte los wie auf den Schuss einer Startpistole. Jetzt passte alles ins Bild. Ein Maulwurf hatte sich zwischen ihnen breitgemacht. Einer, der all die zusammengetragenen Informationen brauchte, um losschlagen zu können. Und der gnadenlos zugeschlagen hatte – und auch noch gnadenlos zuschlagen wird. Der Detektiv hatte einen furchtbaren Verdacht. Der Täter hatte sein Werk noch nicht beendet.

Er schwang sich auf sein Rad und strampelte los, als ginge es um ein Leben, und vielleicht ging es auch um ein Leben.

Krasberger saß bei Berg im Auto. Zum Glück war die Aspirantin nicht zu Fuß gekommen.

„Der Martin woar sicher bei der Wohnung von dem ersten Toten, da hab ich des Radl zum ersten Moi g'sehn. Damals hab i mir no nix dacht, aber jetzt isses es mir zu oft in der Nähe von an Tatort oder aner haßen Spur auftaucht."

Berg startete den Motor. Sie hatte ihre Haare zu einem Pferdeschwanz gebunden, der im Takt ihrer Kopfbewegungen wippte. Krasberger betrachtete ihr jugendliches Gesicht, ihre glatte, faltenfreie Haut an der Stirne, die nun nicht von den Haaren verdeckt war.

Sie fragte: „Sie glauben doch nicht, dass Ihr Bekannter etwas mit den Morden zu tun hat, oder doch?"

Krasberger schüttelte den Kopf. „A, woher, aber er hot ned mit offene Koartn gspüht, der waß viel mehr, als er uns gsagt hat, ich will jetzt wissen, warum der so schnö palesiert is."

„Und wie wollen wir das rausfinden?"

„Wir machen des wia der Grasmugg."

Berg hatte sich in den Verkehr am Karlsplatz eingeordnet und fuhr jetzt am Musikverein vorbei in Richtung Schwarzenbergplatz. Sie drehte den Kopf zu Krasberger und schaute ihn fragend an.

„Mia lassen nach eam fahnden, ich ruaf glei am Wachzimmer an."

Tadic war den ganzen Tag über auf Tauchstation in seiner Wohnung geblieben. Der Schreck vom Vorabend saß ihm noch in den Knochen. Er war von einem Moment auf den anderen vom Jäger zum Gejagten geworden. Geschlafen hatte er kaum, denn jegliches Geräusch, egal ob es ein Knacken der Dielen im Vorzimmer war oder eine zugeknallte Autotür auf der Straße, hatte ihn in äußerste Unruhe versetzt. Mitten in der Nacht, als seine Familie fest schlief, hatte er die alte Pistole aus dem Krieg, die er in der Küche unter der Kommode aufbewahrte, hervorgeholt. Wahrscheinlich schoss das Ding nicht einmal mehr. Er hatte die Vorhänge zugezogen und daher keine Ahnung, wie spät es war, als seine Frau ihn ansprach:

„Gehst du heute nicht zur Arbeit? Es ist schon Nachmittag."

Schnell versteckte Tadic die Waffe unter seinem Polster, als sie den Raum betrat.

„Nein, heute nicht."

„Hast du frei?"

„Ja", log er.

„Fein", sagte seine Frau und holte das Baby, das sie Tadic ins Bett legte, „dann kannst du auf die Kinder aufpassen, weil ich will mit Ivanka zum Friseur. Geh vielleicht mit ihnen ein wenig am Donaukanal spazieren."

Tadic schüttelte den Kopf. Hinaus wollte er unter keinen Umständen. Wenn sie ihn kriegen wollten, dann mussten sie ihn sich zu Hause holen. Doch er würde sein Heim verteidigen, und seine Familie natürlich auch.

Die kleine Gordana robbte an Tadic entlang, vor zum Polster, wo sie begeistert die Pistole darunter hervorholte. Tadic riss sie ihr erschrocken aus der Hand, der Hahn war gespannt. Er sicherte sie und legte sie auf das Nachtkästchen. So ging das nicht! Er schnappte die Kleine und sauste zu seiner Frau.

„Du musst die Kinder mitnehmen, frag nicht warum, sondern tu es", sagte er im Befehlston zu ihr. Sie schaute ihn zwar irritiert an, holte aber dann die beiden Größeren im Wohnzimmer von der Spielkonsole weg und packte den Kleinen sowie das Baby, das Tadic ihr hinhielt.

Seine Unsicherheit an diesem Tag war auf sie übergegangen. „Machst keinen Blödsinn, bitte?", sagte sie flehentlich, nachdem sie die Waffe neben dem Bett entdeckt hatte. „Ich hab ein ungutes Gefühl heute." Ihre braunen Augen schienen einen Blick in die Zukunft zu erheischen.

Tadic zwang sich zu einem Lächeln. Er legte seinen Arm um die Hüften seiner Frau und versuchte sie zu beruhigen. „Nein, es ist nichts, aber ich muss nachdenken. Wirst sehen, bald ist alles gut, bald haben wir Geld, und dann sind wir hier weg."

Tadics Telefon klingelte in der Küche.

„Es hat vorhin schon geläutet, magst du nicht rangehen?"

Tadic ging in die Küche, das Läuten erschien ihm als Drohung. Er fuhr sich über die Stoppel auf seinem Kopf. Zitternd streckte er die Hand danach aus.

Wenig später kam er zurück in den Vorraum, wo seine Frau schon mit den Kindern wartete, um sich zu verabschieden. „Was ist?"

„Vukic ist tot, hat der Anrufer gesagt." Tadic wirkte erleichtert, richtiggehend gelöst. Sein Gesicht hatte wieder ein wenig Farbe angenommen.

„Wer war das?"

„Ich weiß es nicht, aber er hat gesagt, jetzt bin ich der Boss, er will mit mir weiter die Geschäfte machen."

Sie schüttelte den Kopf: „Ich hab kein gutes Gefühl bei der Sache."

Tadic, der sich durch glückliche Fügung am Ziel seiner Träume sah, wurde aufbrausend. „Jetzt hör einmal auf, das wird super, jetzt machen wir echt Kohle, nur für uns, nicht für irgendeinen Arsch. Gut, dass du die Kinder nimmst, ich muss am Abend weg, er will mich treffen, um alles Weitere zu besprechen."

Getreu dem Motto, ich weiß zwar nicht, wohin ich fahr, dafür bin ich schneller dort, war Martin in Windeseile zur U-Bahn geradelt und saß jetzt in einem Zug der Linie U1 in Richtung Reumannplatz. Auch er musste sich fragen, wohin er eigentlich wollte, aber er hatte ein Gefühl, etwas, das wie ein zartes Pflänzchen wuchs, und das er gerne seinen detektivischen Spürsinn nannte. Der hatte einen frischen Trieb entwickelt und der führte ihn zur Baustelle am neuen Hauptbahnhof, dorthin, wo alles begonnen hatte.

Die Nacht war inzwischen über die Stadt gefallen. Wie ein Leichentuch hatte sie die Farben genommen und hinterließ nur graue Konturen, die sich gegen den Himmel abzeichneten.

Martin trat in die Pedale und wollte den Gürtel überqueren, als sich ein Streifenwagen an sein Hinterrad heftete. Er drehte sich erschrocken zu dem Uniformierten um, der ihm deutete, er möge anhalten. Doch Martin wollte keine Zeit verlieren, es würde viel zu lange dauern, dem Polizisten die Situation zu erklären, warum er in stockfinsterer Nacht im Straßenverkehr ohne Licht unterwegs war. Er schlängelte sich zwischen zwei Autos durch und wechselte von der Straße auf den Gehsteig. Die Funkstreife schaltete Blaulicht und Signalhorn ein. Martin duckte sich, als fürchtete er, dass gleich die

Kugeln um seinen Kopf pfeifen würden. Er kreuzte den Südtiroler Platz und drängte zwei Passanten, die aus der Unterführung kamen, zur Seite. Für einen Moment überlegte er, selbst in der Passage zu verschwinden, aber da würde er schnell in der Falle sitzen, wenn die Polizisten mit Verstärkung die Ausgänge abriegelten. Doch plötzlich war Endstation. Der Gehsteig bei der Bahnüberführung war gesperrt, er musste wieder auf die Straße wechseln. Ein dunkler Audi hupte ihn wütend an, als er sich vor dessen Motorhaube auf die Fahrbahn drängte. Der Wagen legte mit quietschenden Reifen eine Vollbremsung hin und schonte so Martins Gesundheit. Knapp dahinter die Polizei mit lauter Sirene. In der Spur daneben ein Laster mit Anhänger. Martin riskierte es. Er trat fest in die Pedale und lenkte scharf nach links. Der LKW-Fahrer reagierte prompt und leitete eine Bremsung ein, woraufhin sich der Anhänger quer stellte und die Fahrbahn abriegelte. Martin drehte sich um. Er hatte das völlige Chaos hinterlassen, nichts ging mehr. Der Polizeiwagen steckte fest. Da half auch kein Blaulicht. Im Wiegetritt machte er sich davon.

Martin schlüpfte samt Rad durch eine Lücke im Bauzaun und befand sich nun auf dem weitläufigen Baustellenareal. Eine Fläche von hundertneun Hektar, so groß wie die ganze Josefstadt, musste verbaut werden. Die Stollenreifen erwiesen ihm auf dem losen, sandigen Untergrund einen guten Dienst.

Doktor Sebera verließ seine gläserne Chefetage mit gemischten Gefühlen. Einerseits wollte er sich nicht erpressen lassen. Andererseits, wenn diese Jugos sich gegenseitig aus dem Weg räumten, dann sollte ihm das auch recht sein. Noch selten war ein verteiltes Imperium am Ende nicht ganz zerfallen. Die einzelnen Nachfolger von Vukic würden sich gegenseitig unterbieten, um weiter an Aufträge zu kommen.

Er bestieg den Lift und drückte den Knopf für die Tiefgarage. Im Spiegel rückte er seinen Krawattenknopf zurecht. In ihm reifte der Entschluss, nicht zu dem geforderten Treffen zu fahren. In solchen Situationen war es eine goldene Regel, zunächst abzuwarten. Außerdem war es heute ein sonderbarer Tag gewesen. Der plötzlich auftauchende Kontrollor der Bauarbeiter-Urlaubs- und Abfertigungskasse, der ohne wirklich einen Grund für seinen Besuch angeben zu können, wieder schnell verschwunden war, und jetzt dieser Anruf.

Der Aufzug stoppte mit einem Ruck, die Türen öffneten sich zu der in einem Halbdunkel liegenden und nur aus wenigen Neonröhren beleuchteten Tiefgarage hin. Zügig strebte Doktor Sebera zu seinem Jaguar. Er wunderte sich darüber, dass er in der Früh vergessen hatte, den Wagen zu versperren. Der Druck auf den Knopf der Fernbedienung am Schlüssel ließ zwar die Blinkerleuchten aufzucken, doch das Rattern der Zentralverrieglung blieb aus. An der Decke surrte eine Röhre, deren Flackern auf ihr baldiges Ende hindeutete.

Doktor Sebera schlüpfte schnell in den Wagen, als sich im Rückblickspiegel ein Kopf abzeichnete, der sich zu ihm vorbeugte. Ein Arm umfasste seinen Oberkörper und drückte ihn gegen den Sitz. Der zweite Arm hielt seinen Kopf gegen die Nackenstütze. Der scharfe Geruch des Tuchs, das ihm dabei ins Gesicht gedrückt wurde, war das Letzte, das er am Rande registrierte, dann verschwand die Wirklichkeit.

Martin kämpfte sich orientierungslos durch das Gelände, hindurch zwischen ausgehobenen Schächten, gestützten Mauern, blanken Betonwänden, offenen Stiegenaufgängen, skelettierten Rohbauten, denen die Fassade, also das Fleisch des Baukörpers, fehlte. Der Wind pfiff durch die offenen Stockwerke und Martin hatte keine Ahnung, wo er zu suchen beginnen sollte. Und überall der Staub! Er hatte den eigentlichen Tatort, den Ort, an dem Nadar zu Tode gekommen war, noch gar nicht besichtigt. Er stolperte weiter vorwärts, das Rad hatte er bald zurückgelassen, es tastete sich zu Fuß besser über den unebenen, zerfurchten Boden.

Er schnaufte, sonst gab es nichts zu hören, außer dem Abdeckplastik, das im Wind flatterte. Er befand sich in einem Bauabschnitt, in dem nachts nicht gearbeitet wurde. Nur in einiger Entfernung war ein dumpfes Dröhnen des Baugeräts zu vernehmen. Auf einem Platz entdeckte er eine dunkle Limousine, die inmitten der Mulden und Schotterhaufen abgestellt war. Im Inneren brannte die Beleuchtung. Er pirschte sich vorsichtig an die dunklen Umrisse heran. Der Wagen war verlassen, der Motor noch warm. Er suchte den Boden nach Spuren ab, musste aber vor der Dunkelheit resignieren. Dafür trug ihm der Wind einige Sprachfetzen zu. Er versuchte deren Ursprung auszumachen und marschierte mit einem mulmigen Gefühl los. In seinem halblangen Sommergewand begann er zu frösteln. Er näherte sich dem nächsten Rohbau, der wie ein verlassener Turm in die Höhe ragte. Schwer vorzustellen, wie geschäftig es hier untertags zugehen musste. Die Luft hatte einen bitteren Beigeschmack, der schon die nahen kalten Nächte vorausahnen ließ. Ein rhythmisches Quietschen war zu hören. Martin schlich weiter in jene Richtung, wo er dessen Ursprung vermutete. Er hatte den Kopf eingezogen wie eine Schildkröte, die auf drohende Gefahr reagierte. Die Körperhaltung hatte er schon als Kind angenommen, wenn er in der Geisterbahn fuhr. Langsam gewöhnten sich seine Augen an die Finsternis, die Umrisse traten nun klarer hervor.

Auf einmal erschrak er. Direkt vor ihm baute sich eine schaurige Figur auf.

Krasberger und Berg erreichten die Dienststelle und Krasberger fragte sofort nach den neuesten Meldungen.

„Bingo“, rief er Berg zu, die unten in der Garderobe in ihre Uniform schlüpfte. Krasberger ging in das Wachzimmer und teilte den anwesenden Kollegen, die Bereitschaft hatten, mit, dass sie ihn bei einem Einsatz zu begleiten hatten.

„Wohin geht's?“, fragte Berg neugierig.

„Zum Hauptbahnhof. A Einsatzwagen hat eam im Gewurl entdeckt.“

„Dann war die Fahndung ja ein Erfolg“, stellte die Aspirantin, die sich schon als vollwertige Polizistin sah, anerkennend fest.

„Jo und na. Eigentlich is er denen nur aufgfoin, weil er ohne Licht gfohrn is. Aber dann hat er si so deppert angstellt, dass ihnen des Radl von meiner Beschreibung eingfoin is. Der hot a ziemliches Chaos angstellt, die zwa sitzen immer no im Stau fest. Kumman S', los geht's.“

Martin erkannte Tadic trotz der entstellten Gesichtszüge sofort. Boris „der Stiefel“ würde nie wieder zutreten können. Er saß auf einem Fass und starrte Martin an. Seine Augen waren weit aus den Höhlen hervorgetreten. Die Arme hatte er wie ein Engel ausgebreitet. Unfreiwillig verharrte er in dieser Stellung, denn jemand hatte die Handgelenke mit Ketten an einem Stahlträger fixiert. Das Leben war, wie es auch für den Laien unschwer zu erkennen war, aus diesem Körper gewichen, der nun abschreckend wie ein Monument drapiert war. Die Handschrift des Mörders, der erkennbar ein weiteres Exempel statuieren wollte. Neben der leblosen Figur drehte sich monoton die Trommel eines Betonmischers.

Kramsl, Vukic und Tadic waren ausgeschaltet worden. Damit hatte sich der Kreis geschlossen. Aber Martin hatte zuvor Stimmen gehört, unwahrscheinlich, dass der Mörder Tadic noch die Beichte abgenommen hatte, außerdem hatte ihm sein Mörder offenbar etwas in den Mund gestopft, wie Martin nun im schwachen Licht, das auf den Platz fiel, erkennen konnte. Eine graue, zähe Masse tropfte aus den Mundwinkeln zu Boden.

Martin wandte sich von der Leiche ab, denn er schaute sich sofort nach der Lichtquelle um, die nun das Spiel der einander überlagernden Grautöne durchbrochen hatte und den weiteren Weg vorgab. Der Halogenstrahler auf einem der Kräne war angeschaltet worden. Martin sprintete los. Auch wenn er nun den Untergrund etwas besser sehen konnte, musste er doch vorsichtig sein, um nicht in eine der kaum gesicherten Löcher zu stürzen. Er durchschritt Täler aus übereinander getürmten Betonsäcken und geschlichteten Ziegelsteinen und er kletterte über Berge aus Kies. Geschickt balancierte er über ein Brett, das zwei Schächte überbrückte. Nicht hinuntersehen, sagte er sich vor, womöglich würde ihm schwindelig, wenn er auf den Abgrund starrte. Ein Abgrund von vielleicht drei, vier Metern. Martin war keine Gämse, für Bergtouren nicht wirklich zu gebrauchen. Einmal im hochalpinen Gebiet, seine Eltern hatte ihn noch als Jugendlichen mitgeschleift, damit er endlich auf positive Gedanken käme, hatten sie sich verlaufen und waren auf einem Steig gelandet. Martin hatte sich gegen den Hang gedrückt und konnte keinen einzigen Schritt mehr tun. Erst die von der Hütte angeforderte Bergrettung konnte den jungen Mann packen und sicher die hundert Höhenmeter zum nächsten Wanderpfad bringen.

Doch jetzt pumpte sein Körper Adrenalin durch die Venen. Adrenalin, die Wunderdroge, die Männer von Klippen oder gar aus vierzig Kilometer Höhe springen ließ oder diese mit Fahrrädern vereiste Berghänge hinabrasen ließ, genau dieser Chemikalie hatte Martin es zu verdanken, dass er über die böse schwingenden Latten gehen konnte.

Er wähnte sich am anderen Ende angekommen für einen Moment in Sicherheit, als er den nächsten Schritt auf eine

Holzpalette setzte, die jedoch auf unebenem Grund stand und daher unter seinem Gewicht kippte. Er fasste nach dem Bauzaun zur Linken, umklammerte dessen Maschen, doch der Zaun war wohl nur als optische Begrenzung gedacht und gab unter seinem Gewicht nach. Zum Glück fiel er nicht auf Martin drauf, der sich im Fallen zur Seite rollte, doch der Krach war wohl nicht zu überhören, der Moment der Überraschung damit dahin.

Ein Motor wurde gestartet. Ganz in der Nähe. Der Fahrer trat immer wieder ordentlich auf das Gaspedal, was das Aggregat entsprechend aufheulen ließ. Der Gestank nach verbranntem Öl wanderte bis zu Martin, der endlich den Platz erreichte, wo neben einem der neuen Bürosilos ein Kran aufgebaut war, der mit seinem Licht die nähere Umgebung ausleuchtete. Zwei Scheinwerfer gingen an und trafen Martin wie in Blitz. Er kniff die Augen zusammen. Langsam öffnete er sie wieder und sah, dass der LKW einen Ladekran montiert hatte, der nun seine Krallen öffnete und auf die Figur, die an einen in die Erde gerammten Pfosten gebunden war, zuhielt. Ihr Kopf hing schlaff zur Seite.

Martin kannte die Person, die hier mehr als in der Klemme steckte, nicht, dennoch hoffte er, dass noch nicht alles verloren war.

„Rosicky, gib auf, es ist vorbei!"

Aus dem Fahrerhäuschen wuchs ein Kopf durch die Seitenscheibe. „Marco? Was machst du hier? Du kannst mir helfen, wir müssen uns beeilen."

Rosicky war anzusehen, dass er im Moment nicht ganz bei Sinnen war. Die Haare standen vom Hinterkopf wirr ab, an der Stirne jedoch klebten sie am schweißnassen Gesicht an. Seine Augen glänzten wie im Fieberwahn und er fixierte Martin mit starrem Blick. Nein, erwartungsvoll sah er ihn an, so als ob er das ernst gemeint hatte. „Komm", forderte er den Detektiv auf, „wir haben nicht mehr viel Zeit, oder willst du, dass der leidet?“

Er deutete auf den Marterpfahl, an den er Sebera gefesselt hatte. Der bewegte langsam seinen Kopf.

„Na schau, die Betäubung lässt gleich nach, wir müssen schnell sein, sonst muss er am Ende noch unnötig leiden.“

Martin schüttelte den Kopf. „Nein, es ist vorbei, die Polizei weiß auch schon alles, ich hab sie angerufen“, versuchte Martin zu bluffen.

Rosicky sprang aus dem Baufahrzeug. Er betrachtete Martin ungläubig. Dieser wiederum betrachtete ehrfürchtig Rosickys Bizeps. Dennoch blieb ihm keine Wahl, er nahm Anlauf und machte einen Satz auf den bulligen Mann zu. Mit diesem Überraschungseffekt gelang es ihm, Rosicky zu Boden zu ringen. Im Hintergrund war ein schwaches „Hilfe“ zu hören.

Rosicky befreite sich aus Martins Umklammerung und stieß ihn von sich. „Siehst du, jetzt wird er bei vollem Bewusstsein geteilt.“

Rosicky versuchte, an die Hebel für die Kransteuerung zu gelangen. Es war offensichtlich, dass er vorhatte, damit Sebera zu zerquetschen.

„Halt!“, rief Martin, „aber du willst doch deine persönliche Handschrift hinterlassen, das mit dem Kran hast du doch schon. Vukic war anders, das hat Stil gehabt, das war eine Variation, so wie jeder Meister seine Themen verändert.“

Rosicky hielt inne. Er wirkte geschmeichelt. „Das hast du erkannt?“

„Ja, und darum kannst du die Nummer hier nicht genauso abziehen.“

„Jetzt binden Sie mich doch los! Der Mann ist wahnsinnig, was reden Sie mit ihm?“ Sebera war wieder zu vollem Bewusstsein gekommen.

Martin ging zu ihm und gab ihm eine Ohrfeige. Leise zischte er ihm zu: „Seien Sie still, ich versuche, Ihr Leben zu retten." Zu Rosicky brüllte er: „Ich weiß, der ist schuld an allem, der Mann im Hintergrund. Hat sich nicht an die Spielregeln gehalten, oder?"

Rosicky taumelte in Rage auf Martin und das Opfer zu. Mit jedem Wort sprühte die Spucke aus seinem Mund wie die Funken einer Wunderkerze am Weihnachtsbaum. „Keiner hält sich mehr an irgendwas. Die machen doch alle, was sie wollen, und wir trappeln nur hinterher, vollziehen lahme Gesetze, die die Täter nur schützen. Ich hab versucht, mit Niklas drüber zu reden, aber er hat nicht verstanden. Aber du verstehst mich?" Er blickte Martin aus waidwunden Augen an, wie ein verstoßener Hund, der endlich auf Zuneigung hoffte.

Martin nickte mit dem Kopf, dann trat er Rosicky gegen das Knie. Der sank in sich zusammen und schickte einen fragenden Blick zum Himmel, bevor er umfiel wie ein Stein.

Martin hechtete zu Sebera und versuchte seine Fesseln zu lösen. „Sie haben mich geschlagen", sagte dieser weinerlich.

„Ja, und jetzt befreie ich Sie."

Doch bevor er es geschafft hatte, den Knoten um Seberas Handgelenk zu lösen, hatte sich Rosicky aufgerappelt und riss Martin weg. Er packte ihn von hinten und schleuderte ihn gegen ein Alu-Rohr. Martin schwanden kurzfristig die Sinne. Als er aus der wenige Sekunden dauernden Benommenheit erwachte, hatte Rosicky Martins Werk vollendet und die Fesseln gelöst. Sebera sank mit tauben Beinen auf die Knie. Wie ein Henker baute sich Rosicky hinter ihm auf. Er packte seinen Kopf an einem Büschel Haare und knallte ihn gegen eine Betonkante. Sebera gab einen Grunzer von sich, sackte auf den Boden, wo er auf die Seite rollte und regungslos liegen blieb.

„Du hast recht, der geht anders drauf." Rosicky ließ sich von Martins Anwesenheit nicht stören und setzte den neu gefassten Plan um. Er band Sebera die Beine mit einem Kabel zusammen. Martin versuchte sich aufzurappeln, doch die Füße sackten weg. Sein Schädel dröhnte wie eine Kathedrale bei einem Hardrock-Konzert.

Rosicky schleifte den bewusstlosen Baukonzernchef über den Boden in Richtung des Lastenkrans. Das Ende des Kabels verband er mit dem vom Kran herabhängenden Seil. Der Wahnsinnige drehte sich in Richtung Martin, der es endlich geschafft hatte, wieder auf die Beine zu kommen. Immer noch angeschlagen suchte er Halt an dem Stapel aus Rohren, gegen den er zuvor gestoßen worden war. „Gib auf, das hat doch jetzt alles keinen Sinn mehr. Die Polizei ist gleich da!"

„Und der ist auch gleich Geschichte." Rosicky verschwand unter dem Aufbau, der dem tonnenschweren Lastenkran sicheren Halt gab.

„Was hast du vor?" Martin stürzte zu dem Bewusstlosen am Boden, doch ohne Werkzeug ließ sich der fachmännische Knoten an den Füßen nicht lösen.

„Du hast jetzt einen Märtyrer aus dem Mann gemacht." Rosicky hatte mit dem Aufstieg begonnen. Wie ein Eichhörnchen kletterte er behände die Leiter im Inneren des Gestells empor.

Martin erkannte schnell, was Rosicky vorhatte. Schon die ersten Christen hatte man einen qualvollen Tod sterben lassen, indem man sie verkehrt herum aufgehängt oder gekreuzigt hatte.

Er sah seine Chance nur in der Verfolgung und einer direkten Auseinandersetzung des Mörders. Mit klammen Fingern und zusammengekniffenen Arschbacken begann auch er zu klettern, die Augen nur auf den im Dunkel verschwindenden Rosicky geheftet.

Berg parkte das Einsatzfahrzeug wieder in der Landgutgasse, wo sie zu ihrem ersten Einsatz mitgefahren war. Das war jetzt gerade einmal wenige Tage her, Berg hatte aber das Gefühl, in dieser Zeit ordentlich gereift zu sein. Die Praxis war immer noch die beste Schule.

„Na hoffentli schiaßen wir jetzt ned den Vogel ab!", sagte Krasberger und schälte sich und seinen Körper aus der Beifahrertür auf die Straße, der Wind frischte wie aufs Stichwort auf. Berg hatte ihre Glock gezogen und entsicherte die Waffe.

„Wos mochen S' denn da?"

„Na, Sie haben doch gesagt, dass wir den abschießen?"

„Geh, des woar doch nur im übertragenen Sinn gemeint."

Sie zogen los und die Uniformierten folgten ihnen, den Weg mit ihren Taschenlampen ausleuchtend. Die ersten hundert Meter führten nur über eine Kieswüste. Dazwischen Holzeinfriedungen, die vielleicht Schächte absichern sollten. Gegen eine solche war ein Fahrrad gelehnt. Einer der Polizisten richtete den Schein seiner Stablampe darauf. Krasberger nickte zufrieden. Das Bike war ihm wohlbekannt. Er hob seinen Arm und deutete den anderen, ihm zu folgen. Zielstrebig schlug er den Pfad nach links ein und verschwand im Labyrinth der hier wachsenden Betonburgen.

Es dauerte nicht lange, da standen sie an einer Mauer an.

„Und was jetzt?", fragte Berg.

„Na irgendwie weiter, mia miassen uns aufteilen oder hat wer a Later gsehn?"

Die Eisenkonstruktion wankte unter dem Gewicht der Tritte, die die beiden Männer in die Höhe stiegen ließen. Rosicky war nicht nur trainiert, er war Martin auch konditionell überlegen, und das, obwohl der Privatermittler die letzten Tage wirklich viel für seine Fitness getan hatte. Aber in so kurzer Zeit ließen sich die Giftstoffe nicht aus seinem Körper verjagen. Sie hatten sich in jede Pore gesetzt und Martin hatte das Gefühl, jemand hatte die Sprossen mit Harz beschmiert, so zäh ließ sich mit der Zeit ein Bein nach dem anderen heben. Er wollte Rosicky nachrufen und weiterhin zum Aufgeben überreden. Doch dazu fehlte ihm nicht nur eine zündende Idee, sondern vor allem die nötige Luft.

Rosicky hatte das Führerhäuschen erreicht. Der Ausleger drehte sich. Martin klammerte sich fest, die Vibration erschütterte den gesamten Turm, Martins rechter Fuß rutschte ab, er musste sein Gewicht mit den Armen fangen und halten, bis er wieder Halt gefunden hatte.

Martins Telefon vibrierte in seiner Hosentasche. Er hatte es zuvor auf lautlos gestellt. Er dachte an, nein, er hoffte auf Krasberger. Vielleicht gab es doch eine Verbindung zwischen Leuten, so eine unsichtbare Leitung, die immer dann zustande kam, wenn jemand in der Klemme saß. Er drückte seinen Oberkörper gegen das Metall und nahm das Gespräch an.

„Na endlich erwisch ich Sie, schon den ganzen Tag versuche ich Sie zu erreichen. Der Chef hat gesagt, ich darf erst nach Hause, wenn ich mit Ihnen gesprochen hab."

„Wer ist da dran?" Martin fasste es nicht.

„Ihr Autohaus ..."

Im nächsten Moment wurde ein I-Phone in hohem Bogen vom Turm geschleudert. Martin hatte andere Sorgen.

Schau auffe, du Idiot! Er dachte an die Worte des Bergretters, damit er nicht vor Schreck gelähmt in die Tiefe starrte. Damals, damit sie ihn endlich retten konnten. Martin holte nochmals tief Luft und nahm die letzten Sprossen in Angriff. Als er oben war, sah er gerade noch Rosickys Bein an ihm vorbeifliegen. Er duckte sich, soweit das in dieser Höhe ging. „Schleich dich besser wieder", rief der. „Ich hab's nicht auf dich abgesehen."

Der Angreifer hatte die Führerkabine verlassen und balancierte über den Ausleger. Er hatte ein Kästchen umgehängt, das vor ihm baumelte, was ihn aber in seiner Trittfestigkeit nicht störte. Martin versuchte ihm zu folgen, doch der Wind hatte hier oben eine wesentlich größere Kraft als am Boden. Martin flatterte das Gewand am Körper. Der Ausleger selbst schwankte einmal in die, dann wieder in die andere Richtung. Martin sank auf die Knie und versuchte Rosicky wie ein hoppelnder Hase zu verfolgen.

Rosicky hatte die Laufkatze erreicht, unten baumelte der Körper Seberas in der Luft. Er schien bewusstlos, so schlaff hingen dessen Glieder hinab.

Martin kam an Rosicky bis auf zwei, drei Meter heran, als der sich auf die Laufkatze setzte und mit den Hebeln der Fernsteuerung wegfuhr. Das war also das Kästchen gewesen. Er grinste Martin an und lachte. „Gelt, ned blöd, die Fernbedienung zu holen."

Unten folgte Seberas Körper in gut zehn Metern, sein Schatten flog im Licht des Halogenstrahlers über den Boden.

Rosicky holte die Hubflasche mit dem Haken, an dem sein Opfer baumelte, zu sich hoch und schwebte damit laut lachend zu Boden.

Martin hatte noch die Hand nach Rosicky ausgestreckt, jetzt klammerte er sich an das Eisengestell, das wie ein Kuhschweif wackelte. Ein Zittern erfasste seinen Körper, als er Rosicky bei seiner Talfahrt, den gefesselten Sebera unter sich baumelnd, beobachtete und dabei zu Boden blickte. Der Grund kam näher, irgendetwas schien an ihm zu ziehen, ihn hinunterziehen zu wollen. Martin war gelähmt. Er lag auf den Querstreben des Auslegers und konnte nicht vor und nicht zurück. Das Bild verschwamm vor seinen Augen. Rosicky landete sanft am Boden, Sebera lag wieder im Dreck. Rosicky lachte laut zu Martin hinauf. „Keiner wird mich aufhalten, das ist erst der Anfang. Du wirst sehen. Eigentlich müsst ihr mir alle dankbar sein, einer muss ja für Ordnung sorgen."

Rosicky riss die Fernbedienung hoch und wollte das Seil mit Sebera wieder hinaufschicken, als er umgeworfen wurde.

„Goar nix wirst, verhaftet wirst jetzt."

Es war Krasberger, der sich mit seinem vollen Lebendgewicht auf ihn geworfen hatte. Rosickys Gegenwehr erstarb schnell unter der imposanten Figur des Abteilungsinspektors, in dessen Imagination bereits wieder Sterne an seinen Epauletten wuchsen.

Nach weiteren fünfzehn Minuten war der Platz voll von Einsatzfahrzeugen. Sebera hatte wieder das Bewusstsein erlangt und war in der Obhut der Rettungssanitäter, während Berg ihre erste Vernehmung machen durfte. Mit dem in Handschellen gelegten Rosicky, der im Polizeibus saß und zunächst jede Aussage verweigerte. Krasberger schritt wie ein Feldherr nach erfolgreicher Schlacht über den Platz und koordinierte die Einsatzkräfte, als einer der Polizisten auf ihn zustürmte.

„Herr Abteilungsinspektor, Sie müssen schnell kommen, das müssen Sie sich ansehen."

Er führte Krasberger auf dem Areal weiter zu der Stelle, wo sich die Trommel der Mischmaschine immer noch monoton quietschend drehte. Zwei Uniformierte hatten den wie einen erstarrten Todesengel angebundenen Leichnam Tadics im Kegel ihrer Stablampen gefangen. Krasberger rieb sich die Nasenwurzel und atmete durch, dann fragte er: „Fotos sind scho g'macht?" Wir sind also doch zu spät gekommen, dachte er sich in diesem Augenblick.

Der Kollege neben ihm nickte, ohne den Blick von der schaurigen Figur abzuwenden.

„Ich glaub, der Schinagl kann den a am Boden untersuchen. Nehmt's den Mann ab."

Der Polizist deutete dem Feuerwehrmann, dass er sich ans Werk machen könne. Dieser zwickte die Ketten mit einem Bolzenschneider durch. Wie ein gefällter Baum kippte der steife Körper des Toten nach vor und fiel auf den Boden. Zwei Beamte versuchten ihn in eine menschenwürdige Position zu hieven, doch sie konnten ihn kaum bewegen. Hilfesuchend blickte der eine zu Krasberger und stöhnte: „Der hat gut zwahundert Kilo, der lasst si kaum bewegen."

Krasberger schaute die Mischmaschine an. „Na dann wiss ma jetzt, warum da aner noch den Zement angrührt hat." Zum Feuerwehrmann sagte er: „Sagen S' Ihnern Kumpanen, dass wir was zum Heben brauchen. Die Sanis werden den so ned auf den Tisch vom Schinagl bringen."

Krasberger kehrte zum Bus zurück, wo Berg auf den verstockten Rosicky einredete. Ohne Erfolg. Der mutmaßliche Mörder blickte nur starr zu Boden. Krasberger riss die Tür auf.

„Ham Sie eigentlich den Martin g'sehn?"

„Nein, stimmt, der fehlt uns ja noch. Der war doch auf dem Kran."

Krasberger besorgte sich auch eine Lampe und leuchtete in den nächtlichen Himmel. Als der Strahl den Ausleger traf, sah er einen zusammengekauerten Körper, der sich wie ein verirrtes Kätzchen weder vor noch zurück wagte. Er brüllte in die Luft: „Herst, kumm oba, mir ham den Rosicky. Die Gefahr ist vorbei." Der Polizist leuchtete Martin ins bleiche Gesicht, aus dem die blanke Angst sprach. „Was is jetzt mit dir?" Krasberger fuchtelte mit dem Strahl hin und her. Doch Martin verharrte steif wie eine Salzsäule.

Er suchte einen der Feuerwehrleute. Warum sollten die immer nur Katzen von Bäumen retten? Ein Detektiv auf einem Kran war eine schöne Abwechslung. „Ham Sie eine Drehleiter dabei?"

„Wozu?", grinste der Florianijünger unter seinem Helm. „Runter kommens' eh alle."

Krasberger fackelte nicht lange und schwang sich nun selbst in den Turm des Krans.

Martin hatte mit der Welt abgeschlossen. Die Angst umschloss ihn wie eine Seifenblase und ließ nur mehr ein Abbild seiner Umgebung zu ihm durch. Er starrte den Boden an, der auf ihn zusauste und sich ebenso schnell wieder entfernte wie bei einer Fahrt mit der Hochschaubahn. Der Ausleger, in dem Martin gefangen war, schwankte wie ein Schilfrohr im Sturm. Kam ihm zumindest so vor.

Krasberger hatte da weniger Probleme. Weder mit dem Halt noch mit der Balance.

Die Worte, die Krasberger dem Detektiv zurief, wurden zum Glück später in keinem Protokoll wiedergegeben, obwohl Krasberger seinen Bass so laut erklingen ließ, dass die Umstehenden jedes Schimpfwort bestens verstehen konnten.

„Jetz gib ma scho die Hand, du Trottel!", war im Vergleich zu den vorhergehenden Tiraden wahrlich eine freundliche Einladung. Nutzte aber nichts. Erst eine schallende Ohrfeige brachte Martin zur Besinnung. Erst jetzt erkannte er die Hilfe, die ihn aus dieser Not errettete, und er klammerte sich beim Abstieg an Krasbergers Rücken, in den er seine Fingernägel tief hineinbohrte.

Als sie endlich sicheren Boden unter Füßen hatten, setzte Krasberger dazu an, Martin erneut die Leviten zu lesen. Sein Kreuz tat weh und die Kratzer am Rücken brannten unter dem nassgeschwitzten Hemd. Doch Martin sackte zusammen, bevor ihn die mit einer Decke herbeieilenden Rettungsmänner hatten auffangen können.

Krasberger suchte nach dem vorwitzigen Feuerwehrmann von vorhin. Dieser stand hinten an eine Mauer gelehnt und schickte Krasberger eine Geste des Applauses. Krasberger kaufte sich den Knaben. Er packte ihn am Revers und herrschte ihn an: „Des nächste Moi mocht's ihr euchern Job söber, weil den hätten's nachernd nur mit der ganzen Kraxen abbauen können."

„Gut gemacht, Chef." Berg war gekommen und strahlte ihn in der Art eines Kindes an, das soeben eine Heldentat miterleben durfte. Sie legte ihm eine Decke über die Schulter. Unwirsch schüttelte Krasberger diese ab. Er sagte: „Lassen S' des, mir is eh haß. Bringen S' mir lieber ein Bier, i hab an Durscht."

Freitag, 7. September

„Also der Rosicky ist echt am Leben zerbrochen." Martin blickte streng in die Runde, bevor er nach einer rhetorischen Pause fortsetzte. „Sein ständiger Kampf um Ordnung hat sich zu einer echten Besessenheit ins Psychopathische gesteigert. Seine Frau hat ihn deswegen verlassen und sein Job hat ihn dann zusätzlich frustriert. Zu sehen, wie es sich die Herrschaften richten, und er konnte nichts dagegen ausrichten. Als dann die Sache mit Niklas war, da sind bei ihm die Sicherungen endgültig durchgebrannt. Er muss es gefühlt haben, dass da alles Mögliche hinter dem Attentat auf den Nadar steckt, nur nicht sein Kollege."

Mit besagtem Kollegen war Felder gemeint. Dieser sagte: „Also wir haben das im Büro echt nicht gewusst, also das mit seiner Frau. Uns hat er immer von den Wochenenden mit der Familie und von den Urlauben erzählt. Das muss er sich alles zusammenfantasiert haben. Jetzt versteh ich erst, warum er nie Fotos davon gezeigt hat."

„Der könnt einem fast leid tun."

„Geh, her doch auf, der verdient ka Mitleid, immerhin hot er drei Menschen umbracht und beim Sebera hot er's a probiert."

Onkel Alfred war Michi Bogensberger, die so etwas wie Mitgefühl für Rosicky und seine Geisteswelt bekundet hatte, in die Parade gefahren. Martin hatte alle Freunde, die ihn bei diesem Fall begleitet hatten, zum Frostbachl-Fadinger eingeladen. Anne, Anja, Alfred, seinen Lebensretter Krasberger und sogar Niklas. Seine Schwester hatte zwar ihr Kommen davon abhängig gemacht, dass Niklas nicht anwesend wäre, doch nun schien so etwas wie leichtes Tauwetter zwischen den beiden eingesetzt zu haben. Martin entgingen die Blicke nicht, die sie sich abwechselnd zuwarfen. Verstohlen, aber durchaus neugierig. Vor allem die zwei Buben hatten sich sehr gefreut, ihren Vater wiederzusehen. Kinder verstanden nichts von der Welt der Erwachsenen, für sie gab es nur Vertrauen und Liebe. Konnte gut sein, dass Raffael und Laurenz mehr bewirken konnten als jede Sitzung bei einem Mediator. Vor allem der Ältere kletterte gar nicht von seinem Vater, was auch Anja das ein oder andere Lächeln entlockte.

„Und was passiert jetzt mit dem Sebera?", fragte Felder und strich fürsorglich ein Liptauerbrot für seine Söhne, das er ihnen in gleichmäßige Streifen schnitt. So, als wäre nichts geschehen.

Krasberger brummte etwas von Amtsverschwiegenheit und laufenden Ermittlungen, aber dann ließ er sich doch zu ein paar Worten hinreißen: „Ich würd sagen, der hat a Riesenmasen g'habt. Die Absprachen werden wir ihm ned nachweisen können. Er behauptet, der Kramsl hätt des ois im Alleingang eingfadelt. Wahrscheinlich bleibt an dem nix hängen. Aber eine finanzielle Lawine kommt auf sei Firma zu. Jetzt müssen überall, wo der Vukic sein Giftmüll verbaut hat, die Wände wieder eingrissen werden und des Zeug fachgerecht entsorgt werden. Aber dafüa will der Sebera jetzt die Polizei verklagen."

Alfred verschluckte sich an seinem Achtel. „Wos? Die Kieberei?"

Martin schickte seinem Onkel einen finsteren Blick, doch Krasberger grinste amüsiert. Man sprach die gleiche Sprache.

„Jo, uns Kieberer. Angeblich, so meint der feine Herr, wären die Indizien gegen Rosicky schon früher zu erkennen gewesen, hätten sich die Ermittlungen nicht auf den Niklas beschränkt. Aber das bleibt dann eh an mein geschätzten Kollegen Grasmugg hängen. Fräulein!" Krasberger bestellte bei der Kellnerin ein weiteres Mineralwasser. Martin runzelte seine Stirn und fragte sich, ob der Polizist noch im Dienst war. Er resümierte: „Und euch wirft er jetzt seine Entführung vor?"

„So ungefähr, wir hätten zu viel Zeit verstreichen lossn."

Martin klatsche sich mit der flachen Hand auf seine Stirn und sagte in Richtung Felder: „Und wir haben den Paul auch noch mit Informationen versorgt."

Krasberger schenkte sich das eben servierte Mineralwasser ein. „So is er erst auf'n Tadic kumman."

Niklas fragte: „Und was war eigentlich mit Tadic, welche Rolle spielte er in dem Spiel?"

„Der Tadic woar eine Zeit lang der Handlanger vom Vukic, doch dann hot er offenbar mehr wollen. Sonst hätt ihn der Rosicky ned mit neuen Aufträgen ködern können. Offiziell woar er ja sei G'schäftsführer. Sei Frau hat ausgsagt, dass er an dem Tag, wo der Vukic umbracht worden is, zunächst ganz ängstlich woar und goar ned aus'n Haus wollt."

„Der Tadic hat also auch Familie gehabt?", unterbrach Anja mit ernster Miene die Ausführungen des Gruppeninspektors, dessen nächster Stern in seiner Imagination ein wenig näher gerückt war. Dieser antwortete:

„Ja, hot er, und sogar vier Kinder."

Anne, die Martins Oberarm umschlungen hielt, beugte sich vor und fragte: „Und stimmt es, was die Zeitungen geschrieben haben, dass die Leiche zu schwer zum Tragen war?"

Krasberger erinnerte sich an den kugelig, knackigen Hintern von Martins Begleitung, als er mit ihnen beim letzten Wochenendspaziergang zusammengetroffen war. Sie schien ihm ganz patent zu sein, er verstand aber nicht, warum Martin sie heute mitgebracht hatte. Ebenso die anderen, die ja nicht direkt in den Fall verwickelt waren, wie den Onkel, und dann saß noch die Wirtin am Tisch. Zu sehr wollte er nicht deren Wissensdurst stillen, wer weiß, welche Runde das machte. Daher antwortete er ausweichend: „Naja, wenn's die Zeitungen g'schrieben haben, wird's scho stimmen."

Alfred hatte es natürlich auch gelesen. Je auflagenstärker und formatkleiner ein Medium war, desto fetter und reißerischer waren die Schlagzeilen gewesen. „Du manst des mit der versteinerten Statue?"

Anne nickte. „Warum hat er das gemacht?"

Martin mischte sich nun zu Krasbergers Leidwesen auch nochmals ein. Der Polizist blickte demonstrativ auf seine Armbanduhr. Martin sagte: „Er hat ihn offenbar zuvor betäubt, wie die anderen auch. Dann hat er ihn mit Beton abgefüllt, weil er wollte, dass die Leiche ein Mahnmal ist, so wie seine anderen Opfer auch. Er hat ihm das Zeug sogar in Arme und Beine injiziert. Rosicky, da bin ich mir sicher, wollte ein Zeichen setzen und andere, gegen die er erfolglos kämpfte, warnen. Seht her, das kann euch auch passieren. Er war eben psychisch labil."

„Labil? An urndlichen Pecker hot er g'habt." Alfred erntete für seinen Zwischenruf zustimmendes Kopfnicken.

Es war Michi, die nun den Ball aufgriff: „Und wird das was nutzen, also wenigstens ein paar davon abschrecken, so üble Geschäfte zu machen?"

Alfred schüttelte den Kopf und lachte. „Des Verbrechen is so alt wia der Mensch und wird erst mit eam aussterben."

Für Krasberger entwickelte sich die Unterhaltung in eine philosophische Richtung. Er war aber ein Mann der Tat. Mit zu viel Denken und Zerreden löste man keine Probleme. Und das hier war gelöst. Er klatschte mit der Hand auf die Tischplatte. „Ja, so wors, aber es is vorbei, der Fall is mehr oder weniger abgeschlossen, samma froh, dass sunst nix passiert ist."

Er meinte das in Richtung Martin, der froh war, dass der Polizist die Episode rund um den Kran und Martins Rettung von demselben ausgespart hatte. Womöglich wäre er zur Lachnummer geworden. Ihm hatte es schon gereicht, dass die Sanitäter ihn mit den Worten „Da haben wir ja das verschreckte Kätzchen" in Empfang genommen hatten.

„Nichts passiert?", empörte sich Anja in Richtung Krasberger. „Na hören Sie mal, da sind vier Menschen gestorben, drei davon sind von Rosicky umgebracht worden. Eine Familie hat den Vater verloren, die Kleine von der Sängerin sogar ihre beiden Väter. Drei Frauen wurden zu Witwen. Der Kollege von meinem Mann, der vor kurzem noch mit meinen Buben gespielt hat und bei mir ein- und ausgegangen ist, sitzt in der geschlossenen Anstalt, und Sie sagen, es ist nichts passiert? Das ist ja kein Fernsehkrimi, bei dem man am Schluss abdrehen kann, das sind ja echte Schicksale."

Martin drückte seine Schwester, die sich in Rage geredet, erhoben und mit der geballten Faust in die Luft gedroht hatte, sanft an der Schulter auf ihren Sitz zurück. Sie hatte ja recht. Auch wenn der Täter dingfest gemacht wurde, und auch wenn sie alle am Tisch glimpflich davongekommen waren, so blieben am Ende eines solchen Falles neben den Opfern immer auch die Wunden von deren Hinterbliebenen zurück. Diese konnten durch keine gerichtliche Verurteilung und keine Sühne des Täters geheilt werden. Nur die Zeit konnte das, die Zeit und das Verdrängen, so lange, bis nur mehr Narben an die schrecklichen Vorfälle erinnerten. Eine Frau, die vergeblich am Abend auf ihren Mann wartete, eine Mutter, die den Kindern noch lange erklären musste, dass der Vater nicht von der Arbeit heimkam.

Martin war der Mund trocken geworden. Er trank einen Schluck, doch der Wein schmeckte plötzlich sauer.

Krasberger war der Erste, der sich erhob und nochmals darauf verwies, dass es für ihn nun an der Zeit wäre, zu gehen. Er verlangte die Rechnung. Doch ehe die Kellnerin die Summe berechnet hatte, rief Martin.

„Lass stecken, das geht heute auf mich! Ihr seid's meine Gäste." Der Detektiv nahm den Zettel mit den vermerkten Konsumationen an sich und hielt ihn demonstrativ der Kellnerin hin, die achselzuckend erneut zu rechnen begann, als Michi, die Chefin, ihn ihr wieder vor der Nase wegzog und sagte: „Das kommt überhaupt nicht in Frage, heute lädt der Frostbachl-Fadinger ein."

„Aber eigentlich müssert ja ich ...", sagte Niklas mit leiser Stimme.

Onkel Alfred schüttelte den Kopf und Krasberger die Hand und sagte: „Sunst streitn si d'Leit, wer wos zum Zahl'n hot, und da is um'kehrt, da wü a jeda zoin. Oba i eh ned."

Allgemeine Aufbruchsstimmung setzte ein. Martin beobachtete seine Schwester, die trotz der Ehekrise resolut und stark wirkte, wie sie ihre zwei Kinder einfing und er hörte wie sie zu Niklas sagte, der aus der Wohnung etwas holen wollte, dass er am nächsten Tag vorbeikommen solle, was Martin als weiteres Zeichen eines langsamen Aufeinander-Zugehens der beiden wertete.

„Bist du dahin?", fragte Martin Krasberger, der von der Toilette kommend in Richtung Tür strebte.

„Ja, mei Frau hat für morgen an Besichtigungstermin in Rust ausg'macht."

„Was schaut's euch an? Eine Wohnung?"

„Na, da liegt a Hausboot im Wasser."

„Gehst du jetzt unter die Seeleute?"

„Ned direkt, aber ois besser ois wia unter die Gärtner." Krasberger dachte mit Entsetzen an das Bild, das er mit Gartenschere bewaffnet abgeben würde.

Anne drückte sich von hinten an Martin heran, der dem Polizisten nachblickte, als Michi ihm auf die Schulter tippte. „Entschuldige, aber ich will dich nicht lange aufhalten. Hast du eine Minute für mich?“

Martin löste sich aus Annes Umarmung, die zum Spaß knurrte, ihn aber gehen ließ. Er folgte Michi, die unter die Arkaden ging und sich in Richtung Lokal umdrehte, so als wollte sie sich vergewissern, dass sie nicht beobachtet wurden. „Also das mit der Rechnung lass bitte meine Sache sein. Ich bin dir ohnehin noch dein Honorar für letzten Samstag schuldig, du weißt, dein Einsatz bei meinem Sommerfest“, sagte sie.

„Lass nur gut sein, ich bin doch kein Promi, den man fürs Essen und Trinken bezahlen muss. Aber deswegen wolltest du mich doch sicher nicht unter vier Augen sprechen?“

Michi blickte nochmals um sich. „Nein, es ist wegen Muth.“

Martin zuckte zusammen. Natürlich, sie wollte Ergebnisse und er hatte in dem ganzen Trubel um die Baustellenmorde auf die weitere Observierung vergessen. Er war auch so viel unterwegs gewesen, dass er nicht einmal seine Nachbarin, Frau Pribil, die Oberklatschtante des Grätzels, bei passender Gelegenheit hatte befragen können. Also musste er den Spieß umdrehen. Generell war einiges durcheinandergeraten und er hätte im Moment nicht einmal sagen können, welche Serie gerade in den Überraschungseiern zur Entdeckung anstand. Alles Dinge, die er jetzt schnell auf die Reihe bringen musste. Anne pirschte sich heran, sie strich die Mauer entlang und tauchte hinter der Säule auf. „Marco, deine Verwandten wollen gehen, kommst du noch?“

„Ja, gleich“, antwortete Martin, worauf Anne ihm ein Küsschen zuhauchte und wieder verschwand.

„Wie geht's dir mit deiner neuen Freundin?“, wechselte Michi das Thema. Ihr war nicht entgangen, dass Anne sehr vereinnahmend sein konnte.

„Danke, eh gut, aber was ist jetzt mit Muth?" Martin wollte lieber zum ursprünglichen Sujet der Unterhaltung zurück, als Fragen nach seinem neuen „Glück" zu beantworten.

„Du hast mir bei deiner Antwort gar nicht in die Augen geschaut. Ich weiß, das ist eine Veränderung, wenn plötzlich jemand in unser Leben tritt. Wir sind ja beide eher einsame Wölfe, die ganz gut allein zurechtkommen, oder?"

Martin schaute immer noch auf seine Schuhspitzen, aber sein Mund verzog sich langsam zu einem Lächeln. „Du kennst mich aber sehr gut."

„Und du mich noch zu wenig, sonst wüsstest du, dass es mir nicht anders geht."

„Was, willst du damit andeuten, dass du und Muth …?"

„Er hat mir vor drei Tagen zwanzigtausend Euro hingeblättert und gemeint, damit kämen wir über die nächste Zeit. Ich muss ganz ehrlich sagen, ich erwäge wirklich, eine Bindung mit ihm einzugehen."

„Was, wegen zwanzigtausend Euro? Willst du dich kaufen lassen oder was will er dafür, die Rechte am Namen?"

„Du verstehst mich falsch. Ich hab alles hingeschmissen, wie ich den Heurigen bekommen hab. Mittlerweile hab ich fast mein ganzes Erbe hineingesteckt. Ich will wissen, ob er es ehrlich meint."

„Aber wie soll ich rauskriegen, ob er dich wirklich liebt, ich meine …"

„Papperlapapp! Ich glaube nicht an die Liebe, ich brauche Hilfe bei diesem Scheißlokal, das offensichtlich nur unter dem alten Fadinger eine Institution war. Ich will wieder dahin kommen, und wenn er mich dabei unterstützt, ich mein, so hässlich ist er auch nicht, und wer weiß, vielleicht stellt sich irgendwann so etwas wie Zuneigung ein."

„Du redest wie in einem Bauernschwank", sagte Martin etwas zornig. So wie Michi ein wenig eifersüchtig auf Anne zu sein schien, war nun auch Martin in seinem männlichen Stolz gekränkt, wenn ihm ein anderer Michi wegschnappte, auch wenn zwischen ihnen nie etwas stattgefunden hatte.

„Ja“, kam es aus ihrem von bebenden Lippen umkränzten Mund, „dann lebe ich halt diesen Bauernschwank, aber ich will wenigstens das ganze Stück kennen. Muth will mir nicht sagen, woher er das Geld hat. So viel zahl ich ihm auch nicht. Außerdem hab ich ihm schon länger kein Gehalt bezahlt.“

Martin mache einen Schritt auf Michi zu und nahm sie in den Arm. „Entschuldige, ich wollte dich nicht so angehen. Ich werde sehen, was ich rauskrieg, versprochen.“

„Danke.“ Michi schniefte und schluckte die letzten Tränen herab.

Als Martin zu den andere zurückkehren wollte, passte ihn Anja, die hinter einer Säule auf ihn gewartet hatte, ab. „Ich wollte mich noch bei dir bedanken, du weißt, wegen Niklas ...“

Sie hatte Tränen in den Augen. Martin nahm seine Schwester in den Arm. Sie umklammerten einander eine Weile, dann fragte Martin: „Glaubst du, es hätte wieder etwas werden können, mit uns?“

Anja löste sich aus seinen Armen. Sie lächelte mit dem fürsorglichen Blick der großen, erfahrenen Schwester. Sie streichelte ihm über die Wange und sagte: „Da war doch nie etwas.“

Martin verließ mit Anne, Anja, deren Kindern und Niklas im Schlepptau den Buschenschank.

Martin dachte daran, dass er heute nochmals in den Club am Gürtel fahren musste. Vielleicht war Muth dorthin unterwegs. Es war gut möglich, dass er dort als Drogendealer sein Zubrot verdiente. Wien war, was das Geschäft mit verbotenen Substanzen betraf, schon seit Jahren aus dem glücklichen Dornröschenschlaf seiner Jugend, als es fast unmöglich war, an Marihuana oder Ähnliches zu kommen, erwacht. Aber wie sollte er da hinkommen, sein Fahrrad hatte er sich immer noch nicht zu holen getraut. Sein Ablenkungsmanöver, um einer Polizeianhaltung zu entgehen, war doch etwas heftig ausgefallen. Wer weiß, ob es da nicht noch ein Nachspiel geben würde.

Sie traten auf die Straße, der Bus rauschte in diesem Moment vorbei. Vor dem Lokal ging es laut zu. Der Onkel scherzte noch mit Krasberger, der sich offenbar bestens mit Alfred austauschte.

Anja wandte sich an Martin: „Ich hab eine Bitte. Niklas will morgen vorbeikommen. Könntest du nicht auch …?"

„Hast du Angst, er könnte handgreiflich werden?"

„Aber nein, ich will nur jemanden dabei haben, der mich ein wenig unterstützt, wenn ich ihm die Leviten lese, vielleicht musst du mich davon abhalten, handgreiflich zu werden."

Martin überlegte und wollte eigentlich nicht zwischen die Fronten geraten, doch dann vollzog er einen plötzlichen Schwenk in seiner Meinung. „Ja, das müsste sich ausgehen. Wann kommt er denn?"

„Ich hab ihm gesagt, ab eins. Da kann ich die Kinder vorher zu meinen Eltern bringen."

„Gut, bis morgen."

Sie holte ihn nochmals zu sich. „Dein neuer Look passt übrigens hervorragend zu dir. Ich meine das Sportlich-Legere, nicht immer diese überkorrekten Anzüge. Auch der Dreitagebart, und natürlich dass du abgenommen hast."

Sie verabschiedeten sich voneinander mit einem Kuss auf die Wange. Anne hielt sie nur die Hand hin. Offenbar sahen die wenigen Frauen um ihn nun eine echte Konkurrentin in ihr. Er musste aufpassen, dass das Verhältnis nicht zu verbindlich wurde, immerhin hatte Michi seine Charakterisierung ganz gut getroffen.

Auch Niklas verschwand in einem Taxi, allerdings nicht ohne zuvor Raffael und Laurenz gedrückt zu haben. Letzterer quittierte diese Körperlichkeit mit einem wonniglichen Glucksen, bevor ihn seine Mutter zu sich zog und in den Kindersitz beförderte.

Martin stand nun vor Anne, die ihn finster ansah. Offenbar nahm sie Martin Michis Umarmung übel.

„Sag, kannst du mich schnell wohin fahren? Ich hab noch einen Weg“, fragte Martin.

Sie zog einen Schmollmund und antwortete schnippisch: „Warum lässt du dich nicht von deiner Heurigenwirtin hinführen? Den ganzen Abend bist du an ihr geklebt.“

„Aber, ich …“ Doch Anne ließ Martin nicht ausreden.

„Außerdem bin ich müde und morgen will ich früh raus, laufen gehen. Das Wetter soll schlechter werden. Du hast ja den Samstag schon wieder für die anderen verplant, ich nehme an, du kommst nicht mit. Musst halt mit dem Radl fahren, das machst du ja eh ganz gern.“

Sie ließ Martin stehen und stieg in ihren Wagen, ohne sich zu verabschieden.

Marco Martin war nun wieder allein.

Ein Hand legte sich auf seine Schulter.

„Des is nur a Stutenbissigkeit, des gibt si wieder.“

„Was machst du noch da, ich dachte, du bist schon weg.“

Der Onkel grinste Martin an, hinter ihm lugte Krasberger, ebenfalls schmunzelnd, hervor.

„I foar mit dem Inspektor, der nimmt mi a Stückl mit. Der is mit'n Auto do, deswegen hot er nur a Mineral trunken.“

Das war natürlich auch eine Möglichkeit. „Hast du noch einen Platz?“, fragte Martin.

Wenig später saßen die drei in Krasbergers Wagen und fuhren über die Neufrieder Hauptstraße Richtung Glanzing.

Der Onkel war zwar in weinseliger Laune, aber wider Erwarten still, und so herrschte für einige Minuten Ruhe. Angenehme Ruhe.

Es war Krasberger, der sich zu Martin beugte, der auf dem Beifahrersitz Platz genommen hatte, während der Onkel auf der Rückbank vor sich hin sinnierte, und leise sagte: „I hab übrigens dei Radl g'holt. Dei Action war ja ganz schö beeindruckend. Wenn i die Kollegen richtig verstanden hab, können die ka Beschreibung von dem Narrischen, der den Verkehr am Südtiroler Platz zum Erliegen bracht hat, geben. I man, die werdn mein Rat befolgen und die Sache vergessen."

Martin lächelte. Er legte seine Hand auf Krasbergers Schulter und bedankte sich.

„Mir san glei am Gürtel, sag, wolltest du da vorn raus?"
Vor dem Lokal hatte sich tatsächlich wieder eine Schlange gebildet. Die Wartenden waren alle über dreißig, was Martin zu der Schlussfolgerung brachte, dass der Türsteher zuletzt nicht gelogen hatte, als er von der Oldie-Nacht geredet hatte. Die meisten Männer trugen Sakko und Krawatte, die Damen Kostüm oder Kleid. Martin stellte sich geduldig in die Reihe und er lächelte anerkennend, wenn einer der Ankommenden vorbeigewunken wurde. Das war dann wohl ein besonderer Gast und es hatte noch nie geschadet, einem solchen VIP ein wenig Bewunderung entgegenzubringen, natürlich mit einem Schielen zum Türsteher, in der Hoffnung, ein huldvolles Nicken zurückerstattet zu erhalten, um selbst schneller in den Genuss des begehrten Einlasses zu gelangen.

Wieder ein Schritt vorwärts, wieder ein amikaler Handshake an der Pforte, als ein Typ mit Sonnenbrille und Koteletten in dunklem Anzug mit weißem Hemd, dessen Fledermauskragen über die Ohren ragte, sich mit Selbstverständlichkeit an der Traube vorbeigedrängt hatte. Martin trat von einem Bein auf das andere und versuchte Contenance zu bewahren. Er hatte solche Gesichtskontrollen schon immer gehasst.

Martin fragte sich, ob Muth schon drinnen war. Vielleicht kam er zu spät, weil Muth seine Kunden schon versorgt hatte. Er blickte sich um. Seines Dafürhaltens sah keiner der um ihn Stehenden nach einem typischen Drogenkonsumenten aus, aber wer konnte das schon sagen? Nicht nur bei Künstlern, sondern auch bei Anwälten und Medienleuten war Koks ein willkommenes Aufputschmittel, um noch mehr Leistung zu erzielen, eben ein typisches Tuning des Chips, also des Hirns, das zu Höhenflügen ansetzte, während der Motor Gefahr lief, einen Kolbenreiber zu erleiden. Zu viel und dauerhaftes Auspowern war eben nicht nur für Maschinen gefährlich.

Auf einmal war er an der Reihe, er hatte es geschafft. In seinen Gedanken hatte Martin gar nicht mitbekommen, dass die meisten vor ihm abgewiesen worden waren.

Er setzte wieder die Maske des Lächelns auf, wie ein Berufsbettler, der vor dem Supermarkt seine Zeitschriften gegen eine Spende feilbot.

„Sorry, Sportsfreund, aber so nicht." Der Türsteher hatte ein beeindruckendes Paket an Muskeln auf seine beiden Oberarme gepackt, die er jetzt demonstrativ verschränkte.

Martin protestierte: „Aber heute ist doch Oldie-Night!"

„Na schau di an, was meinst, dass du da passt?" Der Sicherheitsmann deutete auf Martins Hose, die sich doch von der üblichen Garderobe der anderen Besucher unterschied, und das nicht im Positiven.

„Moment, Ali", meldete sich von hinten eine Stimme. Eine Gestalt zwängte sich durch die Wartenden. „Der gehört zu mir."

Ali, der Türsteher, ließ seine Arme sinken und stemmte sich gegen die Tür zum Lokal, aus dem sofort ein Stimmengewirr und Musik ins Freie entkam.

Muth stand plötzlich neben Martin und schob den völlig verwirrten Detektiv ins Lokal, wo die Luft feucht und klebrig wie manche der servierten Cocktails war. „Was machen Sie denn hier? Ich wusste gar nicht, dass Sie gern tanzen. Wo ist Ihre Freundin?"

Muth überquerte die Tanzfläche, begrüßte einige der Damen, aber auch Herren klopften ihm zur Begrüßung auf die Schulter. Er war hier bekannt, wie der gerühmte bunte Hund. Wenig später saugte Martin an einem Longdrink, den Muth ihm über die Theke geschoben hatte. Er selbst stand hinter der Bar und mixte Getränke. Nicht nur das, nach Mitternacht machte er sich an den Turntables zu schaffen, und das nach Martins Dafürhalten nicht einmal schlecht. Er mixte die ganzen „alten Hadern", nämlich Musik der Achtziger wie Depeche Mode, Culture Club oder Scritti Politti. Daher also der Titel „Oldie-Night", die hier Anwesenden waren selten viel älter als Martin, wollten aber die Musik ihrer Jugend genießen, die heutzutage kaum mehr gespielt wurde. Selbst ein alter Hit aus der Fabrik von Dieter Bohlen, als er noch mit Modern Talking aktiv war, entfachte bei Martin ein wenig Melancholie.

Prince jaulte, die nicht mehr ganz so jungen Mädels kirrten wie Gören anderswo und die Männer auf der Tanzfläche fühlten sich wie John Travolta in „Saturday Night Fever", was sogar bei Martin den ein oder anderen Lacher hervorrief. Es dauerte bis nach drei Uhr morgens, bis Muth endlich mit der Schmusewelle startete, wobei der Titelsong aus „La Boum" so manche Dame sich an irgendeinen Romeo heften ließ, weil bei dem Song wollte niemand allein bleiben.

Martin musste Muth gar nicht weiter beobachten oder befragen, was er hier tat, dennoch beantwortete dieser von sich aus die Frage, die sich Martin natürlich zuvor gestellt hatte:

„Naja, ich will mir ein wenig Geld dazuverdienen, um die Michi zu unterstützen. Die hängt so an dem Heurigen. Sie fühlt da offenbar so etwas wie eine Berufung."

Martin nickte, er hatte verstanden und er war beruhigt. Andererseits, nach vier Gin Tonic war fast jeder beruhigt. Sofern er gesetzteren Alters war und schön langsam eine Sehnsucht nach dem Bett entwickelte.

Martin verabschiedete sich und hielt auf dem Gürtel ein Taxi an, das den übermüdeten Ermittler, der seinen Auftrag erledigt hatte, nach Hause brachte.

Samstag, 8. September

Martin war gut eine Stunde zu spät. Er hatte verschlafen und sich in Windeseile in die Josefstadt aufgemacht, wo ihn seine Schwester schon erwartete. Niklas war schon da und er saß in Büßerhaltung mit eingezogenen Schultern und gesenktem Kopf am Küchentisch. Gut, dachte er, die beiden haben sich die Köpfe noch nicht eingeschlagen, also konnte er die beiden ruhig alleine lassen. Aber wegen deren Aussöhnung oder Rosenkrieg war er eigentlich gar nicht gekommen. Er hatte etwas anderes im Auge und das stand zum Glück noch vor dem Hauseingang.

„Sagt's", wandte er sich an die beiden, die dabei waren den Schuleintritt von Laurenz zu besprechen, sachlich, ohne Geschrei oder Animositäten, „wo wohnt denn der Mikuta?"

Er erntete einen fragenden Blick, aus insgesamt vier Augen. „Wieso? Was willst du von dem?"

Mikuta wohnte im vierten Stock. Martin hatte Glück, dieser war zu Hause.

Nachdem Martin ihm sein Anliegen genannt hatte, erhellte sich dessen Antlitz und er offerierte ihm einen Kaffee, den Martin nach der kurzen Nacht gut brauchen konnte.

Wenig später verließen die beiden Männer das Haus. „Kommen Sie", lud Mikuta Martin ein, „ich erkläre Ihnen alles, Sie werden sehen, Sie werden eine Riesenfreude mit meinem Baby haben."

Sonntag, 9. September

Martin ließ den Motor aufheulen, als er bei seinem Onkel vorfuhr. Er hatte ihn angerufen, um ihm seine neue Errungenschaft zu zeigen. Anne begleitete ihn. Auf dem sportlichen Beifahrersitz sah sie gleich doppelt sexy aus. Martin freute sich, dass es ihm gelungen war, seinem Onkel ein Staunen zu entlocken. Er schälte sich hinter dem Lenkrad hervor und kletterte aus der Tür. Liebevoll tätschelte er das Dach.

„Schau dir diesen Lack an", forderte er vom Onkel und wischte sanft über die dunkelgrüne Motorhaube, in der sich Himmel und Gebäude spiegelten.

„Na und wos is mit dem Hybrid?"

„Storniert, ich wollte was, das nicht ein jeder hat."

„Oba, der is ja alt."

„Eben, ein Oldtimer. Talbot-Matra Murena, 2.2 Liter mit 150 PS, von dem gibt's keine fünf Stück mehr", sagte Martin, nicht ohne Stolz und trotz der zu erwartenden Reparaturen, die Mikuta ihm prophezeit hatte. Das war auch der Grund gewesen, warum sich der Senior von seinem Liebling hatte trennen müssen. Dafür langte seine Pension nicht mehr. Aber Martin hatte einen Nachbarn, der sich mit Autos auskannte und der ihm seine Hilfe zugesagt hatte, da war die Entscheidung schnell getroffen gewesen. Eigentlich hatte er sie schon getroffen gehabt, als er den Wagen zum ersten Mal mit dem Verkaufshinweis gesehen hatte, aber das war zumindest ein gutes zusätzliches Argument.

Der Onkel schlich um den Wagen, er lugte hinein, er winkte Anne zu.

„Oiso mir gfoit er."

Martin fühlt sich bestätigt und zum ersten Mal ernst genommen.

„Und am besten gfoit er ma, weil er drei Sitze hot." Der Onkel kletterte hinein und ließ Anne einen Platz weiterrutschen. Aus dem Inneren rief er Martin zu: „Wos is', moch ma an Ausflug!"

So hatte sich Martin die traute Zweisamkeit am Sonntag mit seiner Freundin zwar nicht vorgestellt, aber er wusste, dass Widerspruch sinnlos war, also klemmte er sich hinter das Steuer und brauste los.

Epilog

Am nächsten Morgen klingelte der Postbote an seiner Tür. Martin nahm das behördliche Schriftstück in Empfang.

Wenig später war die Freude über das neue Auto, den abgeschlossenen Fall und die Meriten, die er sich dabei verdient hatte, verflogen. Die Eltern des Kindes, auf das er beim Versuch, es zu retten, gestürzt war, hatten ihn tatsächlich verklagt. Auf eine Summe, für die er viele Fälle würde lösen müssen.

Aber einen Strohhalm hatte er noch, der sich vielleicht zu einem Bambusrohr auswachsen würde. Er wählte eine Nummer, von der er nie gedacht hätte, dass er sie freiwillig anrufen würde. Schon bald klang die gewohnt selbstgefällige Stimme an sein Ohr.

„Lichtenfels."

„Herr Doktor, ich brauche Ihre Hilfe, also hören Sie ..."

- ENDE -

Dank an:
Meine Eltern, meinen Verleger, Andreas Pittler, Andreas Hartl, Astrid Haider, Stefan Reithmayer, Thomas Schrems, Karin Schrammel und natürlich die TestleserInnen Karin Roither, Maria Keuschnigg, Christina Mann, Angelika Weiss sowie Franz Schubert und Andrea Buday vom Echo Medien Haus und die „Pimperlhuberstammtischrunde".

Freuen Sie sich auf den nächsten großen Kriminalfall von Marco Martin. Bis bald im STEINVERLAG.

Weitere Fälle von Marco Martin zum Nachlesen finden Sie in „Die Presse am Sonntag" unter http://diepresse.com/krimi

WINZERTOD

Marco Martin ermittelt.

von Christian Klinger

Während ganz Neufried wie jedes Jahr seinen Kirtag feiert, bricht in der Nacht beim Traditionsweingut Fadinger ein Brand aus. Fast der gesamte aus Holz errichtete Teil des Gehöfs wird ein Raub der Flammen. Mit Mühe gelingt es, eine größere Feuersbrunst zu verhindern. In der Brandruine wird die Leiche von „Bogi", dem alten Knecht, aufgefunden.

ISBN 978-3-901392-27-6
276 Seiten im Format 123 x 190 mm
gebundene Ausgabe, mit Softcover

HITLERS GROSSMUTTER

Die Romanbiografie.

von Dr. Ilse Krumpöck

Die Geschichte der armen Anna Maria Schickelgruber und ihres „uneheleiblichen" Sohnes Aloys. Die Lebensgeschichte der Großmutter Hitlers ist in einem Roman verpackt, der die Biografie dieser Köchin widerspiegelt. Die fiktiven Erlebnisse einer Schicksals bedingt moralisch geschädigten Köchin, deren Hass sich schließlich auf ihre Nachkommen vererbt.

ISBN 978-3-901392-21-4
288 Seiten im Format 148 x 210 mm
gebundene Ausgabe, mit Hardcover
und Schutzumschlag

Jetzt im Buchhandel und unter www.steinverlag.at